湖北省公益学术著作 出版专项资金
Hubei Special Funds for Academic and Public-interest Publications

长江儿童文学研究论丛

理性的愤怒和真诚的温暖

纳杨 著

长江出版传媒 | 长江少年儿童出版社

图书在版编目（CIP）数据

理性的愤怒和真诚的温暖 / 纳杨著 .-- 武汉：长江少年儿童出版社，2024.1
（长江儿童文学研究论丛）
ISBN 978-7-5721-2714-4

Ⅰ.①理…　Ⅱ.①纳…　Ⅲ.①儿童文学－文学评论－中国－当代－文集　Ⅳ.①I207.8-53

中国国家版本馆 CIP 数据核字（2024）第 002365 号

CHANGJIANG ERTONG WENXUE YANJIU LUNCONG
长江儿童文学研究论丛
LIXING DE FENNU HE ZHENCHENG DE WENNUAN
理性的愤怒和真诚的温暖

作　　者：纳　杨
出 品 人：何　龙
项目策划：姚　磊　胡同印
责任编辑：吴炫凝　赵佳慧
美术编辑：陈　奇
排版制作：昊雅工作室
责任校对：莫大伟
督　　印：邱　刚
出版发行：长江少年儿童出版社
网　　址：http://www.cjcpg.com
承 印 厂：湖北金港彩印有限公司
经　　销：新华书店湖北发行所
开　　本：787 毫米 × 1092 毫米　1/16 开
印　　张：25.375
字　　数：450 千字
版　　次：2024 年 1 月第 1 版
印　　次：2024 年 1 月第 1 次印刷
书　　号：ISBN 978-7-5721-2714-4
定　　价：78.00 元

本书如有印装质量问题，可向承印厂调换。

代序：做一名敢梦敢追的时代青年

纳　杨

今日中国，是一个机遇与挑战并存的中国，是一个到处都有可能发生奇迹的中国，是一个处处显示着变革力量的中国，是一个可以实现梦想的中国。身处这个风起云涌的大时代，我们唯有接受挑战，不断超越自己，做一名敢梦敢追的时代青年！

不可否认，在商业大潮席卷下，在娱乐思潮冲击下，我们曾经深信不疑的一些观念在慢慢改变，一些人迷失了自己，一些人放弃了理想，沉沦在物质堆成的假象里，成为金钱的奴隶。这也许是一切飞速发展的社会形态必经的歧路。但总有一些清醒的人在坚持，在坚守，在抵抗，在呼号，在提醒人们：人应该是有原则的，有底线的，有追求的，有梦想的。

作为一名文学工作者，我不反对以商业化的方式去宣传文学作品，也不反对以相对轻松幽默、易于让人接受的方式去表现当下社会，书写当下生活，但一个重要的前提是：基本的态度不能错位。例如，面对日本政府对二次世界大战侵华的种种战争罪行的一再否认，面对日本右翼分子的种种狡辩说辞，如果一位作家对抗日战争的理解不正确，基本态度不端正，就很有可能被这种看似有理的“道理”说服，就写不出真正具有反思战争价值的作品。

端正的态度是成功的第一步。一个人要想在这个信息传播飞速、信息量极大丰富的时代保持清醒，第一件要做的事就是端正自己的态度。想清楚自己要以什么样的姿态立世，自己想做一个什么样的人，换句话说，就是要有梦想。一个有梦想的人是有力量的，因为他知道自己的方向，清楚自己想要的是什么。

而现实生活中，我们的梦想很容易被生活的琐碎瓦解，被竞争的压力击败。例如，职场中存在着的普遍焦虑是升职、涨薪、待遇、业绩，这些甚至成为一些人生活的全部，为了这些，他们可以不择手段，甚至视此为必要的成长。一些文学作品因为暗合了这种需求而受到追捧，马上就有一批类似作品迎合或者助推这种需求。而另一些作品因为追念当初美好而朴素的精神需求，正好与现在的精神空虚形成鲜明对比，也获得了追捧。这类型的文学作品自然有其存在的意义，但能否提供正能量，关键还在于写作者的态度是否端正。只有积极地、正确地对待人生，才有可能获得美好的未来。

有了梦想，还需要有追求梦想的实际行动。梦想能不能实现，需要多种因素的共同作用，这其实不是一个人能控制的。我们所能做的，就是确定目标，努力实现。虽然追求过程会有很多的挫折和反复，但这一过程是任何人都替代不了的，这对每个人来说都是宝贵的人生财富，这样的生活，会让人觉得充实、踏实。

保尔·柯察金那段朴素无华却掷地有声的话，现在重读，依然震撼人心，别具意味："人最宝贵的是生命，生命每人只有一次，人的一生应当这样度过：当他回忆往事的时候，他不会因为虚度年华而悔恨，也不会因为碌碌无为而羞愧；当他临死的时候，他能够说：我的整个生命和全部精力，都献给了世界上最壮丽的事业——为人类的解放而斗争。"

保尔的梦想是崇高的，有他的时代印迹。今天，作为一个以和平和发展为主题的时代的青年，我们的梦想可能不那么伟大，但实现人的生存价值对我们的意义不会减少一丝一毫。

当我们的党和国家领导人提出实现中国梦的国家梦想的时候，相信每一个有追求的中国人都会在心里为自己设定一个自己的中国梦。让我们在这个有梦可追的时代里，做一个敢梦敢追的人，在追梦的过程中实现我们的人生价值。

（写于2013年）

目　录

理论探索

2　理性的愤怒与真诚的温暖
9　我们所需要的文学评论
13　儿童文学：文学性与市场性统一
17　书写当代英雄是儿童纪实文学的使命
——明天出版社时代楷模系列序
20　发现正在升起的星星
——新世纪出版社原创新锐少儿文学精品书系序
23　从刘慈欣“地球往事”三部曲谈当代科幻小说的现实意义
35　科幻小说离现实有多远？
——谈谈科幻小说的现实意义
43　原创儿童文学的繁荣与提升
46　促进原创儿童文学的发展
50　童话中的“虚”与“实”
——2019 年第一届新时代中国原创童话论坛上的发言
52　为孩子修建属于他们的心灵花园
——2022 年第四届新时代中国原创童话论坛上的发言、第四届“温泉杯”全国短篇童话擂台赛获奖作品集序

56　儿童文学与生态文学的天然渊源
——在《十月少年文学》首届儿童文学与生态文学论坛上的发言
59　当代少数民族文学创作的若干独特优势
65　抗战文学的发展与开拓
72　回归优雅精致的诗歌传统
74　与时代历史相对应的散文创作
78　写作的姿态
80　书写现实应有敬畏之心
82　翻译成为使者
84　当前青年作家生态分布状况分析
94　文学阅读新样态观察
100　文学泛化现象初探
——从文学阅读状况看新时代文学的新变

年度观察

114　2011 年中篇小说：乡村与城市之间
118　2012 年散文：爱，思辨与救赎
125　2013 年散文：在融合中凸显特质
132　2014 年散文：个人价值被重新定义和发现
138　2015 年散文：提供更丰饶的精神滋养
143　2015 年儿童文学：立足原创　蓄势再出发
149　2016 年儿童文学：迎向令人期待的新机遇
154　2017 年儿童文学：一种责任、一股干劲、一些甜蜜的烦恼
161　2018 年儿童文学：让优秀的作品走近孩子
168　2019 年儿童文学：高举“内容为王”的旗帜
175　2020 年儿童文学：百舸争流千帆竞　同心协力攀高峰

185　2021 年儿童文学：奔向我们的星辰大海
193　2022 年儿童文学：遥知不是雪　为有暗香来

微观探幽

202　《三体》：魅力在于未知与未来
205　将生命嵌入历史
——评李秋沅长篇小说《天青》
207　比风景更美的是人的心灵
——评徐玲长篇小说《如画》
210　另一种意义上的“成长”
——评王勇英长篇小说《禾花》
214　为孩子打开文字阅读之门
——评王蕾桥梁书·“小豆包”系列丛书
218　童年是每个人终生的底色
——评叶广芩小说新作《耗子大爷起晚了》
221　讲述过去的故事，是为了影响当下，更是为了创造未来
——评翌平长篇小说《野天鹅》
225　故事之上，是人的命运
——评三三小说集《夏至之夜》
228　一部适合孩子阅读的“反战”小说
——评宋安娜长篇小说《泥土里的想念》
231　一首心底流出的歌
——评唐池子长篇小说《勇敢的花朵》
234　别致而有深意的动物小说
——评刘虎长篇小说《暴雪》
237　一次突破儿童小说题材的尝试
——评董宏猷长篇小说《牧歌》

239 忆起时间之河中的那一朵朵浪花
——评张之路新作《吉祥的天空》

242 一部多重意义的儿童小说
——评殷健灵新作《象脚鼓》

245 一部及时的精心之作
——评赵菱图画书《爷爷的14个游戏》

247 每个人的童年都会有一个“合欢”
——评肖复兴长篇小说《合欢》

251 阅读一部儿童小说的额外收获
——评马瑞翎长篇小说《独龙江上的小学》

254 《逐光的孩子》给我带来的三道光
——评舒辉波长篇小说《逐光的孩子》

258 关于人与自然关系的童话表达
——评汤汤童话新作《绿珍珠》

260 让科学家成为青少年的偶像
——评徐鲁新作《此生属于祖国》

263 生态大背景下的猕猴与人类
——评袁博长篇小说《内伶仃岛上的猕猴》

267 让孩子上学不再是奢侈的事
——评马嘉长篇小说《凤凰花开的学校》

270 宏大的叙事、瑰丽的想象
——评董宏猷诗歌新作《中国有了一条船》

273 人与狗的情感能有多深
——评高洪波散文《好狗高气鼓》

276　有时候，我们可能缺的就是一点理想
——评小树霓裳短篇小说《会走路的书店》
279　努力活成自己想要的样子
——评徐海蛟长篇小说《亲爱的笨蛋》
283　我心目中所期待的书写云南的儿童文学
——评湘女长篇小说《勐宝小象》
285　一群可爱的孩子和那些可敬的大人
——评“我的童年·我的爱”系列儿童小说
288　和野生动物做朋友的小孩
——评杨志军长篇小说《三江源的扎西德勒》
290　“硬核”与“柔情”并存的军旅儿童小说
——评徐贵祥长篇小说《琴声飞过旷野》
292　一个全新的精灵形象带给我们一段童话之旅
——评金朵儿长篇童话《绿耳》
296　一心追寻光明的少年们
——评胡福君长篇小说《大银杏树的小秘密》
299　苦难中透出爱和希望
——评殷健灵长篇小说《云顶》
302　一部带有“类型化”色彩的红色题材儿童小说
——评张剑彬长篇小说《使者》
304　这才是生活的真相
——评孙卫卫长篇小说《装进书包的秘密》
308　让人泪中带笑的四封信
——评一木秋短篇童话《茉莉的耳朵》

310 展现当代军人与少年之美
——评陈俨长篇小说《蓝色暑假》
313 致不可模仿也不会再来的少年
——评徐鲁诗集《少年人的太阳》想到的
315 一部值得反复读、长期读的红色少儿主题读本
——评董宏猷《一百岁的红领巾》
318 从“女王”到“女孩”
——评余今长篇小说《梨花湾来的二丫》
321 生之艰难与喜悦
——评裘山山长篇小说《游过月亮河》
324 孩子与家，大连与祖国母亲
——评刘东长篇小说《回家的孩子》
328 她向山而行，我们向她而行
——评杨筱艳长篇小说《向山而行》
332 关于生命的三重奏鸣曲
——评薛涛、张永清图画书《蚂蚁的森林》
335 文学作品更应思考现实
——评乔叶长篇小说《拆楼记》
338 充满敬畏之心的写作让人敬佩
——评郭严隶长篇小说《野沙》
345 每一个生命都值得珍惜
——评沙玉蓉小说《井口那片天》
349 一把拨开近代新疆神秘面纱的板尺
——评谢耀德长篇小说《西部边魂》

353　传奇笔法书写普通人的传奇人生
——评曹多勇长篇小说《淮水谣》

356　谁的青春不飞扬
——评钟二毛小说集《回乡之旅》

360　执着于现实的小说创作
——简谈晓苏的小说创作

367　揭秘人心深处丝丝律动
——评李凤群长篇小说《月下》

371　新、快、准
——何建明报告文学创作的显著特点

374　深入思考援疆战略的文学解读
——评裔兆宏长篇报告文学《国家情怀》

378　以文学的方式参与国家战略的讨论
——评张培忠报告文学《海权战略》

380　享受片刻的宁静
——评电影《清水里的刀子》

383　重读彭学明长篇散文《娘》的一些思考

386　坚守故乡的写作是有根的写作
——评赖赛飞散文集《生活序列号》

388　重读经典时，我们读什么

390　一曲优美的田园交响
——评铁夫长诗《金家坝》

393　后记

理论探索

理性的愤怒与真诚的温暖

最近在一个讨论两位吉林作家王可心和江北的小说创作的会上，评论家们的意见出现了一个有趣的争议。一方面，有人认为她们二人的写作贴近现实，把视角对准底层小人物，很可贵，但又与现实贴得太近，缺少了一点距离感；另一方面，有人认为她们的小说吸引人的地方恰恰就在于所写的生活就是我们身边的生活，里面的人物就是我们所看到的人物。这样两种看法，其实反映出对文学的不同需求。

文学创作如何应对需求的改变

互联网的新技术革命深刻改变了人们的生活习惯，进而改变着人们的思维方式，改变着世界观、人生观。对于文学来说，人们对文学的需求也发生了明显的变化。如果说 20 世纪 80 年代文学引领全民阅读的景象，反映出人们在精神追求方面的极度渴望，那么，在今天泛娱乐化的文化背景下，文学的娱乐功能被空前地放大了。

文学原本就有怡情的一面。明媚的午后，一杯清茶，淡淡书香，是何等悠闲的享受。一本精彩的小说，或是一篇优美的散文，都可以让人在阅读的乐趣中流连。现代社会生活节奏越来越快，这样的享受也变得越来越奢侈。但人们对阅读的需求仍旧存在，于是各种“轻阅读”“微阅读”开始流行。在人们忙碌的工作之余，阅读成了大脑的休息地、生活的调剂品。如果不是工作需要，可能不会有人愿意在辛苦工作一天后，回到家里捧着一本大部头，相反，他们如果选择阅读为休闲方式，会更愿意选择轻松的、愉悦的文字。

那么，是不是说文学就应该抛弃“重”，只留“轻”呢？当然不是。文学源于生活，高于生活，这一点是不会变的。如果文学丧失了对社会发展的思考和洞悉，对人性深层的剖析和批判，对人们精神诉求的刻画和揭示，那么也就失去了存在的意义。所以，文学创作应该考虑的是，如何把这些生命不能承受之重，用一种“轻”的方式表现出来。一个好的故事对于一部文学作品就像是一个鸡蛋的外壳，外壳是不是漂亮不是决定性因素，人们还是要看这个鸡蛋是不是个大而沉，才会决定买不买。但如果外壳脏兮兮的，还有裂缝，一定会大大降低人们的购买欲。对于一部文学作品来说，好不好读，精不精彩，不是判断作品价值的决定性因素，关键还要看内在的东西是否有力量，但故事讲得好不好，语言是不是够味，节奏是不是掌控得好，会直接影响到作品想要表达的精神内核的传播度和影响力。比如郭敬明的作品，很多人觉得太肤浅，不够厚重，但他的作品有着优美而新鲜的语言，他的写作有着对读者群的精准定位和深入分析，这些“美丽的外衣”为他吸引到了足够多的注意力，足够把他想表达的东西植入读者的心里，并且引起共鸣，这是他的成功之处。如果他能够对生活的理解再深入些，对人生的思考再深刻些，对价值的判断再提高些，那么他的作品对人们的影响将不会仅停留在愉悦上，而会给读者带来真正的精神营养。这样的情形同样出现在那些人气极高的网络大神的写作中。现在网络文学为什么一直被关注、被讨论，却一直难以被肯定，一个重要原因就是其对现实生活的表现不够深、不够透。无论是穿越、奇幻，还是都市情感、民国故事，都有着偏“轻”少“重”的问题。比如都市情感类，这一类型的网络小说是比较贴近现实生活的，表现的就是当下都市生活中的各类人群。贴近当下生活，也就更容易贴近读者，这是这类小说的优势。但这类小说过多地流于表面，只描述现象，很少阐释问题，所以只能做到与人共悲欢，不能给人以希望和力量。

现实题材创作的难点

给人希望和力量，正是文学能够带给人们最可宝贵的精神财富。而在现实题材的作品中，这一点特别难实现。原因就在于“只缘身在此山中”。

以小说写作为例。我们一直在提倡文学写作要接地气，要表现当下的生活，反映当下人们的精神状态。那么一个真切的问题是：当作家自己也处在“当下”，还处在追问、迷惘的阶段，没有能力指出方向的时候，如何处理小说的虚构与现实的关系。如果完全按照现实生活的原貌来写，可能会很真实，很有共鸣，但总让人觉得缺少点什么，或者说，给人带来的审美体验有所欠缺。但如果脱离实际，完全沉浸在自己的想象世界里，这样的文学也许能让人暂时进入桃花源，但一定会因为缺乏营养而无以为继。

要表现过去的时代，比较容易。因为经受过时间的沉淀，难以看清的问题能够看清，难以想透的事情能够想透。所以写古代历史题材的，包括近现代历史题材的作品都比较容易出现优秀的作品。

有一类作品是写当下社会中正在消失或刚刚消失的东西的，也能写得比较透。比如南翔的短篇小说《绿皮车》，写一群身份不同、职业不同，但都是辛苦过活的城市小人物，因为相似的交通出行的需要，都选择了这趟慢但票价便宜的老式列车。如果小说的故事发生在 20 世纪 80 年代，那么不会产生多大的影响。因为当时大部分人的生活都是这样的。但如果发生在绿皮车行将消失的今天，那么它的冲击力就会强烈得多。一方面，出于对旧时生活的怀念，人们总是容易在即将失去的时候发现美好；一方面，是对新旧交替中旧的一边表现出的弱势和新的一边表现出的强势的对比的强烈感受。而小说让人动容的，是看起来弱势的一边，却表现出强势一边明显缺少的温情。茶炉工、鱼贩子、菜嫂、穷学生，这些人在列车上相遇，彼此都是匆匆过客，但因同乘一趟车的次数多了，言谈中仿佛就有了某种熟悉。都是处在生活各种不幸重压下的人们，却不是只看到自己的不幸，还能看到别人的不幸，进而互相帮扶，互相支撑。在城市越来越发达的今天，他们就像这老慢车被铁路淘汰一样，也面临着被生活淘汰的困境，但他们仍在平静地过着自己的生活，表现出来的韧劲，竟是生活本身都无法压垮的。

但写当下社会就不那么容易了。作家对现实生活的把握当然不可能面面俱到，但截取一个横切面，或是选择一个领域去深挖，则是可以实现的，也是写作必需的。作家要能“进得去”，还要能“出得来”。这与做学术研究异曲同工。对于某一领域，首先要沉下去，深入到里层，寻找有价值的文学形象和故事，然后内化、吸收，感同身受，融入自己的生命体验和思考，再以文学的形式表达出来。这个内化再外化的过程不是按部就班的，而是一个反复磨合、否定之否定的过程。作家的写作就在这个过程中不断提升，最终达到艺术的炉火纯青。

要写好当下的现实生活，需要作家有足够的心智和勇气。贾平凹的《带灯》就是作家在长期接触农村生活的积累中，亲身体会到当下农村的变化和困境，选取了其中矛盾冲突比较集中的维稳的角度，以综治办主任带灯这一形象，把农村生活的方方面面串联起来。带灯这一形象，就像她名字的寓意一样,是一个渴望给人们带来光明和希望的人。但无论她如何努力，都达不到渴望的境地，因为以一己之力是无法对抗整个社会的。所以这一人物又是注定要陨落的。小说是文学，不是社会学著作，不可能把社会问题剖析得清清楚楚，更不可能直接提出解决问题的办法。小说的价值更多的在于审美的意义。

王可心的中篇小说《头顶一片天》，写了当下社会生活的一个片段，一个近年来颇受关注的现象：卖肾。小说以极细致的叙述，讲述了被儿子上学、自己一家进城生活的经济压力压得走投无路的杨八,一次偶然的机会遇到有钱人李大国要为生病的姐姐找肾源。一个有钱无肾，一个有肾无钱，两人一拍即合，达成了卖肾的交易。交易过程中，李大国展示了非凡的温情和种种有钱的好处，杨八一直感叹自己遇到了贵人，进而幻想自己下半辈子的生活和儿子的幸福都有了着落。没承想杨八的肾成功移植到李大国姐姐的身上，却没能成功地融合，出现了排异性，手术失败了。李大国认为是杨八年纪大，肾源不好，而极高的匹配度让他盯上了杨八正念高中的儿子的肾。这一变故对于杨八和读者来说都是突然的，李大国狠毒的本性暴露无遗，而杨八弱势的社会处境也被刻画得入木三分。原本就是为了儿子能过上好日子才铤而走险卖肾换钱的杨八，无论如何也不会拿儿子的身体做赌注，而李大国的极度自私，让他有了充分的理由在这个有钱能使鬼推磨的年代为所欲为。小说把这样一种似乎是不可调和的矛盾充分展示了出来，但却看不到出路。最终杨八把李大国的姐姐杀了，以这种两败俱伤的极端方式断绝李大国对自己儿子的肾的念想，达到保护儿子的目的。杨八真的没有别的办法了吗？这就是考验作者的地方。王可心的可贵之处在于敏锐地看到了杨八和李大国这两个人物的典型意义，也刻画出来了，写出了生活的残酷真实。把真相写出来，应该只是文学创作的第一步，更高层次的写作是能够提出问题，进而发掘解决问题的方向。《头顶一片天》所欠缺的，是作者对生活的整体把握，或者说是看待现实的高度。

愤怒与温暖给作家带来批判现实的勇气与底气

文学写作说到底是个人的事。能够成为作家，往往要具备三个方面的先天素质：一是敏感的神经，二是活跃的思想，三是表达的欲望。要成长为一位优秀的作家，还要有独立的判断力，而优秀的小说家更需要全局的掌控力。大多数写作者最初开始写作，凭的是兴趣和天赋，而要持续写作就需要不断地学习和磨炼，学习理解世界的知识，磨炼写作技巧，更重要的是磨炼心智。面对现实世界，作家应该有独到的眼光，能发现别人看不到的细微之处，看到世事的本真。文如心声。想让作品有高度，就需要作家有大视野、大格局。当一位作家越来越走向成熟，他的写作就不再是个人的事，而是关系到社会发展的事。不管哪一种写作，都只有同社会发展联系起来，才会有生命力，其产生的能量也才能是正的。

我们都知道，美学中关于文艺作品的审美体验有两个基本概念：一个是优美，即和谐的、合规律的；一个是崇高美，即冲突的、刺激的。优美带给人的是温暖的、激励的、美好的精神享受，崇高美带给人的则是警醒、疼痛、悲愤等精神刺激。两相比较，崇高美带给人的感受总是比较强烈，而让人难忘。人都有向善向美的心理需求，崇高美是相悖于这种心理的，但也会让人感受到审美体验，关键就在于接受者不在场。比如我们都看过描写地震、海啸的影像作品。观看过程中，我们会深受震动，感受到大自然之伟大、人类之渺小等震撼人心的心灵悸动，这就是一种崇高美的审美体验，能够得到这样的体验，是因为我们不在地震或海啸的现场，而这种感受会久久地萦绕在我们心头。对于文学作品而言，那些批判现实的、揭露社会黑暗面的、描写那些被侮辱与被损害的人物的作品，更容易给人们留下较深的印象。这类作品的成功的写作，一个关键点，也在于对所写对象的陌生化处理，即让读者不在场。所以与现实生活距离太近，没有必要的陌生化处理，很难给读者带来审美体验。

而作家对现实社会发声，歌颂美好当然必不可少，批判丑恶也是义不容辞。从某种意义上说，作家更应该保持清醒的头脑，对社会发展进程中的问题保持客观冷静的态度，不随波逐流，人云亦云。要做到如此，需要作家保持理性的愤怒和真诚的温暖。

愤怒是作家必需的。这种愤怒是立足于基本事实之上，经过深思熟虑后的表达，是一种理性的愤怒，否则就会变成戾气，不能产生正面的影响。对于现实的不满，应该成为作家写作的动力之一。但是写苦难不能变成苦难的展示和玩味，而应该是为了不再苦难，为了改变而写。只有真正看透了苦难，才能找到出路，看到希望。希望的出现，不是作家一厢情愿地编织美梦，而是真诚的关怀与同情，是带着体温的写作。

保持理性的愤怒和真诚的温暖的写作，考验的是作者对写作的掌控能力，在不动声色的叙述中推进情感的宣泄。比如贺捷生的散文《父亲的雪山　母亲的草地》中所表现出的情感，就是跳出了个人恩怨，站在时代的高度看待周围的人和事，作品也因此而展现出大气和大智。毕飞宇的中篇小说《大雨如注》批判了应试教育对孩子造成的伤害，是终生的、潜在的、不易察觉的。但通篇没有一句话是直接针对这一主题发言的。小说只是讲述了一个优等生本是家长的希望、学校的骄傲，本人也非常努力学习，成为大家希望的人，在一场大雨后生病住院，身体恢复后突然只会说英语、不会说汉语这样一个看起来近乎荒诞的故事，带领读者慢慢体会主人公心里的苦楚和无奈的反抗，继而反思教育的缺失、家长的偏执。

一个特别的文本是傅剑仁的报告文学《上访》。这个作品不像平常意义上的报告文学，甚至有人认为不像平常意义上的文学。或许是因为文本中充满了对公检法工作的专业思考，也或许是因为文本的语言过于理性，缺少了一点文学语言的文采。但我认为这是一部优秀的文学作品，是一种真正的专业写作，体现了作者专业的思考，写出了公检法这一与人们生活息息相关却又让人觉得陌生的专业领域的真实。这样的写作，在普通读者与这一专业领域之间架起了一座沟通的桥梁，对于桥梁的两端都是富有建设性意义的。特别值得称道的是作者针对上访这一特殊题材采取了恰当的叙述方式，从而使得作者想表达的思想得以正确地呈现。书中叙述了大量案例，特别是一些错案，每一个案例都可以写成非常精彩的带有批判现实色彩的故事。但如果这样写，书是好读了，但也大大冲淡了书中的专业分量。书中最有价值的不是这些案例本身，而是对这些案例的分析，既是反思察错，也是验证改进。贯穿全书的一条主线就是法治思维。用法治思维、法律精神去研判纠错，把过去偏离了这条主线的做法、想法纠正过来，通过息访工作，把这种思维带到全社会，这对建设法治中国无疑具有积极的建设性意义。这部作品体现了作者理性的愤怒。对于错案，作者是愤怒的，但这种愤怒不是针对某一个人或某一件事，而是以法治思维去审视错误的发生，为的是避免以后再犯同样的错误。作品也体现了作者真诚的温暖。都说法不容情，但如果没有对上访群众深切的关怀和同情，就不会有静下心来认真倾听群众申诉的耐心，也不会有自我审视剖析的勇气。

（写于 2014 年）

我们所需要的文学评论

在网络越来越普及的今天，电脑和网络进驻了人们生活的方方面面，给人们的精神需求和文化需求带来了很大的改变。当文学遇上网络，文学就不再是以前的文学，读者也不再是以前的读者。在网络这个开放的平台上，作家与读者可以实现空前的互动，而网络上发表作品的便捷和低门槛，又充分刺激了人们写作的欲望，在“人人都能当作家”的理念下，文学作品的数量激增。同时，对文学作品的评论也在网络上得到空前的发展。网络上的时时评论功能，使得读者可以随意地写下对所读作品的评价，而这些评价因为是有感而发，对其他读者和作者都会带来一些触动。虽然现在这些评价因为其量太大，有价值的又太少而经常被人们忽略，但我们应该看到其有价值的一面和未来发展的广阔空间。因此，本文所讨论的文学评论把网络上的这些“意见”也包括进去了。

由此，分析当前的文学评论，大致可以分成三类。第一类是阅读后最直接的感受和想法。这一类评论以网络中的留言以及一些综合性报刊中的作品介绍为主要代表。评论者不需要什么专业知识，只是表达自己最感性、最原初的阅读体会。这样的评论对其他读者来说是一种参考，读者会很自然地选择与自己感受一致的评论，而排斥不同的观点。第二类是有一定理论基础的人在认真阅读作品后从自身感受出发，对作品做出的一种解读。这一类评论是感性加理性的，既有评论者对作品内容的直接感受，又有评论者对作品价值的思考。这样的文学评论不仅对读者理解作品有帮助，同时也对学者们做进一步研究具有很好的参考价值。第三类是有较高理论修养和大量评论实践的评论家，在仔细研读作品后对作品作出的评价，包括对作品的文学价值和意义作出的判断。这一类评论往往不是针对某一部作品或是某一位作家，而是针对一位作家的多部作品，或是针对同一类型的多部作品，或是同一地域背景的作家群而言。这类评论实际上是一种学术研究。对读者来说，是一次再阅读，是关于文学理论的学习。

可以看出，上述三类文学评论因对象的不同而具有不同的意义。因为它们都有存在的价值，区别仅在于所面对的受众不同。但是，也因为受众的不同，对它们也提出了不同的要求。对第一类评论而言，主要面对的是普通读者。他可能爱好文学，对文学有自己的看法，也可能只是随意浏览或翻看，遇到自己感兴趣的就多看两眼。这时，什么样的评论对他来说都只是一种参考，没有更多的诉求。看到跟他想法一致的评价，他会产生一种被认同感，从而更加深这种感受，而碰到跟自己的想法有出入甚至相左的，就一挥手 pass 掉，或者表达一下反对意见，仅此而已。因此，在这一层面一般不会引起文学意义上的争议，最多会引起一些社会学意义上的讨论。第二类评论则富有了更多的文学意味，对文学的发展也具有一定的意义。因其面对的一般是对文学有所期待，并且已经形成自己的文学价值观的读者，他们希望从文学评论中获取一些有用的东西，所以会提出更高的要求，比如对作品的独到见解，对作家创作风格的深入解析，等等。当双方持不同观点时，会引起一些争鸣，而这样的争鸣会更加凸显出文学作品的价值。对于第三类评论，读者的期待值更高，要求也更高。这类评论可以让人们清楚地看到一种文学现象的发生和发展，或是一个文学流派的形成与壮大，从而描绘出文学创作的发展路线和趋势。20 世纪 90 年代到现在提出的城市化写作、底层写作、类型小说、青春文学等就是这类评论的成果。而文学史的修订也是基于这类文学评论的。

由上述分析可以看出，当前读者和作家对文学评论的不满主要是针对第二类文学评论，而批评主要集中在陈词滥调、雷语连篇、矫饰浮夸、玄虚空洞、隔靴搔痒、艰深晦涩、不痛不痒这些问题上，认为文学评论没有起到应有的作用。

那么，文学评论到底有什么作用呢？美国文学评论家莱昂内尔·特里林这样解释评论的功能:“批评的工作是把自由主义召回到它最重要的对多样性和可能性的想象，这意味着对复杂性和困难的意识。对开展自由想象的批评来说，文学有着独特的相关性，不仅因为现代文学直接针对政治发言，更重要的是因为，文学是最充分、最翔实地考虑多样性、可能性、复杂性和困难的人类活动。”我们都有过这样的经验，同样一句话，不同身份的人说出来，会引起听者不同的联想。同样的，同一个素材被不同的作家写出来，除了遣词造句的不同外，带给人们的感受和引发的思考也会不同。而另一个经验是“说者无心听者有意”。有的时候，一句话被说出来，会收到说话者本身没有意识到的效果，有时甚至会起到完全相反的作用。而这些是因为每个人都是一个有独立思想的个体，对外部世界有着不同的感受。放到文学上来，就是一部作品出来了，不同身份的人读后会产生不同的效果，引起不同的联想，甚至会激起不同的共鸣。这也正是文学的魅力所在。一千个读者心中有一千个哈姆雷特。人们的精神交流在文学作品中得到实现，而文学评论就是读者与作家通过作品进行精神交流过程中的桥梁和纽带。

文学评论想要做好桥梁和纽带，就必须具有独特的品格。抛开评论者自身的理论功底和文学素养不谈，因为这与个人先天的悟性和后天的努力有关，是因人而异的。好的文学评论至少应该具备两个基本质素:一是真诚的心，二是认真地阅读。如果是真心实意地去评论一部文学作品，那么无论读者认不认同你的观点，都会因你的真诚而认真对待，在此基础上产生的分歧也才会有价值。文学评论是一项严肃的工作，来不得半点马虎。只有在阅读的基础上，有的放矢地评论，才不会空洞，才有价值。

除了这两个基本质素外，好的文学评论还应该是旗帜鲜明，敢于发言的。过去有一种说法，文学批评应当对作家的创作有所启发。这一说法值得商榷。在文学创作已经发生巨大变化的今天，作家与评论家的关系也发生了变化。如今，作家已经不是传统意义上的作家，对文学评论而言，他们也是读者，可以说是比较有专业水准的读者。文学评论不能以引领这部分读者为目的，而应该像其他写作者与读者的关系一样，双方是平等的，各有各的需求。写,是为了表达的需要;读,是为了精神的需要。在我看来，文学创作与文学评论原本就是两个不同的体系。文学作品是文学评论的对象。而文学创作完全可以不顾文学评论。文学是人学，是作家表达对这个世界的看法和思考的方式，是作家对人性、对生命的体验和认知。优秀的文学作品，没有一定之规，也不受形式的约束，只要具有打动人心的力量的文字，都是优秀的文学。但文学评论不是。文学评论的使命是发现这样的优秀作品，并加以评介和分析，让它的光芒得以发散出来，帮助读者认识这一作品的价值。因此，文学评论一定要观点明确，言之有物。作品好就是好,不好就是不好。好的地方在哪里,不好的又在哪里。不能只说好的，也不能全盘否定。这里，评论家本身的倾向性很重要，立场很重要。评论家要有自己的原则，不能跟着“新”字走，更不能跟着舆论走。对于一些新的理论要有自己的判断，不能一味求新求变。对于新的文学现象要宽容对待，严谨评论，努力发现其中有价值的东西。能够在优秀的作品中发现问题，在不成熟的作品中发现优点，并且鲜明地表达出来，这就是优秀的文学评论，也正是我们需要的文学评论。

（写于 2011 年）

儿童文学：文学性与市场性统一

关于中国儿童文学一直有个“黄金十年”的说法，一般认为是从2005年开始的近10年间，少儿图书市场以年均10%的增幅增长，其中儿童文学的比重不断扩大，到2015年已占据超过40%的图书份额。因此，儿童文学的“黄金十年”又被认为是儿童文学出版的“黄金十年”。

2015年以来，从出版界到文学界，都在指出儿童文学原创存在的问题，并且纷纷提出改进的思路。在上一个“黄金十年”打开了儿童文学的阅读市场后，中国儿童文学界正在努力提升服务质量，推出文学性与市场性俱佳的精品。

儿童义学作家须有童心、诗心和爱心

文学性与市场性的统一应该是儿童文学的内在要求，这也是儿童文学区别于其他文学门类的特点之一。文学的价值只有被阅读后才能真正生成，而儿童文学面对的是少年儿童这个特殊的阅读群体，比其他文学门类的作品更加渴望被阅读、被讨论，儿童文学作品天然地具有吸引小读者、贴近小读者的合目的性。因而，市场反应，即小读者是否喜爱，从一开始就是评价儿童文学作品的标准之一。可以说，优秀的儿童文学作品是读者和写作者共同创作的，因为写作者在创作的过程中总会有一个想象中的读者的存在，而作品完成后，写作者也往往会很在意小读者的阅读体验和对作品的评价，并以此来判断作品是否成功。

我们所熟悉的很多中国儿童文学经典，比如金波、高洪波的儿童诗，严文井、孙幼军的童话，曹文轩、张之路的小说等，都是文学性和市场性俱佳的代表，既有文学的隽永和意味，又得到了广大小读者的喜爱，这些作品影响着一代代中国少年儿童。正如高洪波总结的，能够成为儿童文学作家，须具有三心：童心、诗心和爱心。儿童文学作家们为了保持童心，都愿意与孩子们交流交往，都以能够与小读者们心心相印、顺畅交流为荣，会自觉不自觉地把创作基调定在温暖明亮、积极向上、求真向善等有益于儿童的方面，而对于那些灰暗的、悲伤的、负面的东西，作家们会格外小心地作艺术的处理，让这些人生中必须经历的事情能够以一种恰当的方式让儿童知晓、体验。彭学军的小说《浮桥边的汤木》、汤汤的童话《一只小鸡去天国》都是用有趣而富有美感的方式带领孩子认识死亡这一可怕又不可避免的事物。

儿童文学的创作和出版既然是市场行为，就会有趋利性，就会出现一些不符合儿童文学标准的“残次品”。对于这类作品，大家都有基本的判断能力。难点在于那些为了追求市场而降低文学品质的作品，或者用一些似是而非的东西包装出来的类似“心灵鸡汤”一样的作品，还有那些貌似充满童心童趣，却是过分迎合小读者的那些简单需求而没有任何营养的“消遣品”。这样的东西虽然也有存在的合理性，但这类型的东西多了，势必会抢占小读者们的时间和精力，更会让家长和读者对原创儿童文学失去信心，进而影响整个市场的发展。

不俯视，不仰视，而是平视

之所以出现不同的创作理念，归根结底是儿童观的不同。比如有人认为儿童是一张白纸，大人怎么教他就怎么做，因此，儿童需要的是引导、教育和培养；有人认为儿童是有自主意识的，大人要做的就是开发他的潜能，甚至对于孩子的创造力有着某种夸张的膜拜，因此，孩子的兴趣和需求成了“圣旨”，唯有满足。这是两种比较极端的观念，在此观念指导下产生的儿童文学作品就会带有天生的偏执性。前一种观念下产生的作品会过于重说教，或是把本该蕴含在作品中的教育意义写得急功近利，让小读者难以产生阅读兴趣，其价值也就无从谈起。后一种观念可能导致过于重阅读的趣味性而伤害了其价值含量，比如过于强调游戏精神而趋向娱乐化的作品。

什么样的儿童观能产生优秀的儿童文学呢？应该是既不俯视，也不仰视,而是平视。平等地对待儿童,尊重儿童,能够从他们的角度去换位思考，也能够用自己的知识和经验去帮助他们做出正确的判断，培养他们理解事物的能力。从那些优秀的儿童文学作品中往往可以看到作家对儿童的真心认同和理解，没有对儿童的猎奇和夸张的描写，也看不到对儿童的怜悯和施舍，也没有对儿童的一味指责和说教。这样的作品总是会给人力量，助人成长。董宏猷的《一百个孩子的中国梦》是作者在接触、了解了大量当下的孩子的梦想后创作的梦幻体小说。作者长期保持与孩子们的交往，孩子们都喜欢这位“大胡子叔叔”，愿意与他分享自己的梦想。作者被孩子们的真情和想象感动，用自己的智慧和学识把这些梦编织得更加绚烂。这些梦可以说代表着中国当下少年儿童对未来的期望,也代表着未来中国的希望。

作家的高度和格局往往能够使他的作品有着更高远的人文情怀，有着更有说服力的影响力和教育意义，有着更能打动人的情感力量。这在书写那些特殊儿童群体的作品中表现得尤为突出。报告文学《梦想是生命里的光》就是这样一部有情怀的作品。作者舒辉波花了很长的时间跟踪采访 10 年前采访过的儿童，写他们 10 年后的状况，前后对比，让人印象深刻。在这部作品里，尽管采访的对象多为家庭困难、生活处于困境的少年，但作者是以朋友的立场去采访、去书写，用或赞赏，或担忧的心态去面对这些孩子的真实生活，并且用采访中带给他最多感动的“梦想”一词给作品染上一抹亮色。阅读后，我们既会为孩子们的遭遇唏嘘，也会为他们不屈的奋斗精神而鼓掌。张之路的小说《吉祥时光》是非常用心的一部作品，不同于作者其他的想象力恣肆的作品，这是建立在亲身经历的童年记忆的基础上，建立在大量史料的基础上的，其中对于历史的书写，对于历史故事中人的书写，既有时代的烙印，又充满了包容和温暖，闪耀着智性、理性和人性的光辉。

期待下一个“黄金十年”

市场需要培养和维护。适度的营销，是当下信息社会必需的，但不能过度依赖营销，还是应以质量为本。这也是当下很多专业少年儿童出版社正在努力的方向。想要达到理想的文学品质，编辑就要耐得住寂寞，顶得住压力，这与作家的创作是相似的。文学创作有自身的规律，一般来说，经得起时间检验的作品，应该也是经受过时间打磨的作品。好作品不可能一蹴而就，但一年出一两部好作品远远不能满足作家和出版社的生存需求，更不能满足全中国 3 亿少年儿童的阅读需求。所以，既不能只盯着最好的作家作品，也不能不顾质量只求数量。市场应该呈两个金字塔分布，对于作品，是正金字塔，最优秀的作品在塔尖，塔基是能够满足普通阅读需求的大多数作品。对于营销，则是倒金字塔，最多的营销资源分配给最优秀的作品，让优秀的作品能够突出出来，得到更多的阅读和关注，实现其优良的价值。

我们的儿童文学发展到今天，已经有了比较成熟的市场，有了实力强劲的可持续的创作队伍，有了具有世界眼光、具有开创精神的出版人，完全有理由期待下一个“黄金十年”。在刚刚结束的第十届全国优秀儿童文学奖中，参评的 400 多部作品可以说是对过去 4 年儿童文学创作的一次大阅兵，其中文学性与市场性俱佳的作品很多。该奖的评奖条例里关于评奖标准，第一条就是思想性、艺术性、可读性俱佳，这也正是文学性和市场性相统一的体现。最终获奖的 18 部获奖作品几乎都有着不俗的市场成绩和口碑，其中多部曾引起过强烈反响和阅读热潮，除了前面提到的几部，还有张炜的小说《寻找鱼王》、萧萍的小说《沐阳上学记·我就是喜欢唱反调》、麦子的小说《大熊的女儿》、郭姜燕的童话《布罗镇的邮递员》、殷健灵的散文《爱——外婆和我》、王林柏的科幻小说《拯救天才》等，它们为文学性与市场性的良好统一做出了最好的注解。

（写于 2017 年）

书写当代英雄是儿童纪实文学的使命

——明天出版社时代楷模系列序

文学为什么要书写当代英雄？因为英雄是定义一个时代精神特质的最优途径。

一个时代有一个时代的英雄。身份、形态会不同，但“英雄”身上令人景仰的精神品格不会变。曾经，我们都被保尔那段话“人的一生应该这样度过”深深触动，被“谁是最可爱的人”带领着去观察去思考，被“哥德巴赫猜想”背后的数学家所折服……这些书写时代英雄人物的文学作品是照亮人们生活之路的明灯，满足着人们对美与崇高的渴望，也带给人们追求美好人生的精神能量。

今天，步入新时代的中国，正以昂扬拼搏的姿态追求着中华民族伟大复兴的中国梦。一大批走在发展潮头的英雄人物在各行各业勤奋耕耘，创造着一个个“中国奇迹”。他们是我们这个时代的英雄,是我们学习的榜样，是“时代楷模”。同时,他们又是与我们身处同一时代的同行人。书写他们，就是书写时代。他们代表着我们这个时代的精神高地。

儿童文学为什么尤其应该书写当代英雄？因为这是帮助少年儿童塑造优秀品格的能量来源。

社会的进步，靠的是什么？有人会说是科技，有人会说是经济，但最根本的是人的能力的培养和提升。人的发展不仅是知识的积累，更是性格的养成、品德的修炼。如何让孩子们在成长道路上获得更多的精神营养，帮助他们建立起自己的精神王国，积蓄未来展翅翱翔的原动力？阅读，是个必经之路。这已经成为儿童教育的一个共识。读什么样的书？最基本的一点，当然是作品必须是积极向上的、提供正能量的。而书写当代英雄的文学作品，必然蕴含着丰富的精神能量，更因为与被书写对象所处的社会环境、时代背景的相近，小读者们易于“感同身受”地理解被书写人物的情感和思想，进而产生较强的吸引与共鸣，达成精神上的启迪。这些与我们同时代的人，是如何成长为一个值得人们仰望的人的？他们为新中国的腾飞做出了什么样的贡献？他们身上有着什么样的优秀品质？阅读这些，能为少年儿童的精神成长补钙。

儿童文学又该怎样书写当代英雄？真实而客观的书写，恐怕是最重要的。真实才有力量，客观方能让读者信赖。

纪实文学是文学作品中对真实性要求最高的，也是对社会发展变化反映较为迅捷且敏锐的。以纪实文学的形式书写当代英雄，应该是优选。综观当前儿童纪实文学创作，可以说作品丰富，题材广泛，几乎涉及社会生活的方方面面。当代英雄人物、时代楷模主题创作更是为儿童纪实文学创作打开了一个富矿。很多当代英雄人物，尤其是科技、教育领域的人物都已有多部作品去书写。但是目前大部分作品还停留在讲述故事的层面，真正深入挖掘展示被书写人物的精神世界的作品不多。讲述英模的故事当然是必需的，并且应该成为儿童纪实文学的创作主流，要让更多的人关注这些默默而踏实地奉献的值得尊敬的人们，有了他们才有我们今天的美好生活。但文学作品更应注重对人的精神层面的探索，要能够从这些优秀人物的故事中发现那些支撑着他们不断奋斗进取的精神特质，让那些闪光点照进读者的心灵。

儿童纪实文学的写作难度是显而易见的。优秀的文学作品不但能够让我们走近英模人物，更能够带领我们进入他们的精神世界，更深层地挖掘他们的成长奥秘。也许每一位英模身上都可以看到一些共同的品格，比如坚毅刚强、不轻言放弃，有勇气、敢于创新，心中有大爱，等等。但是这些共通性在每一位人物的具体生活中却有着不同的表现。当共性与个性相交汇，会诞生出一个个丰富多彩的故事。把一个个可感可知的人物的真实生活状况和情感起伏表现出来，可以让那些代表着人类美好品格的词汇生动鲜活起来，为孩子们搭建一个理解通达的桥梁。要达成这样的写作，需要作家不仅深入采访，了解被书写对象的大量真实信息，更要对所写对象的社会背景、领域背景有着深入的了解和思考，深层里考验的是作家对时代的理解力。儿童纪实文学还应兼顾文学性和儿童性。不仅是在字词句上注意适合孩子阅读，更要在与孩子心灵契合、情感相通上下功夫，创作出真正让孩子能读、爱读的作品。

本次我们尝试约请多位优秀的儿童文学作家选择一位他所熟悉或比较想写的时代楷模或其他英模人物，讲述他们的故事，呈现他们的精神，为孩子们打造关于当代英模人物的优秀纪实文学作品。希望能为孩子们带来愉悦而有收获的阅读。

（写于 2020 年）

发现正在升起的星星

——新世纪出版社原创新锐少儿文学精品书系序

中国当代儿童文学经历了上一个黄金十年的发展，结出累累硕果，一个显著的繁荣标志，就是形成了老中青少四代同堂的创作队伍。近年来，老一辈作家们锋芒依旧，新作不断；中青年作家创作力旺盛，已成为儿童文学的中流砥柱；更有一些崭露头角的少年写作者，出手不凡，潜力令人期待。这样层次丰富的创作队伍同台竞技，给中国少年儿童奉献了一大批不同风格、不同体验的优质文学作品。随着第二个黄金期的到来，曾经的青少年写作者正在成长为中流砥柱，更多更年轻的写作者需要被发现。

在儿童文学的发展中，青年写作者往往有着更加特殊的意义。为少年儿童写作，必然需要与少年儿童心灵相通。如何保持童心童趣，成为每一位写作者必然面临的问题。很多儿童文学作家都想方设法地与少年儿童多交流多沟通，以保持对当下少年儿童的认知和相知，这是儿童文学创作的一大法宝。但不是所有人都能因此葆有童心。随着年龄的增长，难度越来越大。但是，青年写作者、少年写作者带着对同龄人的体认和观察，能够较轻松地接近少年儿童，表达出一代代新新人类的情感、思想和审美取向，这是儿童文学永葆青春活力的重要力量来源。从这个意义上说，青年写作者的发现和培养，对儿童文学的发展具有非常重要的意义。对于读者来说，读同龄人、近龄人写的文字，会有天然的亲切感和代入感，也许艺术上不那么精湛，思想上不那么清晰和深刻，但情感上是融洽的，更易于带来价值观的认同和引导。这就说到了青年写作者的另一个重要作用：价值观的培养。

毋庸置疑，儿童文学一定是带有教育意义的，带有人生观价值观的树立和引导作用的。换句话说，恐怕没有哪个国家的儿童文学不是主旋律的。通过文学塑造下一代少年儿童的中国品格、中国气质，应该是当代中国儿童文学的一个重要作用。这其实是关系到国家、民族的宏大命题。中国当代儿童文学从一开始就有着积极介入当下社会发展、主动承担教育培养后代的社会责任和使命的优良传统。到了今天，随着互联网科技的发展，世界各国文化的较量已经上升到国家竞争的高度，越来越多的国家意识到少年儿童的审美趣味、文学素养、艺术鉴赏能力，往往和他们的人生观、世界观、价值观息息相关，相辅相成。因此，儿童阅读得到前所未有的关注。我国正处在儿童阅读的爆炸式发展过程中。家长们越来越关注孩子的阅读，并且亲自参与挑选作品和陪伴阅读。家长对儿童文学的挑剔对儿童文学的发展是一个挑战，也是一个机遇。对于写作者和出版社来说，抓住机遇，迎接挑战，就有可能创造下一个辉煌。

这其实是很困难的。对写作者来说，需要不断提高自身修养，扩大眼界和认识，使自己成为一个能够引领少年儿童，给予他们智慧和启迪的写作者，还要不断提高艺术涵养，提高写作技巧，使自己的作品更加精彩，更富感染力，更有营养，真正让读者有所收获。对于出版社来说，出版新人的作品需要胆略和眼光，需要付得起经受市场考验的资本和耐心，需要有高度的社会担当。

广东新世纪出版社策划出版这套《原创新锐少儿文学精品书系》，就展现出出版人应有的气魄和胆识，表现出高度的社会担当。这家出版社有一群有追求、敢担当的年轻编辑，在有远见卓识的出版人带领下，踏上中国儿童文学发展的巨浪，做勇敢的弄潮儿，放眼全国，寻找那些正在升起的星星，不拘俗套，不拘一格，只在乎文学性和审美意趣，全心全意为少年儿童奉上精美的阅读大餐。第一批所选作品包括夏商周的长篇童话《北川女孩的异想》、陈诗哥的中短篇童话集《一个故事的故事》、茶茶的中短篇童话集《猫须镇奇妙故事集》、一苇的中短篇童话集《花香湖》、何兮的长篇童话《蒜，跳着走了》、途丫的中短篇童话集《飞过神祠的青鸟》。这几位作家都是近年来创作活跃的青年作家，他们的作品各具特色，内容涉及广泛，但有一个共同点，那就是想象独特、故事精彩，一路读来，仿佛经过了多个不同风情的秘密花园。他们的作品虽还有一些瑕疵,有的时候显得稚嫩，甚至笨拙，但与读者一起成长，也是一件美好的事。期待这套书系不断壮大，囊括更多风格、更多品类的精品佳作，为少年儿童的不同阅读需求提供更加丰富的盛宴。

（写于 2017 年）

从刘慈欣“地球往事”三部曲谈当代科幻小说的现实意义

摘要：刘慈欣的“地球往事”三部曲《三体》《三体Ⅱ：黑暗森林》《三体Ⅲ：死神永生》不仅在科幻界引起强烈关注，更在全民阅读中掀起一股“三体”热，使中国科幻小说创作水平提升到一个新的高度。三部曲的时间跨度相当长，内涵非常丰富，知识信息量可以说是海量。整个小说就像一部人类生存史，其对于今天的现实世界的借鉴意义不可小视。小说充分体现了科幻小说的现实意义。本文从整体构思、人物形象、思想内涵三个方面，探寻其文学价值和社会意义。

关键词：科幻小说、刘慈欣、文学评论

20世纪70年代末到80年代中期，我国科幻文学曾有过一个爆发期。童恩正的短篇小说《珊瑚岛上的死光》以及他后来发表的一系列随笔和创作谈，如《谈谈我对科学文艺的认识》《创作科学幻想小说的体会》等文章，掀起了一股科幻小说的创作和阅读热潮。童恩正、郑文光、叶永烈等作家以优秀的创作实绩标识了科幻小说的发展方向，那就是摆脱科普文艺的束缚，以科学为创作手段，从细节逼真、人物塑造、情节安排等方面增强文学性，使科幻文学成为特色鲜明的文学门类。遗憾的是，这样的观点在当时并没有得到广泛认同，科学界以严肃的学术论争否定了科幻小说的文学性，要求科幻小说必须严格忠实于科学事实，应当以宣传科学、普及科学知识为中心价值。这场论争使得刚刚崭露头角的中国科幻文学迅速没落。[①]

30 年过去了，中国的社会、经济、文化各方面都发生了巨大变化。在大力提倡科教兴国的背景下，人们重新认识到科幻文学的价值。中国科幻文学在坚守多年后终于再次勃发。2010 年 8 月，世界华人科幻协会成立大会暨首届全球华语星云奖颁奖大会在成都成功召开。四川省科普作家协会会长董仁威认为，中国科幻文学即将爆炸。以刘慈欣、韩松、王晋康、星河、何夕等为代表的新一代科幻作家，显示出旺盛的创作势头。“70 后”“80 后”“90 后”中青年科幻作家，形成了中国科幻文学强大的方阵。科幻作家、科幻史家郑军认为，今天，最优秀的那批中国科幻作品已经达到了世界水平。它们具有独立的创意、精巧的故事和纯粹属于中国人的视角。[②] 特别是刘慈欣的“地球往事”三部曲《三体》《三体Ⅱ：黑暗森林》《三体Ⅲ：死神永生》横空出世，不仅在科幻界引起强烈关注，更在全民阅读中掀起一股“三体”热。

科幻小说必然与现实社会发生联系

不同于历史题材小说着眼于过去，现实题材小说着眼于现在，科幻小说更多着眼于未来。美国当代科幻文学创始人雨果·根斯巴克把科幻写作的意义概括为:“用幻想去发掘科学能够带来的可能性。”[③] 这成为当代欧美科幻文学的传统，并延续至今。20 世纪 50 年代末到 60 年代初，英国科幻文学作家兼编辑家迈克尔·莫考克倡导把“科学”从物理、化学等纯自然科学扩大到包括社会学、心理学、语言学、宗教学、政治学等社会科学在内的所有科学领域，从而使科幻小说的张力加强，更富有社会道德感，产生了新浪潮科幻小说。莫考克甚至提出科幻小说应该以或表现，或隐喻，或象征现实生活为目的。[④]20 世纪 80 年代出现的“赛博朋克”重新估价科学

---

① 吴岩主编:《科幻文学理论和学科体系建设》,重庆出版社,2008。

② 董仁威:《中国科幻文学即将爆炸》,载《中国当代科幻文学精选》,四川人民出版社,2011。

③ 吴岩主编:《科幻文学理论和学科体系建设》,重庆出版社,2008,第 29 页。

④ 吴岩主编:《科幻文学理论和学科体系建设》,重庆出版社,2008,第 34—35 页。

对于科幻小说的意义，提出科幻这种一直被认为是描写未来的文类，其实描写的就是现实本身。[①] 通过上述简单回顾欧美科幻史上关于科幻小说与现实社会的关系的观点，我们不难看出，科幻小说与现实社会的联系在不断加强。

我国科幻小说最早一批研究者中，鲁迅在1903年出版的《月界旅行·辨言》中明确提出科幻小说应该具有“经以科学，纬以人情”[②] 的文本构造方式。在鲁迅看来，“科学小说”和其他小说一样，离不开对现实社会的观照，同时现实社会也是取之不竭的素材之源。[③] 作为一个文学门类，科幻小说必然要与现实社会发生联系。我们常说文学作品要“深挖井”，要“接地气”。如果不与现实社会相联系，就如同空中楼阁，这样的文学将会失去存在的意义。优秀的科幻小说已经不满足于讲一个奇特有趣、闻所未闻的故事，更希望通过对未来世界的描述，反思过去，警醒当下。“地球往事”三部曲中蕴含的深切人文关怀和对人类社会的深刻描写很好体现了科幻小说的现实意义。

“地球往事”三部曲集合了优秀科幻小说的全部要素，并且完美融合：既有科普作品的严谨，又不沉溺于技术细节的展示；既有奇幻瑰丽的想象，又不是天马行空，而是基于科学理论和技术细节的艺术升华；还有引人入胜的故事情节和鲜明的人物形象。一部科幻小说能够做到这样已经很成功了，但“地球往事”三部曲走得更远。其中对人性的深刻挖掘和对全人类存在意义的终极思考使得它超越了科幻小说的普遍要求，成为当代科幻小说创作的一座奇峰。

“地球往事”三部曲第一部《三体》把故事发生时间设定在20世纪六七十年代，与现实社会产生重叠，其中有大量关于现实社会的描写，让读者仿佛置身于这个科学幻想故事之中。如果没有发现外星人的情节，小

---

① 吴岩主编:《科幻文学理论和学科体系建设》，重庆出版社，2008，第42页。

② 吴岩:《科幻文学的中国阐释》，载《2010年度中国最佳科幻小说集》，四川人民出版社，2011。

③ 吴岩主编:《科幻文学理论和学科体系建设》，重庆出版社，2008，第45页。

说完全可以看作一部现实主义作品。其中对于那段疯狂的历史及其影响有着深刻的思考，这种深刻思考直接演变为整个故事发端的精神根源。从这个现实社会出发，一步步发生、发展、演变，最后达到第三部的宇宙社会，这样的处理增加了科幻小说的现实色彩，也增加了可信度。“地球往事”三部曲的时间跨度相当长，内涵非常丰富，知识信息量可以说是海量。整个小说就像一部人类生存史，其对于今天的现实世界的借鉴意义不可小视。

科幻小说因其理性思维、幻想成分等与传统文学作品有着很大的区别，其文学规律也有着一些特性。但科幻文学归根到底还是一种文学类型，还是遵循着一定的传统文学规律的。所以我主要从结构、人物和思想内涵三方面去解读这部作品，探寻其文学价值和社会意义。

宏大的整体构思为深刻内涵提供坚实的基础

现在长篇小说里的三部曲很多。有的是第一部出来，看这个题材有市场，就趁热打铁，出续集。这样的三部曲更像是一个系列小说。也有的是一开始就有着整体构思的长篇小说，因为太长或是根据完成情况而分成三部出版。这样的三部曲一般来说都会有一条主线：第一部发端，从人物、环境、社会关系等基本层面为整个故事提供一个基础；第二部发展，主题内容渐渐展开，各色人物陆续登场，为第三部的大结局做铺垫；到了第三部，一般都会发生席卷了各方势力的大混战，终极毁灭后一切归于最原初的平淡。“地球往事”三部曲属于后者。

在这三部小说里，贯穿始终的主线就是地球危机。第一部《三体》，危机出现；第二部《黑暗森林》，地球找到有效威慑办法，双方进入制衡阶段；第三部《死神永生》，生存的压力最终导致双方同归于尽，更预示了整个宇宙的归零。于是，最终完成了从人类发现外星文明到最终结局的一个完整故事的叙述。

在这个漫长的故事中，涉及人类社会的方方面面，经济、政治、法律、科技。如此海量的信息，读起来却繁而不乱，细而不腻。所有信息都是随着故事的发展而呈现的。大到国家之间的明争暗斗和战略分析，小到普通老百姓的生存状况和心理活动，小说处理得有点有面，有详有略，结构精妙。

但三部小说之间的关系并不是平衡的。从人物相关性和故事发展时间段等方面来看，第一部和第二部之间的联系更紧凑些，第三部则稍微松散一些。就出版时间来说，前两部都是 2008 年出版的，第三部则是 2010 年出版，中间相距近两年时间。这段时间应该是作者对三体危机的再认识和再思考的过程。第三部的想象较前两部更宏阔、更深入，无论是时间还是空间上，都有了一个飞跃性的发展。而对文明在整个宇宙中的影响和人类道德在宇宙中的意义等问题的思考也有了一个飞跃性的发展。正如严锋在《死神永生》的序里所说的，《三体Ⅲ》在许多方面都超越了前两部。[①] 如果没有第三部，那么整个三部曲的价值至少会打七折。

作者的叙事能力非常强，擅于运用各种手段，营造氛围、铺垫伏笔、前后呼应、欲扬先抑等手法的运用，使得故事起伏跌宕、引人入胜。三部曲中，最让人惊心动魄的一幕，当属《死神永生》中第五部“掩体纪元 67 年，银河系猎户旋臂”这一小节。这一部分在整个三部曲中意义非凡，不仅因为它是整个三部曲中对外星文明的唯一一段直接描述，更因为它是对宇宙黑暗本质的具体表述。小说中对三体文明的描述始终是间接的，主要通过三体游戏和三体人与人类的对话来完成。而这一段中，有对歌者这一具体人物的心理描述，有对他所属的那个甚至没有取名的文明的描述。看似漫不经心的对话其实预示了宇宙的覆灭：

> 歌者有些不安：“您这次怎么这样爽快就给我了？”
> “这又不是什么贵重东西。”
> “可这东西用得太多，总是……”
> “宇宙中到处都在用。”
> “是，到处都在用，可我们以前多少还是有些节制的，现在……”

①严锋：《心事浩渺连广宇》，载刘慈欣《三体Ⅲ：死神永生》，重庆出版社，2010。

他们说的“东西”是可以把三维空间降到二维空间从而达到毁灭目的的武器。这是一种运用宇宙规律打击对方的武器。而使用宇宙规律作为打击其他文明的武器的同时，也迟早会毁灭自我。这与人类社会目前面临的核危机有着不低于 99% 的相似度，几乎可以说人类社会就是小说中描述的黑暗宇宙的微缩版。虽然作者没有特别渲染和铺垫，而是平淡无奇地叙述出来，但我认为这是整部小说中最精彩的想象。在地球人与三体人之间接近白热化的对峙中，突然出现这么一段平静的叙述，不动声色地把整个银河系的覆灭，甚至整个宇宙覆灭的预示讲出来，读者读完后才幡然醒悟，对心灵产生的震荡是无与伦比的。

形象鲜明的人物形象推动故事发展

人物形象的塑造是传统文学的核心目标。而科幻小说中注重人物的心理描写和全面灵魂的塑造，是使科幻小说增强文学美感的重要途径。欧美科幻史上的两位著名科幻作家兼编辑美国的约翰·伍德·坎贝尔和英国的迈克尔·莫考克正是通过强调科幻小说应该用现实的手法描写超现实的题材，以塑造人物形象为中心，富有文学性和社会感等观点，把科幻小说创作推上新的高度。

在“地球往事”三部曲里，作者塑造了几十个形象鲜明的人物，这些人物性格鲜明，相互之间构成一个关系网，每一个人在这个关系网中相互作用、相互影响，推动着故事的发展。处于关系网中央的是三个关键人物：发现三体人并把其引到地球的叶文洁，受叶文洁启发发现宇宙奥秘从而找到威慑三体人的方法的罗辑，还有始终以爱为行为标准但最终导致地球毁灭的程心。围绕着他们，出现了许多主要人物，对故事的发展都承载着各自的使命。比如第一部里，作为小说叙述线索的物理学教授汪淼、对叶文洁人生观、价值观产生重要影响的记者白沐林、政治投机型学者雷志成、学者兼丈夫杨卫宁、极端环保主义者伊文斯等。警察史强是一个贯穿第一部和第二部的主要人物，在第二部里，他成为罗辑的保护者。第二部里，积极进取却难逃失败命运的三位面壁者，信念坚定行为果断的军人章北海，代表普通人的三个退休老人。第三部里，主导阶梯计划的 PIA 局长托马斯·维德、深爱程心的传奇人物云天明，新新人类艾 AA 等。这些人物都有着鲜明的性格特点，对三体人的入侵有着不同的立场，代表着末日危机中人类所持的种种心态。

叶文洁是一个复杂的人物。一方面，正是由于她在天体物理学上的非凡成就，人类才得以与太空中的另一种生命发生联系，这是人类梦寐以求的事情；但另一方面，她联系外星人的初衷是为了毁灭人类，这与人类寻找外星生命的初衷是严重抵触的。可以说，她是集天使和魔鬼于一身。更重要的是，正是基于她半生心血总结出的宇宙社会学公理和首先提出的猜疑链、技术爆炸两个重要概念，罗辑才能推演出宇宙的黑暗森林状态，而这在整个故事发展中起着决定性的作用。面对三体舰队的渐渐逼近，人类完全忽略了她的巨大贡献，只剩下怨恨。但一部分人对她是有所理解的，还有一部分人认同她的这种极端想法，于是才会有地球三体组织。整个故事建立在这样一个矛盾的基础上，从一开始人类就处在两种选择相互对抗的状态。对叶文洁本人来说，借外星人的力量毁灭人类的这种念头与她固有的道德观念是完全不相容的，她在向三体人发送信号并保持联系的过程中一直处于对自己的道德批判中。她在理性思考人性本质的同时，也理性思考自己的所作所为将给人类带来的后果。她甚至有过短暂的动摇，但很快这种动摇就被她看到的人们的丑恶打消了。这种道德上的批判与自我批判不仅在叶文洁身上充分体现，也充满了整个人类的一次又一次选择中，成为整部小说的情感基调。

作者对她的态度也很复杂。一方面，对她在天体物理学方面的天分和对学问的孜孜追求，作者是肯定并且赞赏的。对她性格中的善良和温和，是毫不保留地展示的。对她在那个极端年代里的悲惨遭遇也是充分体现的。这些使她成为“一位为孤独而伟大的事业贡献了一生的可敬的老人”[①]。但另一方面，对于她组织和领导地球三体组织的行为，作者是有批判的。作者认为她对人性恶的一面的理性思考使她陷入了深重的精神危机，而正

---

① 刘慈欣:《三体》，重庆出版社，2008，第 130 页。

是这种精神偏执促使她成为地球三体组织的领导者。这样的态度也体现出作者在科技的进步和道德的维护之间的思考。在科技迅猛发展的今天，人们对待与人类道德相悖的科学技术一直是矛盾的。唯技术论者疯狂地沉溺在技术的进步中，而一旦技术发展超过了人们的道德极限，比如克隆技术、人兽杂交、基因技术等，就会受到强烈的压制。但事实是，技术的发展必然会撞上道德的壁障，多数时候危险的并不是技术本身，而是其使用者。就像核能，作为替代石油的能源，它是公认的大趋势，但各国发展核武器，对全世界构成核威胁，就是对核能的过当运用。这是没有办法解决的。一项先进技术一出来，必然会有人把它用于威胁和破坏，这是人类的本性中的劣根性造成的。所以，从某种程度上说，三体危机中，最可怕的并不是三体人，而是人类本身。

罗辑这一形象很有趣。《黑暗森林》里联合国主席萨伊对他的一段评价可以说基本概括了他的性格特点："你有很多与一名严肃和敬业的学者不相称的行为：你做研究的功利性很强，常常以投机取巧为手段，哗众取宠为目的，还有过贪污研究经费的行为；从人品方面看，你玩世不恭，没有责任心，对学者的使命感更是抱着一种嘲笑的态度。你对人类的命运并不在意。"① 而在他成为面壁者，被赋予拯救人类的重要使命的时候，他的第一反应是：我拒绝。在终于明白无论怎样都不能拒绝之后，他想到的居然是利用这个机会为自己创造一个安乐窝，好好享受最后的时光。但是他有天文学和社会学双重学位，这是他最终能推演出宇宙黑暗森林状态，从而扭转时局的科学基础。而且，他的玩世不恭，在某种程度上也是他能够成功的条件之一，因为处在置身事外的角度才能看清整个世界。高度决定格局。而他对人类无所谓失望也无所谓救赎的态度，也使得他能够抛开情感因素，冷静地思考。这在末日之战那种混乱的时局下显得尤为重要。而对于读者来说，这样一个人物是有着很强吸引力的。他既有学识又不刻板，既对人类无情又信仰爱情，既坚定又逃避。他只对自己感兴趣的事情动脑筋，绝不会为拯救人类这样宏大的事情去伤脑筋。换句话说，他是意志力

① 刘慈欣：《三体Ⅱ：黑暗森林》，重庆出版社，2008，第 189 页。

极强的一类人，这也是近来国内外文学作品中承担重大历史责任的人物所具有的一个共同特点。

程心这一人物可以说是作者下了很大力气去塑造，并希望她能代表作者对人类爱的力量的信仰的一个重要形象。但也因为这样的希望使得这个人物不够丰满，有些扁平。程心是一个对所有人都友善的人，因此也得到了所有人的喜爱。但是她对人的爱是普适的,在她心里装着对全人类的爱。她就是爱的化身。在面对危机时，作者甚至用圣母来强化她的爱的形象。某种程度上说，程心这一人物形象更像一个象征，是作者表达思想的一个符号。

瑰丽宏大想象背后蕴涵深刻思想

作者在第一部《三体》的后记中写道:“如果存在外星文明，那么宇宙中有共同的道德准则吗？往大处说,它可能关乎人类文明的生死存亡。”“我认为零道德的宇宙文明完全可能存在，有道德的人类文明如何在这样一个宇宙中生存？这就是我写‘地球往事’的初衷。”[①] 人类生死存亡、道德，这都是非常宏大的文学命题，在第一部里就把小说设定在探寻这类问题的各种可能性的层面上，构思不可谓不宏大。作者丰富的科学知识基础，为小说打下了坚实的科学根基，使得一切的幻想都显得真实可信；作者对现代国际社会和人类本性的深刻思考，则使得小说中对未来地球社会的描写成为合理推演。第三部《死神永生》中出现过一个地球演化数学模型，在取消生命选项后对地球表面形态的过去和未来进行了一次粗略的演化。整个“地球往事”三部曲就像是这样的一个超级数学模型，在选上了生命选项后对整个宇宙的过去和未来进行了一次模拟。

正像前面所说，作者对于科技的进步是心存疑虑的，作者对人性的本质也是怀疑的。小说中描写危机来临时，全世界出现的各种思潮，如逃亡主义以及全世界对其的严厉打击，失败主义，地球三体组织中的降临派、

① 刘慈欣:《三体》,重庆出版社,2008,第301页。

拯救派之争等，背后都蕴藏着人性自私、贪婪、虚荣等恶的一面。但这其中也有不屈服、勇于抗争的一类人，就像汪淼、史强、罗辑等，他们因为怀着对人类的最后一丝希望而努力。

面对黑暗的人类社会，作者也在寻求救赎的可能。小说中对人类的爱的力量的信念体现出作者深厚的人文关怀。前面说过，程心这个人物代表了作者对人类爱的力量的信仰。表面上看起来，这个人物形象恰恰代表了爱的无能为力。有网友说，程心两次以爱的名义作出的选择扼杀了人类生的希望，最终银河系被吸入了永不停止的二维空间的黑洞，但她还活着。这是读者最不理解的地方。因为生存是文明的第一需要，这也是宇宙社会学公理之一。当生命都不能存在的时候，爱还有什么存在的意义。其实，作者想要表达的并不是爱是生存的力量，而是爱是存在的意义，这就是作者为人类寻找到的一线生机。作者在第二部《黑暗森林》的结尾处就做了努力，希望爱能够救赎人类甚至宇宙。这种努力是通过罗辑和三体人的对话表达的。三体人对罗辑对于人类迟迟没有看清宇宙的黑暗森林状态归结于人类有爱的观点是赞同的，但对于罗辑认为人类是宇宙中唯一拥有爱的种族的论断不认可。这个三体人承认三体世界中因为爱不利于文明的整体生存而被抑制在萌芽状态，但也认为爱的萌芽的生命力很顽强，会在个体上成长，应该鼓励爱的萌发和成长。而为此值得冒险。“也许有一天，灿烂的阳光能照进黑暗森林。”[①] 这是三体人和罗辑共同发出的心愿，也体现了作者为人类寻找一线生机的努力。到了程心这里，爱被刻意加强了。在人类两次面临生死抉择的时候，作者都安排程心成为抉择者。第一次，程心被以联合国为代表的全人类选择成为执剑人罗辑的继任者，掌控威慑三体人的终极武器，也就是向太空发射三体星系坐标的引力波宇宙广播系统。她清楚知道，一旦坐标发出，不仅三体世界会遭到毁灭，人类世界也迟早会因此毁灭。她的一个动作，引发的是两个世界的毁灭。更重要的是，她深深相信自己是守护者而不是毁灭者，她愿意用自己一生来守护两个世界的平衡，正是这样的信仰

---

① 刘慈欣:《三体Ⅱ：黑暗森林》，重庆出版社，2008，第470页。

使她同意成为罗辑的继任者。但三体人不这么认为。凭着对程心的准确分析，在罗辑交出控制权的那一刻三体人就发起了进攻。程心当然没有足够的时间来应对这突发的变故，就算她有足够时间去考虑，也不会让自己成为毁灭者。人类开始了艰难的被三体人统治的时代。人类的悲惨状况让程心痛苦，但她仍然不后悔当时的选择。这一次，程心代表的对两个世界的爱败给了三体人的无爱。第二次，面对自己公司与全世界的对抗，程心不假思索地要求公司停止抵抗。因为在兽性和人性之间，她当然选择人性。但是这一决定把人类制造光速飞船的最后一条路堵死了，否则当打击来临时，人类还是会有一部分能够成功逃亡，不至于全部覆灭。这一次，看起来是程心的爱截断了人类继续存在的最后一根稻草。但如果没有了爱，就算能够继续在宇宙中生存，人类还能算是人类吗？表面上看起来毁灭人类的可能还真是人类的爱，但没有了爱，人类也就不再是人类了。作者塑造程心这一人物的用意应该是在这里：爱不是宇宙中生存的力量，但却是人类存在的意义，是人类文明区别于其他文明的标志。

三部小说全部读完后，读者很可能会处于震慑状态，得有一阵才能恢复过来，甚至可能陷入矛盾挣扎无法自拔。正如《三体》中叶文洁给汪淼讲述外星文明探索过程中的感受："地球生命真的是宇宙中偶然里的偶然，宇宙是个空荡荡的大宫殿，人类是这宫殿中唯一的一只小蚂蚁。这想法让我的后半辈子有一种很矛盾的心态：有时觉得生命真珍贵，一切都重如泰山；有时又觉得人是那么渺小，什么都不值一提。"[①] 当看到宇宙也因为各个文明之间的生死争斗而难逃覆灭时，我就陷入了这样一种矛盾的状态。进而提出了一个问题：虽然小说中创立的宇宙社会学公理第一条便是生存是文明的第一需要，但是生存真的是最大的吗？能让读者产生这样的追问，证明作者创作的初衷达到了：有道德的人类文明如何在这样一个宇宙中生存？相信每个读者心中都会有自己的答案。

小说中关于未来世界和宇宙的终极想象是作者对人类社会深刻洞察的

---

① 刘慈欣：《三体》，重庆出版社，2008，第130页。

结果。也许会有人认为这样的想象还是基于人类社会的现实,不够“幻想”,也许还有人认为小说中对人类社会在面临生存危机时所作出的种种反应,过于简单化。科幻小说的魅力就在于随着时间的推移,科幻大师们笔下的未来世界一一实现。就把这些问题留给时间去解答吧。

（写于 2012 年）

科幻小说离现实有多远?

——谈谈科幻小说的现实意义

在传统阅读习惯里，历史题材小说着眼于过去，现实题材小说着眼于现在,科幻小说更多着眼于未来。科幻小说里写的都是未来世界发生的事，这也是科幻小说迷人的魅力之一。但今天的科幻小说创作趋势越来越显示出科幻小说与现实社会的距离正在缩短。这不仅是因为科技的进步日新月异，像赵洋在《盘点 2012：科技追赶科幻》中介绍在真实的科技领域人类取得的新的进步时，戏谑地说:“科幻都显得有些落伍了。”更因为科幻小说这一文学门类的自身发展需求，使得科幻小说越来越贴近人心，引发读者对当下社会的思考。

科幻小说必然与现实社会发生联系

美国当代科幻文学创始人雨果·根斯巴克把科幻写作的意义概括为：“用幻想去发掘科学能够带来的可能性。”这成为当代欧美科幻文学的传统，并延续至今。但作为一个文学门类，科幻小说必然要与现实社会发生联系。我们常说文学作品要“深挖井”“接地气”,如果不与现实社会相联系，就如同空中楼阁，这样的文学将会失去存在的意义。

纵观欧美科幻文学史,可以看出其与现实的联系不断增强的发展轨迹。20 世纪 50 年代末到 60 年代初，英国科幻作家兼编辑家迈克尔·莫考克倡导把“科学”从物理、化学等纯自然科学扩大到包括社会学、心理学、语言学、宗教学、政治学等社会科学在内的所有科学领域，从而使科幻小说的张力加强，更富有文学性和社会道德感，产生了新浪潮科幻小说。莫考克甚至提出科幻小说应该以或表现，或隐喻，或象征现实生活为目的。20世纪80年代出现的“赛博朋克”重新估价科学对于科幻小说的意义，提出科幻这种一直被认为是描写未来的文类，其实描写的就是现实本身。我国科幻小说最早一批研究者也认为，科幻不能抛开现实社会独立存在。鲁迅在1903年出版的《月界旅行·辨言》中明确提出，科幻小说应该具有“经以科学，纬以人情”的文本构造方式。在鲁迅看来，“科学小说”和其他小说一样，离不开对现实社会的观照，同时现实社会也是取之不竭的素材之源。

20世纪70年代末到80年代中期，我国科幻文学曾有过一个爆发期。童恩正的短篇小说《珊瑚岛上的死光》以及他后来发表的一系列随笔和创作谈，如《谈谈我对科学文艺的认识》《创作科学幻想小说的体会》等文章，掀起了一股科幻小说的创作和阅读热潮。童恩正、郑文光、叶永烈等作家以优秀的创作实绩标识了科幻小说的发展方向，那就是摆脱科普文艺的束缚，以科学为创作手段，从细节逼真、人物塑造、情节安排等方面增强文学性，使科幻文学成为特色鲜明的文学门类。遗憾的是，这样的观点在当时并没有得到广泛认同，科学界以严肃的学术论争否定了科幻小说的文学性，要求科幻小说必须严格忠实于科学事实，应当以宣传科学、普及科学知识为中心价值。这场论争使得刚刚崭露头角的中国科幻文学迅速没落。

30年过去了，中国的社会、经济、文化各方面都发生了巨大变化。在大力提倡科教兴国的背景下，人们重新认识科幻文学的价值。中国科幻文学在坚守多年后终于再次勃发。“70后”“80后”“90后”中青年科幻作家，形成了中国科幻文学强大的方阵。以刘慈欣、韩松、王晋康、星河、何夕等为代表的新一代科幻作家，显示出旺盛的创作势头。更新一代的陈楸帆、江波、程婧波、夏笳、飞氘等作家正在迅速成长。有评论家认为，今天，最优秀的那批中国科幻文学作品已经达到了世界水平。像王晋康充满人性拷问的《与吾同在》以及韩松意象丰富、极富批判精神的《红色海洋》，这些作品中不仅可以看到过去只有在外国科幻小说里才能看到的想象力构建的奇观以及对文明的深刻反思，还可以看到比外国作家笔下更多的，也可能更符合实际的关于我们这个民族和国家的未来景象。

今天,优秀的科幻小说已经不满足于讲一个奇特有趣闻所未闻的故事,更希望通过对未来世界的描述,反思过去,警醒当下。刘慈欣的“地球往事”三部曲(《三体》系列)中蕴含的深切人文关怀和对人类社会的深刻描写很好体现了科幻小说的现实意义。

以《三体》为例,科幻小说如何与现实社会发生联系

“地球往事”三部曲《三体》《三体Ⅱ:黑暗森林》《三体Ⅲ:死神永生》完美融合了优秀科幻小说的三大要素:科学、想象和文学。既有科普作品的严谨,又不沉溺于技术细节的展示;既有奇幻瑰丽的想象,又不是天马行空,而是基于科学理论和技术细节的艺术升华;还有引人入胜的故事情节和鲜明的人物形象。一部科幻小说能够做到这样已经很成功了,但《三体》走得更远。其中对人性的深刻挖掘和对全人类存在意义的终极思考使得它超越了科幻小说的普遍要求。

“地球往事”三部曲第一部《三体》把故事发生时间设定在20世纪六七十年代,与现实社会产生重叠,其中有大量关于现实社会的描写,让读者仿佛置身于这个科学幻想故事之中。如果没有发现外星人的情节,小说完全可以看作一部现实主义作品。其中对于那段疯狂的历史及其影响有着深刻的思考,这种深刻思考直接演变为整个故事发端的精神根源。从这个现实社会出发,一步步发生、发展、演变,最后达到第三部的宇宙社会,这样的处理增加了科幻小说的现实色彩,也增加了可信度。

在这三部小说里,贯穿始终的主线就是地球危机。第一部《三体》,危机出现;第二部《黑暗森林》,地球找到有效威慑办法,双方进入制衡阶段;第三部《死神永生》,生存的压力最终导致双方同归于尽,更预示了整个宇宙的归零。于是,最终完成了从人类发现外星文明到最终结局的一个完整故事的叙述。

在这个漫长的故事中,内涵非常丰富,知识信息量可以说是海量,涉及人类社会的方方面面,经济、政治、法律、科技。大到国家之间的明争暗斗和战略分析,小到普通老百姓的生存状况和心理活动,所有信息都是

随着故事的发展而呈现的。瑰丽宏大想象背后蕴涵着深刻思想。整个小说就像一部人类生存史，其对于今天的现实世界的借鉴意义不可小视。

作者在第一部《三体》的后记中写道："如果存在外星文明，那么宇宙中有共同的道德准则吗？往大处说,它可能关乎人类文明的生死存亡。""我认为零道德的宇宙文明完全可能存在，有道德的人类文明如何在这样一个宇宙中生存？这就是我写'地球往事'的初衷。"人类生死存亡、道德，这都是非常宏大的文学命题，在第一部里就把小说设定在探寻这类问题的各种可能性的层面上，构思不可谓不宏大。作者丰富的科学知识基础，为小说打下了坚实的科学根基，使得一切的幻想都显得真实可信；作者对现代国际社会和人类本性的深刻思考，则使得小说中对未来地球社会的描写成为合理推演。第三部《死神永生》出现过一个地球演化数学模型，在取消生命选项后对地球表面形态的过去和未来进行了一次粗略的演化。整个"地球往事"三部曲就像是这样的一个超级数学模型，在选上了生命选项后对整个宇宙的过去和未来进行了一次模拟。

作者对于科技的进步是心存疑虑的，对人性的本质也是怀疑的。小说中描写危机来临时，全世界出现的各种思潮，逃亡主义以及全世界对其的严厉打击、失败主义、地球三体组织中的降临派、拯救派之争等，背后都蕴藏着人性自私、贪婪、虚荣等恶的一面。但这其中也有不屈服、勇于抗争的一类人，就像汪淼、史强、罗辑、云天明、程心等人，他们因为怀着对人类的最后一丝希望而努力。

面对黑暗的人类社会，作者也在寻求救赎的可能。小说中对人类的爱的力量的信念体现出作者深厚的人文关怀。程心这个人物代表了作者对人类爱的力量的信仰。表面上看起来，这个人物形象恰恰代表了爱的无能为力。有网友说，程心两次以爱的名义作出的选择扼杀了人类生的希望，最终银河系被吸入了永不停止的二维空间的黑洞，但她还活着。这是读者最不理解的地方。因为生存是文明的第一需要,这也是宇宙社会学公理之一。当生命都不能存在的时候，爱还有什么存在的意义。其实，作者想要表达的并不是爱是生存的力量，而是爱是存在的意义，这就是作者为人类寻找到的一线生机。作者在第二部《黑暗森林》的结尾处就做了努力，希望爱能够救赎人类甚至宇宙。这种努力是通过罗辑和一个三体人的对话表达的。这个三体人对罗辑关于人类迟迟没有看清宇宙的黑暗森林状态归结于人类有爱的观点是赞同的，但对罗辑认为人类是宇宙中唯一拥有爱的种族的论断不认可。这个三体人承认在三体世界中，爱因为不利于文明的整体生存而被抑制在萌芽状态，但也认为爱的萌芽的生命力很顽强，会在个体上成长，应该鼓励爱的萌发和成长。而且为此值得冒险。"也许有一天，灿烂的阳光能照进黑暗森林。"这是三体人和罗辑共同发出的心愿，也体现了作者为人类寻找一线生机的努力。到了程心这里，爱被刻意加强了。在人类两次面临生死抉择的时候，作者都安排程心成为抉择者。第一次，程心被以联合国为代表的全人类选择成为执剑人罗辑的继任者，掌控威慑三体人的终极武器，也就是向太空发射三体星系坐标的引力波宇宙广播系统。她清楚知道，一旦坐标发出，不仅三体世界会遭到毁灭，人类世界也迟早会因此毁灭。她的一个动作，引发的是两个世界的毁灭。更重要的是，她深深相信自己是守护者而不是毁灭者，她愿意用自己一生来守护两个世界的平衡，正是这样的信仰使她同意成为罗辑的继任者。但三体人不这么认为。凭着对程心的准确分析，在罗辑交出控制权的那一刻三体人就发起了进攻。程心当然没有足够的时间来应对这突发的变故，就算她有足够时间去考虑,也不会让自己成为毁灭者。人类开始了艰难的被三体人统治的时代。人类的悲惨状况让程心痛苦，但她仍然不后悔当时的选择。这一次，程心代表的对两个世界的爱败给了三体人的无爱。第二次，面对自己公司与全体地球人的对抗，程心不假思索地要求公司停止抵抗。因为在兽性和人性之间，她当然选择人性。但是这一决定把人类制造光速飞船的最后一条路堵死了，否则当打击来临时，人类还是会有一部分能够成功逃亡，不至于全部覆灭。这一次，看起来是程心的爱截断了人类继续存在的最后一根稻草。但如果没有了爱，就算能够继续在宇宙中生存，人类还能算是人类吗?表面上看起来毁灭人类的可能还真是人类的爱，但没有了爱，人类也就不再是人类了。作者塑造程心这一人物的用意应该是在这里：爱不是宇宙中生存的力量，但却是人类存在的意义，是人类文明区别于其他文明的标志。

三部小说全部读完后，读者很可能会处于震慑状态，得有一阵才能恢复过来，甚至可能陷入矛盾挣扎无法自拔。正如《三体》中叶文洁给汪淼讲述外星文明探索过程中的感受：“地球生命真的是宇宙中偶然里的偶然，宇宙是个空荡荡的大宫殿，人类是这宫殿中唯一的一只小蚂蚁。这想法让我的后半辈子有一种很矛盾的心态：有时觉得生命真珍贵，一切都重如泰山；有时又觉得人是那么渺小，什么都不值一提。”进而提出了一个问题：虽然小说中创立的宇宙社会学公理第一条便是生存是文明的第一需要，但是生存真的是最大的吗？能让读者产生这样的追问，证明作者创作的初衷达到了：有道德的人类文明如何在这样一个宇宙中生存？相信每个读者心中都会有自己的答案。这样的阅读体验，给读者带来相当强烈的代入感，从而引起共鸣和对现实生活的反思。

当前科幻小说不断增强与现实社会的联系成为趋势

当青年华裔科幻小说作家刘宇昆的《手中纸，心中爱》（*The Paper Menagerie*）获得2012年雨果奖最佳短篇故事奖和星云奖最佳短篇小说奖后，国内科幻迷曾对该文的获奖表达过不同程度的“不解”，争论的焦点之一就是这部作品“是不是科幻”。少数认为是“科幻”的读者认为：“从某些方面来说其实是科幻，只是内核被隐藏了，是通过描述一个时有好转的精神病人的精神世界和现实世界的关联，来探讨这种精神病的成因以及现实对病情的影响。事实上这是美国一个比较常见的科幻命题，那就是虚幻精神与物质实体之间可能存在的某种感应，比如灵魂与肉体，心灵与鸡汤什么的。”刘慈欣则认为小说《手中纸，心中爱》充满了东方文化的色彩，比如伦理、价值观、母亲对孩子的责任，等等，但其中没有任何技术内容，更类似于奇幻。

事实上，《手中纸，心中爱》的获奖恰恰反映出当前欧美科幻界对科幻小说的新认识。小说讲述了“我”的母亲是一位从香港嫁到美国的传统女性，儿时母亲为“我”用纸折成的小动物竟然被赋予生命，但“我”因为遭受歧视迁怒于母亲，并逐渐疏远。后来，母亲去世，给儿子留下的一封信，令“我”陷入悔恨与羞愧中，并真正理解了中国人深沉的爱。小说的科学基础是社会科学领域以探讨人的精神世界与现实世界的交互为主要内容的心理学。

前面已经说过,英国科幻作家兼编辑家迈克尔·莫考克曾倡导把“科学”从物理、化学等纯自然科学扩大到包括社会学、心理学、语言学、宗教学、政治学等社会科学在内的所有科学领域。这一观点大大推进了科幻小说与现实社会的相互作用。而现在科幻小说以社会科学为基础，或核心基础，正在成为新的潮流。社会科学就是以人类自身为研究对象，是对人的精神层面的种种现象以科学技术的手段加以解释、剖析，特别是心理学、语言学等，既需要科学研究的理性，又需要敏感、丰富的感性，因此非常适合以科幻小说的形式来呈现。

这一趋势其实早在 1999 年科幻电影《黑客帝国》(*The Matrix*)出现时就已初现端倪。这部以哲学为内核的科幻电影引发科幻迷们对现实世界的新认识。2010 年一部同样被认为是“非常复杂的科幻电影”的《盗梦空间》(*Inception*)，则是以医学，特别是脑科学研究为基础的，其中还杂糅了哲学、心理学等社会科学的研究成果。

在以社会科学为基础的科幻小说里，往往没有清晰的时间设定。没有了时间上的隔阂，读者容易产生代入感，进而更容易引起思考和共鸣。《科幻世界》2013 年第 3 期发表的美国作家克瑞格·德兰西的科幻小说《朱莉是三个》，就是一部典型的以心理学、精神学为基础的科幻小说。小说中的心理医生“我”收治了一个刚刚遭遇车祸并且因此失去父母的小女孩朱莉，但我发现她身上还有另外两个身份：朱莉安娜和琼妮。三个人具有各不相同的人格特征：朱莉不懂英语，会说法语，朱莉安娜只会说英语，琼妮不太聪明但会画画弹钢琴。在心理学上,这种情形被认为是分离性身份障碍，或称人格分裂。当一个人在遭受极端迫害后会出现这种症状，用幻觉来逃避现实。开始时，我认为朱莉的反应是心理创伤的奇怪征兆，但随着我的深入了解，发现又不同于已知情形，她就像是天生就有三个人格一样，而她的小姨也有三个人格，一个在学院学习古老的语言，一个学习海洋，一个做菜很棒。为了确认她回家后不被虐待，我对她的监护人小姨进行了访谈，她小姨对我坦承她的家族确实存在这种多重人格的情形，并且“我们中的每一个都可以与自己交流，向自己挑战”。最终我相信了朱莉和她小姨家族的这种自然进化。小说想表达的深层思想是，每个人都有强烈的孤独感，需要有人说话，也有想做的事情太多，心有余而力不足的时候，需要有个分身，这恰恰契合了现代人的心理感受，因此作者才在小说中称之为“进化”。这种幻想是基于对人类精神方面的科学研究生发出来的。

我国科幻作家星河的新校园系列小说里有一篇《语焉不详》是以语言学为基础的科幻小说。一块莫名其妙的石头上出现了一种莫名其妙的语言。一名学习结构主义语言学的博士研究生受导师之命，破译这块石头上的语言，也就是翻译成现代汉语。“我”在研究过程中发现石头上的文字其实是一些会变化的刻痕，而石头的形状还会改变，石头本身还会发光。我按捺住发现“地外文明”的兴奋，找语言学专家求证语言学、文字学的问题，渐渐认同了语言是一种生命的理论。我开始与“铭石”交流。经过一系列的努力后，我终于破解了“铭石”的意图。原来他所属的智慧物种天生没有眼睛，因而他们发明了一种通过直接摄入光的模式去感知宇宙间丰富多彩的信息的技术，也就是设计和制造一套视觉接收系统。他们欣喜地在宇宙间传播这种技术。这个“铭石”人来到地球，发现人类本身就长着眼睛和耳朵，无须再造这套系统，最后怅然离去。整篇小说读起来轻松有趣，其中关于语言学的一些论述很有启发性。

当然，完全以社会科学为基础的科幻小说，会让科幻迷们感觉不像科幻，更像玄幻。曾经有人把以传统的自然科学为基础的小说称为“硬科幻”，而以社会科学为基础的小说称为“软科幻”。无论是硬是软，科学都是以解开人类生存的奥秘为目标的，而这里面既有物质方面的，也有精神方面的。两方面的科学进步都会对人类的生存产生重大影响。而无论以哪方面的科学为基础，科幻小说都离不开科学这个底色，这是其得以区别于其他文体的标志。有了坚实的科学基础，有了奇异的想象和能碰触人心的文学语言，科幻小说还应该成为现实社会的一面镜子。

（写于2013年）

原创儿童文学的繁荣与提升

近五年来，儿童文学仍处于高速发展期，这不仅体现在持续增长的市场份额占比，更体现在创作的繁荣上，各门类题材的创作都有大批优质作品问世，为小读者的阅读提供了丰饶的资源。

小说方面题材丰富，类型特征日益明显。现实题材作品关注到儿童生活的方方面面，金波的《婷婷的树》、秦文君的《小青春》、董宏猷的《一百个孩子的中国梦》、彭学军的《森林里的小火车》、徐玲的《如画》、薛涛的《九月的冰河》、陆梅的《格子的时光书》、韩青辰的《小证人》、杜梅的《青苔街往事》等，注重书写儿童的深层情感体验。萧萍的《沐阳上学记》是一面当下小学生生活的镜子，于立极的《美丽心灵》从心理学的角度写出儿童世界的不简单，王勇英的《巫师的传人》从民间文化中汲取营养，毛芦芦的《风铃儿的玉米地》则关注农村孩子的生活状况，徐鲁的《罗布泊的孩子》书写特殊人群的独特经历。历史题材创作方面，既有直接进入历史语境讲述故事的传统写法，如曹文轩的《火印》、殷健灵的《野芒坡》、史雷的《将军胡同》、李东华的《少年的荣耀》等，也有用幻想带领读者进入历史的，如李秋沅的《天青》等。

类型化写作在儿童小说中越来越旗帜鲜明。动物小说方面，出现了沈石溪、黑鹤、牧玲、金曾豪、袁博等风格各异的动物小说作家，他们的作品往往都带有明显的个人印记。比如黑鹤的动物小说能够带领读者从动物的眼睛看世界，体会动物与自然的相互关系；袁博的动物小说则是抓住了动物的社会性，小说比较易读易懂，能吸引小读者。幻想小说方面，大连出版社和北京师范大学联合举办的大白鲸原创幻想儿童文学征文活动，推出了一大批优秀的幻想小说，同时也推出了幻想文学这个概念，重在描述天马行空、恣肆汪洋的想象世界，是对以幻想为基础的童话这一门类的一种挑战，代表作品如快递家族系列、查理九世系列。童话这一文学门类在近五年来也出现了新的生机,收获很大。不仅出现了汤素兰、冰波、王一梅、汤汤、陈诗哥、左昡、李姗姗、萧袤、小河丁丁、周静等一大批具有鲜明个人特征的童话作家，也出现了《一只小鸡去天国》《童话之书》《房梁上的必必》《面包男孩》《一千朵跳跃的花蕾》等具有明显异质性的童话作品，体现出童话作家的创新力和探索精神。散文、诗歌虽不像小说那么热闹，但也佳作不断，并且仍是最富实验性的两个文体，从中能感受到作家的才情,感受到文学这一文字艺术的独特魅力。殷健灵的散文《爱——外婆和我》情感细腻深厚，王立春的儿童诗深得童真童趣的真谛。报告文学、纪实文学则稍显平淡，但也有佳作。比如吴然的《独龙花开》用文字记录云南独龙江地区的少数民族孩子的真实生活；还有舒辉波在《梦想是生命里的光》中注入的情感使得这部报告文学作品多了一些人文气息。

近年来,儿童文学创作中还有一个绕不过去的关键词:“跨界”。“跨界”有两种类型。一类是非儿童文学作家专门为儿童创作的作品，比如张炜的《寻找鱼王》、肖复兴的《红脸儿》、虹影的《里娅传奇》、赵丽宏的《童年河》、刘玉栋的《白雾》等小说，马原的《湾格花原》、徐则臣的《青云谷童话》等童话,毕飞宇的《苏北少年“堂吉诃德”》等散文。还有叶梅主编的“金骏马”民族儿童文学丛书和张锦贻主编的少数民族原创儿童文学系列，大多是第一次或很少写儿童文学的少数民族作家创作的儿童文学作品。因为有优秀作家艺术才华和多年创作的积淀为基础，这些作品都有着优秀的文学品质，对于提升儿童文学的文学性有很多助益，同时，因写作对象的预先设定，也给这些作家的写作设定了一些不能跨越的边界，让他们体会到为儿童写作的不易。另一类型是非儿童文学作家为儿童选编和推荐他们认为适合儿童阅读的经典文学作品，以王安忆选编的《给孩子的故事》、北岛选编的《给孩子的诗》为代表。这些作品并不是儿童文学，但面对近 3 亿儿童这一庞大的阅读群体，需要一些特别的阅读资源，来满足不同层次的阅读需求。

儿童文学繁荣的背后也存在一些有待改善和提高的空间。一是虽然目前创作队伍结构合理，发展潜能巨大，但整体年龄段偏低趋势明显。老一辈作家笔耕不辍，一直有新作问世。中青年作家已成为市场的中流砥柱。青年作者特别是少年作者的大量涌现，一方面是由巨大的市场需求催生的，一方面也是儿童文学自身发展的需求，但是大量青年作者主要创作针对学龄前或小学中低年级的作品，且质量参差不齐，平庸作品较多，难出佳作。如何培养好青年作者，仍是儿童文学发展面临的难点和重点。二是儿童文学理论评论的发展与创作的繁荣不相称。儿童文学创作繁荣发展，但儿童文学理论评论的阵地却在减少，且各地对儿童文学理论建设重视不够。旧的理论评价体系已经有些不适应当前儿童文学创作的发展，新的理论评价体系还有待形成。比如近年来发展迅猛的原创图画书，就没有构建起公认的恰当的理论体系。虽然已经有了一些研究机构的努力，比如北京师范大学图画书研究中心，但远远不够。由此带出的另一个问题是，对儿童文学分年龄阅读的研究有待细化和深入。这既是儿童文学理论建设的要求，也是培养健康市场的要求。

还有一些看似是创作外部的问题，实则是儿童文学内部的问题，比如儿童文学中的价值观问题受到越来越多的关注。随着家长文化水平的提高和对综合素质教育要求的提高，儿童阅读正在受到越来越多的重视，人们对儿童文学传递什么样的价值观提出更高的要求。另一方面，儿童文学与全民阅读的对接也有待完善。阅读推广人模式正在兴起，学校的阅读课也正在有序展开，原创儿童文学的阅读推广应积极参与其中，真正发挥儿童文学的作用和价值。

（写于 2017 年）

促进原创儿童文学的发展

中国当代童书出版在经历了21世纪初的黄金十年之后，热度丝毫未减，仍以年出图书4万多种（其中新出2万多种）的出版量延续着童书的出版热以及与出版密切关联的创作热。中国原创儿童文学，诚如纳杨文中所说，“迎来了一个爆发期”。纳杨一文，选择宏观纵览的俯瞰，检视并分析了21世纪第二个十年儿童文学创作领域“新”的气象与格局，“新”的冲击与挑战。面对日益为创作者认可和正视的儿童文学写作的难度，文章面向儿童文学作家与跨界写作儿童文学的作家，提出需以“更广博的视野和胸襟”，吐故纳新，推陈出新，寻求创作儿童文学精品的多种可能。

——崔昕平

改革开放以来，到2015年前后，中国原创儿童文学在童书大发展中迎来了一个爆发期。相比于新中国成立初期的儿童文学，在数量和销量上都大大增长，艺术特色和题材样式也更加多样，特别是“儿童本位”思想的树立，使原创儿童文学得到了广大少年儿童的广泛阅读和喜爱，诞生了一批有口碑、有市场号召力、小读者们熟悉和喜爱的作家作品。这批作品现在已成为长销书，一些作品已成为必读经典，那批作家现在仍是原创儿童文学的中流砥柱，并且在世界儿童文学版图中点亮了一盏明灯，打出了一面旗帜。但是，那个时期原创儿童文学的短板也是显而易见的，甚至因为过度受市场影响，催生了一些“短平快”的“儿童文学”，影响了原创儿童文学的整体质量。这一问题，从第二个十年开始得到了重视，提升作品质量逐渐成为儿童文学作家和编辑的共同目标。时间来到新世纪第二个十年末，儿童文学呈现出更加积极健康、朝气蓬勃的整体发展态势。其中比较引人注目的一个新变化，就是多股创作力量的加入，为原创儿童文学的发展带来了新的刺激，也形成了新的冲击和挑战。

在第九届和第十届全国优秀儿童文学奖获奖作家中，连续出现了两位“非典型”儿童文学作家——刘慈欣和张炜。如果说刘慈欣的获奖尚有科幻文学的特殊性因素的话，茅盾文学奖获得者张炜的儿童小说《寻找鱼王》获奖，则完全是因其作品获得了认可。儿童文学最高荣誉颁给并非专门为儿童写作的作家，这件事本身就体现出中国儿童文学的格局和开放性。

我国儿童文学作家中，有的作家一生专门为儿童写作，也有一些作家既写儿童文学，也写非儿童文学，还有一些作家的创作从儿童文学开始，后来转向写非儿童文学。近 5 年来，越来越多原来不写或很少写儿童文学的作家转而写儿童文学，甚至专门为儿童写作，成为儿童文学创作中一个突出现象。除了张炜，还有赵丽宏、肖复兴、阿来、马原、虹影、徐则臣、周晓枫、杨志军、叶广芩、刘玉栋、肖勤等，都是近年来进入儿童文学领域的代表性作家。他们之前有的接触过儿童文学，有的则是第一次写，有的已经写了几部作品，并且计划创作更多的作品，有的则仍处于尝试阶段。他们的作品各有优长，也有不足，但他们开始创作儿童文学的动因却几乎是一样的，那就是要为儿童写一部自己心目中理想的儿童文学作品。这是作家对自身创作的要求。儿童文学对儿童的重要性赋予儿童文学作家们责任和使命，儿童文学对作家文学生涯的意义，也正在得到越来越多作家的认同。

儿童文学首先是文学。优秀而成熟的作家的加入，对儿童文学产生的影响已经开始显现。从近几年的作品来看，儿童文学的主题开掘更深更广，艺术性文学性也得到大大提升。“跨界”写作的刺激，促使儿童文学作家们以更加开阔的视野看待当下少年儿童的生活，把少年儿童放置在一个更加现实的场域中去言说，从而突破了儿童文学原来的一些所谓“禁忌”。比如战争、苦难、死亡、历史等较为宏大的或比较负面的题材，进入儿童文学表现领域。《渔童》《吉祥时光》《鬼娃子》《野蜂飞舞》《纸飞机》《正阳门下》等作品，从儿童视角去书写历史和现实，用作家的智慧为孩子尽量还原真实的世界。题材的拓展也对作品的艺术创新提出了更高要求，寻求更多更好更合适的表现方式。可以看到，作家们在艺术探索上更加努力，表现手法更加纯熟多样，语言更具艺术性，艺术风格也各有千秋，给儿童阅读带来更丰富的选择。

在跨界写作的过程中，儿童本位问题、儿童观、儿童文学的教育功能等儿童文学的基本问题重新引起关注和讨论，并且达成了一些共识。目前的一个共识是，儿童文学应该是贴着孩子写的，创作目的非常明确，就是要给孩子读的，这就给作家的创作提出更高要求。认为儿童文学是“小儿科”的观念几乎不见了，更多的是看到儿童文学写作的难度，对为儿童写作抱有更多的敬畏之心。这也是原创儿童文学能够大发展的一个重要原因。多位“跨界”作家都表达过转向儿童文学写作以后才体会到儿童文学创作的不易。小到字词句的使用，要考虑目标读者的年龄特征，大到作品的价值观问题，比如一些习以为常的思维观念，写到儿童文学作品中就需要再三审视，是不是恰当，会不会带来不良影响，等等。而最难的还是如何让孩子喜欢，是否能与孩子心心相印、息息相通。实际上，这也是儿童文学作家的努力方向。许多优秀儿童文学作家都是长期通过各种方式保持与儿童的近距离交流，以保持与儿童的心灵共振，或是向儿童学习，保持心灵的纯粹。许多儿童文学作家同时也是儿童心理学家，他们理解儿童的情感以及表达方式，能够从儿童的角度去看问题想问题，从而能够从儿童的视角去写作。

非儿童文学作家的加入，主要集中在小说和童话两大门类，散文和报告文学有一些作品，诗歌和幼儿文学几乎没有。这与儿童文学本身的复杂性和发展不平衡有关。儿童文学是一个内涵外延极为丰富的文学概念。简单来讲，因其与儿童阅读紧密相连，需要从年龄上细分，大致分为幼儿、儿童和少年三大阶段，各个阶段中还要再分，且年龄段越低分得越细。每个年龄段对文学作品的要求不尽相同，特别是幼儿文学，更具专业性、独特性。体裁门类的划分也与其他类别不一样，童话、寓言、儿歌、童谣都是儿童文学的独有门类，诗歌、散文、报告文学、少儿科幻则是各个门类中的一个细分类别。每个门类都有各自独特的美学范式和阅读需求。门类再与年龄段相结合，创作的难度和复杂度就更加明显，需要长期、反复地琢磨、研究、练笔。

然而，儿童阅读的需求并不会因为创作的难度而减少。有一类专门为儿童改编的文学作品，在努力尝试给孩子们提供所需要的阅读对象。比如杨克主编的《给孩子们的一百首新诗》、叶嘉莹选编的《给孩子的古诗词》、王安忆选编的《给孩子的故事》、树才的《给孩子的 12 堂诗歌课》等。这些书籍是不是真的适合孩子阅读，适合哪个年龄段的孩子阅读，孩子是否爱读等，可以讨论，但这些书确实比较受家长欢迎，一是因其内容的经典性，二是因其填补了一些阅读空白。

中国正在进入新时代。新时代对儿童文学提出了新的更高要求。3 亿多少年儿童的阅读需求如何满足，应该是儿童文学作家、编辑、研究者、评论家共同努力的根本目标。儿童文学作为儿童阅读中一个重要门类，其价值和意义不言而喻。现在原创儿童文学已经取得了很好的成绩，作家队伍不断壮大，创作活跃，作品数量质量双提升，但相比当下少年儿童的阅读需求仍是远远不够的。一是优秀作品仍然太少，思想性、文学性、趣味性、可读性俱佳的作品太少。二是对优秀作品的推介还需做更多的努力。一方面，要继续加大原创儿童文学经典化的推进力度；另一方面，必须看到，当前儿童阅读的主要渠道，比如幼儿园、学校、阅读推广机构等推荐的作品中，原创作品还没有成为主流，儿童真正阅读原创儿童文学，尤其是优秀当代原创儿童文学作品太少。三是全民阅读推广背景下，儿童的阅读能力大幅提升，已经呈现阶梯式发展，家长对儿童阅读也越来越重视，对作品越来越挑剔，这些实际上对原创儿童文学形成倒逼之势。

在此背景下，儿童文学必须以更广博的视野和胸襟，吸纳一切以提升儿童阅读质量为目的的创作力量，寻求一切能够创作儿童文学精品的可能，共同为中国少年儿童奉献优秀的文学作品。

（写于 2019 年）

童话中的“虚”与“实”

——2019 年第一届新时代中国原创童话论坛上的发言

幻想是童话的基本元素，这是大家的共识。现实世界不可能的事，童话里就能变成可能。比如动物说人话，人在天上飞等。但是，童话里的事也不是完全没有约束的，要符合童话的逻辑，不能天马行空，乱想一气。因为，既然大家都知道童话是幻想出来的，不是真实的，那么如何让大家觉得可信就成为童话能否吸引人的一个关键，而要让大家觉得可信，就需要在童话世界与现实世界之间寻找某种联系，寻找某种似是而非的平衡。这就是童话的逻辑。

童话的魅力，在于它能创造一个不同于现实世界的世界，让人们能够暂时脱离身边的凡尘琐事，进入到一个理想的、美好的世界。比如《纳尼亚传奇》，通过一个神奇的橱柜就能进入到另一个世界。在那里，小主人公们不再是普通的学生，而是真正的国王、女王，有需要他们为之奋斗的国民，他们变得非常重要，他们的存在也变得更有意义。但是，对于小主人公来说，这个“另一个世界”与现实世界的不同之处也仅限于此，其他方面都与现实世界无异。比如都有国家，有敌人，有侵略和反抗，比如他们依然没有超能力，不能随心所欲，更重要的，这个世界一样尊崇善良、正义、奉献等人类美好的品质，贬斥背叛、欺骗、伤害等丑恶的一面，而且永远是美好的一面战胜丑恶的一面。这就是我想说的童话与现实的关系。童话世界脱胎于现实世界，归根到底，是脱胎于人的世界。童话的本质是表达人的思想和情感。在这个意义上说，童话的逻辑其实就是人内心的逻辑。

再比如大家都熟悉的安徒生童话《丑小鸭》。天鹅的小宝宝确实是灰色的，比鸭子宝宝个子小。这个童话的核心元素居然是事实。但这一点也不影响这篇童话的感染力，反而让人们觉得更加真实可信。《卖火柴的小女孩》除了小女孩能够在火柴的微光中看到期望的景象这一点是虚构的，其他情节或细节都基本上是现实世界的写照。别人家的现实在小女孩这里却只能是想象，这一对比更凸显小女孩的悲惨，激起读者的同情，进而引发人们对造成这种悲剧的原因的思考和改进。一部童话能够承担起促进社会进步的任务，恰恰是因为其与现实世界的紧密联系。

再举一个例子。汤汤的童话《门牙阿上小传》写出一个可信的牙齿的世界。一些细节处理得圆满而精妙，奇思妙想，使得这个牙齿的世界真实可感。这个故事是不容易写的。很多地方囿于基本事实的局限，比如牙齿是不能动的，左邻右舍是不会变的，等等，稍不注意就会跳出这个限制圈，而一旦跳出，就会成为无根的幻想，大大削弱了童话的力量。这个关于牙齿的故事，其实是关于牙齿主人的故事。从一颗门牙在牙齿世界的遭遇，带我们领略了这颗牙齿的主人一生的风光。这样一种举重若轻的写法，既有阅读的乐趣，又有阅读的意义。

作为儿童文学一个非常重要的门类，童话的创作在近年来也有了一些新的尝试和探索。比如去年汤素兰的《南村传奇》注重中国本土童话特色的继承和创新，以民间传说为蓝本，注入作家的想象，带领我们一窥传说的神秘与魅力，其间包含的是属于中国人精神血脉的独特味道。周晓枫的《小翅膀》从孩子的通病怕黑入手，带来一个光明的故事，设计出"小翅膀"这个勇于对抗自己命运，只为带给孩子爱和美好的小精灵形象，可以说是用西方精灵形象的"壳"装了一个中式精灵的"核"，贴近中国儿童的生活。李姗姗的《面包男孩 2》把"面包男孩"放到一个更具现实性的环境中，其中许多情节与现实生活遥相呼应。

童话在当下社会中依然能够拥有一席之地，不仅取决于孩子的天性，也取决于作家们的不断创新，探索出适合当下儿童读者的童话。而童话与现实世界的关系，是其中一个重要艺术命题，需要不断实践不断突破。

（写于 2019 年）

为孩子修建属于他们的心灵花园

——2022年第四届新时代中国原创童话论坛上的发言、第四届“温泉杯”全国短篇童话擂台赛获奖作品集序

前段时间带孩子去了一趟北京环球影城，各种游乐设施看外表跟普通的游乐场没有太大差别，但人们显然对这样的主题公园兴趣更大，为什么呢？因为这里有故事。而且，这里的故事大多是童话故事，哈利·波特、小黄人、驯龙高手……都是充满想象力而又有现实支撑的童话故事。如果把文学创作比作修建一座建筑，那么童话写作就好比建造一个儿童乐园。这座乐园向所有人开放，包括大人和孩子，当然主要是孩子。乐园里要有吸引人的故事，有出人意料的创意，有活泼可爱的NPC，也要有安全周到的保障，才能让孩子们玩儿得尽兴，让家长们觉得放心和物有所值。而这些在童话创作中，分别对应着童话的故事、童话的创意、童话的人物形象，以及童话的边界。

童话的创意往往是童话写作的灵感源流。一个好的创意，可以是从人们习以为常的事物中见出新意，也可以是另辟蹊径，从人们没有注意到的地方挖掘出新意。总之，都是要有“新意”。本届参赛作品的创意十足。《“随口瞎编的童话”一家》《世界上最难看的童话》《我从未见过骆驼》《云朵只卖一硬币》《年午夜的马》《稀奇古怪的故事》等都想象独特，很有创意。《客厅住进一片海》是我认为本届参赛作品中最有创意的一篇。客厅与海，如此差异巨大的两件事居然能联系到一起，海洋还可以是一小滩水，积少成多，海洋也是要成长的，这些想法在读这篇童话的时候不停地在我脑海中跳出来，让我脑洞大开。好的创意还要有好的故事来实现。这篇童话讲了一个有趣的故事，客厅的小主人小女孩芃芃发现了这片海，想尽办法帮助

海成长，两个小孩子的相处，童趣满满。芃芃还制订了一个海洋养成计划，借鉴自己被家长培养的现实经验，让这篇童话更有现实生活的气息。

童话故事是童话的基础。创意和故事好比一篇童话的双翼，缺了哪一边都不能飞翔。首先要用故事把读者吸引来，留下来，然后才能谈其他。那么童话故事仅仅是好读有趣就够了吗？本届参评作品大多数写得很流畅，主题立意各不相同，但故事都很好读，几乎可以一口气读完。但其中有几篇还需要回头再想一想,才能弄明白作者到底想说的是什么。比如《“随口瞎编的童话”一家》，故事很热闹，几个童话人物正在面临消失的命运，因为他们是在老人随口编的故事中创造出的，知道他们的人不多，如果讲述的人和听过的人都忘了这个故事，他们就会消失，没有了存在的理由。这是一个很特别的构思，而且还有很多解读发挥的空间。但是如果能设计一个更为清晰的故事线，把这些人物串起来，或者现有的主线再突出些，可能效果会更好。《年午夜的马》也是较有新意的一篇，把春节传统风俗融入童话故事中，创造了“年午夜的马”这一物种，以及他们要在年三十午夜送人们过河这一天职，太有中国意味了。但是，这个故事不如这个创意吸引人，一些细节处理得不够合理，让我一边读一边在想，这怎么可能。当读者出现这样的想法时，阅读节奏就会被打乱，作品营造的氛围就会被打破。《稀奇古怪的故事》真的是稀奇古怪的故事，虽然里面的几个小故事都能读懂，但是把它们放到同一篇作品里，就有点找不着北了。《夜酣酣》的故事相对完整紧凑的，主线清晰。在夜的童话国度里，夜黑黑、夜悄悄、夜怕怕和夜酣酣几个小“夜丁”奉夜神大人的命令掌管夜的事务。作者把夜分解重塑，有新意，但还是用了做梦、精灵等常见的表现手法来讲述，又不够有新意。回到前面提出的问题，童话故事仅仅是好读有趣就够了吗？显然是不够的，还需要清晰的逻辑线索、合理的充分的细节填充，才能让读者一直被故事吸引，跟随故事里的人物经历那些奇妙的旅程。

说到童话的人物形象，一些童话作品中有重讲故事轻塑造人物形象的现象。有的童话中的孩子可以是张三，可以是李四，换了谁都是一样的故事走向。但是故事的走向应该与人物的身份背景、性格、年龄等紧密联系，才能达到触动读者心弦的艺术效果。如果一篇童话的人物形象立起来了，写活了，而不是面目不清的，那么这篇童话一定会让人印象深刻，读者往往是因为人物而记住一部文学作品的。小红帽的故事无论怎么被改写，她还是小红帽，还是那个善良的、轻信的、机智的小女孩。《再见数十下》里的精灵蓝噗噗深深感动了我，每个孩子心里都住着一个精灵，而每个大人心里都住着那个孩时的精灵伙伴，只是有时候会忘了。读着波波和蓝噗噗的故事，我仿佛也想起自己小时候的精灵伙伴。《魔女今日起飞》里的梅梅也是比较有代表性的一个小女孩形象。选人生中第一把扫把就遇上了一把最麻烦的，但这个善良的女孩用自己的善解人意和自信，帮助扫把克服心结，完成飞天，同时女孩自己也得到成长。

最后我还想借《奶奶和五个雪精灵》谈谈童话的边界。《奶奶和五个雪精灵》可以说是本届参赛作品中最打动我的一篇，立意新颖，故事完整，构思精巧，想象丰富，但还是有一点欠缺，那就是关于死亡这一类主题，我们还是应该再多想一步。这篇童话最棒的是结构设计，如果不读完整篇童话，就不会知道原来奶奶给我讲的五个雪精灵的故事，是由奶奶在医院与病魔做斗争的经历改编来的。最后，第五个雪精灵消失了，奶奶也消失了，前面积攒起的好奇心、冒险性等在这里戛然而止。本来奶奶生病住院到离世是让年幼的我难以理解和接受的，但奶奶用雪精灵的故事冲淡了我的不安。从孩子的角度看，整个故事有趣、感人，但是，如果站在奶奶的角度再想一想整个故事，就会发现还是有一些不合情理的地方。一个人在生命最后的几天中还在想尽办法给一个小孩子讲关于自己病痛的故事，这位奶奶除了极其爱孙女外，还要有强大的精神力和一定的体力。奶奶在讲述时的心境到底是怎样的？一个成年人的心理应该要更复杂些，虽然不一定要在童话中表现出这些，但在创作构思时是不能完全忽略这些的，只有把这些想深想透，才能在作品中流露出更具感染力和冲击力的情感。我们在处理生老病死这类人生中最重要却又是人类最无可奈何的事时，首先要清楚这是我们每个人都要学习如何应对的，我们要帮助孩子们学习坦然应对。生之喜悦与不易，死之伤感与想念，在给孩子讲这些事的时候，我们一定要慎重再慎重，把握好度，不能太过游戏性、娱乐性，太过轻巧，当然也不能太过沉重。

在童话创作中，成年人的心理不应忽略，但也不能过于偏重。童话还是写给孩子看的，而且主要是给低龄孩子看的，不能有过多的成人意味。本届参评作品中有几篇作品都显露出过于浓重的成人意味，比如《滩涂水怪》《千有特德星》《世界上最难看的童话》《企鹅潘桂英》《好娃娃》等。童话的艺术目标应该是为孩子创造一个属于孩子这个年龄的心灵花园，这里的一切都应该是从孩子出发，他们需要什么，想要什么，而不是大人想给他们什么。孩子的心灵是最敏感的，也是容易被影响的。我曾在一个儿童文学研讨会上表达过这样一个观点，儿童文学作家要比孩子高明。我们要用我们的阅历、知识、智慧去帮助孩子实现心灵的成长。在童话创作中，主题是无限的，就看我们如何去表现、去书写。

（写于 2022 年）

儿童文学与生态文学的天然渊源

——在《十月少年文学》首届儿童文学与生态文学论坛上的发言

孩子与大自然有着天然的渊源。孩子是天地间孕育的生命的代代延续，孩子的降生本身就是大自然生命奇迹的一部分。人类对自然的探索虽然已有了长足进步，比如对太空的探索，登月、探测火星，令人骄傲和振奋，在地球上，我们可以人工干预一些天气、水文等自然现象，可以预测地震等自然灾害，但实际上人类对自然的探索远未及我们对人心人性的认知那么深刻那么充分。大自然的神秘莫测、千变万化，与孩子天性中的好奇心、求知欲、探索精神相互成全，这构成了一种“双向奔赴”的关系，孩子与自然，是人类社会前进的原动力之一。

儿童文学是专门为孩子创作的文学。以人与自然和谐相处为表现对象的文学是我们近年来所提倡的生态文学。因着儿童与大自然的天然渊源，儿童文学与生态文学也就有了天然渊源。这也是近年来儿童文学在生态文学创作中迅速兴起的内在原因。

早在生态文学创作热潮之前，就已经有多部重要儿童小说涉及生态文明题材，写出了我国各地区各民族人民在对待环境的观念上的变化，写出了不同地区的人们与当地的自然环境相适应从而得到大发展，取得大成就，也反映了一些因对待自然的态度和做法不当而导致灾祸的现实。比如董宏猷的《鬼娃子》就塑造了两个因对自然环境持有不同观念而走上不同成长道路的孩子的形象。薛涛的《桦皮船》用爷爷的形象生动演示了东北老猎人对动物、植物、生态环境的认知的变化，从过去以打猎为生的猎人，到成为野生动物的保护者的转变。杨志军的《巴颜喀拉山的孩子》在写藏区牧民生活的变化时，让我们看到了草原的退败与复苏，这是人们生态观念的进步带来的真实的生活改善。这些作品都不是以单一的生态保护为主题的，但都不约而同地写出了中华传统文化中那种“天人合一”“万物有灵”的朴素的生态思想。

动物小说是儿童文学中一个重要分支。近年来，动物小说表现出更加丰富的样貌，为生态文学贡献了一道独特的景观。有的以动物世界的自然生存法则、现象为主题，向孩子们展示人类世界以外广阔的动植物世界，比如格日勒齐木格·黑鹤的《驯鹿六季》《我和小狼》等系列动物小说，刘虎的“生命传奇”系列小说等。有的以幼年动物的成长为主题，向孩子们讲述成长的困难以及如何克服困难，比如沈石溪的《五只小狼》《海豚之歌》等。有的以人与自然的关系为主题，引导孩子们树立人与自然和谐相处的生态观，比如湘女的《勐宝小象》等。

还有一批作品是以环境保护为主题的，比如杨志军的《三江源的扎西德勒》以汉族男孩小海一家保护三江源野生动物的故事写出“中华水塔”的美，也让小读者体会到环境保护的重要意义和现实困难，引导孩子们关注生态，关注我们共同的家园。栗亮的《江水清清到我家》，以渔家少年生活变化展现长江生态治理的成就，让孩子们能够感同身受人与自然是可以也必须和谐相处的。徐鲁的《追寻》写的是为保护白鳖豚而努力的科学家的故事，这可能是较早的以长江生态保护和治理为主题的小说作品。徐鲁主编的“我的国家公园”丛书，以 2021 年正式设立的首批 5 个国家公园为叙述对象，约请当地儿童文学作家创作主题儿童小说。邓西的《秘境回声》写的是在海南热带雨林国家公园里，少年相约守护热带雨林、保护海南长臂猿，用实际行动守护自己的家园的故事。唐明的《河源清澈》讲述在建设三江源国家公园的过程中，牧民家庭生活发生的重大变化，写出了世代生活在三江源地区的藏族人民对自然、生灵的自觉爱护，是中华民族传统文化基因里朴素的生态观念的重要组成部分。曾维惠的《竹海寻踪》写的是大熊猫国家公园的故事，从羌族女孩的视角，看到大熊猫保护者们的坚持和付出，感受他们的收获和喜悦。魏晓曦的《虎豹山林》把东北虎豹国家公园带到小读者面前，潘云贵的《云边的歌》则勾画出武夷山国家公园的山色美景和山间少年的成长轨迹，大山与少年，相互成为彼此紧密相连的一部分。汤素兰的童话《犇向绿心》、汤汤的童话《绿珍珠》等，以童话的形式讲述关于人与大自然的关系。

可以说，生态文学创作已成为儿童文学主题创作中的一个新的热点。有的作品还与优秀传统文化传承相结合，挖掘传统文化中的生态观念意识与今天的生态思想相契合的共通点。但有几个问题是值得注意的。一是优秀的生态文学一定要以先进的生态观为基础。习近平生态文明思想是先进生态观的理论基础和实践指导。今天我们所说的生态保护不仅是保护环境，还强调保护与开发的动态平衡，保护环境是为了创造更好的生存环境，不能为了保护而保护。习近平生态文明思想还强调系统性，山水林田湖草沙，生态环境的循环系统中每一环节缺一不可，偏废也不可，而人在其中的作用就是自觉地发现和遵循自然规律，维护自然生态的平衡发展。我们有一些作品过于强调人类对大自然的破坏和保护，把人类社会的发展建设与环境保护完全对立起来，或是没写清楚到底是为了什么要保护，怎样才是真正的保护，从而只写出一个故事的外壳，没有实的内里。二是生态文学也出现扎堆、重复的现象。比如长江生态保护题材，很多作品以渔家孩子的生活为切入点，但大多对过去生活的描写要优于对当下生活的描写，很多情节现在的孩子可能无法理解，又谈何共鸣。

儿童文学与生态文学是有着天然渊源的，以文学的方式帮助孩子们从小树立正确的生态观、发展观、人生观、价值观，是儿童文学在新时代应当承担的重要使命。生态观包罗万象，既关乎自然也关乎人类，生态文学也应该是以生态为主题，又不局限于环境保护等内容，让先进的生态观成为文学作品的基础，不着痕迹地书写人与自然如何实现和谐相处，才是高级的生态文学。

（写于 2023 年）

当代少数民族文学创作的若干独特优势

当今社会是一个众声喧哗、充满诱惑的物质世界，互联网的普及，让人们获得信息比以往任何时候都更便捷、更庞杂，同时因为各种声色影像充斥着人们的精神世界，让人往往流连于各种轻阅读和图像中，渐渐失去了对传统文学作品的美的感悟力和经典阅读的耐心和耐力。但是，少数民族文学仿佛一支清新剂，可以帮我们暂时逃离这纷扰的尘世，回归传统阅读的美的享受。这样说并不是说少数民族文学脱离了现实生活,恰恰相反，少数民族文学表现的正是当下我国各少数民族人民的真实生活和心理状态。其中有生活条件得到大幅度改善的喜悦，也有面对世界越来越快的变化产生的焦虑；有想要摆脱现状尽快跟上时代步伐的急迫心理，也有守望本民族传统精神的坚守心理。种种情绪都是当下少数民族精神生活的真实写照，是当下中国人精神生活的一个重要方面。因为少数民族在经济、社会、文化各方面发展的特殊性，使少数民族文学呈现出一些更接近于我们所熟悉的文学作品的特点，而这些特点在什么都求新求变的年代显得特别可贵。

原初的单纯品质往往能够触动人心

首先是少数民族作家的作品中表现出的单纯。程光炜在谈云南青年诗人李贵明的诗歌时曾说到，李贵明的诗中充盈着单纯的幸福感。读他的诗仿佛回到希腊的远古，回到中国商周，那是朴素自然的年代，是一个以单纯为最高品质的历史时期。有评论家曾说，我们现在的作家会写复杂，不会写简单；会写奸诈，不会写善良；会写小人，不会写英雄。我也深有同感。太多的勾心斗角、尔虞我诈，让人厌倦。而在少数民族作家的笔下，经常能看到美好、善良、单纯的人物形象，以及让人敬仰的英雄形象。比如金仁顺的长篇小说《春香》中的主人公春香，郭雪波长篇小说《青旗·嘎达梅林》里可爱的少女牡丹和民族英雄嘎达梅林。这些人物身上都有着深深的少数民族文化的烙印，也有着人类共有的最闪光的品质。这样的人物，给人带来的是积极向上的力量，用现在的流行语叫正能量。这样的文学作品也因此有了阅读的价值。还有语言上的特色也为少数民族文学带来清新的气息。少数民族作家的语言通常是质朴的，没有太多花哨的东西，有的还使用了少数民族语言或方言的音译词，使作品读起来充满泥土味，显得真实而可爱。

目前少数民族文学作品中的单纯，一方面来自作家所面对的现实生活比较简单。现代文明的发展往往是与人类精神的堕落为伴，这是一个很有趣的现象。西方的工业革命带来了西方世界的迅速发展，同时也造成了社会原有道德制度的混乱。我们国家现在也面临相类似的问题。人们物质生活丰富了，精神却空虚了。但这终究不应该是物质文明的错，人类应该有自我调节、自我进化的能力。这时候，文学作为人们精神食粮的使命就显得格外重要。回到少数民族文学，当前大部分少数民族地区的经济发展相对要落后，相应地，人们的精神生活也处于一个相对原初的状态。简单的生活往往对应的是单纯的精神追求。因此，描写少数民族生活状态的文学作品也就天然地呈现出单纯的品质。另一方面，少数民族文学中的单纯还来自作家所面对的自然环境比较自然。现代文明基本上是以现代化大都市的出现和不断扩张为表现的。在几乎全部东西都是人造的大都市里，真正的大自然成为城市人遥不可及的梦想。而大部分少数民族地区的自然条件，对经济发展来说很不好，但对于人们的精神需求来说，这样的自然环境恰恰是净化心灵、加强人与自然和谐相处的优先条件。无论在草原上还是在大山里，还是在大海边，少数民族总是表现出与大自然的亲近，待人的豪爽。这样的性格，影响着少数民族作家们的审美体验和写作风格。许多少数民族诗人的诗歌都呈现粗犷、开朗的气质，还有来自大自然的灵感使他们的诗歌中常常出现让人惊艳的独特意象。

但实际上,要做到单纯并不容易。因为这里所说的单纯,不等同于简单，而是看透了复杂表象直达本质的纯。这需要作家对所要表现的对象有宏观的、透彻的认识，经过自己的消化、思考，形成独有的见解，再用文学形象表达出来。这样产生的单纯,才是文学作品应该追求的境界。由此看来，目前少数民族文学中所呈现的单纯品质还停留在自发的状态。想要进入自觉的状态，还需要少数民族作家们的不懈努力，不断提高。比如通过学习一些文学理论知识和现代科学知识，开阔眼界，提升自己认识世界、了解世界的能力，这样才具备宏观把握表现对象，把自身原初的少数民族特性自觉转化为文艺表达的能力，形成自己独特的审美眼光和表现手法。就像《民族特质　时代观念　艺术追求——对少数民族文学创作理论的几点理解》一文中所说，少数民族作家应该坚持和运用本民族的审美眼光，去感受现实，去构建自己的文学世界。从各自民族传统的美学追求中选定自己最佳的艺术观点，熟练地运用本民族的审美眼光，便可以达到对创作题材的能动超越。

随着城市化进程的不断发展，少数民族地区也不可避免地被卷入这股大潮中。少数民族作家所面对的社会生活和自然环境都在发生着不小的变化。一部分少数民族作家已经注意到少数民族地区的人们面对商品经济大潮以及其所带来的社会生活的种种变化所产生的焦虑、疑惑，在文学作品中有所表现，也体现出作家的疑惑和思考。诗人南永前的诗歌从根上寻觅人类文化的源头，表达了作家对生态危机的思考。西海固作家群正是因为其作品紧扣当地人们的现实生活的变化而受到评论界的关注。

作家所面对的现实生活日益复杂化，文学作品想要保持单纯的品质就不那么容易了。无论少数民族文学如何发展，原初的单纯都应该要保持，这是文学作品能够触动人心的原因之一。因为，不同的生命体验可以带给人美的冲击，而相同的生命体验才能触动人心。每个人的遭遇不同，看世界的眼光不同，对生命的体验也会千差万别，但人类共有的那些最单纯的情感是任何时代、任何地方都不会改变的，这也是全世界人们能够沟通的心灵基础。

与现实的紧密联系使少数民族文学在民族地区的影响力很强

少数民族文学的另一个可贵特点是，文学与现实的联系非常紧密。从著名的少数民族三大英雄史诗，藏族民间说唱体长篇英雄史诗《格萨尔》、蒙古族英雄史诗《江格尔》和柯尔克孜族传记性史诗《玛纳斯》开始，少数民族文学就一直以少数民族人民的现实生活为表现主体，开创了少数民族文学的伟大传统。

今天的大部分少数民族文学作品都是现实性极强的。无论是历史题材作品，还是现实题材作品，无论浪漫主义作品，还是写实主义作品，都与当下人们的生活发生联系。有的作品从人们的日常生活中发现真善美，有的作品从人们习以为常的小事中发现生活的真谛，有的作品给人以启迪，有的作品让人警醒，有的作品引人深思。

因为极强的现实性，少数民族文学在少数民族地区的影响力很强。我们都可以看到这样一个事实，在少数民族地区，文学在人们的精神生活中扮演着重要角色，作家的地位是很高的。作家不仅是文学作品的写作者，更是文化发展的引导者，是精神需求的供给者。特别是用少数民族语言创作的作家，一般都有相当的民间基础，本民族认可度高，受众广，影响大。少数民族作家大多表现出可贵的担当意识，自觉以表现当代少数民族现实生活为主，做本民族与其他民族、与时代的沟通者。他们注重挖掘各少数民族历史文化中的精华，在深入理解本民族认识世界的心理方式、追溯精神根源的基础上，不断学习新的知识，认识当下世界的革新与变化，努力跟上时代潮流，少数民族作家们通过自己的文学作品，向世界展示本民族，也带领本民族走向世界。如吉林省的少数民族作家的创作大多是反映少数民族生产生活的，显示出对现实生活的深度理解和有价值的思考。新疆各民族作家将本民族的命运与中华民族的命运紧紧相连，从人类发展的角度思考本民族的发展，使自己的创作不仅仅代表本民族的形象，更能成为国家的缩影。西藏藏族作家的创作，有浓郁的地域文化、民族文化特色。次仁罗布、尼玛潘多、江洋才让等藏族作家深入本民族广大农牧民的现实生活中，运用藏文表现藏族的生活。

少数民族文学与现实生活的紧密联系，还可以说源于少数民族文学概念的界定。少数民族文学是相对于汉族文学来说的一个概念，区分概念的最主要因素就是其中涵纳的少数民族特质。少数民族特质包含了少数民族的生活特点、心理状态、精神追求、审美习惯等方方面面。正像《民族特质　时代观念　艺术追求——对少数民族文学创作理论的几点理解》一文中说到，状写本民族历史的及现实的社会生活内容，是文学民族化的首选手段。一个民族独特的人物形象、生活场景、风土民俗，以及该民族特殊的历史进程、矛盾冲突、思想脉息，都是其民族特质的必然外化形态。

少数民族文学天然地与人民的生活紧密相连，这与我们一直提倡的以人民为本的创作导向恰好吻合。这也正是少数民族文学能在人们的精神生活中发挥巨大能量的重要原因。

民族风情为文学作品带来让人惊艳的艺术特色

各少数民族独特的人文风俗对汉族和其他少数民族读者来说充满着神秘的吸引力。就像前面说过的，不同的生命体验可以带来美的冲击。各少数民族丰富多彩的民族风情为少数民族文学增添了不少的亮色，使得各少数民族的文学呈现出各自不同的特色。维吾尔族的智慧风趣、藏族的虔诚坚定、蒙古族的血性豪放、傣族的温柔善良，各个少数民族文学被天然地赋予了鲜明的民族性格。

但这些天然的文学气质对当今对阅读要求越来越高的读者来说还是不够的。最初的惊艳过去后，读者对文学阅读的需求会回到通常的状态，那就需要少数民族作家们在艺术手法上更下功夫。大部分伟大的作家都是讲故事的高手，或者是演讲高手。他们能把看似平淡无奇的小事讲得意义深远，发人深思；能从平常小事中发现美，发现动人之处。这是文学技巧。写作是需要技巧的。对于同一个主题，恰当的有感染力的表述方式更能激发人们的阅读热情。

对于少数民族文学来说，艺术性方面有两个特殊的问题。一是少数民族语言的作品翻译成汉语时如何保持原著的艺术特色，二是在汉语写作的少数民族文学作品中，少数民族语言的比例如何把握。

这两个问题其实都是语言方面的问题。因为语言习惯不同，在语义、语法上都有明显区别，从而造成文学作品写作上的差别。在翻译过程中，在词汇的选择上、语法的转换上，又会因为翻译者不同的语言习惯造成差别。还有一些少数民族语言的词汇无法在汉语里找到对应的词，比如蒙古语中的“梅林”是一种官衔，只能音译，维吾尔语中这样的情况就更多了。那么，当音译的词汇超过一定比例后，就会对阅读造成障碍，从而影响整个文学作品的阅读体验，甚至影响读者对作品的价值判断。另一方面，少数民族地区的方言词汇在进入文学作品中时，如何把握一个适当的“度”，能够既让读者感到新鲜、有趣、真实，又不破坏阅读的兴致，顺应读者的阅读惯性。这也是需要少数民族作家们认真思考的问题。

如何解决好这两个问题,对于少数民族文学的未来有着很重要的意义。因为我国目前少数民族文学中，有一大部分用少数民族语言写作的作品因为语言的问题而限制了其阅读量和影响力。这一问题在新疆各少数民族的文学创作中尤其突出。这不仅需要各少数民族作家的努力，更需要少数民族语言翻译家的努力，把少数民族文学作品译成汉语，也把汉语文学作品译成少数民族语言，增强双方的文学交流，这是很有必要的。

（写于 2012 年）

抗战文学的发展与开拓

编者的话：

抗战题材小说的创作经历了一个不断深入、不断变化的发展轨迹，伴随着这样的发展，我们对于战争和历史的认识也在不断更新和深入。

作者在文中回顾了抗战题材小说发展的三个阶段：抗战期间（1931—1945年），抗战胜利后到新时期之间（1945—1978年）以及改革开放以来（1978年至今）。文章着重分析了新时期抗战题材小说的特点，认为其较之前的作品更加全面、客观、准确地反映了历史，同时，更加关注抗日战争中普通百姓的参与。在此基础上，指出了当下抗战题材文学创作所存在的某些问题和局限。

改革开放以来，抗战题材小说反映抗战历史更加全面、客观、准确。对于历史的书写，除了仰视角描写抗日英雄、俯视角全景式宏大叙事之外，还有许多平视角描写普通老百姓的作品。

现在人们对中国战场之于世界反法西斯战争胜利的意义认识还远远不到位，我们自己应该要有清醒的认识，自觉地把抗日战争放到世界反法西斯战争中去考量、去反思。

抗战题材的文学创作从日军侵略一开始就出现了，直到今天，“抗战文学”已经成为特指书写抗日战争的文学作品的专有名词。抗战文学一直都是军事文学中一个重要分支，并且正在突破军事文学的框架，成为全民族抗战书写的部分。作家们在各个层面和角度书写着那场中华民族历史上最重要的战争，深刻表现、再现那场战争中人们的精神面貌以及战争中人性的崩溃与变异、人性光辉的闪现与重生，是文学的责任，也是作家的追求。

抗战题材小说创作经历了三个阶段

抗战题材小说创作大致可以分为三个阶段。第一阶段是在战争进行中，即 1931 年到 1945 年。1931 年日军悍然出兵中国，占据东北三省，挑起战争。作家们用手中的笔作为枪炮，写下激扬文字，直指侵略者的丑恶行径。这一阶段的小说创作主要特点可以概括为短、平、快，作家们以最迅捷的方式记录那段烽火岁月，也表达着对当时社会的观察和思考。有的作家通过新闻报道、人物纪实等方式，直接参与抗战的宣传；有的作家则通过办报纸、写文章表达观点，引导舆论；还有的作家通过诗歌、小说、戏剧等文学创作形式，表现战争的惨烈，讴歌顽强抗战的精神。茅盾、巴金、丁玲、刘白羽、萧军、端木蕻良、舒群、骆宾基等中国现代文学史上的重要作家正是在那一时期经历了血与火的考验，成为坚强的中国抗战文学战士。尽管今天看来，一些作品在艺术上略显稚嫩，但正是这些作品在当时产生了极其重要的影响，起到了激荡人心、团结大众的作用。

这里我想特别说一说张恨水的纪实小说《虎贲万岁》，小说描写的是国民党正面战场的著名战役——常德保卫战。小说的主人公是代号“虎贲”的 74 军 57 师师长余程万。张恨水在自序中说：“我愿意这书借着 57 师烈士的英灵，流传下去，不再让下一代及后代人稍有不良的印象。”大敌当前，国家利益至上，所有形式的抗战都值得赞颂，这是当时张恨水创作“抗战小说”的基本认识。所以，尽管张恨水看到了国民党军队的种种腐败，并创作了大量小说进行嘲讽，他还是写下了这部正面歌颂国民党抗战部队的小说。应该说，张恨水的抗战小说创作基本上忠于个人的真实感受，其中有着对国家的大爱、对民族的大爱，理性客观地反映了抗日战争中中国各方力量的种种表现。这样的创作倾向，正是今天我们继续回望、书写、挖掘那段历史所需要的。

第二阶段是抗战胜利后到新时期之间。这一阶段，中国取得了抗战的胜利，却远没有达到真正的和平。此后又经历了解放战争、抗美援朝以及“十七年”的风雨。对于中国来说，建立一个什么样的国家、如何建立是亟待解决的问题。这一时期抗战题材创作往往和解放战争等题材的创作混合起来，重心还是放在当下社会，多带有强烈的政治色彩。抗战英雄的书写作为这一时期抗战小说的主流，长篇小说创作大量增加，比如冯德英的《苦菜花》、徐光耀的《小兵张嘎》、刘知侠的《铁道游击队》、冯志的《敌后武工队》、刘流的《烈火金钢》、李英儒的《野火春风斗古城》等。这些作品因为很好地表达了战争胜利后中国人民的激越豪情，契合了当时社会的普遍爱国主义英雄主义情绪，在读者中产生了良好反响。

第三阶段是改革开放以来，对历史的深入挖掘和反思成为抗战文学创作的主流。近 30 年来，随着经济发展和文化交流的日益增多，尘封的历史资料相继被发掘，特别是战争亲历者口述历史及回忆录等大量出版，为文学创作提供了更丰富的素材和更广阔的空间。抗战文学开始走出简单的意识形态思维，吸收和借鉴历史、科学、时政等领域的研究成果，在表现手法、主题内容上都有了相当大的拓展。

更全面、客观、准确地反映历史

改革开放以来，抗战题材小说反映抗战历史更加全面、客观、准确。抗战题材小说一改以往单一扁平的叙事模式，更多地采取了多维度立体呈现，拓宽了视野，也丰富了书写对象，不仅描写八路军的主战场敌后抗日根据地，也描写国民党抗日的正面战场；不仅塑造了八路军、新四军中的抗日英雄形象，也描绘了国民党抗日部队中的官兵形象，力求还原战场全面的原态和本貌。

周而复的《长城万里图》以宏大叙事的手法，全景式展现了中华民族抗战的过程。小说以世界反法西斯战争为背景，描写中国战场上，国内国外各种势力、各种党派之间的纠缠争斗，再现了当时国内、国际的形势，把对战争的描述和反思提高到了新的高度。王火的《战争和人》三部曲把眼光放在“国统区”，描写“国统区”各色人等的心理，表现了战争中各种力量的博弈。小说以国民党高级军官童霜威及其家人在战争中的遭遇反映了战争对人的身体和精神的双重毁灭。周梅森的《国殇》以国民党军队的整体描写来记述那段历史。小说写到国民党军队的消极抗日，写到国民党军队中的派系之争、利益之争，也写到了其中官兵的心理挣扎。

除了宏大叙事的作品，那些以某一场战役为背景的微观视角的书写，更容易写出战争中人的情感体验，也更真实可感。徐纪周的《永不磨灭的番号》讲述了八路军九纵独立团在团长李大本事的带领下，为掩护主力部队和当地群众转移，与日军浴血奋战，以生命的代价实践了为人民而战的誓言；张廷竹的《中国无被俘空军》生动刻画了国民党空军军官阎海文宁可牺牲生命也不做日军俘虏的义节之举；范稳的《吾血吾土》塑造了远征军中一位传奇老兵，一生颠沛流离，战后含屈茹苦，却始终不失爱国之心。

新时期抗战小说中，对国民党抗日历史的书写明显增多，比如何顿的《抵抗者》追忆了发生于湖南境内的安乡保卫战、常德保卫战、衡阳保卫战等著名战役；都梁的《大崩溃》追忆了堪称抗日战争中最为悲壮惨烈的衡阳保卫战；徐晨达的《滴血的刺刀》讲述了由国民党军队将领薛岳指挥的长沙会战；薛涛的《满山打鬼子》《情报鸟》以东北名将杨靖宇浴血抗战为背景；毛云尔的《走出野人山》描写国民政府组织的中国远征军在缅甸孤军抗敌，野人山大撤退历尽磨难；网络小说《抗战狙击手》以国民党 51 师守南京时的神枪手萧剑扬为主角。这些作品忠实表现了国民党军队中抗日力量的顽强抵抗和民族大义，为读者提供了新鲜的阅读视角。

与此同时，很多作品不再单向度地叙写“国军”御寇或我军杀敌，而是你中有我，我中有你，相互较量也相互支援，凸显当时中国社会各界同仇敌忾、共赴国难的真实历史图景。温靖邦的《虎啸八年》就是在认真研究历史的基础上，把抗战小说作为严肃的历史题材小说来写。作者对“正面战场”的理解很有新意，他认为，史学界关于“正面战场”和“敌后战场”的区分不无偏颇。抗日战争的中、后期，战场变化多端，敌我接触犬牙交错，有的区域很难分清哪里是前方，哪里是敌后。总的说来，抗日战争是由国共两党军队共同承担的，无法清晰地分开。这样的历史观，也体现在一批作家的创作中。

徐贵祥的《历史的天空》以爱国青年投身抗战的经历，侧面演绎了国共两党枪口对外、携手抗战的盟友关系；石钟山的《遍地鬼子》展现了东北大地上，土匪、东北军、革命者等摒弃前嫌，合力抗击侵略者。常芳的《第五战区》以台儿庄大捷之前的临沂阻击战为背景，再现家国蒙难、民族危亡之时，开明士绅的襄助义举。都梁的《亮剑》中，主要人物李云龙和楚云飞分属于国共阵营，身处救亡图存、捍卫民族大义的共同历史情境，惺惺相惜，协同作战。

更加关注普通百姓的抗日

战争中所展现出的人性的闪光与黑暗恐怕是任何别的历史时期所不能比拟的。抗日战争作为中国有史以来最惨烈的一场抵御外敌入侵的民族战争，既考验着我们的综合国力和军事实力，也对民族心理、道德伦理、人心人性进行了一场深入骨髓的洗礼。对于历史的书写，除了仰视角描写抗日英雄、俯视角全景式宏大叙事之外，还需要平视角描写普通老百姓的抗日，才能让历史更加丰满、可信。

在以军事描写为主的抗战小说中，抗日将士的形象被塑造为一个个有血有肉、有毛病、有脾气的活生生的“人”。何顿的《抵抗者》塑造了以黄抗日、黄山猫、田国藩、龙营长、毛国风等为代表的抗战勇士群像；徐贵祥的《历史的天空》和都梁的《亮剑》不约而同地描写了一介草莽逐渐成长为令日军心惊胆寒的优秀将领。李西岳的《血地》写红军团长李长生回到家乡，团结乡亲们共同抵御鬼子的扫荡。小说用河北的风物美、人情美来反衬战争的残酷，用人性来对抗反人性，使得小说显得深邃与大气。徐贵祥的《八月桂花遍地开》以独特的视角审视中日双方在政治、经济、文化等方面的差异，充溢着文化底蕴和哲理思辨。

抗战时期，萧红的《生死场》、舒群的《没有祖国的孩子》等作品为我们描绘出战争状态下普通老百姓的生存境遇。新时期抗战书写中，对普通人的关注更加温情、真实、细腻。莫言的“红高粱家族”系列中那群看起来毫无政治意识，亦无传统道德约束的土匪，在日寇面前展现出英勇气节，代表了抗日战争深刻的群众基础。张者的《零炮楼》描写张寨贾寨两村村民面对外敌入侵的自发抵抗，写出了百姓的个人命运与整个民族的存亡的休戚相关。沙玉蓉的《井口那片天》以曲河大屠杀为背景，写了一个名叫枝子的女人苦难而坚忍的一生。尤凤伟的《生存》把中国村民、日本军人、翻译官三方放置在特殊的境地中，充分地展示出各自的精神特质与个性。刘震云的《温故 1942》通过追忆抗战岁月里河南农民面对天灾人祸时的求生欲望和存活本能，写出了人类的善与恶、坚强与软弱、善变与执着，体现出对生命意识和个体生命的珍视。阎欣宁的《中国爹娘》讲述了抗战胜利后，东北黑土地上一群普普通通的中国人抚养在华日本遗孤的故事，表现了中华民族善良、仁慈和宽容的美德。

抗战题材文学创作力有诸多不足

当前，我们的抗战题材文学创作还存在着一些不足。首先是视野不够宽阔，格局不够高远。中国战场是第二次世界大战中的一个重要战场，中国人民艰苦卓绝的抗日战争是世界反法西斯战争的一个重要部分。现在人们对中国战场之于世界反法西斯战争胜利的意义认识还远远不到位，我们自己应该有清醒的认识，自觉地把抗日战争放到世界反法西斯战争中去考量和反思。

其次，要能够跳出战争写战争。包括抗日战争在内的世界反法西斯战争在整个人类文明史中只是短暂的一瞬，但对人类文明进程的破坏却是极其严重的。反思战争是为了避免战争。从人类生存、发展的高度去看待战争，关注战争对人性的破坏，并以此警醒后人，这应该是我们纪念一场战争的最终目的，也是告慰英烈的最好方式。从这个意义上来说，文学创作因其关注人的本质而有着天然的优势。很好地表现战争中人们所遭受的摧残和迫害，不仅要表现被侵略一方的苦难，可能也要关注侵略者本身在精神上所承受的撕裂和痛苦，以此激起人们对战争罪犯的痛恨，这应该是抗战文学需要关注的。

此外，目前抗战题材小说对日本军国主义根源和本质的思考和探究还不够。一些作品描写日本兵被俘后在与中国战士的相处过程中消解敌意，甚至帮助挽救和保全中国军官；有的作品侧重描写有良知的日本军医如何帮助中国人摆脱日本军的残害；有的作品直接描写日军战争遗孤在中国的遭遇,歌颂他们所谓的“顽强生命力”。有的作品追求人性的“温情”“正义”，但不能因为要彰显人文情怀就一厢情愿地凭空捏造虚构；对日本军人的描写要客观不能脸谱化，不能把一两个特例作标杆。文学的虚构应该是建立在人物性格、叙事背景基础上的合理虚构，对于战争的虚构，更应该建立在原则性框架正确的基础之上，这样才能揭露军国主义的丑恶和反动。

（写于 2015 年）

回归优雅精致的诗歌传统

最近诗坛很热闹，各种诗歌活动遍地开花。网络上“杜甫很忙”让久被淡忘了的古代诗人们重新进入公众视野，也有美女作家因为在电视节目里接错唐诗名句而被质疑作家资格。种种现象说明，诗歌一直在人们心中。

诗歌用简洁的语言文字直接表达情感，更因其充沛的情感力量直达人心，打通不同国界、不同民族、不同语言的人们的心灵。在我国，诗歌就像我们民族的基因，流淌在每一滴血液里，支撑着每一次心跳。如果没有诗歌，我们的生活无法想象。在当下这个物欲横流的社会，更需要诗歌——需要写诗来刺激情感，需要读诗来补充能量。

这几年一直有人在说诗歌被边缘化了。其实这恰恰反映出人们对诗歌有着比其他文学艺术作品更高的需求、更深的渴望。流行歌曲中有口水歌，大众能够接受，但诗歌中的口水诗，却不能容忍。当人们在调侃“会敲回车键就会写诗”的时候，背后表达的是对诗歌深深的失望。因为在人们心里，诗歌始终是高雅的阳春白雪，是能够陶冶情操、带给人们美的享受、提升灵魂的精神需求。

反观当下诗歌，确实存在着一种语言过于直白的创作倾向。这与诗歌优雅精致的传统品格不相符。诗歌创作要锤炼语言，不论古体诗词还是新诗，语言的优美与凝练都应该是基本要求。我们常说诗人是敏感的，这种敏感不单单是对情感，也是对语言。就像音乐家对音色敏感、画家对色彩敏感、舞蹈家对动作敏感，诗人应该对语言敏感，句子的韵律和节奏、相近的字词之间的细微差别，甚至朗读时的发音都要用心去感受。

诗歌要有诗味，就要讲究意象的创造，而同一意象会因为不同的表述而呈现不同的面貌。古诗词中,“月亮”这一意象的表述就有三四十种之多。现代诗中，对同一意象的不同表达也使得诗歌意象更加典型。

不论时代怎样变化，不论人们对文学的要求怎样变化，诗歌要表达人类情感这一主题不会变。爱要优雅地表达，恨要痛快地宣泄，诗歌应该是饱含深情的文字，是扣人心扉的文学。

（写于2012年）

与时代历史相对应的散文创作

近年来，散文创作一直处于高产状态，主题开掘更加广阔深厚，艺术表现更加多样、丰富。各种类型、各种题材、各种风格的作品，从方方面面满足着不同读者的阅读需求，为人们提供着丰饶的精神滋养，同时也培养了人们的阅读审美趣味。越来越普及的网络不仅改变着人们的生活方式、思维方式，也改变着人们的阅读和写作方式。散文是最具包容性和艺术创新能力的，近10年来逐渐出现了一些新鲜的文本，特别是一些思想随笔、跨文体作品、游记等，这些本已存在的散文类型，近年来呈现出许多新鲜的文本。

2017年亚马逊中国年度阅读盛典评选出的10位新锐作家中，王晓磊的《六神磊磊读唐诗》、二混子的《半小时漫画中国史》两部可以看作文学作品，但又不是传统意义上的文学作品。和其他上榜作家作品一样，这两部作品也都是通过知乎、精进等付费阅读平台或在社交平台发表后，拥有一批忠实的读者，才结集出版的图书，且同时出版纸书和电子书两种介质。它们可以代表一类作品，这类作品尽管内容可能千差万别，艺术水准不一，但都有一个共性，那就是明显的个性标签，个性化的语言表达，对历史、对现实非常个人化的思考，并因此获得相似认知的读者的追捧，形成粉丝圈。

一些表达个人对现实世界的见解和态度的作品也比较受读者欢迎。这些作品往往从作者个人角度入手，写个人遭际、个人的感悟或领悟、对一些具体事件的看法，却在某种程度上契合了当下人们的苦恼与欢乐，或者恰到好处地撩拨起人们心中那一根柔软的心弦，带给人们慰藉和启迪，因此获得读者的广泛认同。亚马逊中国 2013 年度最畅销图书排行榜上，第一名柴静的《看见》，前十名中的韩寒的《我所理解的生活》、张小娴的《谢谢你离开我》、十二的《不畏将来不念过去》正是这一现象的最好注解。而分析这些热度高的作品，还可以从侧面反映出一段时间内社会发展热点和人们的精神状况，这是很有趣的研究。2015 年杨庆祥的《80 后怎么办》在各个年龄层读者中都产生了较大的影响。作者是一位年轻学者，一方面有着现代思维方式，一方面又有着传统理论学养，使得这部书较好地结合了感性和理性，能够给读者提供多重阅读体验。而这部书出版的时间恰好是 1980 年出生的人 35 岁，大部分 20 世纪 80 年代出生的人正奋斗在各行各业的时候，也可以说是 80 年代出生的人正走上历史舞台的时候，这部书的出版给了人们一些实在的经验和数据，也给了一些来自“80 后”内部的声音。这些综合因素的作用，使得这部作品几乎成为当年度的“话题图书”。

中国经济迅猛发展的一个直接影响是越来越多的人走出家门、国门，工作、旅游、游学、淘金、移民，多种途径，再加上网络的作用，让中国人与世界的接触越来越多。在这种背景下产生了一些与前不同的游记作品。这些作品大多是行走者边走边写,加进一些地理历史风俗人文的内容，融入个人真实体验，让读者乐于跟随作者的文字，来一场心灵之旅。比如上榜 2017 年新浪好书榜的熊培云的《慈悲与玫瑰》、卫毅的非虚构作品集《寻找桃花源》、袁凌的非虚构作品集《青苔不会消失》等。这些作品构建在作者的行走阅历、阅读和思考之上，忠实于作者的个人感受，把作者的情感投射到所书写的对象上，与他们同呼吸、共起伏，从而能够带领读者走进书写对象的生活，乃至生命，大大增加了读者的获得感，因此非常受读者欢迎。

即便是传统散文，也呈现出一些新的变化。李敬泽的系列文化散文就被认为是自创一派的“新散文”。一边是其中深刻的文化印记，一边是作者新鲜的个性化解读，让读者既着迷又困惑，也让散文理论评论感到为难，倒是在一些与传统文学评论迥异的书评人那里得到了某种相通的解读。

这些散文中的“新面孔”以其强大的阅读面，已经深刻地影响到了传统散文的写作。翻看近年来的各类文学期刊，几乎所有期刊都在开辟这些类型作品的版面，可以说，散文界已经关注到了这股写作的潮流，希望在传统散文与新散文之间寻找可相通或对话的点，通过发表、评论表达对这类写作的态度。

在散文的新变蓬勃发展的同时，散文创作中个人的价值和意义被重新估量和发现。随着中国梦的提出，个人与国家被紧紧联系在一起，个人的奋斗被鼓舞，个人的成功被赞扬，个人受到了前所未有的尊重和理解。散文创作也呈现出两个比较明显的写作路径，一是保持了传统写作特质的文化视角写作。这类作品有着文化散文的气度和格局，有着丰厚的知识储备和文化底蕴，是作家思考的结晶，承载着文学的教化功能。另一个方向则是平民视角写作，以普通人的心态和视角来看社会、看人生，写感悟、写情绪。这类作品更加突出个人，代入感强烈，容易引起共鸣。

塞壬的《耻》写生活中多次遭遇飞车抢劫而留下的伤疤，这伤疤无言地记录着人生的艰难，然而内心的耻辱感比外在的创伤对人造成的伤害更深。《悲迓》则写出了民间戏曲在现代城市中无法容身的无奈境遇。邝美艳的《我们都是鱼儿》写深圳打工族的日常生活，却能让我们看到中国经济腾飞的基础正是他们的辛苦工作与付出。蔡崇达的《皮囊》用拉家常式的语言记述自己眼中的外婆的母亲——我的阿太。作者用朴实中透着调皮的语调讲述阿太的“事迹”和处世道理。在作者的讲述中，我们不仅被亲情感动，更被 99 岁老人的人生智慧所触动。王东旭的《母亲的房子》中，房子已然成了母亲追求人生价值和尊严的象征，也是儿子理解父辈的一条线索。李颖的《虚幻的鱼骨》更是让我们看到一个人可以忍受家人的不满和放弃，可以忽略基本的物质条件，只为了保护自己的尊严。评论家南帆除了写《饥饿惯性》这样富有哲思和历史感的作品，也写自家养的小狗。《到来一只狗》写自家养的一只小狗，最初被迫相处，一年以后竟有了亲人般的精神联系。温亚军的《那个度日如年的初夏》讲述女儿高考前全家人的各种表现。罗伟章的《发现你自己——写给儿子的信》则是父亲与在上大学的儿子的一次推心置腹的笔谈。

还有一类作品非常抢眼，作家以思想和笔为手术刀，大胆地剖析自己的灵魂，为了解自身的精神世界提供一条通道。在这样的写作里，作家可以释放困惑，寻求平静，也可以自我发现，自我认识。这类作品动人的地方在于解剖自我的勇气，难点则在于感情释放的“度”。感情过浓，可能导致叙述的跳跃，让读者跟不上情绪的节奏；感情过淡，则不够深入透彻，让人感觉欲语还休。

彭学明的《娘》写在母亲去世后，通过一段段回忆连缀成母亲的故事，特别是幡然醒悟母亲对自己的疼爱、保护以及无力保护的无奈与无助。那种深入骨髓的疼痛和忏悔,让人动容。周晓枫的散文也是极具个人魅力的。一篇《独唱》用深刻而大胆的自我剖析，完成了对嫉妒这一女性隐秘心理的透彻表述，其独特的审美体验，读来大为畅快，同时也让人心有余悸，吸引人们不自觉地去对比、审视自己。《盛年》则把生命、死亡这一古老的命题讲出了与前不同的新意，为我们打开了另一扇窗看世界。她的《有如候鸟》被认为是具有冲击力的文字，读后让人意犹未尽。

这些作品中的人，没有惊天动地的成就或事业，也没有感天动地的壮举，只是一个个普普通通的人。而正是他们构成了今天的中国，书写他们，阅读他们，可以感受到当下中国人的情感和思维方式，因此，阅读这些作品也就成为了解今日中国最好的途径。

（写于 2018 年）

写作的姿态

最近，在调研青年作家写作状况的时候，一个强烈的感觉是，一些青年作家在网络和读者中有着很强的号召力和影响力，却在传统文学范畴默默无声，甚至被忽略。更有一些观点把文学作品的市场价值与文学价值对立起来。由此引发的问题是，专家的观点与读者的感受往往没有共性和交集，两个本来应该相辅相成的阅读群体以内耗取代了共享，削弱了文学作品原本应有的影响力。

以小说为例。随着网络的普及，全民写作成为可能，尤其是小说的写作尤为丰富。我们必须看到，小说的写作实际上已经分化成很多层次，是不是能够合理地细分小说创作层次，成为是不是能够全面、深入地了解当前小说创作的基础性问题。划分层次不是要划分优劣等级，而是要区分不同需求，从而掌握文学阅读的真实图景，进而可以针对不同需求层次有差别地采取恰当的发展策略和措施，实现整个中国文学更加合理地、理性地、丰富多彩地发展。

各种写作层面上呈现出不同的写作姿态。一个最明显的例子是，现在的写作与读者的交互越来越密切，这与传统写作有很大不同。一些网络作者，20 多岁已经拥有自己的粉丝群。有粉丝就意味着有读者，读者多了，就有了号召力，他们所写的文字就有了影响力。文学作品之所以是人类精神生活中永不凋谢的玫瑰，就是因为它能影响人的思想。文学史上那些伟大的文学作品，影响了不止一代人，而且还将继续影响下去。

这些青年写作者的写作，影响是有了，但是正是负，能有多深多久，还说不好，可以肯定的是，他们的写作对文学是一件幸事，对读者更是一件幸事。没有人喜欢一成不变的阅读体验。千姿百态的写作才能创造出千姿百态的作品，才能吸引不同的人群来阅读。而文学作品的价值，无论是市场价值，还是文学价值，抑或思想价值，都只有被阅读后才能实现。

文学写作说到底是个人的事。每个人的文学观不同，写出来的文字也会有着不同的面目，就像相由心生，文字也是人内心的映射。只有真心想要写作才能写出打动人的作品。能够成为作家，往往要具备三个方面的先天素质：一是敏感的神经，二是活跃的思想，三是表达的欲望。要成长为一位优秀的作家，还要有独立的判断力，而优秀的小说家更需要全局的掌控力。每一个写作者最初开始写作，凭的是兴趣和天赋，而要持续写作就需要不断地学习和磨炼，学习理解世界的知识，磨炼写作技巧，更重要的是磨炼心智。当一位作家越来越走向成熟，他的写作就不再是个人的事，而是关系到社会发展的事。不管哪一种写作,都只有同社会发展联系起来，才会有生命力，其产生的能量也才能是正的。

我们现在正处在一个信息量极大丰富、各种观念争锋交错的时代，文学本身在随着时代的变化悄然变化着。各种新鲜的写作方式的出现，都在显示着文学自身在变革中求发展的欲求。每一个人，不论是专业读者还是普通读者，都需要开放视野去看，用心去感受，在文学自我变革的进程中踩下属于自己的脚印。因为，文学是每个人的文学。

（写于 2013 年）

书写现实应有敬畏之心

蓬勃的现实生活为文学创作提供了广袤的沃土，也为文学的想象插上腾飞的翅膀。现实与虚构，是一个古老的文艺理论命题，更是对所有作家提出的难题。能否解答好这一难题，是文学创作能否更上一个台阶的关键之门。

文学的虚构不是无根之花，而是以现实为基础的。虚构是一种艺术手段，是为创作内容服务的，是为了达到一定的艺术效果从而产生强大的艺术感染力而对现实进行的艺术加工。对生活的真实进行艺术创造而成为艺术的真实,这是文学创作的基本方法。但艺术的真实不能违背生活的真实。

环顾当前现实题材创作，优秀作品很多，但还是有一些不尽人意的作品。有的作品以代言人的姿态替书写对象发声,但似乎忘了把自己摆进去，高高在上，颐指气使，塑造出的人物空洞虚假；有的以猎奇玩味的心态去看待书写对象，缺少感同身受的人文关怀，结果成了茶余饭后的谈资一样的“花边新闻”。有的不做深入的调查研究，只以新闻报道，甚至道听途说为素材，却还要做“非虚构”的样子，言之凿凿，理直气壮;有的根本弃“真实”于不顾,只是为了撩拨大众心弦、引起社会关注而张冠李戴、移花接木，甚至编造“事实”，打着“纪实”的旗号，做着“胡编”的事。这些作品有的可能因为作家的艺术创造力、审美能力不足，有的可能因为创作的出发点和落脚点发生了偏差。作家的气度与格局,往往会在他的作品中体现出来。作品的肤浅反映出作家的肤浅，作品的偏颇反映出作家的偏颇。对于一些重大现实的书写，尤其考验作家文字以外的能力。

其实书写现实，书写当下，是难度极高的，考验的不仅是作家的语言能力，更是思想能力。书写现实应当有对现实的敬畏之心。文学史上那些优秀的作家很多也是社会研究专家、思想家。他们对社会各类人群的生存状态非常了解，对社会发展进程非常了解，对公众心理的热点、痛点非常了解。鲁迅、巴金、茅盾这些文学史上的大家都是这样的作家。柳青长期生活在农村，但他的阅读、目光并没有局限在农村，一边扎根现实，一边又能跳出现实，这才让他能够创作出《创业史》这样的作品。梁晓声 1997 年就出版过《中国社会各阶层分析》，2015 年又出版了《我们的时代与社会》，所以他的《人世间》才能把中国社会现实写得那么透亮。

文学是广阔的，作家有写与不写的自由，但如果致力于做一位书写当下现实，为后人留下经得起时间检验的、超越时空的伟大作品的作家，就更应锻炼自己认识现实、把握历史发展趋势的能力，努力做时代的记录者，历史的推动者。“为什么我的眼里常含泪水，因为我对这土地爱得深沉。”艾青的这句诗，写出了作家应有的胸怀。作家是否对所书写的对象胸怀大爱，爱得深沉，终会成为影响作品品质高下的决定性因素。

中国的社会主义建设实践是前无古人的艰巨探索，改革开放 40 多年的奋斗实践是人类社会发展进程中伟大的成就。这应该是每一个当代中国人的共识。马克思主义辩证法告诉我们，看问题要辩证地看、历史地看。毛泽东在《矛盾论》中告诉我们，看问题要抓主要矛盾和矛盾的主要方面。习近平总书记说，“实现中华民族伟大复兴，是一场震古烁今的伟大事业，需要坚忍不拔的伟大精神，也需要振奋人心的伟大作品”。这是文学的使命。要担负起这一使命，就要求作家们练就拨开现象看本质的能力，才能做到胸中有大义、心里有人民、肩头有责任、笔下有乾坤，创作出更多反映时代呼声、展现人民奋斗、振奋民族精神、陶冶高尚情操的优秀作品，为我们的人民昭示更加美好的前景，为我们的民族描绘更加光明的未来。

（写于 2020 年）

翻译成为使者

随着中国经济的腾飞，中国当代作家和当代文学也吸引了更多国家的读者，他们渴望通过文学这一具有精神共性的载体，了解中国，走近中国，而中国社会的发展轨迹也为世界各国读者提供了一种新鲜的独特的人生体验。可以说，中国文学走向世界是一种双向的需求。当前，整个世界正处在一个关键的调整期，世界比任何时候都需要中国文学，中国文学也比任何时候都需要“走出去”，需要通过文学作品中对今日中国的描绘和反映，通过其中蕴含和展示的今天的中国人的精神风貌和文化品格，去发挥文学这一历久弥新的艺术形式的独特魅力，增进中国与世界的沟通与理解，助力中国在世界发展中发挥更加积极的作用。

近年来，中国文学走出去的步伐明显加快，越来越自信，收获显著，继莫言获得诺贝尔文学奖之后，曹文轩获得国际安徒生奖、刘慈欣获得星云奖等各文学领域的国际著名奖项，卡夫卡奖、法国文化艺术功劳勋章骑士奖等有影响的国际文化类奖项中也相继出现了中国作家的身影。这些奖项是对获奖作家的认可，也体现出中国文学开始走进国际主流视野。在这个过程中，有一个重要的因素被专家学者们反复讨论，那就是翻译家的作用。莫言的作品获得诺贝尔奖，其译者葛浩文也引起了广泛关注，而葛式译法在翻译界引发很大争议，有人认为葛浩文对作品作出的改变已经超出了翻译的界限，也有人认为各国读者的阅读习惯和喜好不同，适当的改写可以使作品更易于被接受。但无论持哪种观点，翻译在其中起到的积极推动作用是得到一致认可的。刘慈欣的科幻小说获奖，译者也是一个重要因素，其译者刘宇昆本身就是一位在美国颇有影响的科幻小说家，他的翻译可以更好地把作品中的科幻因素展现出来，使作品在语言上更贴近英语科幻读者。

正是因为看到了翻译的重要性，近年来，各类针对翻译的资助纷纷设立，为中国当代文学作品翻译成外文在国外出版提供了有力的支持。中国文学被翻译出版的数量大大增加的同时，一些问题也越来越凸显。一是文学作品翻译的难度和译者的欠缺。文学作品的翻译对译者的要求是很高的，不仅要求译者有高超的语言能力，更要求译者有深厚的文学素养和对中国文化的深入理解。中国文学走出去不能仅限于英语、法语、俄语等大语种，也要重视瑞典语、捷克语等在世界文学中较有影响的小语种，特别是要重视在周边国家、“一带一路”合作伙伴的翻译出版。而目前的情况是，这些国家的文学翻译家严重缺乏。这些语种翻译出版中国文学大多是从英文版本翻译的，很少从汉语直接翻译。比如埃及，能够直接从中文翻译成阿拉伯文的翻译家非常少，远远不能满足出版的需求，何谈翻译数量和质量。二是翻译家与本国出版社的关系不太乐观。有的译者翻译水平较高，但找不到出版社，有的出版社很有兴趣出版中国文学作品，但找不到合适的译者。

我们应该紧紧抓住翻译这个环节，一方面积极发现和联络更多优秀翻译家，一方面要重视对本国出版社有一定影响力的翻译家，特别是在本国读者中有影响力的翻译家，给予他们更多的帮助和支持，发挥好他们的桥梁作用，让他们真正成为中国文学与世界读者之间的使者，使中国当代文学能够被翻译、被出版、被阅读、被讨论，真正走进各国读者的阅读视野中。

（写于 2017 年）

当前青年作家生态分布状况分析

近年来，青年作家备受关注，“70后”“80后”作家正在承担起越来越重要的文学重任。特别是2017年各类书榜中，多位青年作家上榜，受到读者的追捧,引起阅读讨论。那么青年作家在当下文学阅读中到底影响多大?青年作家队伍情况如何?我们可以借用统计分析的方法，曲径通幽，考察青年作家的生态状况。

青年作家生态分布情况

考察青年作家生态主要有两个指标:一是青年作家作品发表和受关注情况，可以反映出大环境是否有利于青年作家的涌现和发展;二是青年作家的分布状况，即生存状态，可以反映出什么人在写作，从而分析青年作家写作需要的土壤和面临的难题。本文从2017年文学发表、阅读等数据中抽取一些样本，分析这些样本，希望能够以量化的方式对上述两个指标的情况进行大致的描述。

(一)取样方式说明

抽取的样本分为两大类，文学期刊发表数据和2017年书榜数据。当前文学期刊仍为文学作品发表的主要渠道，尤其是中短篇作品。要考察青年作家的作品发表情况，可以以文学期刊的发表数量比例作参考。综合考量影响力和发行量后，选取《人民文学》和《收获》两个重要文学期刊为样本。

书榜是青年作者和作品获得文学评论界以及社会和读者认可度的一个重要参考。综合考量各书榜的读者面、影响力、文学性等因素后，选取《收获》文学排行榜专家榜、读者人气榜、中国小说学会年度中国小说排行榜、中国散文学会年度中国散文排行榜等 4 个传统文学榜单，以及新浪好书榜、豆瓣评分榜、“大众喜爱的 50 种图书”文学类、《北京青年报》青年阅读年度好书、《南方都市报》年度好书、第三届单向街书店文学奖年度好书、开卷年度最畅销图书等 7 种媒体书榜为样本，可以多角度考察不同读者群体对青年作家作品的选择。

媒体书榜中，新浪好书榜是在大众阅读中影响比较大的人文作品榜单，豆瓣阅读则是青年作者和读者较活跃的一个网络阵地。这两个榜单的阅读面都比较大，榜单内容不仅限于文学，还可选取其中与文学有关的部分。从评选方式来看，都注重专业性和阅读量，新浪好书榜更偏重专家意见，豆瓣评分榜则主要看评分，而打分的人有专业读者也有普通读者。

近年来报刊纷纷开始发布年度排行榜，《南方都市报》和《北京青年报》作为一南一北两个在青年读者中比较受欢迎的报纸，它们的榜单可以代表传统媒体的声音，作为前面 4 个传统书榜的补充。

单向街书店榜单是民营书店榜单的代表，在读者圈里有一定影响。

“大众喜爱的 50 种图书”是由新闻出版广电总局主办的面向大众阅读的引导性榜单，经专家评选和读者投票两个环节产生，导向性和大众性是其最主要特点。

开卷书榜是完全由销售数据得出的榜单，开卷数据已成为出版业界衡量图书零售业绩的第三方权威数据。图书的零售量一定程度上也是读者接受度的一个衡量指标。

具体方法是，收集上述样本 2017 年的数据，统计其中 45 岁以下作者，即 1973 年以后出生的作者的作品数量以及这些作者的基本情况。这些青年作者都是经过大量筛选，已经取得一定成绩的作家，分析他们的生态分布，可以在一定程度上反映出当前青年写作者中比较突出的那部分作家的状态。

（二）数据统计及简单介绍

1. 文学期刊数据

据不完全统计，《人民文学》全年刊发长篇小说 3 部，其中青年作家作品 0 部；中篇小说 31 篇，青年作家作品 12 篇，占 38.71%，短篇小说 44 篇，青年作家作品 23 篇，占 52.27%；诗歌 85 篇，青年作家作品 16 篇，占 18.82%（此数据为估算，可能有遗漏）；散文 95 篇，青年作家作品 43 篇，占 45.26%；报告文学 10 篇，青年作家作品 0 篇；童话 4 篇，青年作家作品 2 篇，占 50%；其他门类 3 篇，青年作家作品 0 篇。合计全年共发表作品 275 篇（部），青年作家作品为 96 篇（部），占 34.91%。

《收获》全年刊发长篇小说 15 部，其中青年作家作品 2 部，占 13.33%；中篇小说 14 篇，青年作家作品 2 篇，占 14.29%，短篇小说 15 篇，青年作家作品 7 篇，占 46.67%；散文 20 篇，青年作家作品 0 篇；评论 2 篇，青年作家作品 1 篇，占 50%。合计全年共发表作品 66 篇（部），青年作家作品为 12 篇（部），占 18.18%。

总体上，《人民文学》杂志发表的青年作者的作品比重为三分之一，《收获》杂志的仅为五分之一不到。体裁上，《人民文学》主要为中短篇小说和散文，报告文学和长篇小说则没有青年作者的作品。《收获》长篇小说、中篇小说较少，散文作品没有，短篇小说和评论作品较多。

2. 书榜数据

（1）传统书榜

2017 年《收获》排行榜专家榜长篇小说上榜 10 部，其中青年作家作品 4 部，占 40%；长篇非虚构上榜 10 部，青年作家作品 3 部，占 30%；中篇小说 10 篇，青年作家作品 5 篇，占 50%；短篇小说 10 篇，青年作家作品 3 篇，占 30%。合计上榜 40 篇（部），青年作家作品为 15 篇（部），占 37.5%。

2017 年《收获》排行榜读者人气榜长篇小说上榜 6 部，其中青年作家作品 3 部，占 50%；中篇小说 6 篇，青年作家作品 1 篇，占 16.67%；短篇小说 6 篇，青年作家作品 1 篇，占 16.67%，非虚构 6 篇，上榜 2 篇，占 33.33%。合计上榜 24 篇（部），青年作家作品为 7 篇（部），占 29.17%。

中国小说学会 2017 年度中国小说排行榜，长篇小说上榜 5 部，其中青年作家作品 2 部，占 40%；中篇小说 10 篇，青年作家作品 3 篇，占 30%；短篇小说 10 篇，青年作家作品 0 篇。总计上榜 25 篇（部），青年作家作品为 5 篇（部），占 20%。

2017 年中国散文排行榜上榜作品 43 篇，其中青年作家作品 5 篇，占 11.63%。

总体上，《收获》专家榜和读者榜中，青年作者的作品数量都占 30% 左右，专家榜略高。而小说学会的排行榜中，青年作者的作品为 20%，散文排行榜中的占比更低，仅为 11.63%。体裁方面，《收获》专家榜长篇小说和中、短篇小说的占比较接近，读者榜则各体裁区别明显，长篇小说较多，中、短篇小说和非虚构作品较少。小说排行榜中，长篇小说和中篇小说占比接近，短篇小说为 0。

（2）媒体书榜

新浪好书榜 2017 年 1—11 月上榜作品 110 部，青年作家作品 25 部，占 22.73%；新浪好书榜 2017 年度好书上榜作品 10 部，青年作家作品 3 部，占 30%。

豆瓣 2017 年度高分图书总榜上榜作品 10 部，青年作家作品 1 部，占 10%，其中中国文学上榜作品 2 部，青年作家作品 1 部，占 50%；豆瓣 2017 年度最受关注图书总榜上榜作品 10 部，其中中国文学上榜作品 1 部，青年作家作品 0 部；豆瓣 2017 年度中国文学（小说类）上榜作品 10 部，青年作家作品 6 部，占 60%；豆瓣 2017 年度中国文学（非小说类）上榜作品 10 部，青年作家作品 5 部，占 50%。

2017 年度“大众喜爱的 50 种图书”文学类总榜上榜作品 15 部，其中中国文学上榜作品 13 部，青年作家作品 1 部，占总数的 6.67%。占中国文学类作品的 7.69%。

《南方都市报》2017 年度好书上榜作品 10 部，青年作家作品 2 部，占 20%。

《北京青年报》2017 青阅读年度好书总榜上榜作品 15 部，其中中国文学上榜作品 4 部，青年作家作品 1 部，占总数的 6.67%，占中国文学作品的 25%。

单向街书店文学奖 2017 年度好书总榜上榜作品 15 部，其中中国文学上榜作品 8 部，青年作家作品 5 部，占总数的 33.33%，占中国文学作品的 62.5%。

开卷 2017 年度最畅销虚构书总榜上榜作品 10 部，其中中国文学类上榜作品 5 部，青年作家作品 0 部；开卷 2017 年度最畅销非虚构书总榜上榜作品 10 部，其中中国文学上榜作品 8 部，青年作家作品 4 部，占总数的 40%，占中国文学作品的 50%。

总体来看，在各榜单的中国文学作品中，青年作家的作品数量占比差别较大。新浪书榜月榜占比 22.73%，比年度榜占比低了近 8 个百分点。豆瓣书榜中，中国文学两个榜单和高分图书中国文学部分的占比均约为一半，而最受关注图书中没有青年作者的作品。两个报刊书榜中的占比均为 20% 多，与新浪书榜月榜接近。单向街书店的书榜中青年作者的作品较多，占 62.5%，“大众喜爱的 50 种图书”文学类榜单中青年作者作品数仅占 7.69%。开卷书榜中，最畅销虚构类作品一个青年作者的作品都没有，非虚构类作品则占了一半。

数据分析及反映出的问题

（一）青年作家作品发表和受关注情况

从数量方面来看，两个文学期刊发表的青年作者的作品数量平均占比为 25.55%。书榜的平均占比为 33.98%。其中传统书榜的平均占比为 24.58%，媒体书榜的平均占比为 37.74%。书榜的青年作者作品数量比文学期刊发表的数量高出约 8 个百分点，而媒体书榜的青年作者作品数量又比传统书榜的高出约 13 个百分点。是否说明，传统文学界对青年作者的关注度不如大众阅读对青年作者的作品的青睐？

从涉及的作家来看，期刊和书榜中重叠不多，可以说，在传统文学界与大众阅读都获得认可，“叫好又叫座”的青年作者不多。上述所有数据中涉及的作家共 94 人，重叠的作家有 20 人，占 21.28%。期刊、传统书榜和媒体书榜“三栖”作者仅 4 人：任晓雯、石一枫、张悦然和孙频。“两栖作者”16

人，其中“期刊＋传统书榜”的有 6 人：计文君、哲贵、张楚、马笑泉、周嘉宁和董夏青青；“期刊＋媒体书榜”的有 2 人：李修文和双雪涛；“传统书榜＋媒体书榜”的有 8 人：梁鸿、鲁敏、袁凌、黄灯、李宏伟、卫毅、沈书枝、云也退。在同时登上传统书榜和媒体书榜的作家中，除孙频、张悦然各有 2 部作品上榜外，其他上榜作者都是因同一部作品上榜。文学期刊的作者和传统书榜的相同作者明显多于和媒体书榜的相同作者，而两类书榜之间的相同作者又远高于文学期刊和书榜的相同作者。这是否说明传统文学期刊的编辑的选择与读者阅读，包括专业读者和普通读者的选择很不一样？也可以看出传统文学期刊在大力扶持青年写作者，但青年写作者要想获得更多的认可，还需要更多的积累。

从书榜上榜作品来看，共涉及 55 部作品，其中同时上传统书榜和媒体书榜的有 9 部，占 16.36%，重合度比较低。说明传统文学界和大众媒体在选择文学作品方面存在着较大差异，文学评论家和大众阅读的选择也有比较明显的区别。

此外，各书榜之间的重合度比较大。除前面跨书榜的 9 部作品外，还有 13 部作品分别在两个及以上传统书榜或媒体书榜上出现，合起来共有 22 部作品跨榜单，占 40%。其中 18 部作品跨两个榜单，3 部作品跨 3 个榜单，双雪涛的小说集《飞行家》登上新浪、豆瓣、《南方都市报》和《北京青年报》4 个榜单。这反映出各类书榜有一定的趋同性。比如，新浪好书榜 25 部作品中，有 14 部作品也出现在其他书榜中，剩下的 11 部作品中有 4 位作家也出现在其他书榜中，只是作品不同。豆瓣中国文学小说类 6 部作品中有 5 部也出现在其他书榜中，剩下的一部的作者也以其他作品出现在其他书榜。而非小说类 5 部作品中也有 4 部出现在其他书榜中。《收获》专家榜 4 部长篇小说和 3 部非虚构作品全都出现在其他书榜中。只有中国散文排行榜、“大众喜爱的 50 种图书”文学类和开卷非虚构图书 3 个书榜没有与其他书榜重叠。

（二）青年作家的分布状况

上述期刊和书榜数据中涉及的可以查到公开信息的青年作者 94 人，分析他们的职业分布、年龄分布等，可以对青年作家的生态状况提供一个参考。

1. 年龄分布情况

20 世纪 70 年代出生的 44 人，占 46.81% ; 80 年代出生的 32 人，占 34.04% ; 90 年代出生的 18 人，占 19.15%。

“70 后”仍是主力，“90 后”开始崭露头角。

2. 职业分布情况

有工作单位的 46 人，占 48.94%。其中，作协系统工作人员 7 人，作协专业作家 1 人，公务员 3 人，事业单位 2 人，公安局 1 人，解放军 3 人，电影制片厂 1 人，学校任教 8 人，各类报刊、出版社编辑 20 人。

无工作单位或自主创业的 42 人，占 44.68%，其中媒体人 8 人，自媒体人 2 人，自由撰稿人 32 人。自由撰稿人中有 7 人是省作协签约作家。

另外还有在读学生 6 人，占 6.38%。

可以看出目前青年作家的职业变化很大，有工作单位的和没有工作单位的自由职业者只相差 4 人。有工作单位的作家中，在报刊、出版社当编辑的占了近一半，其次是在学校任教和在作协系统工作的人。在没有工作单位的 42 人中，身份职业也不尽相同，其中 8 位媒体人是指没有固定工作单位但所从事职业为出版策划、记者、专栏作者、网络编辑等媒体相关行业的人，他们一般都有固定收入，写作收入只是其收入的一部分。两位自媒体人则是有固定的且有一定知名度的自媒体账号的人。而 32 位自由撰稿人身份更加多样，除 7 人是省作协签约作家外，其余 25 人有的是农民，有的是留学归国青年，有的是创业者，有的是画家，有的做翻译工作，有的做主持人，有的是影视编剧。也有全职写作者，写作收入可能是他们的主要收入来源。

3. 体裁特点

诗歌、小说和非虚构写作都有大批青年作者的加入，也都出现了品质上乘的作品。在各类书榜中，非小说类作品和小说类作品都受关注，多个榜单专门有非虚构类别，这也从一个侧面反映出读者对小说和非小说类作品的接受度几乎持平，已形成了各自的阅读群体。比如新浪好书榜 25 部青年作家的作品中，散文随笔和非虚构作品上榜 10 部。而 15 部小说中，长篇小说 9 部，小说集 6 部，中短篇小说和长篇小说数量接近，不再是长篇小说一家独大的局面。

由本次数据分析可以反映出以下两个方面的问题：

文学边界的变化与青年作家写作的相互影响。

与 5 年前上届青创会时相比，现在青年作家写作的环境发生了很大的变化，最突出的变化应该是文学边界的扩大，出现了许多新的类型、流派。

一方面文体创新写作越来越受欢迎。除了我们熟悉的小说、诗歌、散文、报告文学外，出现了大量的思想随笔、跨文体作品、游记等新鲜的文本。2017 年亚马逊中国年度阅读盛典评选出的 10 位新锐作家的作品中，几乎没有传统意义上的文学作品，没有小说、诗歌，而是通过知乎、精进等付费阅读平台或在社交平台发表后，拥有一批忠诚的读者，才结集出版的图书，且同时出版纸书和电子书两种介质，比如王晓磊《六神磊磊读唐诗》、二混子《半小时漫画中国史》、王小圈《如何成为一个有趣的人》等。这类型的作品都有着明显的个性标签，个性化的语言表达，对历史、对现实非常个人化的思考，大多活泼而有趣，就像当年明月的《明朝那些事儿》一样，拥有粉丝读者的追读。

2017 年新浪好书榜中也出现了熊培云的《慈悲与玫瑰》、卫毅的非虚构作品集《寻找桃花源》、袁凌的非虚构作品集《青苔不会消失》等与传统意义上的散文很不一样的作品。这些作品构建在作者的行走阅历、阅读和思考之上，忠实于作者的个人感受，把作者的情感投射到所书写的对象上，与他们同呼吸、共起伏，从而能够带领读者走进书写对象的生活，乃至生命，大大增加了读者的获得感，因此非常受读者欢迎。

另一方面，这种泛文学阅读的变化也在悄悄影响着作家的写作。这在“90 后”写作者中表现得很明显。这一群爱好写作的人大多受过高等教育，在互联网的陪伴下长大，有着天生的互联网思维，因此他们的作品也较容易吸引志趣相投的同伴们阅读、分享、讨论，进而影响他们的写作，互动性较强。比如一些文化杂志、时尚杂志、行业杂志聚集了一批非常年轻的写作者，形成了一个阅读写作圈。

文学边界的扩大，不仅对青年写作产生影响，也在改变着所有爱好文学的读者的阅读兴趣。青年写作已经如火如荼，在网络上、博客上、公众号上大量传阅、转发。先不论其观点是否准确，意义是否深刻，其巨大的阅读量所产生的影响就足以引起文学界的重视。

培养和扶持青年作家面临更大挑战。

近年来，青年作家队伍可以说新人辈出。比如，网上有很多“90后”作家的推荐名单，很多人不在期刊视野中，也不在文学批评视野中，但作品阅读量、传播力惊人。只是这些青年作者写作的可持续性不强，分流现象大量存在。有的作者可能因一部作品阅读量超过20万而备受关注，但再没有其他作品跟上。这一现象在散文或类型写作中较为突出。

青年作家可持续发展的两个重要因素:一是生存压力，二是写作压力。生存压力可能更胜一筹。新兴媒体的迅猛发展似乎给了写作者另一条出路。很多写作者没有固定工作，可以自由写作。但从影响力方面来看，真正能写出叫好又叫座的文学作品的写作者，还是那些与传统文学联系紧密的相关行业从业人员。

因此，发现和扶持那些有志于文学理想的青年写作者，为他们创造基本的生存条件，也许是当下培养青年作家的一个重要方面。现在对青年作家的关注不是太多而是太少了。作协的优势在于联系作家。应该采取更多有效的手段，发现优秀的青年作者，培养他们，为他们创造更多学习的机会，为他们提供更大的舞台，让他们发挥更大的影响和作用。

从队伍建设的角度看，青年写作群体的来源越来越广泛，作家的身份与之前相比发生了很大的变化。一方面，传统的、体制内的青年作家层出不穷，另一方面，随着时代的变化，有大量的青年作家正在从社会的各个阶层、各行各业走到文学写作的道路上来。他们有的从事科学研究，有的做金融保险，有的是画家、摄影师，还有许多体制外的作家和自由职业者。总而言之，青年作家的来源和身份正在以不可估量的速度扩充、丰富着。他们走上文坛的方式也和以前大不相同，不少作家是先在网络平台上初试身手、聚集人气，而后才走进传统文学视域并为更多读者和评论家所关注。这些都为文学带来了新的经验，极大地影响着未来写作领域的面貌。

随着青年作家队伍不断扩大成长，以及文学生产方式的日趋多样，我们在发现新人、团结新人方面往往容易陷入被动、滞后的状态，缺乏更加有效的机制去认知和了解。从作协的角度来说，我们急需对这样一种新的有效机制展开深入研究与探讨，比如成立一个跨部门的青年文学人才发现的联席会议、设立“青年工作委员会”，等等，以便更好地贯彻落实中央精神，更有针对性地做好青年人的工作，同时更加及时敏锐地发现新人，加强对文学新人的培养和引导。

当文学越来越成为一项职业，那么职业道德教育也就成为培养青年作家的重要内容。对作家特别是青年作家的培训是作协一直在做的工作，并且正在不断加强。但培训的内容除了文学素养的提升，还应该包括国情、国际关系、科技发展等内容，还应形成职业规范，提高作家们的自律自觉。

（写于 2018 年）

文学阅读新样态观察

对于当前文学发展状况，我们一直有一个印象，即新鲜事物层出不穷，颇有应接不暇之感。新时期以来，在文学视域中，主旋律文学、纯文学一直占据着主导地位，之后网络文学兴起，却也并未脱离与纯文学相对的通俗文学范畴，而如今的文学情况已溢出了上述认知。在全媒体融合时代，文学创作和阅读正在发生着变化。

2018 年 11 月，新浪网发起票选你最喜爱的作家活动，60 位上榜作家的名单很有意思。这样的评选活动已不是个别现象，且往往公众参与度较高，能在短期内大大提高作家作品的知名度，从而形成一个文学舆论场。分析这类活动或排行榜中的作家作品，用量化的数据，可以比较直观地反映出这个舆论场的面目。

数据统计及简单介绍

以 2018 年底两个主要由市场主导产生的榜单：新浪网 2018 票选你喜爱的作家参选名单，以及开卷 2018 年 1—11 月零售渠道畅销书排行榜中 TOP30 的中文图书为样本，分析其分布情况和作品情况，一探究竟。

这两个榜单各有侧重。新浪票选名单，主要反映的是微博用户的阅读情况，基本上由流量决定。开卷排行榜专以销售量为衡量标准，可以说是文学市场的风向标。开卷月榜的相关数据，直接反映出大众一段时间内关于文学图书的购买和阅读情况。

新浪2018年最受欢迎的作家票选名单，是由微博运营的官方账号“微博读书”从微博的注册用户中选择60位在读书领域活跃、粉丝较多的用户，向所有微博用户开放投票通道，最终得票数位居前10位的作家分别是：江南、南派三叔、非天夜翔、张嘉佳、陆琪、蝴蝶蓝、马伯庸、周国平、莫言、李银河。

北京开卷信息技术有限公司发布的2018年零售渠道畅销书排行榜月榜，是根据文学作品线上及线下的每月销售量，统计销量前30名的作品。我们选取了虚构类和非虚构类两个书榜。在1月至11月数据中，月榜都上榜的作家共有11位，包括余华、刘慈欣、路遥、中央党校采访实录编辑室、高铭、沈复、蔡崇达、贾平凹、龙应台、陈磊、大冰。各月榜中，既有知名作家鲁迅、老舍、贾平凹、刘慈欣、余华等，也有一些新作家，比如白茶、陈果、陈磊、乔一、耿帅、蕊希等。有经典文学作品，比如四大名著和《朝花夕拾》《平凡的世界》等，也有不熟悉的作品，比如《就喜欢你看不惯我又干不掉我的样子》《好的孤独》《半小时漫画中国史》等。可以看出，这个纯以销售量为依据的榜单中，没有古代、近现代之分，体裁分类也很模糊，作家知名度也不是很重要，说明文学在人们日常生活中所扮演的角色更加多元、立体。

两个榜单重合的作家有9位：南派三叔、唐家三少、张嘉佳、严歌苓、李诞、大冰、张皓宸、刘同、李尚隆。

数据分析及反映出的问题：

经统计，新浪2018最喜爱作家榜单涵盖60位作家，开卷书榜1—11月上榜书目为96部，涉及作家及写作团队75位。

1. 作家分布状况

（1）性别、年龄分布情况

男性作家占比72.22%，女性作家占比27.78%。年龄方面，“80后”写作者是主力，占比23.44%，大多从网络文学、微博等新的文学场域成长起来；其次是“70后”作家，占比10.94%，其中有一些作家已经被纳入传统文学视野，如冯唐；“90后”写作者不多，占比9.38%，但“网红”特征突出，例如几乎都拥有个人品牌，高颜值或高学历，拥有大量的粉丝，同时作品体裁与类型边界模糊。

（2）职业分布情况

新浪书榜人数排前三位的职业分别是自由撰稿人，作协签约或任职，公司总裁、合伙人、职员；开卷书榜前两位的职业分别是公司总裁、合伙人、职员及自由撰稿人，教授及科研人员和影视演员并列第三。

新浪榜单中，专门从事写作的比重较大，作协签约或任职、网站或文化公司签约作家、自由撰稿人共占了 58.33%。而开卷书榜中，这三个职业的作家仅占 26.53%，更多的人是业余写作。

可以看出，作家的职业已溢出文化领域，金融投资、自主创业等领域均有所涉猎。文化领域的作家走向也有新变化，与某网站签约后爆红，或其文学作品被传媒领域认定为 IP，就另谋高就，这样的情况已不在少数；抛弃原东家，与腾讯、阿里、爱奇艺这样有直接影视改编能力的公司签约也成了网络文学作家的新选择。同时，随着流量变现时代的到来，自由撰稿人和微博博主、微信公众号运营者的阅读量为他们带来了广告商的青睐，将广告所需费用明码标价，通过这些方式而非传统的固定工作获取收入，甚至成为较为稳定的收入来源。

2. 作品类型分布状况

小说是主要门类。新浪榜单中 75% 的作者以小说创作为主，开卷书榜中小说也占了 46.88%，近一半。其次是散文随笔，新浪和开卷两个榜单中分别占比 20% 和 38.54%，均远高于其他门类。

小说门类还可细分。新浪榜单上，从属于网络文学、网络小说这一类型写作的作者有 17 人，以玄幻、盗墓、都市情感题材为主，都市情感小说的作家有 8 人，青春文学有 11 人，耽美小说 3 人。

散文随笔涵盖更加庞杂，包括亲子、口才辩论、情感励志、历史、财经、管理学等诸多类型，既有李银河、周国平、于丹、罗志渊等人的社会学、哲学、学术散文随笔，也有借由微博、知乎、微信等平台书写生活的小确幸等的鸡汤文，还出现了一批以苏岑、咪蒙、陈岚为代表的以社会热点、公众关注领域及社会生活的普遍焦虑为切入口的写作。

题材方面，女性、职场、青春、励志等题材变得更受关注。微博上的意见领袖有效地将自己的粉丝迁移到线下的纸质书阅读中。这一变化意味着读者的阅读需求变得更为驳杂同时也更为精准化。

3. 数据背景分析

需要说明的是,新浪票选活动是立足于微博生态的。社交平台的盛行，使得作者与读者之间的交流变得更迅捷。线上互动增多，非文学内容的互动，比如在微博上展示写作者的日常生活也成为增加写作者个人魅力的方式之一。微博博主的活跃度越高，作者与读者之间的黏度就越大。微博上的作品大多被用作消遣式阅读，一些与微博用户的泪点、痛点以及所追逐的热点相关的内容，如职场话题、女性话题等，容易受到追捧。本次票选活动中就曾出现不是因为作品质量，而仅仅因为颜值高而走红的写作者，因其粉丝控评、刷数据而暂时占据第一名位置的局面。

“泛文学”的表征

从上述数据中可以看到，当前文学创作和阅读存在着“泛文学”现象。文学的“泛化”，不再仅仅指向文学书写、创作方面，也体现在公众阅读的接受、期待、需求等方面。在当下文化生活中，这种“泛文学”的文学样态正扮演着越来越重要的角色。大致可以从以下三方面对文学的泛化进行描述。

一是阅读状态的变化和泛化。

有研究指出，当前大众阅读呈现出这样几个特点：从阅读内容上看，对于成长励志类书籍的需求在不断增加，这主要是因为读者对于精神需求的关注度不断提升，同时伴随市场经济发展引发的社会问题显现，需要缓解时代焦虑的“正能量”；从阅读形式上看，存在从纸书独大到“纸电”互补的变化，数字化阅读正在占据人们生活中的绝大部分阅读空间，线上阅读、手机阅读成为越来越普及的公共阅读方式；从阅读习惯上看，双向互动、形成社群规模的数字化阅读方式已经形成并成为主流。这些变化为文学在当下文化生活中的泛化提供了土壤。

二是作家身份的泛化。

公众对于"作家"的定义越来越宽泛,在一定程度上出现了作家娱乐化、艺人化的倾向。从本次调研数据看,"泛文学"创作主体至少包括四类人群:传统作家、网络作家、畅销书作家、"网红"写作者。其中,前两类作家已大致形成共识,畅销书作家类型特征尚未固化,正在进入文学研究视野,"网红"写作者队伍则呈现为不被命名、指认、归类的野蛮生长。后两者在当前公众阅读中占据了很大的份额,产生了很大的影响。

畅销书作家,以张嘉佳、大冰等为代表。其中不少人发迹自"one 一个"之类的阅读平台。这类平台让许多拥有写作梦想的人走上了职业或者兼职写手之路。网红写作者,以沈肯尼、沈煜伦、李诞等为代表。

三是作品评价标准的泛化。

与作家身份的泛化相对应,"泛文学"的生产方式和传播渠道也有了很大不同。从成名方式来看,有的从网络写作开始,有的经营自媒体,有的靠微博刷脸走红,但成名后进入文学阅读的最终标志仍是出版纸质图书。并且,纸质图书与线上写作相互作用,继续圈粉,扩大阅读,提升作家知名度。如此循环,使得这些作品呈滚动式上升,甚至已经产生了一套特有的写作、阅读、评价、互动机制。与传统文学的写作、评价、传播方式不同,这类作品的每一个生产环节都深具商业氛围。

传统的文学评论已经不能有效覆盖当下文学样态的发展。很多作品的评价是由读者完成的,而大多数读者是感性的,对一部作品的评价常常两极分化或五花八门。

"泛文学"背景下,传统文学何为

种种现象表明,互联网自媒体时代,文学正朝着更加大众化、娱乐化的方向和意义上泛化。"泛文学"背景下,传统文学被裹挟前行,也出现了积极介入的尝试。

首先应该看到,文学阅读在当前大众阅读中仍占有相当的比重。即使纸媒阅读有所萎缩,但纸媒内容的数字版本的阅读却在持续增长。另一方面，非传统文学的阅读，无论是数字形式还是纸质形式，都在迅速膨胀，同时也迅速“过气”。不管其是否“泡沫”或速朽，这类作品受到读者追捧，却也是不容回避的现实。不能简单地以“迎合大众”或“低级趣味”来评价，这些作品确实有一些写出了当下人们微妙而复杂的心理，契合了人们处在变化中的情感体验和诉求，使其更具传播力和影响力。这类作品的读者大多是中学生、大学生或刚参加工作的年轻人，从这个意义上说，很可能正是这些作品在塑造着未来中国读者的审美品位。

在泛化过程中，传统文学呈现出一种被裹挟的状态。在新浪票选作家活动中，就出现了传统意义上的文学作家的粉丝与网红写作者的粉丝之间的较量，在票选过程中，粉丝是主导力量，作家是被动参与者，因此，即便入选的 10 位作家基本“纯正”，也很难说这是“文学”的胜利。

也有些文学力量在积极介入，尝试探索文学与大众娱乐的共生互促之道。比如由青年作家张悦然发起，理想国、《鲤》、腾讯大家等联合主办的“鲤·匿名作家计划”，该活动被称为文学界的“蒙面歌王”。该活动邀请作家以匿名投稿的方式参赛，仅限于短篇小说，由读者和评委评选最佳作品，从征集到评出结果历时半年多。终评时，作家苏童、格非、毕飞宇对入围作品进行“密室”评审，评选过程中《中华文学选刊》等传统文学刊物也对部分作品进行选载。这一活动可以看作是对传统文学、圈子化小众化写作以及网络时代的大众阅读的一种捏合，是文学泛化的一种表现，也是一种应对。

（写于 2019 年）

文学泛化现象初探

——从文学阅读状况看新时代文学的新变

引言：近十年来，文学的样貌正悄然发生着改变。这十年的文学被称为“新时代文学”。中国作家协会第十次全国代表大会提出“新时代文学”这一命名，并做了这样的概括：“新时代文学书写中华民族新史诗，凝聚伟大复兴精神力量；以人民为中心，激励人民创造美好生活；以提高质量为根本，奋力铸就艺术高峰；以创新为动力，勇于拓展新空间塑造新形态；以坚定的文化自信，光大中国气派中国风范；铸牢中华民族共同体意识，建设各民族共有精神家园；参与人类命运共同体构建，体现广大人类关怀；主动融入现代传播格局，有力证明文学的地位价值尊严。”[①]

这是从新时代文学的使命任务和要求角度所做的概括。那么，什么是新时代文学？作为一个文学命名，新时代文学相对于革命文学、改革开放文学而言，具有哪些新的特点？近十年繁杂出新的文学现象，数量庞大的文学作品，并且无论是作家还是文本几乎都还在“进行时”，这些都给文学研究提出了高难度要求。他山之石可以攻玉，若跳出文学文本，从大众阅读的角度来看，可能会有一些新的发现。本文尝试以样本分析的方式，从作家队伍状况和大众阅读状况角度对近年文学创作状况做一个观察，看能否找到一些新时代文学的特征。

---

①《中国作家协会第十次全国代表大会关于第九届全国委员会工作报告的决议》，《文艺报》2021年12月18日。

在全媒体融合时代，文学创作和阅读正发生着变化。亚马逊中国 2013 年度最畅销图书排行榜第一名是电视节目主持人、记者柴静的散文集《看见》，并且在前 10 名作品中，有 5 部作品是非虚构类的，这些作品的作者韩寒、张小娴、十二都不是传统意义上的“作家”。新浪网 2018 年底曾发起一个票选你最喜爱的作家的活动，60 位上榜作家，很多也不是传统意义上的“作家”。近年来，《开讲啦》《脱口秀大会》《我是演说家》《奇葩说》等语言类综艺节目兴起，其文本的作者有的已经被称为“作家”，并且这些文本大多贴近当下年轻一代文学读者或潜在文学读者的阅读心理，具有明显的文学性，完全可以也应该纳入散文创作研究范畴。种种迹象表明，公众文学阅读中，特别是青年文学阅读中，已经出现了一个新兴的、文学界还不太熟悉的领域。

本文以 2019 年至 2020 年 3 月大众阅读数据为样本，通过数据分析，考察大众文学阅读的特征、热点等，探究这个新领域的面目，为文学创作研究提供一个量化的参考。

一、数据统计情况

1. 取样说明

经过对阅读市场的初步了解，综合考量销量和文学评价，选取开卷零售渠道畅销书排行榜、新浪好书榜、豆瓣阅读榜、当当文学好书、京东畅销书、京东文学销量榜、亚马逊畅销书、华文好书、十佳数字阅读作品等榜单为取样数据。

2. 数据统计及简单介绍

收集到的数据包括新浪好书推荐榜 2019 年 1—11 月月榜、2019 年年榜和 2020 年 1—3 月月榜，共 160 部作品；豆瓣 2019 年度最受关注图书、年度高分图书、年度中国文学小说类和非小说类、年度传记 · 人物、年度冷门好书等 6 个年榜，以及 2019 年 1—12 月每月热门图书，共 120 部（次）作品；开卷零售渠道畅销书排行榜 2019 年 1 月至 2020 年 3 月月榜中虚构类和非虚构类新 30，2019 年年榜虚构类和非虚构类前 10，共 920 部（次）

作品；2019 当当文学好书年终榜、云阅读好书榜共 45 部（次）作品；亚马逊 2019 年付费畅销书排行榜、付费新书畅销书排行榜、文学类畅销书排行榜，共 30 部作品；2019 年度十佳数字阅读作品；2019 华文好书年度榜 10 部作品；截至 2020 年 3 月的京东畅销书排行榜前 9 部作品；京东文学销量榜前 9 部作品。这些榜单累计 1313 部（次）作品。

2019 年度十佳数字阅读作品出自中国音像与数字出版协会发布的《2019 年度中国数字阅读白皮书》。其他数据均出自各平台公开发布的数据。

这些榜单有作家作品的重叠。经统计，共涉及 333 位作者的 376 部作品。其中，外国作者 137 人，海外华人作家及台港澳作家 24 人，中国古代、近现代作者 16 人，中国当代作者 156 人。中国当代作者中有 8 个是团体署名作者。本次取样分析仅针对 148 位中国当代作家的作品。

二、数据分析及反映出的特点

1. 作家作品热度分析

在本次取样的 9 个榜单中，跨榜单作者共 28 人。最多的跨 5 个榜单，1 人：麦家；跨 4 个榜单的 3 人：刘慈欣、马伯庸、余华；跨 3 个榜单的 5 人：路遥、余秋雨、樊锦诗、顾春芳、袁凌；跨 2 个榜单的 19 人：冯骥才、王安忆、王小波、张怡微、蔡崇达、东东枪、顾湘、郭建龙、贾平凹、金一南、李诞、李洁非、陆庆屹、任晓雯、双雪涛、巫哲、杨占家、张宏杰、周濂。

每位作者上榜作品数量，最多的 6 部，1 人：大冰；3 部作品上榜的 2 人：刘慈欣、冯骥才；2 部作品上榜的 11 人：马伯庸、余华、路遥、余秋雨、王安忆、王小波、张怡微、陈果、樊树志、漆永祥、张嘉佳。详见下表。

序号	姓名	作品	作品数	榜单	榜单数
1	麦家	《人生海海》	1	新浪好书、豆瓣、开卷、亚马逊、京东	5
2	刘慈欣	《三体 1—3》《流浪地球》《球状闪电》	3	开卷、当当、亚马逊、京东	4
3	马伯庸	《显微镜下的大明》《长安十二时辰》	2	豆瓣、开卷、亚马逊、京东	4

续表

序号	姓名	作品	作品数	榜单	榜单数
4	余华	《活着》《许三观卖血记》	2	开卷、当当、亚马逊、京东	4
5	路遥	《平凡的世界》《人生》	2	开卷、亚马逊、京东	3
6	余秋雨	《文化苦旅》《中国文化课》	2	开卷、当当、京东	3
7	樊锦诗、顾春芳	《我心归处是敦煌：樊锦诗自述》	1	新浪好书、豆瓣、华文好书	3
8	袁凌	《寂静的孩子》	1	新浪好书、豆瓣、华文好书	3
9	冯骥才	《俗世奇人(修订版)》《单筒望远镜》《书房一世界》	3	新浪好书、开卷	2
10	王安忆	《成长初始革命年》《谈话录》	2	新浪好书、豆瓣	2
11	王小波	《一只特立独行的猪》《沉默的大多数》	2	开卷、当当	2
12	张怡微	《家族试验》《旧日的静定》	2	开卷、当当 新浪好书、豆瓣	2
13	蔡崇达	《皮囊》	1	开卷、当当	2
14	东东枪	《六里庄遗事》	1	新浪好书、豆瓣	2
15	顾湘	《赵桥村》	1	新浪好书、豆瓣	2
16	郭建龙	《汴京之围》	1	新浪好书、豆瓣	2
17	贾平凹	《自在独行：贾平凹的独行世界》	1	开卷、当当	2
18	金一南	《苦难辉煌》	1	开卷、当当	2
19	李诞	《笑场》	1	开卷、当当	2
20	李洁非	《天国之痒》	1	新浪好书、华文好书	2
21	陆庆屹	《四个春天》	1	新浪好书、豆瓣	2
22	任晓雯	《浮生二十一章》	1	新浪好书、华文好书	2
23	双雪涛	《猎人》	1	新浪好书、豆瓣	2
24	巫哲	《撒野 1-2》	1	豆瓣、开卷	2
25	杨占家	《因为我有生活》	1	豆瓣、新浪好书	2
26	张宏杰	《曾国藩传》	1	豆瓣、亚马逊	2
27	周濂	《打开：周濂的 100 堂西方哲学课》	1	新浪好书、华文好书	2
28	大冰	《你坏》《我不》《乖，摸摸头》《阿弥陀佛么么哒》《好吗好的》《小孩》	6	开卷	1
29	陈果	《好的孤独》《好的爱情：陈果的爱情哲学课》	2	开卷	1
30	樊树志	《重写晚明史：内忧与外患》《重写晚明史：王朝的末路》	2	新浪好书	1
31	漆永祥	《五更盘道》《依稀识得故乡痕》	2	新浪好书	1
32	张嘉佳	《云边有个小卖部》《从你的全世界路过：让所有人心动的故事》	2	开卷	1

2. 作家职业身份分布

对 148 位中国当代作家大致做了如下分类：传统意义上的作家 52 人，自由撰稿人 22 人，网络文学作家 14 人，这些作者占总人数的 59.46%。他们是主要以文学创作为主业的人。其他几类不以文学创作为主业的作者，近年来创作大量文学作品，以随笔、非虚构作品、通俗读本为主。其中，各行业学科的学者是较为突出的一个分支，本次调研中有 34 人，占总人数的 22.97%。还出现了一些新的职业或身份的作家进入到大众阅读的前列，比如科学家、医生、自由职业者。他们所写的作品也不同于一般意义的科普、散文，有着鲜明时代气息和个人风格。详见下表。

当代作家职业分布		人数	占比 %
作家		52	35.14
自由撰稿人		22	14.86
网络文学作家		14	9.46
学者		34	22.97
其他文字工作相关职业	出版人	1	0.68
	媒体人	1	0.68
	记者	2	1.35
	编剧	1	0.68
	编辑家	1	0.68
	建筑媒体	1	0.68
	翻译家	2	1.35
	合计	9	6.08
艺术界	导演	2	1.35
	老艺术家	1	0.68
	漫画家	3	2.03
	画家	1	0.68
	合计	7	4.73
其他职业	科学家、人工智能	1	0.68
	主持人	2	1.35
	医生	2	1.35
	商人	1	0.68
	自由职业者	1	0.68
	合计	7	4.73

续表

当代作家职业分布		人数	占比 %
其他身份	摄影家	1	0.68
	收藏家	1	0.68
	普通老者	1	0.68
	合计	3	2.03
总计		148	

3. 作品体裁门类分布

148 位中国当代作家上榜作品共 167 部。如前所述，在进入大众文学阅读榜单的 300 多位作者中，近 40% 的作者不是主要从事文学创作，而是分散在各行各业，他们的加入，带来了大众文学阅读在体裁门类上较明显的变化。非虚构类作品数量最多，101 部，占 60% 强，大大超过小说的占比。小说 63 部，占 37.72%。另有 3 部漫画作品上榜，也是一个新现象，前几年上榜的漫画作品经常在 0 到 1 之间徘徊。非虚构类作品中，数量最多的是散文，36 部，占作品总数的 21.56%。纪实文学和通俗读本，都是 20 部，并列第二位。通俗读本涉及财经、建筑、摄影、美术、医学、哲学等多学科多领域。历史类作品都是历史学专家在研究史料的基础上以讲故事的形式讲述历史的作品，因数量较多，单列一类。诗词解读类 5 部作品也是因内容风格较接近，也反映出近年来古诗词阅读热，单列一类。详见下表。

体裁		数量	占比 %
小说		63	37.72
漫画		3	1.80
非虚构	散文	36	21.56
	随笔	6	3.59
	纪实文学	20	11.98
	通俗读本	20	11.98
	历史	12	7.19
	诗词解读	5	2.99
	传记	2	1.20
	合计	101	60.48
总计		167	

4. 数据背景说明

需要说明的是，大众文学阅读是图书阅读中的一个重要分支，但目前阅读市场仅有少量专门的文学阅读榜单，不足以反映大众阅读的状况，只能从各种图书的年度榜单、销售榜、关注度榜单等综合性榜单中搜集、筛选、分析。而近年来一个显著趋势是文学的边界不断扩大，跨文体作品大量出现，作家的职业身份更加丰富多元，这些都为数据的分析增加了难度。对作家作品进行分类分析的过程，也是多角度了解当下文学创作样貌的过程，因为尚无规范的分类标准，在数据分析中所划分的类别尽量采用有一定共识的类别，但难免存在不太科学的地方，并且一些“跨类别”作家作品也存在一些归类上的不确定性，但个别数据的模糊性并不影响整体数据所呈现的特点，从整体来看，这些数据还是基本能够反映考察对象的一些显在特征的。

5. 反映出的其他特点

在数据分析中发现一些有意思的现象。首先，大众文学阅读中对外国文学的关注较高，对中国当代文学的关注仍有待加强。在新浪好书榜 2019 年 1—11 月月榜 110 部（次）作品中，外国作家的作品占 44%，2020 年 1—3 月月榜中，这一比例为 53%，而 2019 年年榜中，这一比例为 35%。豆瓣阅读榜中，这一现象更为突出。在 2019 年 1—12 月月榜中，60 部（次）作品中就有 42 部（次）为外国作家的作品，占 70%，2019 年 6 个年榜 60 部（次）作品中，外国作家的作品占 47%，这还是包含了 2 个中国文学年榜 20 部（次）作品的数字。在开卷零售渠道畅销书排行榜 2019 年 1—12 月月榜的 360 部虚构类作品中，有 38% 是外国作家的作品，非虚构类这一比例为 23%。年榜中，虚构类的这一比例为 30%，非虚构类的为 10%。

再来看中国当代作家的作品所占比例。新浪好书榜 2019 年 1—11 月月榜中，这一比例为 49%，2020 年 1—3 月月榜中为 40%，2019 年年榜中为 55%。豆瓣阅读榜 2019 年 1—12 月月榜中，这一比例仅为 23%，2019 年 6 个年榜中为 43%（其中有 2 个榜是中国文学榜）。开卷零售渠道畅销书排行榜 2019 年 1—12 月月榜中，虚构类和非虚构类的这一比例均在 50% 多，年榜中，虚构类的这一比例为 60%，非虚构类的高达 80%。由上述比例可以看出，中国文学中非虚构类作品在大众读者中的接受度要高于虚构类作品。总体来看，中国当代文学作品的大众读者接受度在55%左右。

其次，在所有榜单1000多部（次）作品中，海外华人和台港澳作家的作品共81部（次），所占比例平均为6%，涉及的作家共24人，其中台湾作家13位，香港作家2位。出现次数较高的是蔡康永和三毛等人。各榜单中的这部分作家重叠较少，开卷的数据和豆瓣、新浪好书的无重叠，说明纯销售榜和带一些导向性的榜单中的作家作品不同。

第三，涉及的作家较两年前有较大变化，仅有几位作家连续三年出现在榜单上，比如余华、麦家、路遥、贾平凹。青年作者中，连续两年上榜的有蔡崇达（同一部作品上榜）、袁凌、沈书枝、大冰、李诞、张嘉佳、陈磊等。这从侧面证明了当下大众阅读在选择作品的时候更注重作品，只有少数作家形成了个人品牌。

第四，14位网络文学作家上榜，较两年前有较大提升，说明网络文学线下出版数量在增加，品质也在提升，得到越来越多读者的认可。①

三、结论

从本次大众文学阅读数据分析可以看到，文学在大众阅读中已经形成丰富、立体的全新样貌。相较于前两年的数据，2019年到2020年年初的大众文学阅读有两个较为突出的特点。一是非虚构作品的阅读占比超过小说，一方面需求量不断增加，一方面题材、类型也不断创新，成为当下文学阅读的新热点。这一趋势反映出读者对现实生活的关注不断提升。当前，我们正处在百年未有之大变局，我国经济社会科技的大发展、人民生活的大变化、国际社会的剧烈变化，都让人们对当下和未来更加关心，读者希望从文学作品中看到更多关于现实生活的讲述和思考。非虚构作品的阅读热也反映出国民知识文化水平的整体提升。富含知识性或哲理哲思的非虚构作品越来越受读者欢迎。在一些随机调研中发现，很多大学学理工类专

① 说明：第三、第四点相对于2017年的数据而言。

业和从事理工类工作的读者对解读历史类作品颇有兴趣。[1] 二是一些新的职业或身份的作家不仅进入到大众阅读视野，更走到前列，而正是他们的加入，为文学读者提供了更多新鲜的、不同以往的、满足不同类型阅读需求的文学作品。比如李诞、大冰等人的作品，可能还没有进入传统文学研究视野，但已经在很多读者中引起共鸣。甚至作者和读者双方也还没有明确地把这些作品确认为“文学”，而是“文本”或“文字”。“文学”的定义在悄悄发生着变化。这也许是“新时代文学”研究所要面对的一个基础问题。文学观念的变化是缓慢的，长远的。新时代文学的头十年发展中，已经出现了变化的端倪，这是值得注意的。

当然，从目前的数据来看，最受欢迎的文学作品还是传统意义上的文学，“文学”这一概念并没有发生颠覆性变化，但文学的泛化已经成为不容忽视的现象。新时期以来，在文学研究视域中，纯文学一直占据着主导地位。上世纪 90 年代末网络文学发展迅猛，以显在的异质性特征闯入文学阅读领域，进而引起文学研究的关注，但其本质上仍是惯常意义上的文学，并未脱离通俗文学范畴。而近十年来，文学发展出现的一些变化已溢出上述认知，文学领域新鲜事物层出不穷。在当下文化生活中，“泛文学”的文学样态正扮演着越来越重要的角色。

其实，所谓“泛文学”并不是完全新鲜的事物。当下通用的文学分类，小说、诗歌、散文大约只有 200 年历史，而在更早期，文学甚至还没有一个统一的词汇来标识。比如，亚里士多德的著作，很难归为文学作品或是哲学著作。根据方维规教授的考证，德国文学理论家、作家、语言学家弗·施莱格尔的《希腊文学研究》等著作中，德文原作“poesie”一词现在普遍译为“诗”,其实是指广义的“文学”。在那个时期,诗歌还未分列为一个类别，而是一种“方法”，当时所有用文字形式呈现的作品都被要求是“韵文”，后来人们发现了“小说”这种不被韵脚束缚的创作方法更能自由而丰富地表达人们的思想情感，诗歌才逐渐从广义文学中独立出来，与小说、戏剧并列为三大类。我国春秋战国时期诸子百家的文献，很多既是文学经典，同时

---

① 此调研为另一次小范围调研，未形成正式调研报告。

也是哲学著作或社会学著作。文学从诞生的那一刻起，就是关乎人的精神的文字，不拘于某一种形式，只为表达、书写人们精神层面的内容而存在。内容与形式，是一个老生常谈的话题。形式为内容服务，同时形式也一定程度上决定着内容是否能被受众接受，这应该是已经形成的共识。回到今天的“泛文学”，其实是文学表现疆域不断拓展的必然。在文学研究中，对文体的基本规范是必需的，比如小说、诗歌、散文、报告文学等，儿童文学中又更细致地分为小说、童话、寓言、诗歌、散文、报告文学等，再细分的话，还有故事、儿歌、童谣等类别。这些类别有时会有交叉，有时也会面临文体确认的难题，为研究者提供了许多有意思的论题。但在文学创作和阅读时，这样的区分不会那么泾渭分明。对于普通读者来说，文体可能并不那么重要，虚构还是非虚构这样简单的划分就足够了。而对于写作者来说，当不再纠结于文体，而更加专注于如何表达好作品所包含的思想情感、时代特征、社会演变等内容时，文学创作可能会进入一个更为广阔的天地。

如果做一个简单的归纳，今天文学的泛化大致表现在三方面：一是阅读状态的变化。纸质书的阅读和电子书阅读都成为文学阅读的主要方式。几乎所有文学经典都有电子书版本，近年新出版的文学作品也很多是纸质和电子书同时推出，读者可以自由选择和切换。二是公众对“作家”身份的定义越来越宽泛，越来越多的写作者被冠以“作家”的名头。另一方面，“作家”这一称谓的“光环”正在消失，甚至出现了作家娱乐化、艺人化的倾向。2013 年主持人孟非和导演冯小刚就登上“作家富豪榜”，引发热议，这样的现象仍在持续。三是作品评价标准呈现多样化趋势。尤其是在线阅读模式下，读者的留言评价，正在成为一个越来越有影响的评价体系。豆瓣、知乎、当当、京东等各类平台都有文学讨论区。在这里，语言是否优美，甚至是否通顺都不是重点，也很少看到传统文学所追求的精神力量、责任担当、书写时代、讴歌英雄等惯常的评价指标。读者关注的是其中的思想、价值输出，是否符合切身体验，是否新颖、新鲜等。

泛文学背景下，传统文学被裹挟前行。文学阅读在当前大众阅读中仍占有相当的比重，传统文学的阅读仍在扩张。另一方面，数字阅读在持续增长。无论是一线城市还是二三线城市，只要有手机的地方，就有文学读者。几乎所有的大型文学期刊、报纸都有微信公众号，有电子版供在线阅读。文学图书在出版纸质图书的同时或稍后推出电子书也越来越成为常态。而有一类区别于传统文学的作品，姑且称为“新式文学”，比如公众号文章，往往掀起一阵喧哗，之后就销声匿迹，迅速“蹿红”，同时也迅速“过气”。这类作品不能简单地贴上“迎合大众”或“低级趣味”的标签，应该看到其中确实有一些写出了当下人们现实生活的面貌，尤其是其中表现的微妙而复杂的心理，契合了人们的情感体验和诉求，这些因素使其更具传播力和影响力，甚至有时候能带动社会情绪。这类作品的读者大多是学生或刚参加工作的年轻人，而他们是未来文学的主要读者，他们将代表未来中国读者的审美品位。因此，对这类作品的分析研究，是非常必要的。只是传统的评价系统对这类作品似乎是“无效”的，需要探索新的研究方法。

在 2018 年新浪票选作家活动中，出现了颇具戏剧性的一幕，传统意义上的作家的支持者与网红写作者的粉丝之间展开一场“拉锯战”，最终文学读者战胜了“粉丝读者”，保证了入选十位作家的“纯正”。这意味着文学读者仍大量存在，且有着基本文学判断，他们在自觉地维护着泛化背景下文学的品质。与此同时，也应注意到，在票选过程中，投票者即读者是主导力量，作家只是被动参与者。

也有些传统文学力量在积极尝试，探索文学与大众娱乐的共生互促之道。2018 年，由青年作家张悦然发起，理想国、《鲤》、腾讯等联合推出的“鲤 · 匿名作家计划”，是较早进行此类尝试的先例。邀请作家以短篇小说作品参赛，由读者和专家评委在不知作者是谁的状态下，仅对作品本身进行评判，评选出最佳作品。匿名评选固然有博取公众眼球的一面，但也有打破文学界一些痼疾的优势。第一名获奖作品《仙症》的作者郑执就表示，自己没机会踏入严肃文学的文坛，也没有发表过文章，但借着“匿名作家计划”让读者认识了自己。上海作协、《收获》杂志社主办的“文学脱口秀大赛”，在 2021 年、2022 年连续举办两届，让文学青年以脱口秀的形式讲文学，把看似高深、阳春白雪的文学评论，以“脱口秀”这一贴近生活、贴近大众形式呈现在大众面前，既给文学读者带来新鲜的体验，也提升了脱口秀的内涵。2022年11月20日,由中国作家协会主办的“中国文学盛典·鲁迅文学奖之夜”也是一次全新尝试,把一个重要的国家级文学大奖以晚会的形式通过融媒体技术推到公众面前,让原本在作品背后的作家们走到前台,向公众展示作家的风采,极大地提高了文学的关注度。这些活动都可以看作是打通传统文学、圈子化小众化写作以及网络时代的大众阅读之间“壁垒”的尝试,是对文学泛化的一种积极应对。在“破圈”“跨界”成为热词的当下,文学也应该做出一些改变。但也应看到,这类活动都是把作品背后的作家推到“前台”,但不是所有作家都能适应这样的形式,高调的宣传与中国文人的低调传统之间存着客观差异,需要更多细致的谋划,不可一概而论。

回到新时代文学。文学的泛化,也许只是一个现象,也许会成为新时代文学的一个特征,但还不能肯定。现在泛化过程仍在继续中,比如2020年“凡尔赛文学”大流行,并带火了“××文学”这一网红类型,可以看作是文学泛化的一个代表性现象。有一点可以肯定的是,当文学的创作和阅读已然发生边界的变化时,文学研究也应做出相应的对策,这也许是理论创新的新的生长点。

(写于2023年)

年度观察

2011 年中篇小说：乡村与城市之间

2011 年中篇小说创作量大、质高，为我们提供了丰富的生活经验和情感体验。纵观 2011 年中篇小说创作，内容上，现实主义题材仍占绝大多数。艺术上总体来说变化不大，有的作品引入了类型小说的写法，增加了小说的可读性；有的语言上大量使用口语，使小说更贴近生活原味；还有的采用纪实手法，增强了小说反映现实的力度。

城市化进程对农村的影响引人深思

2011 年的中篇小说中，乡村题材的作品呈现一个新特点，即在展现当下农村的真实面貌的同时，更关注经济大潮对农村生活的影响，特别是对农民精神、观念层面的深远影响，以及由此带来的社会性普遍性问题。在作家的笔下，乡村不再是单纯的乡村，城乡一体化造就了一大批介于城市和乡村之间的人，他们的情感、思维、观念正处在激烈变化之中。

首先要提的是乔叶的《盖楼记》和《拆楼记》。这两部“非虚构小说”聚焦当下最热门最具争议的话题——“拆迁”。作家巧妙地把主角“我”设定为拆迁户在城里工作的妹妹，让“我”既能以当事者的心态来讲述这一事件，又能以旁观者的身份获得拆迁双方当事人的真实想法，从而实现了对整个事件的相对客观的讲述。小说透过“我”在一盖一拆过程中心理上的微妙变化，剖析了一个普通人在面对眼前的利益、长远的利益和各方人物在对抗冲突中的心理变化，表达出作者对这一社会敏感事件的深层思考。

陈应松的《野猫湖》呈现的是一个已经引起广泛关注却还没有得到有效解决的社会问题：农村大量人口进城务工而形成的空巢。这里既有现实的空，也有精神的空，而精神的空对人的影响更深远，也是作家着力想要揭示的。小说以一个农村留守妇女吴香儿在艰难生活的重压下从单纯的小妇人逐渐蜕变成女同性恋者，最后杀死自己丈夫的故事来完成这种揭示。作家把正在变成空巢的乡村呈现出的各类社会问题清楚地摆在我们面前。男人离家，留在村里的女人既要种地，又要照顾孩子，还要承受经济上的压力，这让女人的生存变得非常艰难。作家看到了今日农村的问题，不夸张、不回避，给读者带来深深的震撼，并思考如何避免这样的悲剧再重演。

季栋梁的《上庄记》则反映了乡村空巢的教育问题。到上庄扶贫的"我"本来以为自己不会给这里带来实质性的帮助，因为上庄一没资源二没劳动力，想要脱贫非常困难。但当"我"真正面对上庄的贫困，面对精壮劳力都进城打工后留下的空地、空家，还是深受震撼。当"我"了解到希望以教育改变上庄命运的老村长的一片苦心，看到在艰苦条件下仍坚持学习的孩子们，欣然接受了老村长的安排，在村学校里认真地做起了教师。小说带有某种调研报告的色彩，所涉及的问题非常多。

肖江虹的《犯罪嫌疑人》也是反思农村问题的，但时间不是当下，而是1976年；反思的对象不是现状，而是造成现状的精神根源。小说用3个人的苦难遭遇刻画出了村民们麻木、怕事、残忍的精神状态。这样的精神状态与陈应松笔下的野猫湖如出一辙，不能不引人深思。小说故事不复杂：龙潭村刘老把的大女儿刘桂花被发现裸死在村东头大水井附近。公安老黄带着小梁和小赵来办案，确定了3个嫌疑人：村小学老师林北、做麻糖的王建国和爱喝酒的胡卫国。虽然公安人员在侦查后宣布3人都不是凶手，但村民仍然把他们当凶手对待，对他们及其家人进行了疯狂的报复和折磨，最终导致家破人亡。作者没有站在道德高地上对这些村民进行批判，他的叙述是隐忍的、克制的，反而更凸显人性阴暗面的可怖。

都市生活写照及社会问题的开掘

都市题材的小说更侧重于人们对人生、爱情、婚姻的理解和思考。作家笔下的现代都市都具有强烈的地域特色，但也有共性，即伴随经济快速发展、城市不断扩大而产生了一系列问题。小说在讲述人生的同时，也注重发掘深层社会问题。

池莉的《她的城》写的是武汉一个因为与丈夫赌气而放弃白领生活转而当擦鞋女工的年轻女性逢春，在经历一番挣扎后拨开迷雾走出阴影，重新找到幸福的故事。小说以一个小小的擦鞋店为点，牵动着整个武汉市井生活的面，把武汉城的人文历史和人情世故融化在每一个细节里，使读者感受到强烈的地域文化特色。而更见功力的是人物心理描写的细腻，把当代女性对爱情、婚姻的感悟表达得非常透彻。

王小鹰的《点绛唇》讲述上海女人叶采萍穷尽一生想要进入淮海坊，过上她认为的上等人的生活，却始终没能成功，甚至没能得到一个真心对自己好的人，最终被丈夫、婆家人、女儿、情人抛弃，孑然一身。5 万字的篇幅容纳了一个女人20年的坎坷经历，足见作家对语言和素材的掌控能力。

迟子建的《黄鸡白酒》把我们带到了哈尔滨，一个充满异域风情、气候寒冷的北国城市。小说以 90 岁寿星春婆婆因在冬季供暖中受到的不合理待遇而打官司的故事，反映出当下城市服务管理中存在的一些问题；更通过老旧城区玉门街在几十年间的变迁，反思城市在发展进程中出现的问题。玉门街和许多大城市的棚户区一样，因为房租便宜，吸引了很多艰难谋生的外地人。市里对玉门街进行分户采暖改造，本是对所有住户都有益的好事，但政策不透明、责任不明确、具体操作不人性化、标准不统一、缺少必要的监督机制等问题，使得好事变成坏事，反而增加了人与人之间的矛盾与隔阂。春婆婆是这条街上最年长的住户。虽然身世悲惨，生活不幸，却因了天生乐观、善良的性格，独自一人生活倒也自在。这样一位本来与世无争的老人，竟被逼得要靠打官司来出怨气，问题出在哪里，值得深思。

姚鄂梅的《你们》以类悬疑小说的写法，讲述了“我”与年轻房客高锐的一段经历。这个房客因为极像“我”十年前自杀的弟弟，一开始就吸引了我的注意。他看似单纯地接近“我”,他的贫困与上进心都让“我”心生怜悯，不知不觉对他敞开心扉，不但在房租上给了很多优惠，还把工作上的一些烦心事告诉他。在一桩突发事件后，“我”对高锐产生了怀疑。在找到高锐真正的住址后，发现原来这一切都是高锐一手策划的。小说触及了当今社会病态的另一个表现：社会关系网。因为工作、身份甚至住地的不同，人们对社会资源的享有是不平等的。小说中，文化局长可以在没有认真了解“我”弟弟的情况下以没有编制为由拒绝这个有才华的文学爱好者，间接导致了弟弟的自杀。而“我”在银行工作，负责审批贷款，可以因为弟弟的死而不需要任何理由拒绝所有与文化沾边的单位的贷款申请。大柳可以用贷款与小学校长做交易，把一个与自己非亲非故的流浪儿弄进全市最好的学校念书。这样的关系交易看似合人情，也没有产生伤害，但放到整个社会环境下看，其负面影响却是不可低估的。

除了上述作品外,还有一些作品,如葛水平的《春风杨柳》、叶广芩的《凤还巢》、董立勃的《小姨的故事》、张庆国的《如风》、阿袁的《子在川上》、田耳的《韩先让的村庄》、孙春平的《沽婚》、张楚的《夏朗的望远镜》、徐则臣的《小城市》、杜光辉的《嬗变》等也值得关注，它们体现着作家们对社会生活的种种思考，对人性美的赞美、呼唤和对人性恶的警醒、批判。

2012 年散文：爱，思辨与救赎

近年来，关于散文文体特征的争论一直不断。有人认为散文是一种没有边界的文体，也有人认为散文沦为“文字收容所”，任何不能归入其他文体的文章都可归入散文。实际上，在所有文体中，散文的确是最庞杂的，这主要表现在：主题内容无所不包、创作者数量庞大、读者广泛。这样看来，散文确乎会因为没有可视的“边界”而失范，但我认为，散文有一点是最要紧的，那就是情感因素，或者叫个人生命体验。在小说里，情节是推动故事发展的关键；在诗歌里，韵律是构成诗句的规律；在戏剧里，人物关系是展示戏剧冲突的抓手；而在散文里，情感是构成散文内在规律的唯一逻辑。以 2012 年出现的散文作品为例，可以看到，好的散文给人带来的是心灵与心灵的沟通交流，是精神对话的享受。这种对话，可以是愉悦的，比如爱；可以是启发性的，比如思辨；可以是冲击性的，比如救赎。

长篇散文：一种新的写作途径

20 世纪 90 年代以来，大散文蔚然成风，在形式和内容上都对传统散文创作形成审美冲击。

2012 年有 3 部长篇散文值得关注，在艺术上有新意，代表着长篇散文不同的创作方向。一部是彭学明的《娘》，可以说开启了一种新的散文写作方法，但作品本身很难复制。《娘》这部建立在回忆基础上，完全由散文化手法写成的长篇文字，既不同于散文集，又不同于回忆录。其中使用了一些小说手法，但读起来又和小说不同，这是因为，使一段段回忆连缀起来的，不是情节，不是人物，而是作者对母亲的拳拳真情，这情里有爱、有悔、有悟，还有感动。《娘》里最让人感动的不是母亲对儿子不计回报的爱，而是儿子在永远地失去母亲后回忆与母亲相处的种种经历，幡然醒悟母亲对自己的疼爱、保护以及无力保护的无奈和无助。虽然这醒悟来得太迟，已无法弥补，但作者把这醒悟写出来，是与读者分享，也是对读者的警醒。这种深刻入骨的自我剖析和反省，正是文学作品能够带给人们精神力量的原动力。这样一部超常规的散文作品，是在作者的苦心经营下逐渐丰满起来的。这部长篇散文最初在期刊上发表 6 万多字，后来扩充到 15 万字，最终出版的全本 20 万字，可以说是一步步精打细磨而成的。儿女与父母的感情是文学书写的永恒话题，母亲的形象也是散文作品中一再出现的。每一位母亲都有与众不同的故事。《娘》在“母亲”这一永恒的文学命题上进行深度挖掘，融合了作者对亲情、友情、爱情的深刻体验，使这部长篇散文读起来饱满、新鲜而又引人深思。

另一部重要长篇散文作品是李娟的《羊道》系列:《羊道：春牧场》《羊道：前山夏牧场》《羊道：深山夏牧场》，以及《冬牧场》。这是作者与一户哈萨克族牧民共同生活、历经寒暑跋涉后，在几年时间内陆续写下的文字。作者用一种哲学意味的心境，体味这支也许是世界上仅存的、真正意义上的游牧民族的生存状态；以自己的切身感悟，向读者讲述了这样一种与大自然生死相依，虽历尽艰辛、苦难而又自得其乐、充满生之自由的古老生活。《羊道》打动人的，不仅是人们所不熟悉的生活带来的新鲜与刺激，更是作者在叙述中表达出的真切的个人生命体验，对生活本真的思考、对人类生存意义的启示。在都市化程度越来越高的今天，人们与大自然的距离越来越远，享受自然成为许多人可望而不可即的梦想。散文中对寂静的山林、无人地带的孤独的书写，为人们带来了梦想的生命体验。而作者却认为“所有的文字都在强调他们的与众不同。而我，我更感动于他们与世人相同的那部分。那些相同的欢乐、相同的忧虑与相同的希望”。这样一种思辨的情绪，配上与众不同的生活，使得这部长篇散文显得格外引人注目。

还有一部非常有特点的长篇散文是郭严隶的《和春天一起来到映秀》，这部以广东东莞对口支援“5·12”汶川特大地震震中映秀镇的灾后恢复重建工作为题材的长篇纪实散文，是以散文形式表现国家重大题材的一个新尝试。散文创作涉及重大题材是有积极意义的。任何文体都应该与时代发生联系，否则只能在故纸堆里挣扎，不见未来。当今中国正在发生深刻变化，人们的生存环境和思想领域都在发生着各种各样的变革，这些为文学创作提供了丰富的、深邃的思考对象和写作素材。散文这种以情立命的文体，在这个思想变化极大的时代更应该也有可能抒发出大时代情怀。《和春天一起来到映秀》可以说为长篇散文创作提供了一种富有启发性的书写范式。擅长写小说的郭严隶选取了散文的形式，同时用小说的构思来布局全书，将书写重点放在灾后重建胜利完成之后，人们的心灵书写上。书中不可避免地谈到痛苦，但阳光、鲜花、微笑、爱意、感谢、新生、希望等才是全书的主题。作者把自己在映秀感受到的人们通过辛勤的劳动，一扫灾难带来的阴霾，全心全意地迎接新生活的热情，通过这样一种书写，让读者仿佛感同身受，体会到经历浩劫之后的重生之艰难，也更加懂得生之可贵。作品写出了当代中国人面对大灾大难不灰心、不放弃、勇拼搏、共患难的时代精神。

人物肖像：
每个人都有独特之处

写人，历来是散文中的一个重要主题。用回忆的方式记叙亲人、朋友，在叙述与他们的相识相交的过程中，表达的是作者的思想情感，而读者则可以倾听作者的诉说，感悟人生。

李存葆的《一墨斋主》刻画了军旅画家李翔的成长史。青少年时代的困厄和不幸没有阻挡他在书画艺术上刻苦求索，天赋和勤奋最终使他成为当代著名画家。这样一个带有传记色彩的散文作品里融入了作者对青年成长道路的思考，也展现了作者对国画艺术的精妙阐释，读来很受启发和激励。

韩少功的《一个伪成年人》在写人的同时表达了对现实世界的一种戏谑

式的批判。大田在作者眼里是一个难以承担任何成年人身份的人，他的内心永远是一个淘气的孩子。这样一个人在社会上折腾了很久都没成功，最终“在艺术圈出没”，颇具讽刺意味。但是，大田有一点是可贵的，那就是对自己内心的诚实。他可以全然不顾世俗的眼光，只要像小孩子一样到处弹奏自己的畅想。只是这样的人对社会的贡献，似乎也不能用惯常的标准来衡量。

郭文斌的《大山行孝记》很少见地把目光对准晚辈，写儿子如何孝顺自己和自己的父辈。文中写到的儿子的种种孝行真切感人，也激发了读者探寻这样一种可贵价值观的形成原因。孝道是中国传统文化中最散发人性光辉的美德。《大山行孝记》让我们看到了建立“老吾老以及人之老”的理想社会的希望。文章在写儿子的孝顺的同时，也在梳理儿子对自己产生的影响，反映出年轻一代和父辈在世界观、价值观的形成上的相互作用。

石彦伟的《三姓街大院的流年碎片》不是以写人为主，但给人留下深刻印象的却是几个记忆中的人物：姥姥、回姥、马姥，这些见证了三姓街流年碎片的老人，对于生活都有着自己独特的理解，对于人生也有着不同的应对方式。作为年轻作者，石彦伟在写作中表现出对生活的沉潜和细致体察，使他的文章有一种生活自流淌的感觉，值得称赞。

历史记忆：
散发钻石光芒的人生

一些散文从自身体验的角度去叙述历史，讲述历史人物的悲喜，从某种角度还原历史真相。这类作品往往带有很强的史实性，是我们了解历史的另一个途径。

贺捷生的一系列回忆散文很引人注目。《热血还在奔流》《在围场骑马挎枪》《太阳下的赤子——忆胡乔木同志》等，不仅让我们看到一些历史面目，更写出了贺龙、胡乔木等重要历史人物的生活气息，拉近了当代人与历史人物的距离。臧小平的《回忆我的父亲母亲》截取了大诗人臧克家三首诗作背后的故事，以及臧克家夫人养花的几个生活片段，写出了作者对亲人的怀念，也让读者对诗歌写作有了一些领悟。

侯健飞的《回鹿山》以十多万字的超长篇幅回忆父亲不平凡的一生，父亲经历了抗日战争和解放战争两次生命洗礼，选择回到家乡回鹿山做普通乡民，却终因谜一般的身世和讲不清楚的战争历史，摆脱不了一连串的厄运。作者细密而深情地叙述了与父亲相处的种种感受，从恐惧到迷恋，从疑惑到排斥，从反抗到绝望，最后醒悟了理解了却已无法倾诉。这部作品不仅写出了回鹿山这个地方纷繁复杂的社会面相，更把父子两代人之间沟通困难的症结一一理清、开解，使人掩卷长思。

周同宾的《一个人的编年史》构思新颖。以年份为断点，写下自己记忆中的往事的同时，也记述了那些年代里人们的真实生活。个体的历史记忆可以让僵硬的历史变得有血有肉。虽然每个人的感受千差万别，对历史的记忆也会有出入，但倾听别人内心的真实感受，总是会有收获的。

南帆的《饥饿惯性》本意是想写自己在当知青时期亲历的一个用"饥饿"当"武器"、在与农民对抗中取胜的故事。作者没有直接去讲述这个故事，而是先写关于"吃"的所知所思所感，慢慢引出知青时期关于饥饿的记忆，最后才写出那个郁积在心中多年的故事。文章其实是作者心路历程的倒叙，在"胜利"以后，作者一直在思考这样的做法为什么会有那么大的震慑力，于是才有了关于"饥饿"的这些深刻的理解。作者是位理论批评家，他所写的散文也带有明显的理论思辨色彩。文中关于"吃"的思考很有意思。"吃喝的知识无限丰富，但只能逗留在日常世界，摆不上台面，无法打动哲学。""无数知识青年振振有词地背诵着豪迈的词句奔赴乡村，直至在饥肠辘辘中丧失了全部的激情。"这样视角独特、感受新颖的句子在文中还有很多。

此外，葛水平的《我走过时间》、小米的《电影往事》、帕蒂古丽的《我们在稻谷上睡了一个冬天》等都是写自己的亲身经历，分享各自独有的生命况味，从这些作品可以了解当代中国社会的发展变迁。

还有一类历史文化散文，记述的是作者通过阅读看到的历史事件和人物，用想象还原历史场景，评述历史人物，抒发情怀。耿立的《秋瑾：襟抱谁识？》讲述的是作者从史料中看到的民国革命英雄秋瑾的事迹，经过作者思想的过滤，写出了那个国弱民贱的时代，革命者不惧死而惧世人的悲凉。在作者看来，当时仁人志士实现爱国救国壮志有两条不同道路，一条是以秋瑾为代表的以死对抗，唤醒国人的热血救国道路，另一条是以鲁迅为代表的，“另一个更加荆棘和坎坷的路途”。似乎是受到“比女人多了男人气，比男人多了英雄气”的秋瑾的影响，整篇文章充满了激昂的情绪，仿佛一阵催人奋进的号角，激荡人们的心胸，为革命者唏嘘，更抨击了那些把历史当作小姑娘随意打扮的人的行径，还原历史人物的真面目。

熊育群的《边地所城》写的是明朝朱元璋在广东沿海修建海上长城——所城中的大鹏所城的历史，而这座大鹏所城就是深圳的前身。作者站在大鹏所城的城墙遥想如今已被遗忘了的当年数万甚至几十万人参与的巨大工程，思古望今，思绪万千。文章大气而又敏感，很有气势。

异域文化：

可资借鉴的他山之石

2012 年还有一类散文很值得关注，那就是书写异国风情、文化的散文。这类作品往往是作者在异国他乡的切身感受。不同于一般的游记，这类散文的重点不是凸显不同文化之间的激情与碰撞，而是沉下心来，仔细品味他国文化的底蕴。他山之石，可以攻玉，在我们弘扬中华民族深厚文化的时候，花些心思去了解研究其他古老文明的生存现状是很有必要的。

陈宇欣的散文集《我就是想停下来，看看这个世界》在年轻人中流传颇广。作者是位“80 后”女孩，22 岁休学，选择了边挣钱边游走世界的行走人生,希望在行走中找回真实的自己。正是因为有了这样与众不同的人生，才有了这样一部与众不同的散文集。作者用直白的语言记录了自己独自一人到西伯利亚、莫斯科、芬兰、北极等地旅行的种种经历和见闻。不管面对的是顺利、高兴，还是意外、困难，她都用乐观的心态去积极应对。读这样充满青春活力和令人积极向上的文学作品，给人能量，让人愉悦。

其他让人印象比较深刻的散文作品还有李佩甫的《我怀念》、廖一梅的《像我这样笨拙地生活》等语言精致、感受真切的传统抒情小文。这一类型的散文作品目前还占据散文写作的主流。而像冯唐的《三十六大》、纳兰妙殊的《粉墨》、韩寒、柴静的博客文章等别致新颖的散文作品，虽然现在还不是主流，但这些年轻作者在语言风格、关注视角等方面对读者有强烈的吸引力，使他们的作品越来越受关注，相信日后会在整个散文写作格局中产生越来越大的影响。

2013 年散文：在融合中凸显特质

散文的新变是 2013 年文坛的一个绕不开的话题。柴静的《看见》登上了亚马逊中国 2013 年度最畅销图书排行榜第一名，且前 10 名中，还有韩寒的《我所理解的生活》、张小娴的《谢谢你离开我》、十二的《不畏将来不念过去》共 4 部散文作品，这几部作品的内容、主题都来自作者自身成长经历和人生感悟，与此同时，也在记录着这个时代和这一代人成长的心路历程。这类型作品在写作手法和风格上与我们熟悉的散文作品有着明显的区别，这些看起来很轻的文字，是不是散文，目前仍有争议。

散文本就是一个疆域辽阔的文学世界，有着强大的包容力，越是随意，越是自由，就越难突破。从《看见》我们可以看到，一股新兴的散文风气正在改变着散文的整体格局。

深厚的人文底蕴

散文一直以来都是文人气质最显著的。许多散文家不单以美为追求，他们更追求内容的真实饱满和文字的力量。一个时代的文学作品一定要对当下发声，否则就会成为画上繁花，美则美矣，不能留香。

贺捷生的几篇回忆散文，如《外公在母亲心中》《庭院深深深几许》《逃离雅丽山》等，因作者的特殊身份而与众不同，但让人印象深刻的不是那些特殊经历，而是作者在写作中表达的情感。读了这些作品，一个强烈的感受是，在任何一个时代，人都不可能脱离大环境而存在，要么与之妥协，要么与之抗争。那些特殊年代里发生的事情，在今天看来多么不普通，但对当时的人们来说又是那么普通，这就是那时那地人们的生活状态。特别感动我的是《庭院深深深几许》，文章写自己在与父母分离期间的经历，写了可以牺牲生命来保护我的养父、虽不真心对我好却也没抛弃我的养母、照顾我却突然离家参军的三哥、身世凄惨的大嫂……都是一些普通人却遭遇了不寻常的世界，最让人感动的是作者在写作中的平和心态。作者跳出了事件本身，抛弃了个人恩怨，以对所有人同情、理解的悲悯之心来叙述那些痛苦的经历，使文章显示出一种大气、豁达的智慧。

安黎的《风从塬上刮过》，以深厚的人文底蕴写下了中国北方一个普通小镇关庄的前世今生。文章分为“官之庄”“民之学”“人之墓”三个部分，从一个文人的眼里看到这个“仰望城市，俯瞰乡野”的小镇在新中国成立之前与新中国成立之初的变迁，特别是其中关于教育的讲述，发人深思。

王英的《叶嘉莹：一个人的阁楼》描写了一位可歌可敬的文化人为追求精神的最高殿堂而甘于寂寞的生命旅程，同时更写出了当今社会极缺而又急需的一种精神：安详、简单。正如文中所说：“叶嘉莹其实是一个时代的缩影。她身上延续着旧时代的文明和雅致，流淌着遥远的风韵和生命，她是同另外一种正在流逝的美好文明共同呼吸的人。”

祝勇的《一半是海水　一半是火焰》是历史文化散文中比较突出的一篇。散文贵在真实，历史散文更是如此。忠实于史实，还原历史真相，是历史文化散文的主旨。本文以可信的资料为底本，以作者的理解思考为内核，记述了郑和三下西洋的壮举和死后档案被付之一炬，最终什么也没留下的壮烈人生。文章在写人的同时也分析了历史的成因。历史从来就不是单纯的，而是由一个个人物、一个个事件串成的，每一个人物、事件之间都有着或多或少，或远或近的联系，一步改变，步步皆变。从郑和的个人历史可以看出中国传统思想中与世界发展进程不合拍的种种因子，正是这些因子造成了中国近代史上的屈辱，而看清这些，对于中国明天的走向有着深刻的意义。

文人的哲思和顿悟

文人看世界,往往不从理性出发,而是带着感情,带着个人的独特体验,因此往往能有独到的感悟和见解。这样的文字,注重的是作者与读者心与心的交流。

周晓枫的《盛年》将生命、死亡这一古老的命题讲出了与前不同的新意,为我们打开了另一扇窗看世界。虽然写的是对死的感悟,但文字间充满了生命的气息,那是一种积极寻求生之意义的精神力量。

对昔日农村的记忆和对今日农村的思考是文学不可缺少的主题。王新华的《流转》提出土地转出后哪里是故乡的疑惑,以文学的形式揭示了一个深刻的道理:土地之于农民,是根,是归宿,是存在的意义,土地问题不单是生产资源的问题,更是人的精神家园的问题,绝对要慎重对待。厉彦林的《土地,土地》则深入思考了与土地相关的方方面面,写土地对农民的意义,也写土地对城市人的意义,写中国过去对土地的做法,也写了今日中国对土地的做法,更提出未来对土地应有的态度。李成的《乡村散板》像一曲悠远的田园牧歌,是对传统农村图景的诗意描绘。作者忠实描绘了记忆中的美好,没有加入过多的今夕感叹。而塞壬的《悲迓》,表面上讲述的是自己对家乡民间戏曲艺术"悲迓"的怀念,实际上真切地表达了作者对已然逝去的昔日农村文明的悼念。

帕蒂古丽的《苏醒的第六根手指》写出了处于不同文化背景下的人的精神变异。像作者这样生活在两个甚至是三个不同文化习俗并存的环境里的人,有着比单一文化背景下的人们更多的精神指向:宗教的、种族的、异乡的、文化的、语言的。在寻求身份认同的过程中,这些差异会被提炼、放大,进而对文明的进步发生作用,而这也正是保存文化多样性的意义所在。

今年是毛泽东诞辰120周年,各种类型的纪念文章非常多。梁衡的《文章大家毛泽东》很独到,以毛泽东的诗词文章为研究对象,总结出一个观点:打天下靠笔杆子,治天下更要靠笔杆子。文章抛开毛泽东作为国家领导人的政治形象，为他树起一个新的文学形象，显示出文人与众不同的视角。

在怀念中拷问生命的意义

亲人是永远唱不完的歌。艾平的《额嬷格》写自己的奶奶，写出了草原儿女与草原无法割舍的拳拳深情。额嬷格是蒙语“奶奶”的意思。奶奶是呼伦贝尔草原上一个平凡的女性，有着草原女性的坚忍性格和顽强的生命力。她以草原为家，一生都在为家人的幸福而操劳，面对生活的重压，她从不退缩。她坚守草原牧民的生活习惯,似乎是一个与现代社会脱节的人，但她的生活却如此真实，如此鲜活，如此令人敬佩。

还有几篇回忆父母亲的作品很有特点。刘亮程的《先父》是写给自己童年时就失去的父亲的一封信，是作者与父亲的一次谈心。幼年失父这样的人生经历或许不少见，但作家这样的感悟却并不多见。“你给我童年，我自己走向青年、中年。”在带着诗性的文字里，我们可以逐渐拼凑出一个英年早逝的父亲形象，以及这一遭遇在孩子的成长中留下的阴影。同样是回忆父亲，施圣扬的《握住老爸的手》就写出了儿子对父亲的另一种深情：父亲永远是我的精神后盾。幼年失父的他带着缺少父爱的遗憾，在成长中逐渐学会了如何去爱。

林纾英的《母亲的天空》选取了一个特殊的人生片段，身为母亲的我为重病女儿担心痛苦，却得到了自己的母亲在自己最无助时刻带来的抚慰和支援，写出了父母亲情的伟大无私。寇英的《母亲》写自己的母亲甘愿忍受青年丧夫的痛苦，一个人辛苦养活自己和妹妹，不让我们受一点委屈。文章写到我们都习惯了接受母亲的照顾却忽略了她也需要照顾，情真意切，发人深省。

回忆历史人物，“真”字当头，有的是为历史人物正名，有的是为褒扬其价值，都有着一定的现实意义。耿立的《被侮辱被损害的灵魂》讲述近代史上一个备受争议的人——武训。文章的价值并不在于作者个人对武训不公平遭遇的愤慨，而在于其对社会忽视教育的反思。一个用尽全部生命办义学的人，应该被尊重、被学习。如果我们的社会真能形成尚学重教的风气，这样的悲剧就不会重演。

诸荣会的一系列散文，比如写京剧名伶孟小冬的《回头是岸》，写女地下党员关露的《千古情人独我痴》，为《色戒》里的王佳芝原型郑如萍正名的《不幸成了“王佳芝”》和写一代电影明星王人美的《星光是怎样消褪的》等篇什，在考证史料的基础上，为这些近现代史上的艺术女性作传，讲述她们的人生际遇，满含作者对她们独特人生的思索。

休闲怡情的阅读乐趣

阅读的一大功能是休闲怡情。散文以优美著称，许多精致的篇什，都能给人带来美的享受。李存葆的《听雨》在听雨的经历中分享对人生变幻的感悟，薛保勤的《爱之说》则是关于爱的冥想，都是精致美文。

胡冬林的散文集《狐狸的微笑》对长白山的原始生态面貌进行了多角度的呈现，为森林里的熊、紫貂、狐狸等美丽生灵深情画像，描写它们的生活习性、生存状态，为读者揭开了大自然面纱的一角。他散文的独到之处在于他不是一个从外部观察、表现自然生态的“他者”，而是作为一位“森林人”，与一切的生灵保持平等，从而探寻万般生灵存在的意义和价值。

每个人都梦想去旅行，看看那些不同的风景，体验那些不同的人生。捧一本优美的游记，就可以享受悠闲的人生；读一篇讲述异域风情的散文，仿佛置身异地。但更让人获得阅读乐趣的，是文学作品中散发出的作家的独特思考。朱琦的《百感交集看恒河》带我们感受印度城市瓦拉纳西的历史，感受虔诚信徒对世界、对生命的别样理解；丁燕的《舌尖上的陷落》带领我们透过美食感受新疆，从而让我们看到了新疆人的热情、善良以及他们对生活的热情。

跨界写作：在融合中凸显特质

2013 年散文创作中的“跨界”现象值得关注。这里的跨界写作可以分为两种类型，一是散文与其他文体的相互交融。小说家写散文比较常见，其中给人印象较深的有王安忆的《像套娃一样爱你》、范小青的《回到苏州》、肖克凡的《青春纪事》、葛水平的《颜色绚丽》、方方的《一碗热干面》、乔叶的《以路之名》、袭山山的《人不可貌相》、王族的《猎痛》等。小说家写散文都有比较浓的现场感，但更明显的是贯穿文字的深厚情感。这种写作的转换，更加凸显出散文以情为核心的特质。

散文家写小说比较少见。格致的长篇小说《婚姻流水》一度被认为是小说的新尝试，而其中以感情为推动情节发展的结构手法，其实仍是散文的特点。格致的散文本身就很难用传统散文理论去评价，她的某些散文在写法上加入了不少小说的元素，比如虚构。《两重虚》以“梦说——”“我说——”来区分梦境与真实的世界，但其实对于作者来说，两个世界都是真实的，是作者对世界的独特体验。格致散文的最大特点就是其生命体验中敏感细腻的神经，但过分强调个人感受的同时，也缺少了一些人间气、烟火气和温暖感。

散文作家任林举转而写报告文学，一部《粮道》被认为体现了散文的灵动和报告文学的责任道义，但也有人认为其中报告文学的成分太少。尤其是第一篇《上善若水：粮食与大道》，完全可以看作一篇优秀的散文。在散文与小说、报告文学的融合中，散文的一些特质更加得到了凸显。

另一种跨界写作是指跨行业。网络媒介的迅速发展，给人们发表自己的文字提供了前所未有的便利。一些文学界以外的人开始从事写作，这些文字带着与生俱来的民间气息，与广大读者最接近，也最容易被理解、被认同、被转达，因此形成了不容忽视的影响力。这些作品所写内容紧跟当下社会的变化，尤其是关注人精神层面的变化。在这类散文中，“人”被放到了最高的位置，人的欲望、人的无奈、人的堕落，都被平视地书写。

柴静的《山西，山西》写记忆中的山西，也写今天看到的山西：写煤炭资源的开发给山西带来的经济效益，也写给当地人民带来的实实在在的影响，生活上的影响、身体上的影响、精神上的影响。文章语言平实，感情表达比较克制，反而给人带来一种强烈的心灵冲击，这种力量源自所写内容的真实。

东珠的一系列散文，如《门框在哭》《战地记者》《扒山岭上》《一夜北漂》等，以年轻女性的视角看社会，文字简单而生动，散发着青春热度，写出了处于奋斗期的年轻人对未来的追求和对现实的妥协。但有的地方过于随意，还有打磨的空间。

跨行业写作大大充实了文学创作的空间，给文学带来新兴的风气。同时，在这个写作不再神秘的时代，写作的难度却在加大。文如心声。要想写出漂亮的散文，还需要不断提升个人修养、思想境界，好文章也是作家的心胸、智力、情感的呈现。

2014 年散文：个人价值被重新定义和发现

2014 年的散文创作形态更加丰富、情感更加充沛，作家们的视线遍及社会生活的方方面面，写作直达人的内心深处。其中最动人的，是作家用真诚的写作分享对人生的体会。

2014 年的散文创作，是作家们为读者奉献的一场精神盛宴，细细密密的文字里潜藏着的是一个大大的、实实在在的“人”字。随着中国梦的提出，个人与国家被紧紧联系在一起，个人的奋斗被鼓舞，个人的成功被赞扬，个人的价值正在被重新发现和定义。散文创作也呈现出两个比较明显的写作路径，一是保持了传统写作特质的文化视角写作。这类作品有着文化散文的气度和格局，有着丰厚的知识储备和文化底蕴，是作家思考的结晶，承载着文学的教化功能。另一个方向则是平民视角写作，以普通人的心态和视角来看社会、看人生，写感悟、写情绪。这类作品更加突出个人，代入感强烈，容易引起共鸣。

近距离观察身边的农村

中国的农村正在经历着前所未有的巨变，这种变化为文学创作提供了丰富的素材和灵感。在经历了最初的震荡后，作家们开始把目光从远方收回，回到当下，近距离观察和感受身边的农民。王月鹏的《血脉里的回望》讲述了作者在望庄拆迁工作组的一段经历和思考，用既是局内人又是局外人的心态来看待一个当下非常普遍的现象——农村拆迁。作品中对人心的思考深入而独到，引人深思。朱强的《墟土》写故乡的最后一块处女地终于没能摆脱被挖开重建的命运，而与其相关联的小城历史也只能在县志里沉寂。作家一方面感叹面对乡村的转变只有观看和目瞪口呆的权利，还有悲伤和流泪的权利，但另一方面，也充分理解小城里热切盼望变化的人们。

铁穆尔的《蓝翅膀的游隼》关注现代游牧民族的生存变化。作家用深沉的笔调提醒我们，游牧民族与草地的关系就像农民与土地的关系一样深入骨髓，而他们也同样正在经历撕裂的疼痛。冯秋子的《草原上的农民》讲述了被贫穷所困的草原农民不惜忍受自然环境的折磨和人们的恶意防范而偷偷进入草原"搂地毛"。作者亲身探访搂地毛的草原农民,倾听他们的讲述，用平视的目光观察他们的无奈境遇，让人感触良多。

赵瑜的《乡村阅微》不是回乡偶书，而是置身其中，讲述既现代又传统的当下农村中人们生活的变与不变。外部世界和人们的生活习惯有所改变，但一些内心最深处的东西，比如情感方式、处世基本原则，其实一直没有改变。崔东汇的《马年耕田》把回老家过年称作"耕田"，是作者在亲戚中耕耘"心中之田"。作品对于传统文化、思维方式在农村的沿袭和固守的发现与思考，对于我们理解农村变化、寻找改变途径有一定的意义。

"人"的变化是写作的重点

作家对于社会生活中的种种变化总会给予特别的关注和较多的思考，而"人"在这些变化中的种种反应总是他们目光的出发点和终点。

李存葆的《龙城遐想》从出土恐龙化石的"中国龙城"写起，写恐龙化石的发掘，想象恐龙的生活景象和世人关于恐龙灭绝的种种猜想，引出"生态环境和生存条件的大变异、大恶化，是恐龙灭绝的根本原因"这一共识。文章由远及近，由虚到实，验证了这样的观点：人们对待大自然的心态是人类如何生存下去的关键，可谓思之远、情之切。

郭文斌的《认识我们的心》从心之好恶讲到心量的边界，再讲到舍与得，回答了如何保持本质状态的生命，活出生命意义的问题。毕淑敏的《恰到好处的幸福》同样充满了追寻生命本质的温暖力量，是用作家的心智和眼光去理解幸福的奥义。

东西的《经验在最深入》思考作家与媒体的关系。现代传播技术的飞快发展，让人们来不及去消化所获得的信息，盲从、亢奋成了习惯。这种影响也同样辐射到了作家身上，面对信息的轰炸、社会情绪的裹挟，作家该如何坚持自己的信念与理想？东西看到了独立思考可能被消弭的危险，他真诚地写出了自己的心，希望引起人们的重视。

王必胜的《单位》从作者自身经历写起，以作者的工作单位发生的变化为依托，直言快语，条清理晰，写出了“单位”的今日往昔，触及社会顽疾，引人深思。“单位”的变化实际上是“人”的变化，改革开放以来，经济社会的飞速发展，催生了一个范围极广的单位不明人群，他们应以何种身份参与社会生活，他们的基本社会保障如何实现，是摆在我们面前的一大难题。

路也的散文《墓》包含着丰富的历史和文化的内容，是作者关于生死的思考和感悟。文章写作者所到过的历史人物的墓地，回望先人的人生际遇，感慨今日人们的遗忘，而这种遗忘，实质上是对中国传统精神的遗忘，如果继续遗忘，我们可能会失去宝贵的精神遗产。

陈漠的《跨文体名字》从不同语言对植物的称谓写起，揣测人们给事物命名的初衷，记述关于名字的趣事，想象独特，开启心智。帕蒂古丽的《词语带我回到喀什噶尔》也是从语言的角度讲述民族文化。作者通过对不同语言的细腻体会，切身感受到语言对反映一个民族情感方式的特殊价值。艾克拜尔·米吉提的《父亲的眼光》写不会汉语的父亲凭着生活的经验和智慧决定让儿子学习汉语，而这一决定对儿子的人生产生了重大影响。从中可以看到汉语教学对新疆各民族发展的影响。

用心行走的历史和人生

历史人物、事件的追思是散文写作的重要内容。回顾历史，一方面是还原历史真相，追寻前人足迹，汲取先人精神能量；另一方面，更是为了启发当下，谋划将来。

周立民的《槐香入梦》重述甲午海战、日军侵略历史，提出记住不为复仇，重在知错而改，不再重犯。作者没有陷入历史的旋涡，而是客观、清醒地回顾历史，还原真实，为今天提供经验和建议。江子的《督陶官：唐英的手腕》讲述历史人物唐英如何把景德镇打造成富有艺术气质的瓷都，作者带领读者跟随唐英的脚步，感受一个辉煌时代的开启和落幕。

个人回忆文章可以看作另一种历史书写。作家写史更注重“人”的感受，而作家回忆自己的人生往事，更是为历史的书写补充了鲜活的注脚，增添了人文气息。雷达的《黄河远上》写儿时求学经历。作者出生在新中国成立前，他的求学经历有着特殊的历史价值。作品从孩子的视角出发，以求学的经历为线索，串起了新中国成立前后的一些重大历史事件。另一篇作品《多年以前》既是回顾自己的成长道路，也是对父亲母亲的重新认识。余秋雨的《祭笔》以一支笔为线索，讲述自己在文学道路上的求索，分享其中的欢乐与苦涩，失去与收获。北岛的《旅行记》把人生比作一次旅行，一个人的行走范围就是他的世界，而一个人的世界有多大就看心能走多远。

作家在回忆往事的同时，也在回顾着心的旅程。梁鸿的《历史与我的几个瞬间》更偏重思考个人如何与历史发生关联的问题。社会背景在个人的成长中起着非常重要的作用，我们只有脚踏实地地去体会当下社会，真正进入当下人的生活，才能看清所处的社会。

如果人生是一段旅程，有的人是用心在行走，有的人是用脚在行走。2014 年，一部分散文作家把亲身体验的异国风情用文字记录下来，为我们打开另一扇窗。

阿航的《番邦客》讲述“我”在欧洲国家的中餐馆打工的经历，此外还写到他所遇见的那些在国外讨生活的中国人的境况，他们对生活的安排和理解，他们对精神家园的渴求，让我们领略到不一样的人生。黄永玉的《沿着塞纳河到翡冷翠》用画家文笔写自己对国外某些人生智慧信条的困惑，作者坚持独立思考，让人印象颇深。

此外，2014 年还有几篇记人散文很有特色。铁凝的《天籁之声　隐于大山》写作者当编辑时与作家贾大山交往的一些片段。作者在回忆自己倾心敬佩的文学大家贾大山时充满了敬意，在叙述中与读者一起感受着文学大家的人格魅力，感受这种人格的力量如何化为文学的力量。陈文芬的《远东图书馆师徒列传》讲述的是瑞典远东图书馆的发展历程，讲述瑞典汉学家们为中国文学的研究与传播所作的努力，从中可以领会他们对文学的态度以及作为学者对研究的态度。

父亲、母亲都是散文永远写不完的主题。陈元武的《野草般的母亲》立意新颖，以讲述记忆中与母亲有关的几种植物来追忆母亲，歌颂母爱。黄金明的《父亲与我》是儿子对父亲的坦诚讲述，在这里，儿子终于理解了博大而狂热、简单而扭曲的父爱。

直面生存的疼痛和温暖

2014 年，还有一类作品特别抢眼。在这类作品中，作家以思想和笔为手术刀，大胆地剖析自己的灵魂，为了解自身的精神世界提供一条通道。在这样的写作里，作家可以释放困惑，寻求平静，也可以自我发现，自我认识。这类作品动人的地方在于解剖自我的勇气，难点则在于感情释放的“度”。感情过浓，可能导致叙述的跳跃，让读者跟不上情绪的节奏；感情过淡，则不够深入透彻，让人感觉欲语还休。

彭学明的《这样回到母亲河》表现出强烈而真实的忏悔精神，记录了自己历经曲折寻访母亲身世的过程。作者用自己的实际行动和教训，呼吁和唤醒天下儿女不要忘本、不要丢掉自己的根。难得的是，这样的心灵之旅中还让我们看见了湘西苗寨人民真实的生活景象。曾经被贫穷和艰难打散的亲情，在生活逐渐好转后也逐渐获得重生，这其中隐藏着多少无奈和痛苦。

周晓枫的《独唱》用深刻而大胆的自我剖析，完成了对嫉妒这一女性隐秘心理的透彻表述，其独特的审美体验，读来大为畅快，同时也让人心有余悸，吸引人们不自觉地去对比、审视自己。

塞壬《耻》写生活中多次遭遇飞车抢劫而留下的伤疤，这伤疤无言地记录着人生的艰难，然而外在的创伤远没有内心的耻辱感更对人造成伤害。

作品中极其细腻而真实的心理剖析，不仅让我们近距离体验打工者的真实生活，更用文人的敏感和思考，批判现实社会中的虚伪。

不同于前几年盛行的底层写作，2014 年，作家们自觉地把自己还原成普通百姓，以平视的心态去感受他们的感受，体会他们的体会。这样的作品有助于我们了解当下社会，理解不同人群。

蔡崇达的《皮囊》用拉家常式的语言记述自己眼中的外婆的母亲，我的阿太。作者用朴实中透着调皮的语调讲述阿太的“事迹”和阿太的处世道理。在作者的讲述中，我们不仅被亲情感动，更被 99 岁老人的人生智慧所触动。南帆的《到来一只狗》写自家养的一只小狗，最初被迫相处，一年以后竟有了亲人般的精神联系。作家以自己的亲身体验告诉我们：万物相通，精神的需求对各种生命形式来说都是不可缺少的。只要真心善待，各种物种之间都能友好相处。温亚军的《那个度日如年的初夏》讲述女儿高考前全家人的各种表现。与千万个家有考生的家庭一样，作者也经历了女儿情绪波动、家人的有力支持，最终顺利渡过人生重要关口的生活片段。

邝美艳的《我们都是鱼儿》描述了妻子对丈夫的想念，借此，一个因工作而奔波、为生活而打拼的普通打工族形象渐渐清晰起来。真实的在场感是这篇作品的特色，在深圳，在中国，这样的打工族非常普通，正是他们勤勤恳恳地工作与付出，才能够筑起腾飞的中国。他们是真实的、当下的、鲜活的中国人，他们的喜怒哀乐应该是文学的书写对象。

江少宾的《向黄昏沉沉坠落》写一个坚持用诚实的劳动追求幸福生活的普通青年，却因家庭原因一再遭受挫折而最终消沉。作品通过对个体的深入观察提示我们，个人奋斗的艰难不仅在于社会环境，更在于亲人的态度。作品中弥漫着压抑的情绪，这不仅是主人公的不幸带来的，更是作者愤怒无望的情绪的投射。作家看到了问题，提出了问题，却无法给出解决的办法。

2014 年的散文创作形态更加丰富、情感更加充沛，作家的视线遍及社会生活的方方面面，写作直达人的内心深处。其中最动人的，是作家用真诚的写作分享对人生的体会。散文贵在一个“真”字，只要以最真的态度面对生活，保持最真的情感写作，一定会引起读者的共鸣。

2015年散文：提供更丰饶的精神滋养

2015年散文创作呈现丰富、多样的面貌，各种类型、题材、风格的作品满足了不同读者群的阅读需求。散文所能提供的阅读审美享受和精神滋养，在高速发展的现代社会里特别需要。

在全民写作热潮下，散文创作在形式、语言风格、内容题材上都有不同程度的创新和突破。特别是新散文、轻散文的出现和畅销，影响到了散文的发展走向。

多角度展现对文化的思考

2015年有几篇讲述中华文化的文章值得关注。作家们对中华文化的思考和阐述，对今天的人们认识和传承传统文化有着特殊的价值。王蒙的《斯文济世　天下归仁》精辟分析了孔子学说的各方面内涵，肯定了其精神价值对中华文化的贡献，也诚恳地提出其在今天的局限性。文章谈到了一个很重要的话题，就是我们今天如何对待中华文化传统，今天提出“以德治国”与“依法治国”相结合，是一种正确对待传统文化的态度。余秋雨在《中华文化为何长寿》一文中，提出了中华文化得以留存至今，并且仍有强大生命力的八大原因，文章内容驳杂，涵盖极广，提供了一个全面的、学术性的、略带感性的文学文本。

还有一些作品从一个切面对中华文化进行审视。彭学明的《千年土司王朝的不朽诉说》写历经800多年的湘西土司王朝的发展历程，在惊叹祖先的智慧与勇气的同时，也展现了中华民族大融合的历史潮流；许淇的《驼铃叮咚——赤壁羊楼洞欧亚茶驼古道》回望连接内地、草原和欧亚各国的茶驼古道，在不长的篇幅里带我们领略了古道的热闹与闲适，感受到商业文化与牧业文化的碰撞与融合，更体会到历史与今天气息相通，源远流长；刘华的散文集《我们的假面》以“我”的行走、思考带领我们走近江西傩文化，把这一古老又新鲜的传统戏曲滋养下的中国乡村的基调呈现给读者；吴昕孺的《一张纸的前世今生》重温蔡伦发明造纸术以及造纸术在世界上传播的历史，提出纸的一些用途在今天正在被取代，某种程度上，纸的前世今生折射出的是人们生活的变化；鹿锋的《会说话的石头》从泰山石刻写出中国书法和篆刻的魅力；沈荣均的《魏晋时光》以魏晋名士的风骨展示中国传统文化的另一面；南帆的散文集《泥土去哪了》以理论思维观照现实生活的变迁，探讨科技的发展对人们精神世界的影响，也是对人类文明的发展走向提出反向思维的警示。

随着中外文化交流的日益频繁和深入，一些思考中西文化相通相异的作品值得关注。铁凝的《幽灵之船——现实生活与创作灵感》把“灵感”具象化，讲述了自己写作中灵感出现的几个瞬间，让我们切身体会到写作的难与不难，体会到写作的枯燥与乐趣。贾平凹的《解读中国故事》以自身写作经验提出，真正的中国故事不是作家自己想出来的，而是真正融入中国普通民众的日常生活中的艺术品。在中国文学走出去的热潮中，这样的中国故事才更有力量和意义。李骏虎的散文集《受伤的文明》从青年的角度，抒写对人类文明的思考，对中国传统文化在今天如何延续提出了自己的看法。

还有些介绍国外文学文化的作品给我们打开了新的视野。孙郁的《图像里的俄国》写鲁迅收集的俄国版画以及俄国十月革命以来的绘画作品、插画等，展示出大革命后俄国在政治、文化上的流变，分析了这些图像里的俄国对鲁迅产生的影响；董强的《为什么是莫迪亚诺》带领我们欣赏了2014年法国文学的重要作品，介绍了法国文学发展的情况，分析了法国当代作家作品经典化的制度设计及做法、经验，有一定借鉴意义；沈坚的《赫尔辛基有这么一座雕像》从一座雕像牵出俄国与芬兰的历史恩怨，反映出芬兰文化中的一些特质。

2015 年,《80 后，怎么办？》在读者中产生了较大影响。作者杨庆祥作为年轻学者，一方面有着极具现代感的思维方式，一方面又有着传统理论学养。这种思考型作品应该是散文写作中的一种，但其思考方式和语言方式上都带来了新的变化。传统意义上的散文仍以文学期刊为主要阵地，这些作品反映了当下散文创作的动态、倾向和问题。总体来看，除去基本的语言和形式的外在因素，散文作品的高下最终还是体现在作者的学识、修养和眼界等内在因素上。

回望历史、书写当下

2015 年是抗日战争暨世界反法西斯战争胜利 70 周年。作家用手中的笔讲述历史，表达对那段历史的思考，为读者提供了多方位了解那段历史的途径。熊育群的《旧年的血泪》揭开关于长沙会战的种种记忆，作者在思考，为什么日本人如此凶残？日本人对那场战争的态度到底是什么？通过搜寻相关资料和与日本人交流，尝试在日本民族的文化里寻找答案。陈喜儒的《黑土地的记忆》侧重描绘日军占领东三省后的种种行径。正像作者在文中写道:“日本已战败投降，但他们的罪恶，已经刻在历史的耻辱柱上，无法轻易拭去。”许俊文的《父亲的黄昏》重点不是直接写战争，而是写身为普通农民的父亲在亲眼见证 17 位新四军战士的牺牲并一直坚持守护他们的坟茔的经历,映照出人们对烈士的漠然,值得我们反思。《浴血的墨迹——中国抗战散文选》既收录了鲁迅、茅盾、巴金、老舍、沈从文等现代文学名家关于抗日战争的散文作品，也收录了铁凝、王充闾、赵玫等当代作家纪念抗战的作品。不仅提供了一个感受战争的较全面的文本，更让年轻一代看到祖辈和父辈对那场战争的表述，为思考战争提供了一种侧面参考。

乡村书写是散文创作的一大主题，在记述今日乡村的自然风物和人情世故的同时，也写出了乡村的变与不变。鲍尔吉・原野的《村庄里》给乡村生活中的场景或物件画了一幅幅素描，水井、母亲手里的针、马灯、磨刀人……这些正是构成今日乡村的一块块拼图。梅洁的《迁徙的故乡》写自己的家乡丹江口库区拆迁中乡亲们的种种不舍，他们要告别的不仅是一个村庄，更是一种生活方式，一种熟悉的心境。王巨才的《草原，恩重如山的摇篮》写出了草原与牧民的声声相息，相互影响。这种人与自然和谐共处的精神，对今天提倡的可持续发展很有启示性意义。安宁的《走亲戚》、钟翔的散文集《故土情》、陈霁的《夺补河两岸》等，从不同侧面描绘着乡村的面貌。

人物散文以人物为描绘对象，表达的是最真挚的情感。亲情、友情、爱情，这些人与人之间最珍贵的情感，在一些特定的时刻会勾起回忆，形成文字。阎晶明的《一个人和一种命运的逝去》怀念导师黎风先生，一位人生充满曲折而内心平静的学者；朱鸿的《不能想的父亲》、李云迪的《最温暖的一片阳光》、蔡崇达的《母亲的房子》写自己所理解的父母；陈原的《去了高原的兄弟》记述一位朋友与西藏高原的不解之缘。

对生活的诗意书写是散文创作的一大特色。铁扬的散文集《母亲的大碗》、乔叶的散文集《走神》、魏平的散文集《时光里的珍珠》、葛水平的《服饰的活性和通达》等通过细致的观察和精心的体味，发现生活中的艺术因子,写出生命的温暖和价值。董桥的《养字》、胡竹峰的《墨迹》、耿占春的《隐形书写》、李琦的《发呆》、王祥夫的《清坐》、王族的《歌声与微笑》、尔容的《爱东湖的第一百零一个理由》等表达艺术滋养生活的情致。简平的散文集《在云端》、李晓君的《敞开的私人生活》、罗伟章的《发现自己——写给儿子的信》、周晓枫的《禽兽》、韩浩月的《饥饿是种深刻的记忆》等分享个人感悟，真诚而透彻，感人至深，引人深思。

还有一类作品书写个人记忆，也写出了一代人的生活况味。杨沐的《老母土》写祖母、母亲以及自己三代女性的生活遭际，是一种寻根式的写作。南丁的《下营》回忆作者一家人在下营村下乡的一段生活。邓友梅的《我走过的道路》和丁帆的《那年我的朝内大街 166 号》可以看到老一辈作家的养成，那些散发着热情与才华、勤奋与谦逊的作家故事，能让人学到很多。宁肯的《一个人的道路——我的自述》写自己的童年与成长、与写作的渊源，可以看到新一代作家的成长轨迹。

理论评论的发展与意义

与此同时，2015 年有几篇关于散文写作的理论评论文章值得关注。陈剑晖的《“非虚构写作”与散文的审美性》探讨“非虚构写作”潮流对散文创作的影响，一方面，肯定了“非虚构写作”淡化了以往报告文学作品过于意识形态化、新闻报道化和人物故事过于程式化的弊端，又匡正了近年来散文写作中愈演愈烈的“自说自话”、背向现实的个人化写作倾向，对文学创作有积极意义；另一方面，与传统散文写作相比，“非虚构写作”也存在散文性的不足或审美性的淡薄。文章强调，散文的本质应是兼具审美与纪实两个维度，并且应有文体规范。

傅书华的《呼唤客体散文的写作》提出散文写作似乎陷入了一种瓶颈，样式单调、题材趋同，缺乏独特的审美力量，其根源是散文作者同外部世界的沟通出了问题。这样的写作不是用作者原有的或者预设的态度和观念来形塑、评判自己所写的对象，而是去熟悉、去了解并在情感上亲近时代新出现的创作对象，从对象中汲取营养，重新构建自身，形成对自身和描写对象更为深刻的再现。

2015年儿童文学：立足原创　蓄势再出发

近年来，在全社会越来越重视和关注文艺发展的大背景下，儿童文学因其受众的量之大、面之广，以及其读者身份的特殊性，受到了特别多的关注甚至是挑剔。这对儿童文学的发展是好事，有市场才会有动力，有批评才会有提升。在经过了10年“黄金发展期”后，儿童文学界也意识到中国儿童文学发展似乎来到了一个分岔路口。今后的路怎么走？中国儿童文学应该以什么样的面貌走向世界，在世界儿童文学中找到自己的位置？这些问题已经进入到每一位儿童文学作家和出版人的心里，正在形成越来越清晰的答案。

反思“黄金十年”的热潮

2015年7月，中宣部和中国作协在北京联合召开全国儿童文学创作出版座谈会，是近年来专门针对儿童文学的一次高规格、大规模的重要会议。其意义在于，在这样一个关键时间节点上，把活跃在儿童文学创作队伍中的老中青少四代作家和发展迅速、成绩斐然的31家专业少儿类出版社的负责人召集到一起，学习和认识儿童文学发展的大形势，交流和研讨各个领域的状况和问题，探讨儿童文学面临的新形势、新课题、新任务，为中国儿童文学的发展指明了方向。

此外，中宣部和中国作协还共同举办了一期儿童文学作家编辑研修班，精选了全国44位创作活跃的优秀中青年儿童文学作家和33位全国专业少儿出版社的骨干编辑参加。这些活动和举措，让儿童文学作家和出版社备受鼓舞，对实现由数量和销量为主导的发展模式向以品质为主导的模式“转型”的意识更加强烈，在儿童文学界掀起一股反思“黄金十年”的思潮。如何应对新形势、把握新机遇，儿童文学界已经在做种种努力和尝试。比如，湖南省成立了儿童文学学会，编辑出版了《湖南儿童文学史》，并且首次在毛泽东文学院举办针对儿童文学的专题班；浙江省组织召开了新生代儿童作家群研讨会，让省内近年创作突出的几位青年作家作为一个群体亮相，对他们的创作进行真诚的批评，促进他们的成长；湖北省一方面继续与省市图书馆合作举办公益讲座大力推广儿童文学阅读，一方面大力推动儿童文学评论；陕西作协举办了全省儿童文学作家培训，受到儿童文学作家的欢迎；安徽省成立了儿童文学委员会，第一件事就是组织作家到自然保护区深入生活。

种种迹象表明，创作的沉淀、批评的促进、出版的自律，正在成为儿童文学界迎接新的“黄金十年”的共识。

一个专栏引起的思考

具体到2015年儿童文学创作的收获，首先要说的是在全社会引起广泛关注的《人民日报》“繁荣儿童文学大家谈”专栏。儿童文学作家、评论家、出版人，分别从创作、批评、出版三方面，对当下儿童文学现状进行全方位地梳理、把脉。高洪波的《“三心二意”作得天真诗篇》把儿童文学创作所需要的特殊品质形象地总结为“三心二意”，即童心、诗心、爱心和感恩意识、敬畏意识。文章以多年写作的智慧和幽默的笔调，讲出了儿童文学创作的根基性问题；李敬泽的《儿童文学的再准备》则是对整个栏目所谈到的现象和问题的一个总结，对儿童文学的进一步发展提出明确而诚恳的建议；张之路、曹文轩、秦文君、杨红樱、刘先平、薛涛等作家从各自写作出发，分享创作经验，从中可以见出儿童文学创作的特质；李学谦谈到出版和传播对儿童文学发展具有的重要意义，提出儿童图书的出版特别需要兼顾好社会效益和经济效益；徐德霞、方卫平、朱自强等就儿童文学“系列化”现象进行了深入的分析和批评；金波的《理论批评当积极介入儿童文学》直面对儿童文学的质疑，热切呼吁文学理论批评多关注儿童文学，提出加强理论建设的具体措施。这些文章在儿童文学界和文艺评论界都收到了良好的反馈，在加大儿童文学的批评力度，发挥文艺批评激浊扬清、指导创作的作用上，起到了积极的影响。

比较突出的几个创作现象

2015 年，儿童文学创作中几个突出现象值得关注。一是图画书的快速发展，出版数量激增，阅读火爆，质量也在上升，成为今年儿童文学的一大亮点。梅子涵和满涛的《麻雀》，秦文君和刘洵、弯弯、徐晓璇的《秦文君温暖绘本》系列，白冰和江显英的《换妈妈》，彭懿和九儿的《不要和青蛙跳绳》，黑眯的《辫子》，亚东和麦克小奎的《跑跑镇》等都是非常优秀的图画书新作；信谊原创图画书系列 2015 年继续推出了一批优美的图画书，比如麦子和朱成梁的《棉婆婆睡不着》等，蒲蒲兰绘本馆今年推出了朱自强和朱成梁的《会说话的手》等新作。这些图画书注重绘画风格与文字意义的搭配，把形象思维和抽象思维很好地结合起来，为孩子们带来美的享受，在培养孩子对艺术的感悟力方面有着重要的作用。

二是在加强儿童文学批评方面颇有实绩。辽宁儿委会与《当代作家评论》合作推出了一期中国儿童文学小辑，效果不错；一批儿童文学理论批评专著出版，如韩进《童心密码——为孩子选择文学》、王泉根《中国儿童文学概论》等一套世界儿童文学研究丛书、方卫平主编的《童年的栖居——儿童文学卷》等。这些理论专著将会为我国儿童文学研究提供坚实的基础。

三是在社会各界纪念抗日战争暨世界反法西斯战争胜利 70 周年的大潮中，儿童文学创作也捧出了一批反映抗日战争的作品。战争与儿童，永远是一个探究深邃人性的主题。今天享受着和平阳光的少年儿童如何体会战争的残酷，体会战争年代儿童的生活状态，进而懂得珍惜、懂得敬畏，是儿童文学必须面对的课题。曹文轩的《火印》以抗日战争时期的北方草原为背景，以一个孩子和一匹战马的故事为主线，再现了与那场导致我们民族浩劫的侵略战争有关的历史记忆，以及它所带来的个体与民族创痛。小说从人性的角度对战争中的中国人、日本人进行思考和审视，发人深省；史雷的《将军胡同》从儿童视角写抗战时期，北京城里皮影戏班子的父女、前清八旗落魄子弟和富有又爱国的姥爷一家三类人的命运，透视沦陷区不同阶层人们的思想、情感和遭遇，展示了那一特殊年代广阔的生活画面；“烽火燎原”系列抗战题材原创少年小说首批 8 部作品，包括张品成的《水巷口》、肖显志的《天火》、牧铃的《少年战俘营》、汪玥含的《大地歌声》、王巨成的《看你们往哪里跑》、毛芦芦的《如菊如月》、毛云尔的《走出野人山》、赵华的《魔血》等。这些作品从不同的角度描述了战争的残酷、日本侵略者的残忍狡诈以及在侵略战争中艰难生存和成长的少年们。小说从孩子的角度书写抗战，更加凸显出孩子是一个民族的未来这一命题。该系列小说特别注重以史实为创作依据,保证了小说在历史叙述方面的可信度——这也是历史题材小说的一个重要品质。

成长主题再添佳作

少年儿童是一个人的重要成长期，关于成长的故事也就成为儿童文学的一大主题。金波的《婷婷的树》在简单的故事里蕴含了生活的不易和人生的无常，把深刻的道理讲得纯净而易懂，体现出老作家的写作功力；张炜的《寻找鱼王》把人与自然和谐共处这一宏大母题寓于一个“鱼王”的形象中。在这个特别的成长故事里，主人公最终学会的不仅是生之技巧，更是生之哲理，生之真谛；赵丽宏的《渔童》也是关于成长的故事。小说以孩童的视角直面那段特殊历史记忆中的罪与罚，并尝试通过童年的路径实现某种意义上的救赎；徐玲的《全世界请原谅我》同样讲述了一个关于成长与救赎的故事，把当代少年的生活际遇与网络时代普遍的青少年成长问题相结合，在切肤的感悟中带领少年读者思考和追寻生活的真实意义与真切方向；陈晖的《我的名字叫豆豆》把目光放在单亲家庭中的这样一类特殊孩子身上，试图以成人的智慧帮助孩子正确应对生活的烦恼。

当下儿童的生活是儿童文学创作的重要源泉。通过阅读这类作品，大读者们可以从中领略当下儿童的生活乐趣，小读者们则可以寻找同龄人的共同语言。张之路的《弯弯的辛夷花》讲述了六年级女孩儿徐弯弯一段有趣的校园经历；殷健灵的《不一样的暑假》写一个大城市的孩子到乡村度过一个难忘的假期，收获了不一样的友情；薛涛的《大富翁》讲述了 3 个少年因为不同的原因流落在大城市，尽管生活困苦，却一直保持着乐观、坚强的信念，最终几个少年陆续回归正常的校园生活，但这段经历已成为他们成长中不可磨灭的记忆；彭学军的《森林里的小火车》里，回乡下过暑假的男孩罗恩顺着一段废弃的铁轨发现了藏在山林深处的蒸汽小火车，并由此引出父辈和祖辈关于创业、梦想和守望的人生遭际，自己也对人生有了不一样的认识；阿来的《三只虫草》写的是藏区普通牧民家庭的男孩桑吉的生活经历，小说气象广阔，写出了孩子所理解的今天西藏人的生活状况，很多关于现实的描写发人深省。

童话和幻想小说一直是儿童文学中最受关注和欢迎的一类。汤素兰的长篇童话《笨狼与小红帽》把经典童话人物放置到新鲜的场景，用孩子们熟悉的人物讲述关于家的温暖和克服困难的勇气；王勇英的幻想小说《巫师的传人》以优美的广西山水和神话传说带领我们走进神秘的巫师世界，纠结千年的恩怨与现代社会相碰撞，所不变的仍是爱与勇气的主题；马原的童话《湾格花原》是一部富含穿越、冒险、成长元素的童话。作家创造了一个史前地球的全新场景，用一系列有趣的故事告诉孩子生活的哲理。

童话无论多惊险，总有一种温暖作底色。比如萧袤的《茧屋》里的同学情谊令人感动；孙玉虎的《遇见空空如也》把孩子失去父亲的痛苦具象为一个空空如也的房间，逃离房间其实也是帮助自己渡过失去至亲的难关的过程；汤汤的《一只小鸡去天国》用温柔的方式帮助孩子坦然面对生活中谁都不可避免的一件事——死亡，这也是童话应该带给孩子们的精神力量；小河丁丁的长篇童话《水獭男孩》面对的是孩子的孤单，这是现在独生子女的一大问题，一份温暖的友情可以化解多少孤单；麦子的中篇童话《大熊的女儿》突出了亲情对人的精神支撑，无论对孩子还是大人都是一样的。

2015 年的儿童文学作品中，值得关注的还有梅子涵的散文集《绿光芒》、郑春华的系列低幼故事《小饼干和围裙妈妈》、李姗姗的儿童诗集《太阳小时候是个男孩》、格日勒其木格·黑鹤的动物小说《母兔》《狼谷炊烟》、虹影的小说《里娅传奇》等，不再一一列举。

当前儿童文学创作存在的问题也比较明显：一是青年儿童文学作家需要沉淀。出书快卖得好对作家是一种很好的激励，但是书出得太容易了，便缺少了潜心钻研提高的过程，对年轻作家的成长并不好。二是儿童文学刊物在萎缩，优秀的短篇作品缺少发表渠道，从而限制了短篇作品的发展。三是作品表现的年龄段在下降，对少年读者或年龄段稍高一些的读者有所忽视。四是题材仍不够开阔，校园文学仍占大部分，而与少年儿童精神成长同样息息相关的历史、军事等题材的作品还很不够。

2016年儿童文学：迎向令人期待的新机遇

2016年，中国儿童文学作家第一次获得国际安徒生奖，这一事件真正把中国儿童文学带进了世界儿童文学读者的视野，也让更多的中国儿童文学作家和作品被推到其他国家和民族的阅读中，获得了前所未有的关注，同时，也给中国儿童文学带来了更大的考验。

对于中国儿童文学来说，2016年是载入史册的一年，这一年，中国儿童文学作家第一次获得国际安徒生奖。这是1990年开始向该奖项评委会提名中国作家和画家以来，中国作家首次获奖。这既是对获奖作家曹文轩的认可，也是对中国儿童文学以及中国当代文学的认可。获奖后，曹文轩本人和国内很多儿童文学作家、学者、出版人表达了理性的兴奋和清醒的判断，显示出中国文学更加自信、更加成熟。

此番获奖带来的一个最直接的影响，是真正把中国儿童文学带进了世界儿童文学读者的视野，也让更多的中国儿童文学作家和作品被推到其他国家和民族的阅读中，获得了前所未有的关注，同时，也给中国儿童文学带来了更大的考验。文学作品的价值在于阅读。伴随着读者群的扩大，对文学本身的要求只会越来越高，把握好这一机遇，就能真正对我们的儿童文学的发展形成有力的推动。

另一个摆在所有儿童文学作家、出版人面前的问题是，中国儿童文学接下来应该如何前进，是借着这股东风，更大规模地学习借鉴西方的儿童文学甚至照搬成熟模式，加速融入世界儿童文学版图，还是继续坚持中国儿童文学已有的风格、特色，以本来的面目跻身世界儿童文学？从 2016 年的儿童文学发展情况来看，我们正在给出答案。

2016 年的儿童文学继续在原创方面发力，出现了一大批高品质的好作品，为小读者们提供了丰富的阅读资源。在原创大发展的基础上，儿童文学的发展也呈现出更加立体多元的态势。

打通创作、出版、阅读全通道

儿童文学的快速发展是创作、出版、阅读等各方面密切协作、共同努力的结果。2016 年，多种举措为这种紧密联系加温，有针对性地打通一条儿童文学发展全通道。

继 2015 年成功举办全国儿童文学作家编辑研修班后，中宣部和中国作协又举办了第二期研修班，会集了来自全国 17 个省、自治区、直辖市的 50 位创作活跃、成绩突出的青年儿童文学作家和 33 位专业童书出版编辑，在一起听专家学者授课，学习习近平总书记的系列讲话，就大家关心的儿童文学创作方面的问题各抒己见，畅所欲言。曹文轩在会上发表了《风景的意义》，给大家留下了深刻印象，引发热烈讨论。研修班为儿童文学作家编辑提供了一个提升认识、开阔眼界、打开思路、相互切磋的机会，对青年作家编辑的成长是有效的助推，也为创作和出版的互动提供了很好的平台。这样的平台，还有鲁迅文学院举办的儿童文学作家高研班。同一年里举办两个全国性的儿童文学作家编辑培训班，对儿童文学作家队伍的成长是一个大大的推动。以研修班、高研班为基点，辐射到全国，让学习的氛围继续扩大，让作家与编辑的互动继续深入下去。

广东省作协 10 月举办了全省儿童文学作家、青少年阅读及写作指导老师培训班，把互动延伸到了阅读推广层面，成立了“1+3 广东儿童文学大联盟”，即“广东省作家协会 + 作家、出版机构、学校”，整合儿童文学创作、出版、市场推广、校园阅读指导多方面资源。湖南儿童文学学会实施了儿童文学作家走进中小学校的驻校作家计划，让儿童文学作家与儿童直接面对面，既让作家得以深入生活，也让小读者们有机会与作家深度互动，是一次打通创作与阅读的有益尝试。二十一世纪出版社主办的“儿童文学的潮流——井冈山儿童文学创作出版研讨会”聚集了当前儿童文学界最活跃的作家、评论家，共同为儿童文学的未来把脉。

关于图画书的讨论

近几年，图画书在儿童文学创作、出版、阅读各个层面持续高热，表现出强烈需求。8 年前，中国作协儿童文学委员会在山东举办“中国原创图画书论坛”时，原创图画书还处于起步阶段。现在，高洪波、曹文轩、梅子涵、秦文君、彭懿、朱自强等一大批儿童文学作家、学者都在图画书创作领域身体力行，创作队伍逐渐成熟和壮大。近年来，童书领域出现了一批优秀的青年插画家，有些图画书已经斩获国际奖项，如黑眯的《辫子》获 2015 布拉迪斯拉发国际插画双年展（BIB）金苹果奖，朱成梁在 2016 年博洛尼亚童书展上获得了插画奖。

相关推广研究也随之成为风潮。研究方面，北京师范大学专门成立了中国图画书创作研究中心，2016 年 3 月发布了“中国图画书 2015 年度排行榜”，10 部作品入选；11 月，该中心与安徽少年儿童出版社共同发起的首届“图画书时代奖”颁奖；该中心还与大连出版社共同主办 2016 大白鲸原创图画书优秀作品评选。阅读推广方面，围绕图画书已经形成了一个独特的阅读传播生态，其中原创图画书的比例在增加。此外，原创图画书在海外市场开始受到欢迎。

但是，繁荣的背后也存在着不少问题。就创作环节而言，对于什么是图画书，如何写作图画书这些基本问题还没有形成共识，一些写作者和出版者把图画书的创作看得太过简单，所出版的作品也没有图画书应有的艺术品质，已经影响到读者对原创图画书的看法，引起了一些争议。很多儿童文学作家、研究者、编辑都认为，有必要对图画书的艺术标准和发展方向进行辨识和厘清。

6 月 16 日，由中国作家协会创研部、中国作协儿童文学委员会主办的第二届中国原创图画书论坛在北京召开，邀请了儿童文学理论家、图画书作者和插画家就图画书的内涵和外延，图画书的创作问题、编辑出版问题，以及原创图画书的评价标准问题等展开讨论。大家提出，世界各国图画书的发展都有自己的经典和传统，我们的原创图画书要摆脱初级模仿的阶段，需要作家和画家有充分的阅读积累和对图画书传统背景的深刻把握，才能真正推动中国儿童文学和原创图画书的健康发展。此次论坛为儿童文学工作者，尤其是画家和作家们提供了一个具有特殊意义的对话的平台。论坛的成果集中收录在中国作协儿委会与中国少年儿童新闻出版总社合作编辑出版的《图画书的秘密》中。

老中青三代作家共创繁荣

2016 年初，《儿童文学》杂志社举办了一场擂台赛，从 2015 年该杂志发表的中短篇作品中挑选出 24 篇参加评比，其中既有著名作家的作品，也有十几岁在读学生的作品。这样一种著名作家和新人同台竞技的形式，彰显出儿童文学创作的兴旺。

2016 年有几个值得关注的创作现象。

一是纪实文学创作有了新的重要收获。董宏猷的《一百个孩子的中国梦》是他的《一百个中国孩子的梦》的姊妹篇。同前一部一样，这一部也是他长期接触孩子们所获得的灵感，加上他与编辑们组成的采风团队到全国各地以及国外深入生活，亲身感受中国近年来的种种变化，了解孩子们的真实想法和感受，经过作者的思索与艺术加工，创作而成。这 100 个孩子包括中国大陆、台港澳地区、海外华裔和一部分外国的孩子。由他们的视角和心灵展现出来的中国梦，构架宏阔、想象奇瑰、斑斓缤纷，充满童趣。舒辉波的《梦想是生命里的光》是作者对 10 年前在电视台工作时参加的一些纪录片、专题片的采写录制过程中，采访到的 300 多个孩子的追踪。当时看到他们肩负重压而备感迷茫，孤单无助而备感恓惶，但他们脸上的笑容和对未来美好生活的憧憬是那么真实，令人感动。10 年过去了，这些孩子的境遇如何？今天他们的故事还有那种感动吗？这部作品一方面是对儿童文学中较为薄弱的纪实文学创作的一种强势补充；另一方面，其中折射出的 10 年来中国社会的种种变化，其史料价值、研究价值也很令人期待。

二是历史题材创作有新突破。两部历史题材的作品，代表了两种作家进入历史的方式。殷健灵的长篇小说《野芒坡》以清末民初上海旧城一所由西方传教士开办的孤儿院为原型，讲述在这所名为“野芒坡”的孤儿院里，少年幼安以及他的同伴们的成长命运。书中对于传教士与近代上海文化生活的复杂关系有着深刻的理解和表现。这是以现实主义手法思考历史，发现历史。

李秋沅的《天青》则以一片宋代汝窑的天青色瓷片为主线，讲述了宋代末年那段可歌可泣的历史。作家把对青姬以命祭窑传说的感动和想象寄托在这一虚幻而有灵性的瓷片中，写得至真至幻。这样的浪漫主义作品，能够帮助孩子们理解中华传统文化中的奥义，也能培养孩子们的审美素养。

三是现实主义题材创作比重继续增加。徐玲的《如画》成功塑造了一个逆流而上的儿童形象，一个已经在城市生活学习了一段时间的农村孩子又重新回到农村，并且很好地实现了城市到农村的转换。这是一个很有代表性，又很积极向上的文学形象，对小读者甚至是成人读者都会产生积极的影响。王勇英的《雾里青花泥》描绘了近乎世外桃源的云南山区里一个小女孩的命运，作者用浪漫主义手法讲述了一个关于人性的感人故事。

值得关注的作品还有肖复兴的《红脸儿》，这是根据作家的童年记忆书写的一段儿童成长经历。曹文轩的《蜻蜓眼》从孩子的视角讲述一位嫁到中国的法国女性融入中国生活的独特生命历程。萧萍的《沐阳上学记》创新性地从孩子和家长两个角度讲述孩子的生活，把儿童文学作为沟通成人与孩子之间的情感纽带的功能发挥到新高度。左昡的《毛毛球》、萧袤的《魔法星星海》、李姗姗的《面包男孩》、唐池子的《梦幻伞的秘密》、两色风景的《我家的魔法保姆　跑来跑去的窗户》、小河丁丁的《绿头发女孩》等童话作品也展示出青年作家的独特想象力。

2017年儿童文学：一种责任、一股干劲、一些甜蜜的烦恼

2017年召开的党的十九大，是中国社会最重要的大事，习近平总书记的报告对过去五年以及当下社会作了高度概括，也对中国实现“两个一百年”宏伟目标提出了总规划。在此背景下，回顾2017年儿童文学，就有了一种责任、一股干劲、一些甜蜜的烦恼。面对创作出版的持续繁荣，如何把握和顺应这股强劲的创作热潮，促进儿童文学更加良好地发展，以满足读者对儿童文学的需要和期待，是每一位儿童文学作家、出版人、评论家共同的责任和使命。

全国优秀儿童文学奖评选年

2017年是中国儿童文学最高荣誉全国优秀儿童文学奖的评选年。第十届全国优秀儿童文学奖评选的是2013年到2016年首次出版或发表的原创儿童文学。29个省作协、5个行业作协、25家少儿类专业出版社、58家综合性出版社，以及24家少儿类期刊参与推荐作品，可以说是对近4年来原创儿童文学的一次全面检阅和审视。本届参评作品数量超过往届，整体水平较高。获奖的18部作品比较全面地体现了中国儿童文学当前的创作特点，追求真善美，充满童真童趣，思想性、艺术性、可读性俱佳，很多作品出版后就获得了少年儿童读者的广泛认可。

观察本届评奖，可以看出原创儿童文学发展的三个趋势。一是儿童文学的文学性更加被重视。在当下讨论视域中，“儿童文学”常常与“童书”

相等同，所有以少年儿童为主要阅读对象的作品都被纳入其中，这里就有一些功能性大于文学性的作品。在儿童文学越来越被细分的大环境下，各种类型的作品尽管题材内容多种多样，但都注重其审美性、艺术性，这也是近年来儿童文学界一直在努力提升原创儿童文学品质的成果。二是对儿童文学的创新更加包容。本届参评作品和获奖作品中不乏创新性作品。比如获奖作品《一百个孩子的中国梦》《沐阳上学记》和入围初选作品《我的影子在奔跑》，都在文本上、体裁上有很明显的创新性发展。这种创新对儿童文学来说是一种刺激,也是一种考验。三是儿童文学的题材进一步拓展，几乎涵盖了儿童文学创作中的现实、历史、幻想各个方面。

通过评奖，也透露出原创儿童文学的一些不足，应该是我们下一步努力的方向。概括来说，就是发展不平衡现象突出，主要有两个方面，地域不平衡和门类不平衡。往往经济发达地区儿童文学创作出版也比较活跃，这与其他文学门类很不相同。小说、童话发展良好，相比之下，诗歌、报告文学、散文的创作和关注度都不够。特别是幼儿文学，一方面发展迅猛，创作出版双丰收，但优秀作品少，且常常被淹没在海量的作品中。短篇作品也是量大但优质作品少，这不仅是儿童文学面临的问题，其他文学门类也都有。这些是当前儿童文学发展的薄弱环节,需要儿童文学界共同努力，给予更多的关注，尊重其自身的发展规律，重视其独特的评判标准，让优秀的作品能够凸显出来，发挥其价值。

名家新作有突破，优秀作品也畅销

2017 年多位著名作家发表了新作，都不同程度地对以往的创作有所突破，在新的领域开掘尝试。张之路时隔 30 年推出科幻小说《霹雳贝贝 2 之乖马时间》，让带有时代烙印的著名儿童文学形象霹雳贝贝走进新世纪，陪伴新一代儿童继续成长。秦文君长篇小说《宝塔》和《小青春》直面少年生活中的苦痛、困惑，书写关于家庭、生命、温柔与爱。曹文轩长篇小说《穿堂风》和《蝙蝠香》讲述两个小男孩遭遇家庭变故后情感的修复与精神的成长。沈石溪动物小说《五只小狼》提出“动物成长小说”的概念，尝试揭开狼这种动物的成长秘密。纪实手法的运用，使得这部作品更加自然可信。汤素兰长篇小说《阿莲》把自身成长经历融入现实题材创作，让作品平添一种真实的感染力，更加打动人心。薛涛长篇小说《形影不离》充满想象力的冒险故事中，包含着一种非常态却能给人以力量的父女深情，在女生小菊的一段冒险经历中，父亲作为若即若离的存在，实际上成为小菊的精神向导和支撑。

还有一些带有个性标签式的作品，在题材上、语言上都延续了作家的写作风格。杨红樱“笑猫日记”系列新作《樱花巷的秘密》用轻快而夸张的笔调，在有趣的故事中带领孩子们探究真相。格日勒其木格·黑鹤的动物小说《驯鹿六季》、牧玲的科幻小说《黑娃》，关注乡村儿童的刷刷的长篇小说《幸福列车》、孟宪明的长篇小说《花儿与歌声》、曹文芳的长篇小说《紫糖河》，描写“二胎”背景下孩子如何面对家庭新成员的商晓娜的长篇小说《亲爱的陌生人》，刘海栖的系列童话《豆子地里的童话》等，都是各领域的代表作。

历史题材写作方面，两部以抗日战争为背景的小说值得关注。左昡长篇小说《纸飞机》以抗日战争时期，日军对重庆的大轰炸为背景，从孩子的视角讲述那段惨痛的人间悲剧，是青年作家书写大历史的一次成功的尝试。薛涛“少年满山”系列新作《第三颗子弹》继续书写在抗日战争背景下，男孩满山的成长故事。

值得一提的是，这些作品在具备优质文学性的同时，也有着相当的市场号召力。如何实现文学性与市场性相统一，这些作品做了很好的注释。

“跨界”作品有新意

“跨界写作”近年来几乎成为常态，2017 年又有多位新“成员”加入。张炜近年来每年出版一部儿童小说。2017 年出版的长篇小说《狮子崖》描写海边渔村儿童的生活和成长。这部作品完成于 40 年前，被认为是张炜儿童小说写作的开端。柳建伟第一部儿童小说《永远追随》以湘江战场、红军长征等战争历史为背景，描述了一个普通家庭的男孩对红军的追寻，是一种大历史的小叙事。杨志军的长篇小说《海底隧道》也是以“小”见“大”，以男孩圆圆在乡下海边发现的藏在珠山森林脚下的神秘海底隧道为主线，展现了感动天地的师情大爱，震撼人心的家国情怀。徐则臣的《青云谷童话》呈现新鲜的童话面貌，让人耳目一新，而他的童话观也对童话的发展带来一种冲击。刘玉栋的长篇小说《白雾》在男孩冬冬的成长故事中嵌入浓浓的乡愁，对儿童小说的艺术表现有所开掘。

纪实文学好评多

纪实文学创作有了新的重要收获。一直致力于大自然文学的刘先平推出新作《追梦珊瑚——献给为保护珊瑚而奋斗的科学家》，首次描写珊瑚礁科考，展现了我国科学家们为保护和恢复珊瑚礁生态系统所做的艰苦卓绝的奋斗，讴歌了科学家们的拼搏精神和探索精神，同时也普及和唤起读者的海洋意识、生态意识。李微漪的《让我陪你重返狼群》讲述作者与一只小狼从无意间收养到帮助小狼重返家园的相识、相处、离别过程，以纪实文学的独特魅力，让孩子们感受到人与动物、人与自然、动物与自然的奇妙而充满危险的关系，从而让孩子们得以了解自然、亲近自然。彭绪洛的《我的探险笔记》系列共三册，记录了作者行走罗布泊、古丝绸之路和西藏线的心得攻略，彰显独特的探险精神、自然精神。

老作家吴然的散文《独龙花开》写云南独龙族孩子的生活，非常感人。作者 20 年的时间 3 次历尽艰辛去独龙江的小学采访，收集了大量关于独龙族孩子的素材，集中体现在这部散文集里，可以说是独龙族这个“少小民族”走向现代文明的成长历程的见证。邓湘子的散文集《打赤脚的童年》用精短美文表达艰苦童年给予作者的那份特别的体验和感悟，也让孩子们能够了解那个年代的儿童生活。赵霞的散文集《我的湖》也是回望童年的美文，用优美的文人笔法，描写作者心中那个永远的白马湖畔。

近年来发展迅猛的图画书，在 2017 年出现了不少具有浓浓中国味的作品，给图画书市场带来一股清新的中国风。“中国绘 · 诗韵童年”系列图书收录了高洪波、金波、樊发稼、徐鲁等多位名家的儿童诗，配以画家梁培龙的中国画风格的插画，带来和谐静谧、悠远绵长的意境之美。还有表现中国传统文化、民俗文化的王亚鸽著、朱成梁绘的《打灯笼》，保冬妮著、于洪燕绘的《牧童》,保冬妮著、陈波绘的《绣花儿》,秦文君著、郁蓉绘的《我是花木兰》等，也都是富含中国传统文化之美的作品。曹文轩著、巴西画家罗杰·米罗绘的《柠檬蝶》则是中西合璧的图画书的代表作，文字的深意在画面的衬托下更加幽远深邃，大大增加了作品的阅读空间。

年度值得关注的五大亮点

2017 年儿童文学创作呈现出一些不同于往年的特点，比较突出的有以下五方面。一是弘扬社会主义核心价值观的作品涌现。韩青辰的小说《因为爸爸》书写人民警察的孩子，让我们近距离感受到这些当代英雄的家庭生活，体会到他们的牺牲和奉献，也就会对他们多一些敬意，多一分理解。孙卫卫的小说《一诺的家风》以外来儿童唐一诺的校园生活为依托，写出了家风对孩子道德品质修养的重要性。江苏凤凰少年儿童出版社约请儿童文学作家书写江苏“美德少年”的故事，以文学的方式书写孩子们身边的美德故事，2017 年已经是第四届了。这些作品篇幅都不长，作家们通过深入采访，抓住所写对象身上最闪光的一点，清晰明了地写出来，让孩子们能够近距离体会身边的“美德”，对于宣传、树立社会主义核心价值观效果很好。

二是少数民族儿童文学填补了空白。由叶梅主编的“金骏马”民族儿童文学精品丛书从2016年10月开始,陆续出版了土家族作家宋庆莲的《风来跳支舞》、蒙古族作家韩静慧的《赛罕萨尔河边的女孩》、纳西族作家和晓梅的《东巴妹妹吉佩尔》、达斡尔族作家晶达的《塔斯格有一只小狍子》、壮族作家周耒的《铜鼓与猴王》等作品。由张锦贻主编的“中国当代少数民族儿童文学原创书系”，推出了藏族作家觉乃·云才让、维吾尔族作家阿瑟穆·小七、回族作家马金莲、蒙古族作家陈晓雷、哈萨克族作家图尔洪·米吉提、景颇族作家玛波、壮族作家黄钲、拉祜族作家李梦薇、土家族作家苦金和满族作家王立春等 10 位作家的小说。这些作家都是少数民族作家中的佼佼者。他们中有的已经出版过多部儿童文学作品，有的一直在写儿童诗，第一次写儿童小说，有的出版过多部文学作品但没有写过儿童文学，有的是资深儿童文学编辑，在两位主编的号召下，都写起了儿童小说，把笔墨对准了当下本民族儿童，在一个个生动有趣的故事里展现出本民族独特文化气质在孩子们身上的传承和发扬。这两套丛书对于当下中国儿童文学，可以说填补了一项空白，大大地丰富了中国当代儿童文学的表现疆域，也为当下儿童文学的艺术探索打开了新的途径。

三是传统文化更加受青睐。出现了一批挖掘传统文化之源，力求对传统文化创造性转化、创新性发展的作品。萧袤的“童话山海经”系列《羽民之国》《食火兽》《夜的守护神》把《山海经》里的人物、动物、植物以童话的形式“搬”到小读者面前，让他们会动、会说话，让经典古籍焕发新的生命力。王泉根主编的《代代相传的中国童话》共六册，是中国儿童文学研究方面的重要成果。正如编者所言：“中国传统儿童文学遗产，是一座尚待开发的文学富矿。我们的爷爷、爷爷的爷爷……都是从小听着这样的故事长大的。”这套书中收集整理的近百个中国传统民间故事中，或许就藏着中国人的精神密码。

四是儿童文学理论评论成果颇丰。青岛出版社2015年开始策划，12位编辑用半年时间精心打磨出版的《中国儿童文学名家论集》，由方卫平主编，收录了吴其南、金燕玉、王泉根、刘绪源、班马、孙建江、朱自强、汤锐、彭懿、方卫平等10位中国当代儿童文学理论研究方面颇有建树的研究者的论文集。这套论集可以说是新时期以来中国当代儿童文学发展脉络的一次梳理，从中可以见出中国儿童文学理论发展的轨迹，是重要参考文献。广西师范大学出版社出版的《生活在童话中——红楼儿童文学对话Ⅱ》则是对儿童文学现场的近距离审视。

五是较集中地出现了一批非儿童文学作家写的或编的“给孩子”系列或丛书。比如张炜“致少年”系列的《理想的阅读》和肖复兴的《读书知味》，都是专为指导儿童阅读而作；杨克主编的《给孩子们的一百首新诗》、叶嘉莹选编的《给孩子的古诗词》、王安忆选编的《给孩子的故事》等为孩子们选编的作品集；树才的《给孩子的 12 堂诗歌课》、李淼的《给孩子讲量子力学》、韩毓海的《伟大也要有人懂》系列等专为孩子写的普及读物。这些书籍在提升儿童阅读质量，填补一部分阅读水平超前的少年儿童的阅读需求等方面，起到积极的推动作用，可以说是对儿童文学的有益的补充。

2018年儿童文学：让优秀的作品走近孩子

2018年原创儿童文学创作成绩斐然，同时也要看到，相比3亿多少年儿童的阅读需求，原创儿童文学仍然远远不能满足，尤其是深刻反映当下现实，展示时代特征和精神特质的优秀儿童文学依然稀缺。

2018年是儿童文学大踏步发展的一年，儿童文学延续了作家、编辑、研究者、评论家携手共进的良好发展模式，以习近平新时代中国特色社会主义思想为指导，共同为中国少年儿童创作出版更多优质的文学作品，努力承担起儿童文学在新时代的历史使命，取得了比较突出的成绩。

主题出版继续发力

继《伟大也要有人懂》系列成功推出之后，中国少年儿童新闻出版总社今年推出《习近平讲故事》（少年版），以人民出版社的版本为蓝本，针对少年儿童的阅读特点，精选近50个小故事，生动、通俗又深刻地为孩子们讲解“树立文化自信”的内涵，帮助他们树立正确的世界观、人生观、价值观。接力出版社继续推出《资本论（少儿彩绘版）》，由李晓鹏主笔编写，将这部巨著转化为孩子可以理解的内容，在注重阅读乐趣的同时，也注重保留原版的理论价值。中国人民大学出版社推出的《中共党史青少年读本》，同时推出插图版，由中共中央党史研究室专家张树军、武国友撰写，针对青少年的党史学习教育要求编写，内容权威，篇幅适中，让广大青少年能够在轻松愉悦的阅读中了解中国共产党的基本历史知识。

这类重大题材读本由所属领域的专家主持撰写，与专业少儿出版社合作编辑出版，或是专门针对青少年读者的阅读兴趣、习惯编写，让孩子们有一个适宜的阅读版本，对于塑造下一代中国人的精神品格有着重要意义。但是对这类图书的要求应该更加严格，不能仅作为儿童读物来看待，应该注重准确性、权威性、文学性、可读性相统一，要有社科类图书的严谨，也要有儿童读物的趣味。

题材开掘更加深刻和广阔

2018 年原创儿童文学突破了以往儿童文学书写的一些范式，在题材开掘方面更加深刻和广阔。这是作家、编辑家共同努力的成果。

童年书写仍是儿童小说的重要主题，作家从自身童年记忆中探寻人生意义，文学性更强、思考更深入，也更典型性。张之路的《金雨滴》是带有幻想色彩的童年书写，从某个点触发童年记忆之锁，却以贴近当下孩子的心灵和思维的方式讲述，让过去和现在在未来交汇，非常新颖；曹文轩的《萤王》书写关于善与美的童年记忆，赞美孩子与大自然天然的和谐共处，以及对这一理念的坚守；叶广芩的《耗子大爷起晚了》把那些深埋在童年记忆中关于老北京传统和颐和园的历史知识融入小主人公的一段生命记忆中；翌平的《野天鹅》则动用了自己童年的经历与感受的储备，写出了孩子面对生活的重压，不同的选择分化出不同的成长路径，也成就不同的人生。

现实题材书写佳作迭出。董宏猷《鬼娃子》以梦幻笔法，一幻一实两条线索，讲述了在大山里生活的少年们，要么坚持老一辈人的精神，守山守林，与大自然和谐相处，要么抵挡不了物质生活的诱惑，成为偷猎者、破坏森林生态的“鬼娃子”。虽然作者表现出明确的取舍态度，但小说对人物的刻画并没有面具化、形式化，而是立体地写出了两类孩子的命运遭际，作品关注当下现代化进程中，人与自然、人与人的冲突和较量，写出了社会发展的矛盾与复杂，是儿童文学创作中少有的题材。

薛涛的《孤单的少校》则在少年成长故事中引入了网络游戏元素，以游戏和现实双线并进，描绘出当下乡村少年生活中的“平行世界”。那么多孩子沉迷网络游戏，甚至为了网络游戏完全不顾现实世界，而我们的儿童文学作品鲜有关注到这个层面的。这部作品敏锐地发现了孩子们之于游戏的深层心理原因:孤单。在小说中，这些乡村少年在现实世界中缺少与父母、家人的沟通，也缺少玩伴，只能在游戏中寻找同伴，为无聊的生活增加一些“乐趣”。一系列事件在大人看起来只是孩子的“胡闹”，却也实实在在地会给孩子们带来伤害。在付出惨痛代价后，孩子们终于长大了。

王璐琪的《给我一个太阳》用文学的方式观照校园霸凌这一越来越受关注的社会现象，可以说是儿童文学创作的又一突破。小说讲述了因父母在外打工而跟着奶奶生活的姐弟俩，在弟弟遭遇同班同学的长期欺负，甚至是诬陷索赔时，姐弟俩凭借自己的智慧和力量，从隐忍到反抗，最终获得了心理上的坦然。这样的成长更残酷，也更磨炼人。其间有成人的帮助，但也让孩子们明白了，只有自己坚强面对，才能获得战胜困难的力量。

一些作品突破了现代社会孩子们熟悉的校园生活、都市生活，多角度书写当下中国少年儿童的现实，把丰富多彩的中国文化嵌入其中，更加立体全面地反映现实中国。杨志军的《巴颜喀拉山的孩子》以藏区孩子的视角，描绘了一幅不同于都市和乡村生活的游牧生活图景。牧民心中深深扎根的对自然的敬畏与共存的信念，能够带给物质化包围中的孩子们不一样的体会。荆凡的《颜料坊的孩子》把读者带入江浙一带一个制作颜料的世家的当下生活，透过这个家庭的两个孩子对制作颜料的不同选择，展现出传统手工艺的魅力，以及面临消亡的窘境。此外，常新港的《尼克代表我》、郭姜燕的《南寨有溪流》、王勇英的《花布底片老相机》、刘玉栋的《月亮舞台》、肖勤的《外婆的月亮田》、赵菱的《大水》、汪玥含的《沉睡的爱》等，都是深入描写当下儿童现实生活、展现儿童精神世界的佳作。

革命历史题材近年来在儿童文学中也出现了较有深度的作品。2018 年出版的黄蓓佳的《野蜂飞舞》、史雷的《正阳门下》都是从正面着手，在宏大叙事背景下，以一个家族或家庭的命运遭逢展示作者对历史的观察、思考和体悟。郝周的《黑仔星》则是选取特殊历史时期一个有代表性、有故事性、有感染力的横截面，以细致详尽的描写，把读者带进那段历史之河中，近距离感受那时那地的人的感受。谷应的《谢谢青木关》以日记体、纪实笔法，记述了抗日战争期间一个孩子的心路历程，把历史作为背景隐在人物身后，更增加了历史现场感。

可以说，中国社会的方方面面都已进入儿童文学作家的视野，当下少年儿童生活的方方面面也在成为儿童文学作家的书写对象。儿童文学创作已经突破了原有的一些禁锢，获得了更广阔的表现空间。特别是现实题材创作方面，儿童文学作家们坚持深入生活，了解当下儿童真实状态，体会不同地区、不同状态的少年儿童的情感与诉求，深刻洞察社会发展在孩子身上体现出的精神演变，创作出更深邃、更具时代性的文学作品，是儿童文学界对儿童文学本身认知不断发展的必然结果。

艺术创新凸显，文体意识更加自觉

儿童文学中的长篇小说为了适应孩子的阅读习惯，多为 5 万字至 8 万字。近年来不断出现 10 万字以上，甚至长达 15 万字的长篇作品。董宏猷的《鬼娃子》、薛涛的《孤单的少校》、杨志军的《巴颜喀拉山的孩子》、黄蓓佳的《野蜂飞舞》，还有曹文轩的《疯狗浪》等都是突破 10 万字的长篇佳构。这些作品在容量、深度和广度上，突破了原有的长篇儿童小说体量，讲究小说的结构、细节的充沛，情节适度复杂深刻，同时保留了儿童文学原有的语言文字简练易懂、故事生动有趣等特色，让阅读能力较高的孩子能够获得更高层级的文学阅读感受。

作为儿童文学一个非常重要的门类，2018 年有几部童话作品在童话艺术探索上作出了一定贡献。汤素兰的《南村传奇》注重中国本土童话特色的继承和创新，以民间传说为蓝本，注入作家的想象，带领孩子一窥传说的神秘与魅力，其间包含的是属于中国人精神血脉的那种独特味道。萧袤的《山海经童话》继续推出《大蟹》《羽民之国》两部，是当代作家的幽默和智慧与古典神话碰撞出的火花，也会给孩子们带来中国式审美体验。周晓枫的《小翅膀》从孩子的“通病”怕黑入手，带来一个光明的故事，设计出“小翅膀”这个勇于对抗自己命运，只为带给孩子爱和美好的小精灵形象，可以说是用西方精灵形象的“壳”装了一个中式精灵的“核”，贴近中国儿童的世界，充满中国童话的韵味。马原的《湾格花原——砖红色的屋顶》在奇思妙想的世界里探讨人与自然、人与自身如何相知相处等命题，融入哲思和寓意。李姗姗的《面包男孩 2》继续塑造“面包男孩”这个童话形象，但与第一部不同的是，这次让面包男孩置身一个更具现实性的环境中，其中许多情节与现实生活遥相呼应。童话创作的创新，是一个老生常谈的话题。童话在当下社会中依然能够拥有一席之地，不仅取决于孩子的天性，也取决于作家们的不断创新，探索出适合当下儿童读者的童话。而童话与现实世界的关系，是其中一个重要艺术命题，需要不断实践不断突破。

当前一个突出感受是，幼儿文学在过去十多年里得到了大发展，但也出现了明显的不平衡，以幼儿为对象的图画书发展迅猛，儿歌、童谣虽然量大，但优秀的作品太少，童话、故事有佳作，但能够形成流传甚广、影响巨大的品牌效应的太少，幼儿阅读市场仍是引进品牌童书占主要市场。因为幼儿文学的门槛看起来较低，很多品质不佳的作品充斥市场，更拉低了读者对原创幼儿文学的印象。在中国作家协会儿童文学委员会召开的原创幼儿文学发展论坛上，与会作家、评论家一致重申幼儿文学的重要性和写作难度，强调为幼儿写作要认真研究幼儿的阅读特点，重视幼儿的独特性，在给幼儿带来情感启蒙、审美启蒙方面下功夫。

实际上，儿童文学界一直在努力提升幼儿文学的品质，近年来不断有原创幼儿文学佳作出现。专门针对幼儿的期刊《幼儿画报》经过近 40 年的努力，已经达到月发行量突破 200 万份，推出了“红袋鼠”“火帽子”“跳跳蛙”等一系列深受小朋友们喜爱的卡通人物形象。

原创图画书品质呈现逐年上升趋势。与之前改编著名作家的作品不同，越来越多的儿童文学作家参与到图画书的创作中，金波、高洪波、秦文君、曹文轩、张之路、白冰等，都在专门为图画书创作文字，并且与画家沟通，共同打造精品。油画、水粉画、国画、布艺等多种形式，写实、抽象、儿童画、简笔画等多种风格，与文字搭配，相得益彰。可以说，原创图画书正在形成中国风格。格日勒其木格·黑鹤、九儿的《鄂温克的驼鹿》，徐鲁、王祖民、王莺的《冬夜说书人》，曹文轩、和歌山静子的《守夜》，保冬妮、刘江萍的《游园》等，无论是文字还是图画，都展现出较浓郁的中国精神特质。还有一些紧跟当下中国现实生活变化的作品，比如黄蓓佳、白雨的《凯撒有了小妹妹》等。可以看到，原创图画书在向引进图画书学习的过程中，开始显现出一种自觉的文体认知。图画书已成为幼儿文学中一个重要且传播效果惊人的门类，如何更适合中国儿童的口味，更贴近中国传统审美趣味，从而让中国儿童更容易得到美的体验，反过来，也让图画书的审美意趣帮助孩子们建立起对中华民族精神特质的感悟力，这应该是原创图画书努力的方向。

理论评论取得优异成果

2018 年相继出版了两部“大部头”理论研究著作，一部是王泉根的《百年中国儿童文学编年史》，以儿童文学史实发生的年、月、日的先后为基本叙述顺序，记录了 1900 年至 2016 年里，文学运动、文学思潮、文艺争鸣、社团流派、文学交往、文学会议、作家生平、作品发表、理论批评、文学报刊沿革、文化和文学政策的制定与沿革，以及与文学发展相关的社会、政治、经济和文化事件等背景材料，为进一步研究中国当代儿童文学提供了翔实的历史资料，是一项重要的基础性研究成果。另一个重要的基础性研究成果，是 84 岁高龄的张锦贻历时 16 年完成的《中国少数民族儿童文学》，填补了我国儿童文学研究中关于少数民族儿童文学研究的空白。全书分上、下卷，上卷以民族聚居区域为线索，论述了 55 个少数民族从民族民间儿童文学发展而来的本民族儿童文学的成长态势。下卷则从民族儿童文学的现实实际出发，逐年综合论析了各少数民族儿童文学当下的发展情形、审美取向，展现了中国儿童文学深厚的民族文化意蕴。

2018 年是改革开放 40 周年，儿童文学界也在认真梳理儿童文学发展状况，对发展历程的回顾和展望，看清来路，坚定信心。

《文艺报》开辟“新时代儿童文学观念及变革”笔谈专栏，由李利芳、崔昕平两位青年儿童文学评论家、研究者主持，组织全国儿童文学理论评论者，就儿童文学发展问题多角度展开讨论，对儿童文学理论研究的推动起到积极作用。从 7 月到 12 月，持续刊发了 14 篇文章，就坚持“以儿童为中心”的创作导向、儿童文学的“难度”与“高度”、儿童文学的边界、儿童文学的主体性问题、儿童文学的评价标准等命题进行探讨。如此集中地开展理论争鸣，既是就问题谈问题，也是由谈问题引导创作，同时也展示了一支有能力的儿童文学理论研究及评论队伍。此外，方卫平、赵霞的《儿童文学的中国想象——新世纪儿童文学艺术发展论》抓住文化与儿童文学、儿童文学与童年书写这两个着眼点，较为系统地梳理了新世纪以来中国原创儿童文学的艺术发展轨迹，既是理论研究成果，也具备一定的史料研究价值。

儿童文学界开展关于现实题材创作的讨论。在2018年召开的曹文轩现实主义儿童文学创作研讨会上，与会者提出，曹文轩小说中现实主义与浪漫主义相结合的艺术特色，对儿童文学的现实题材书写具有启示性意义。2018年多部优秀儿童文学作品中也比较明显地展现出这一艺术风格，儿童文学作品应该是思想性、艺术性、趣味性、可读性相统一的，现实主义和浪漫主义都应该是为达到这一“统一”而自如运用的创作手法。

2018年原创儿童文学创作成绩斐然，是广大儿童文学作家、出版人的辛勤付出，不懈努力，令人敬佩。以这样的创作势头，一定会出现更多优秀的原创儿童文学作品。同时也要看到，相比3亿多少年儿童的阅读需求，原创儿童文学仍然远远不能满足，尤其是深刻反映当下现实，展示时代特征和精神特质的优秀儿童文学依然稀缺。随着全社会对少儿阅读越来越重视，少儿阅读能力不断提高，已经出现层级分化。儿童文学作为当下儿童阅读中的一个重要门类，需要继续提升品质，以满足不同层次阅读需求。另一方面，在网络迅猛发展的今天，优秀作品的宣传力度仍需不断加大，让优秀的儿童文学作品走进孩子心里。原创儿童文学依然任重而道远。

2019 年儿童文学：高举“内容为王”的旗帜

2019 年，儿童文学界在庆祝新中国成立 70 周年的同时，掀起一股深入梳理和回顾 70 年中国儿童文学的发展历程的热潮，为儿童文学持续向上攀登凝聚共识，积蓄力量。诚如王泉根在《新中国 70 年儿童文学创作：童心如歌　繁花似锦》一文中所说：70 年儿童文学是中国儿童文学史上发展最快、成就最为显著的时期。海飞在《新中国的儿童文学与少儿出版 70 年》一文中也认为，新中国的童书出版业与共和国同步，从短缺到繁荣，从弱小到强盛，从封闭到开放，成为中国出版强劲的“领涨力量”。束沛德在《70 年儿童小说花团锦簇》一文中提出，新中国 70 年来，儿童小说是儿童文学诸多体裁样式中，收获最丰硕、受众最多的一种文体。回顾 70 年，也是中国当代儿童文学经典化的一个重要过程，出现了一批反映 70 年儿童文学创作实绩的作品选编。中国少年儿童新闻出版总社推出的方卫平主编的“共和国 70 年儿童文学短篇精选集”，汇集了 1949 年至今儿童文学代表性作家的小说、童话、诗歌、报告文学、寓言、科学文艺等多种体裁的短篇作品，既为孩子们提供了优质的儿童文学阅读选本，也呈现出 70 年来中国儿童文学的历史轨迹，具有阅读和史料研究的双重价值。青岛出版社推出的“我与共和国一起成长”系列，收录了吴然的散文集《那时月光》、高洪波的散文集《北国少年行》、刘海栖的小说《小兵雄赳赳》等多部重要儿童文学原创作品，以各自童年成长记忆为原点，辐射出儿童生活的共同记忆，让当下的孩子们对比今昔，切身感受新中国成立之初至今发生了怎样的变化，生动诠释了“令世界刮目相看的伟大成就”这一共识。

2019 年儿童文学在创作和理论评论两方面都取得了明显进展,可谓“双丰收”。

原创佳作全面涌现

小说保持强劲创作势头，题材拓展出新，艺术探索更加多元丰富。李东华的《焰火》用带有意识流特征的手法，描绘出一个公认优秀的初中女生在遭遇比自己更优秀的“完美女孩”之后，心理上出现的变化。这种心理不是简单的嫉妒所能容纳的，小说写出了更为深层、隐秘的人性复杂，体现了带有普遍性的少女心理成长痕迹。更为可贵的是，小说没有陷入极端个人化的私人叙述中，而是通过合理的情节设置，带领主人公和读者走出最初的心理阴暗面，发现更加广阔的现实生活世界，完成了心灵的进阶。

孟宪明的《三十六声枪响》是以家喻户晓的英雄人物“王二小”为原型创作的小说。作为小英雄老乡的孟宪明，在深入采访知情人的基础上，加入了自己童年记忆中沉淀多年的情感因素，最终完成了这部饱含深情的作品。这部作品具有一定的阅读难度，不仅因为题材的特殊性，更在于作者的艺术探索。作品以主人公牺牲时脑海闪回那 36 声枪响为线索，与现实世界发生交叉、颠倒、错位，使得整个故事读起来不那么连贯，但情感却是那么充沛，具有极强的冲击力。作品几乎还原了抗日战争时期中原一带老百姓在日本侵略军铁蹄下的生活，写出了他们的恐惧与绝望、屈辱与抗争。

裘山山的第一部儿童小说《雪山上的达娃》以一位小战士和一只小狗的双重视角，书写雪线以上的边防哨所里，解放军官兵的艰苦生活与豪情壮志。故事嵌套了父子两代军人的家国情怀和舍生取义的奉献精神，使得这部小说既充满童趣又有着深厚的爱国主义精神。史雷的《绿色山峦》也把目光聚焦军营，写新中国成立初期四川深山里部队大院孩子的生活，融入了作家珍贵的童年生活积累，极富时代气息，充满积极向上、友爱包容的精神能量。书中对古朴小镇的描写，给小说赋予了传统文化底蕴，也展现了浓浓的军民鱼水情。

秦文君的《云三彩》和常新港的《三片青姜》都是直面现实问题的力作，

通过塑造典型人物，从文学的角度进行观察思考，融入作家的智慧，提供解决问题的思想路径，帮助孩子们认识和应对现实生活的考验。刷刷的《八十一棵许愿树》和周晴的《像雪莲一样绽放》以儿童的眼光和心智解读边疆风情和边疆儿童的生活境况，书写小伙伴们一起尽自己之力去努力争取美好明天的友情和成长。彭学军的《黑指》和唐池子的《勇敢的花朵》都是作者深入生活的重要收获，分别写出了景德镇和云南傈僳族山寨里的孩子在特殊生活环境下造就的性格与心理特征。两位作家怀着书写时代的责任和担当深入采访体验，把过程中感受到的点点滴滴汇入小说故事中，创作出一群有血有肉、个性鲜明的儿童形象，让小读者在有趣的故事中分享孩童的情感世界。孩子们的生活值得真实地、生动地反映出来，让更多的人感知与关注，这应是现实题材儿童小说的重要使命。

常笑予的《黑猫叫醒我》用一个类似荒诞而略带科幻色彩的故事，深刻探讨了孩子与父母关系这一经典主题。在家庭教育理念越来越被看重的今天，处于青春叛逆期的孩子与望子成龙的父母之间似乎有着不可调和的矛盾，多少孩子和父母的心灵经受着爱与被爱的煎熬。小说设置了一个可以让小主人公自己选择父母的特殊情境，由此发生了一系列角色颠倒而让人啼笑皆非的故事，让读者重新审视孩子与父母应如何相处的问题。杨志军的《我们驶向大海》用一个冒险故事讲述了孩子对家长和老师“唯分是图”做法的反叛。故事中几个学习成绩好坏不一但都特别看重同学情谊的孩子相约在毕业前联欢，阴差阳错地上了一艘弃船并驶入大海，最终，孩子们克服了一系列困难后安全获救。结尾处，孩子与父母之间的紧张关系似乎随着历险归来而有所缓和，但由此引发的思考远没有停止。刘山霞的《白山岭的天空》讲述了小山村里 3 个家庭情况各异的孩子与家人相处的故事。与城市孩子相比，农村孩子在意的东西、对抗的方式可能不一样，但渴望疼爱、希望得到认可的情感是一样的。

王一梅的《合欢街》、邓西的《路过一棵开花的树》、郝月梅的“我的海岛我的家”系列，场景生动、情感真挚，是作者注入童年记忆的动情之作，阅读时总有阵阵感动充盈心间。薛涛的《砂粒与星尘》、曹文芳的《牧鹤女孩》和迟慧的《不可思议的朋友》都写到了孩子与动物的友情，这里的动物是不寻常的老鹰与丹顶鹤，让小说中的儿童生活非常特别。徐鲁的《追寻》写几代科学家为保护白鳖豚锲而不舍地追寻，于潇湉的《深蓝色的七千米》写“蛟龙”号上随船厨师的孩子从不理解父亲到以父亲为荣，吴洲星的《等你回家》写英雄警察张劼的孩子天天等爸爸回家，单瑛琪的《学校里有棵树》写一棵能够让孩子存储秘密的神奇的树等，都是各种境遇下的孩子的人生片段。

好的小说可以让人体验不同的人生，也能让大读者和小读者体验不同儿童生活的审美途径。每个人的时间与空间虽然有限,但题材越来越广阔，艺术手法越来越丰富的儿童小说，可以让儿童的世界变得无限大。

童话创作量大，但高质量的作品很难遇到。汤素兰的《犇向绿心》是一个发生在现实生活中的童话，其中大量的生活细节给童话世界的创造带来了不小的挑战，但作者巧妙地一一化解，让整个故事神奇又可信，其绿色生态主题鲜明地贯穿其中。周静的“山精灵童话”系列也以生态为主题，继续书写生活在作者脑海中的小精灵的故事，轻浅却不肤浅。《儿童文学》首届温泉杯童话大赛获奖作品集《从山里来的羊》收录了赵卯卯等 24 位作家的短篇童话，是对短篇童话创作的一次有力助推。这些作品在主题、艺术特色上呈现出多样的发展态势，可以看出童话作者们锐意进取、敢于创新的创作态度，这正是当下童话创作中特别需要的。如何保持童话这一古老体裁的新鲜，让孩子相信童话、爱读童话，从童话中获取快乐和能量，应该是童话作者们共同的努力方向。

当儿童报告文学与主题出版相结合，就有了新的突破方向。明天出版社推出的“共和国的勋章”丛书，第一辑由刘海栖、苗长水主编，收录了苗长水的《铁血军魂——战斗英雄韦昌进的故事》、张子影的《大国之翼——试飞英雄李中华的故事》、聂虹影和范玉泉的《刀尖上的舞者——缉毒英雄印春荣的故事》3 部作品，都是报告文学作家专门为孩子书写的当代英雄人物。因为作家们对所书写对象的思考和认识已经比较深入，创作的难点主要在于能否用孩子爱读的形式去讲述，能否为孩子提供所需的营养，让孩子产生认同感、崇敬之情，进而让这些英雄真正成为孩子学习的榜样，这 3 部作品达到了创作目的。

散文创作越来越有人文精神。翌平主编，张玉清、陆梅、高凯、湘女、翌平、张洁、阮梅、毛芦芦、赵菱、孟飞等10位作家撰写的“童年中国书系”10部作品十分抢眼。这套丛书从内到外都与以往儿童散文有着明显的区别。10位作者风格不一，但都书写了自己的童年故事，情感真挚动人，其中浓浓的人文气息，大大提升了作品的品质。殷健灵的《访问童年》是充分体现了散文的思想性、纪实性的一部力作。作者通过受访者对童年重要事件的回忆，力图揭示童年经历对一个人一生的深刻影响。同时，因为受访者跨越了1922年到2005年间出生的老人、成人与儿童，他们的童年记忆覆盖了中国近百年的时代变迁，因此有评论者认为这一文本已超出了儿童文学，甚至超出了文学的意义，触及了广阔的社会文化心理。

幼儿文学创作揭开了新篇章。首届接力杯金波幼儿文学奖获奖作品集《捡到一只大象》收录12篇童话、6首诗歌和3篇散文，是完全以幼儿文学的特征、意义和应用等独特性为标准精挑细选出的，代表了幼儿文学所应提倡的美学品格。中少总社编辑出版了《金波60年儿童诗选》3辑，其中收录的诗作读来依然童趣盎然，无论儿童的生活环境怎样变化，最初最纯的生命体验不会改变，这也是金波儿童诗穿越60年岁月依然具有生命力的奥秘。

理论评论多边互动

2019年，在儿童文学的理论评论方面有多部重要著作出版。王泉根在《百年中国儿童文学编年史》出版之后又完成了《中国儿童文学史》，为中国儿童文学的经典化进程迈出坚实的一步，也是系统培养儿童文学理论评论人才的重要著作。目前儿童文学研究和评论的队伍与蓬勃发展的儿童文学创作不相称，急需补充力量。之前出版过蒋风先生主编的《中国儿童文学发展史》，现在又有了一部王泉根教授专著的《中国儿童文学史》，将对培养儿童文学理论家、评论家大有帮助。此外，汤素兰的《新媒体时代中国儿童文学发展趋势研究》、崔昕平的《中国童书出版纪事》、赵霞的《2009—2019：儿童文学观察》等著作从不同角度对中国儿童文学的发展作了梳理、总结，提供了有价值的史料和研究成果。

作家、理论家、评论家共同寻求解决儿童文学发展难题的路径。儿童文学发展不平衡是目前业界的一个共识，小说、童话相对较强，其他门类则相对较弱，尤其是儿童诗、幼儿文学显出不足。针对这些问题，2019 年举行了 4 次重要会议，积极发挥理论批评的作用，为儿童文学创作找差距、补短板。一是接力出版社主办的“幼儿文学的边界与特征——中国原创幼儿文学理论研讨会”，为中国原创幼儿文学的发展把脉。会上，高洪波提出了幼儿文学创作四大标准：哲思与诗意、幽默与童趣、语言与读者、视角与定位，为写作者给出了一个很好的指引。金波指出，当前幼儿文学创作偏弱的主因包括幼儿文学没有得到专门的研究和足够的重视、幼儿文学的作者队伍不够稳定、有关幼儿文学的理论建设仍需强化等。他认为，幼儿文学的特殊性使得我们需要从社会、教育、文化多个角度去关注，同时呼吁幼儿文学要推广到家长、教师那里去，这一呼声也是这次会议想要传达给儿童文学界乃至全社会的声音。

二是由中国诗歌学会、北京大学中国诗歌研究院、北京大学外国语学院主办的首届“童诗现状与发展”研讨会。会上，方卫平认为，缺乏有穿透力的文化思考和有厚度的文化内容，已经成为中国当代儿童文学的症结。薛卫民表示，当前散文化、碎片化、段子化的儿童诗不仅已经大量存在，而且还在源源不断地涌现。他还提出很多童诗是“浅写作”，轻松地把一些流行风潮、时尚元素融进作品中，但创作的原创性往往是在不断难为自己、否定自己中实现的。崔昕平认为，童诗因其面向“儿童”这一文学受众而独立存在于诗歌阵营之中，但当下的童诗大多以成人作家为儿童情感代言为创作视角，从而阻滞了童诗自我拓展的能力。童诗的境界、题材和美学风格的多样化等问题，都是新世纪儿童诗发展中必须面对的问题。

三是由中国儿童文学研究会和浙江师范大学联合主办的全国原创图画书理论建构和批评标准学术研讨会。现代图画书的“舶来品”特质，让近年来发展迅猛的原创图画书面临理论评论的相对滞后带来的评价标准不一等系列问题。本次会议力图突破原创图画书理论建设这一薄弱环节，对原创图画书的发展起到积极作用。

四是由中国作协儿童文学委员会、晨光出版社共同主办的中国作协儿童文学委员会2019年年会暨中国儿童文学论坛。与会作家、评论家、编辑家对当前儿童文学发展状况把脉支招，很多建设性的观点切中要害。刘海栖意识到儿童文学的题材非常广泛，作家可以把触角伸展到生活的方方面面，探摸到历史与现在，挖掘出时代的细微之处。他建议面对儿童畅销书的“桉树效应”，儿童文学作家要有定力，冷静思考，深挖自己所擅长的领域，让作品始终稳定前进。徐德霞指出，目前儿童文学一面是艺术上的回归，一面是对当下少年儿童生活的游离。特别是在童话创作上，过度追求隐秘的儿童心理与儿童情感，导致童话精妙复杂却难以读懂；成人化的作品悄然增多，有的偏离了儿童文学的初衷；不少童话既无想象也无故事，仅靠语言华丽装点。她强调，要警惕泛儿童化，也不能走唯艺术之路。儿童文学作品需要时代气息，需要现实生活的充盈。孙云晓从儿童文学作品的伦理标准角度提出“儿童优先或者儿童友好”，指出从这一角度出发，很多作品都不够严谨，创作和推荐优秀儿童文学作品要面临许多挑战，但为了儿童必须勇敢面对。徐鲁提出不少作家担心专业性较强或传记类题材因情感单薄、言语枯燥而无法吸引小读者，其实很多作品都包含时代印记，甚至能唤起作家自己的成长记忆，产生情感敬畏。孩子们在阅读书写科学家、天文学家、建筑学家、英雄模范等人物的作品时，也是在仰望中国的群星、人类的群星，在历史进程中触摸时代，建立光明豁达的人生观与价值观。

面对儿童文学取得的辉煌成就和面临的巨大挑战，儿童文学何去何从？不妨借用曹文轩在论坛总结中说过的一段话：“面对这样一个由我们自己营造的、所希望的，却又让我们时有焦虑和担忧的时代，我们需要有一种雷打不动的定力，回到文学史语境中，重温经典的品质，重新认识文学的恒定面，以不变应万变。一个作家主要关注的不是变化的一面，而是不变的一面：这个世界的基本存在状态，恒定不变的人性和永远的神秘，以及我们民族用数千年创作积累起来的基本文学经验，‘内容为王’是我们要高举在手的旗帜。”

2020年儿童文学：百舸争流千帆竞　同心协力攀高峰

文学要与时代同行，与人民同呼吸共命运，这一创作理念在当下儿童文学创作中得到越来越广泛的认同。2020年我国最牵动人心的两件大事，一是脱贫攻坚战画上圆满句号，二是经受住了突如其来的新冠病毒疫情的考验，遏制住了疫情的暴发态势，进入常态化的疫情防控。在这两件对我国影响深远的大事上，儿童文学作家、出版人为少年儿童奉献了一批让他们能够理解和感受当下现实的文学作品，交出了高分答卷。同时，作家们对题材的开拓和艺术的探索也在继续，小说、童话、童诗等各门类都涌现出独具创新的作品，可谓百舸争流千帆竞，同心协力攀高峰。

全民抗疫，儿童文学不缺席

这场与新冠病毒的较量中，苦难是如此近距离地来到孩子们身边。在这对成年人来说都很艰难的突发事件中，如何帮助孩子们渡过难关，用文学的方式抚慰他们的心灵，给他们以精神成长的力量，是儿童文学义不容辞的责任。儿童文学作家们面对疫情没有畏难退缩，而是积极创作，短期内即推出了一批抗疫题材作品，其中一些达到了较高的水准。赵菱文、黄利利绘的图画书《爷爷的14个游戏》是“童心战‘疫’·大眼睛暖心绘本系列”中的一本，这是我见到的最早一批面市的抗疫题材图画书作品之一。作者敏锐地抓住了“14”这个抗疫初期最高频的数字，讲述了一个医生爸爸和护士妈妈上了抗疫前线的小女孩，在爷爷用爱心和智慧创造的14个角色扮演游戏的陪伴下，顺利度过最初的惊慌和不安，同时也从孩子的视角写出了坚守抗疫前线的医护工作者和为保障人民生活平稳有序而坚持在各行各业工作岗位的普通人群像。左昡文、苏童绘的《我想知道你的名字》用情感饱满又优美的诗句，谱写了一曲为抗疫胜利而默默奉献、辛劳付出的当代英雄的赞歌，撞击心灵。徐鲁的散文《一枝一叶总关情：2020 年春天抗疫纪事》书写作者在武汉这个抗疫最前线亲历的抗疫故事，为孩子们留下宝贵的文字记忆。黄春华也是武汉抗疫的亲历者，他的小说《我和小素》以儿童视角展现了身处疫情中心的武汉人在突发的灾难和病痛之下顽强斗争的精神气质。小说的两位小主人公在经历了付出与牺牲后，走出恐慌与焦虑，得到精神成长，他们的故事也为小读者们带来成长的力量。许诺晨的小说《逆行天使》把抗疫故事与生命教育结合起来，让孩子们既体会到抗疫战斗中“最美逆行者”们的勇气与担当，也感受到现实社会里这才是值得尊敬和学习的榜样。

主题创作，儿童文学在行动

脱贫攻坚战的胜利，对我国乃至世界都是震撼人心的伟大成就。9000 万人的脱贫之路，是中国人民一步一步走出来的。这条路上，有着太多儿童的身影。近年来陆续出现了一些讲述脱贫道路上儿童的故事的作品，今年可谓集中涌现。舒辉波《逐光的孩子》、余闲《三十六只蜂箱》、北辰《一个孩子的学校》、陈浠墨《哥哥的心愿》都是以扶贫、支教为创作主题的作品。这些小说从孩子的视角带领我们走近那些过着超乎想象的贫困生活的人们，看到他们为摆脱贫困、追求美好生活的种种努力，让我们叹喟人生的艰难，也感受到只要心中有希望，一步一个脚印去走，就会离梦想越来越近的充实人生。

今年有三部以“时代楷模”为书写对象的报告文学比较突出。《你的眼睛能看多远：“天眼”巨匠南仁东的故事》作者是优秀的报告文学作家王宏甲、萧雨林，他们凭借多年对书写对象的采访、思考，着重表现科学家的成长过程，结合科普知识，为孩子们提供了一部集思想性、知识性、趣味性于一体的优秀作品。毛芦芦的《深山点灯人》写的是河南乡村教师张玉滚的事迹，区别于其他书写张玉滚老师的报告文学，这部作品融入了更多的情感。曾经同样当过乡村教师的毛芦芦，在多次实地走访的基础上，融入自己的感受和思考，写出了一部“张玉滚养成记”，把这位长期坚守深山里的小学并且培养了一批批深山里的孩子的普通教师的情感世界呈现在读者面前。简平的《和平方舟的孩子》写的是我国第一艘制式远洋医院船的事迹。作者经过深入采访、搜集大量资料后，把书写重心放在这艘特殊的海军补给舰中的孩子身上，船上指战员的孩子、被救治的孩子等等，以他们的故事穿插起和平方舟号多次执行救援任务中的一个个感人而又紧张的故事。难能可贵的是，在这样一艘救治船上，几乎每一个故事都面临病痛、死亡威胁等负面因素，但书中没有一丝负面情绪，而是充满斗志和乐观，写出了船医们在救死扶伤的过程中那种积极向上的精气神。这是一艘充满爱和希望的医院船。文学要书写当代英雄，因为英雄是定义一个时代精神特质的最优途径。儿童文学要书写当代英雄，因为这是帮助少年儿童塑造优秀品格的能量来源。纪实文学是文学作品中对真实性要求最高的，也是对社会发展变化反应较为迅捷且敏锐的。以纪实文学的形式书写当代英雄，应该是优选。当前儿童纪实文学创作数量和书写对象的广泛程度都是有进步的，当代英雄人物、时代楷模主题创作更是为儿童纪实文学创作打开了一个富矿，很多当代英雄人物，尤其是科技、教育领域的人物都已有多部作品去书写。但是目前大部分作品还停留在讲述故事的层面，真正深入挖掘展示被书写人物的精神世界的作品不多。文学作品更应注重对人的精神层面的探索，要能够从这些优秀人物的故事中发现那些支撑着他们不断奋发进取的精神特质，让那些闪光点照进读者的心灵。

明年是中国共产党成立 100 周年，今年已经出现了一些相关题材的作品，在近年来不断增加的红色题材儿童文学作品中格外引人注目。张品成的《最后的比分》选取了一个特殊时间、特殊环境下发生的一段特殊往事，1933 年前后，中央苏区要举行一场足球比赛，当足球与红军相遇，故事就会发生化学反应。赖尔的《女兵安妮》把当下流行的悬疑、战争、言情等小说笔法与红色题材相融合，以一个在南京大屠杀中幸存的英国女孩安妮的故事为主线，串联起新四军中来自中国社会方方面面的抗日力量和国际友人群像，通过他们的故事清晰地反映出日本侵略军的残暴和狡诈，战争之残酷，以及中国人民抵抗侵略的坚定决心和付出的巨大代价。王苗的《天下太平》是作者的京味童年系列小说之一，讲述和平解放北平那段历史中，身为当时的故宫博物院院长的爷爷为保护故宫博物院的文物与国民党政府斗智斗勇，最终没有让文物流失的故事。小说写出了文化战线上一场考验人性和人心的较量。

小说题材不断拓展，艺术持续创新

儿童文学作家们经过多年沉淀和积累，不断突破题材的限制，寻找更加广阔、更具深远意义的创作领域，开始尝试让一些复杂的历史进入儿童文学，为少年儿童创作贴近他们的心灵，适合他们的理解力和思维方式的文学作品。这样的创作实践为儿童文学增加了一层“厚重”之义。《吉祥的天空》和《牧歌》就是这样一种实践。

张之路的《吉祥的天空》是《吉祥时光》的延续，不仅是人物故事的延续，也是创作风格的延续，特别是其中密集而真实的细节，为小说带来了独特的感染力。吉祥的初中、高中，正值 1956 年到 1963 年，新中国成立后最复杂又影响深远的一段岁月。作为中学生的吉祥，参与了那段历史，但更多的应该是见证。关于那段历史的文学作品很多，从中学生的视角去讲述，应该还很少见。小说透过吉祥和他的同学朋友的生活经历，为今天的少年儿童提供了一个易于亲近、理解和认知新中国成立初期那段历史的文学版本。

董宏猷的《牧歌》保持了作者与孩子心灵相通的那种灵性，故事连贯流畅，人物心理描写生动到位，吸引读者步步追读，小主人公江南写得活灵活现。这又不是一部普通的儿童小说，而是有着更高文学追求，企图拓展儿童文学题材边界的试验性小说，实验性就在于小说试图在儿童小说中处理一个重大题材，那就是表现我党的地下工作者在战争和战后的生存状态。这是一个很有责任感，也很有挑战的选择。小说中关于抗日战争的历史没有正面去写，而是作为整个故事的背景，一直在那里，时隐时现，时机恰当时就跳出来亮一下，然后又回到幕后去，为整个故事提供有力的支撑，在人物的言行、情节的发展中都暗藏着有迹可循的精神能量来源。这样的写法，让这部小说产生了浅阅读和深阅读两可的艺术效果，适合不同年龄段的孩子阅读。

刘海栖的《街上的马》以作家的童年记忆为基础同时又颇具当下性。继续写山水沟的孩子，塑造了一群个性迥异的男孩子的形象，他们就像一群充满生命力的小马,在生活的原野上奔驰。他们的世界并不是完美无瑕的，有朋友、亲人的关心和帮助，也有谎言和欺负，还有贫穷和困难。小说写出了生活的真实质感，却始终保持着幽默而明亮的情感基调。小说的故事发生在几十年前，与今天相比，那种孩子天性的释放、自由地成长，让人唏嘘，也让人羡慕。

张忠诚的小说《猴戏团》是少年版“闯关东”。作者用近乎“笨拙”的写法，原汁原味地写出了猴戏艺人高师父带着艺猴老妖和无家可归的男孩黑雀为讨生计而背井离乡四处漂泊的生活，男孩在这个过程中经历了种种磨难，生离死别、人情冷暖，体会了社会的不公、命运的殊途，但也是在这种种磨炼下，男孩长成了男子汉。老艺人的日常言谈举止、行为处事，给孩子潜移默化的教导，那些我国传统文化中关于做人的道理，那些民间智慧，在这部小说中得到充分的展现。

今年有几部少数民族题材小说比较抢眼。唐明的《德吉的种子》写的是青海一群特殊的藏族孩子“小阿卡”的生活。作者用天然干净的语言、白描的手法写出了这群孩子的纯净又美好的精神世界，也写出他们作为孩子对外部世界的好奇、向往和失落与成长。马瑞翎的《独龙江上的小学》带我们跟随云南大山深处的独龙族小孩阿鼎去体验当下独龙族人的生活。王新明的《山芽儿》描绘了四川彝族山村悬崖村里孩子们的日常生活图景。从这几部小说中，可以让孩子们体会到与自己的生活完全不同的生活方式，这在当下城市不断扩张，现代思维越来越普及，同时趋同性单一性思维越来越明显的背景下，显得格外重要。中华文明得以存在五千多年，得益于巨大的包容性和吸纳力。包容的前提是理解。我们只有在充分理解各民族文化的基础上才能真正做到兼收并蓄，做到民族团结，铸牢中华民族共同体意识。优秀的少数民族题材儿童文学作品能够起到这样的沟通联结作用。

要谈艺术创新，今年有两部小说是绕不过去的。曹文轩的《樱桃小庄》和胡永红的《上学谣》。《樱桃小庄》在作家坚持的纯美艺术特色道路上走得更远，进入某种类似魔幻现实主义的表现领域。这部小说的故事是简单的单线推进，爸妈为盖房外出打工赚钱，家里就留下了哥哥麦田、妹妹麦穗和奶奶相依为命。偏偏奶奶走丢了，麦田兄妹俩决定去找奶奶，但又牵挂家里的东西，尤其是他们的朋友大鹅石榴和小羊黑子，于是一个男孩带着妹妹和一只羊、一只鹅开启了一趟“奇幻”之旅，只是这趟旅程充满了艰辛，没有魔法，也不浪漫。这样一个充满悲伤和困苦的故事，却带给读者温暖和希望，这就是小说的独到之处。作者用这样一个在现实生活中大概率不会发生但又不是完全不可能发生的故事，让我们得到小说阅读的审美享受，那就是脱离了现实的一地鸡毛、无可奈何，剩下的是对美好明天的希冀和追求，面对生活的坚韧和勇气。

胡永红的《上学谣》采用了大胆的多叙事视角，让故事中的各种“人”和“物”，甚至是故事本身来讲述故事，“众声喧哗”中，一个壮乡男孩的生活被表现得立体生动，充满趣味，给读者带来新的阅读体验。虽然采用了多达 20 多个叙述视角，但整体上仍是单线发展，也就是每一个视角在接龙讲故事，因此对故事的基本理解没有产生太多障碍，但也确实形成一种阅读挑战。

作为创新之作，上述两部作品都有让人不满意的地方，受到了一些质疑和批评。对于小说艺术的探索，是推动小说进步的必经之路。虽然这样的探索难免不成熟，甚至会失败，但一点点的进步都可能成为照亮前进方向的微光。创新之作值得我们更多关注和讨论。

同样值得关注的还有近年来一直兴味不减的“跨界”写作，即非儿童文学作家开始尝试写儿童小说。有的已经不是尝试了。比如肖复兴继《红脸儿》之后，今年又推出了《合欢》，讲述一个拥有幸福生活的小女孩在突然遭遇母亲离世的人生重大变故后，如何在亲人、老师、同学、朋友的帮助下走出阴霾，获得成长的故事。叶广芩的第三部儿童小说《土狗老黑闯祸了》继续写北京小姑娘丫丫的故事，把老北京的民风民俗嵌入故事中，为小说注入浓郁的京味。也有新加入儿童小说写作的，比如荆歌的第一部儿童小说《他们的塔》，张学东在“西北往事”三部曲基础上改编而成的青少版《家犬往事》，海军作家陆颖墨的第一部儿童小说《蓝海金钢》，葛亮的第一部儿童小说《儿郎》等。这些作品有的比较成熟，有的也有所欠缺，但作家们所关注到的儿童生活可以说是儿童文学的一个有益补充，更可贵的是，作品中大多可以看到作者对儿童文学的认知和理解，可以引发我们对儿童文学本质特性的一些更深入的思考。

小说中还有一些作品在丰富小说的表现空间、深入儿童内心世界等方面表现突出。黄蓓佳《奔跑的岱二牛》、张国龙《麻柳溪边芭茅花》书写新农村里的新儿童。冯与蓝《墨童》、赵剑云《敦煌小画师》、唐池子《满川银雪》、赵菱《梨园明月》把中国传统文化与当下儿童生活相结合。谢倩霓《乔乔和他的爸爸》、徐玲《别把妈妈藏起来》、杨巧《帽子男孩》、胡继风《长命锁》着眼于孩子心理世界的解读和建构，帮助孩子积极面对生活的考验。殷健灵《象脚鼓》为读者走进听障孩子的生活打开了一扇窗。刘虎的动物小说《暴雪》继续提倡人与动物和谐相处、共同保护生态环境的理念，故事精彩，人与动物的形象都鲜明而真实。赵菱《乘风破浪的男孩》用帆船男孩与海军爸爸的故事，把帆船这一在我国还不太普及的运动项目和海军这一人们不太熟悉的军种推到孩子们面前。郝月梅《潜入岛心》《螳螂岛》以作家的童年生活为根基，从长岛守护军人的孩子的视角书写驻守海岛的军人的生活。

各体裁各门类均有亮点，儿童文学努力朝向全面均衡发展

今年童话创作保持着旺盛势头，短篇童话表现突出。今年评出的第二届全国“温泉杯”短篇童话大赛25篇获奖作品集中反映出当前童话创作的队伍、热点、类别等整体状况。其中金奖作品连城的《卖耳朵的人》意象独特，从耳朵的角度去感受世界，从声音去体验不同物种的生活状态，提出了一种新的可能。长篇童话中，汤汤的《绿珍珠》延续了人与自然的关系的

思考，但立意更加深刻，增加了童话的“厚度”。这部作品中，作者勇敢地直面人与自然的对抗，并且试图从双方立场去看待问题，思考问题，然后给出了自己的答案。人与自然从一开始的相安无事到对抗性存在，最后和解，寻求共存，这是符合现代发展理念的。葛竞的《永远玩具店》也是一部匠心之作，四个故事，每一个都与一个老玩具及其背后蕴藏的一种传统文化观念相联系，幻想中投射出对现实生活的思考，表现出一种诗意的情怀和隽永的意味。周晓枫的《你的好心看起来像个坏主意》是一部特别的童话，讲兽医小安和动物园里的动物们之间发生的让人啼笑皆非的故事，幽默、玩闹的故事背后是人与人之间交流理解的难度，告诉我们想要达到相互理解，唯有持之以恒的爱。

童诗方面，两部诗集让人印象深刻。高洪波的诗集《一根狗毛一首诗》收录了以宠物狗“大咖”为对象的一组诗歌，写狗狗的日常，也写狗狗的喜怒哀乐。所有的宠物在主人眼里可能都像孩子一样，诗人笔下的狗狗也像小孩子一样，会好奇，会生气，会调皮，让人又爱又怜，读来趣味盎然。汤萍的诗集《星月童话》是一曲爱与美的颂歌，意象丰富，给人温暖，让人身心舒畅。这两部诗集都配有精美的插画，给孩子提供了一个集语言美与图画美于一体的美的读本。童诗创作近两三年来一直备受理论评论界关注。今年《文艺报》开设方卫平主持的“童诗现状与发展论坛”专栏，发表了包括邱易东《中国儿童诗的七个病症》等多篇理论评论文章，为童诗创作问诊把脉，提出了一些很有价值的思考。在今年评选的第二届“接力杯”金波幼儿文学奖中，金奖授予了诗人薛卫民的《二十四节气儿歌》，评委会在向幼儿文学中的童诗表达一种态度，那就是童诗创作量很大，但优秀的不多，确实需要作家诗人们多沉淀多思考，给优秀的童诗立一个标杆。在《诗刊》社、中国作协诗歌委员会共同主办的当下童诗、儿歌创作与传播研讨会上，吴思敬教授提出童诗首先是诗歌，诗性应放第一位，而诗性首先是发现性，言前人所未言，谈前人所未谈。同时因童诗对象的特殊性，还要有童心、童趣、童真，要坚守儿童本位，有游戏精神，还要有深度、高度。可以说，对童诗创作提出了一个高标准。

散文方面，今年也收获颇丰。老作家张锦贻自选集《到大森林去》自然清新的语言之下包含的是作家丰富的人生阅历和平和的个人修养。赵霞的《每个人都是挖呀挖的孩子》从童年走到当下，把作者随年龄变化的心境呈现在读者眼前。毕然《雏鹰飞过帕米尔》以散文的方式，给作者长期相处的帕米尔高原上塔吉克族少年儿童画肖像，向广大读者展现他们的真实生活状态。毛云尔《像植物一样幸福》借童年记忆中的那些植物，表达的是万物生灵皆为独立的有尊严的自然观。更多的散文作品是回忆童年、分享童年故事的。翌平主编的“中国童年书系”第二辑收录了赵华、牧铃、韩青辰、王勇英等儿童文学作家书写的童年，此外还有孙卫卫《我小时候》、毛芦芦《大地的铃铛》、殷建红“梦寻江南系列”《外婆桥》《水天堂》《姚家弄的猫》等。儿童散文应该写什么？作家们回忆童年，用文字让不同年代的童年留下印迹或许是一个途径，但当下孩子们的精神世界的书写还是欠缺的一块。散文要引起共鸣才能让人印象深刻，怎样与当下的孩子发生共情，还需要努力。

图画书方面，中国少年儿童新闻出版总社出版的大型系列图画书“美丽中国·从家乡出发”共 34 册，历时 5 年，约请金波、高洪波、曹文轩、韩毓海、徐鲁、白冰、秦文君、汤素兰等作家书写自己的家乡，一人写一地，与 40 余位优秀画家一起，充分发挥文图交融的优势，带领孩子走遍全国 34 个省级行政区，了解祖国各地的地理、人文，作品同时具备文学价值和科普价值。

少儿科幻方面，在科幻文学整体创作上扬的情况下，少儿科幻也受到了一定的关注，但少儿科幻的定位不甚明确，只有一点是确定的，即儿童性属性。当前很多少儿科幻作品中，加入了穿越、玄幻等元素，且与幻想类儿童文学作品很接近，而科学性几乎只是点缀。由此，赵华的《穿越时空的古代朋友》、夏商周《霍金的地球少年》等作品的科学含量尤为珍贵。

儿童文学理论评论需要更多扶持

创作的发展离不开理论评论的支撑。在中国作协儿童文学委员会与广东作协合办的大湾区儿童文学高峰论坛上，方卫平教授关于文本中价值观的表达的解读引起了全场作家、评论家、学者的关注，可以明显感受到大家对文学创作的批评声音的渴望，这是儿童文学创作的一大优点。经过多年的努力，儿童文学学科建设、评论队伍等方面都有了一些进步，每年都有儿童文学理论专著出版，儿童文学理论评论一直是“在场”的。比如今年有王泉根教授的《中国儿童文学的多维阐释》、李利芳教授的《走向世界的中国童年精神》等。但面对繁荣的创作，理论评论的声音还是不够有力的。在中国作协加强文学评论工作会议上，崔昕平教授在发言中列举了当前儿童文学评论面临的问题，人才少、阵地少、门槛低、“双标”、市场压力，等等，可谓掷地有声，提出了当下掣肘儿童文学评论发展的主要问题。诚然，对儿童文学的评论或评价有很多来自文学外部的声音，这一方面体现出社会对儿童阅读的重视甚至焦虑，也是对儿童文学创作提出了更高的甚至苛刻的要求，对儿童文学发展是有积极作用的，另一方面，过多的非文学因素的讨论也确实存在不利于儿童文学正常发展的问题。对于儿童文学评论界来说，在扎实做研究的同时，是不是也可以适当地参与到社会大讨论中，更多地发出专业的声音，发挥文学评论对文学创作及阅读的引导作用。当然，这需要全社会共同努力。

今年是“十三五”规划收官之年，也是“十四五”规划开局之年。党的十九届五中全会为全面建成小康社会之后中国怎么走指明了方向，描绘了蓝图，非常鼓舞人心，责任也更重大。在这样的大背景下，中国儿童文学其实也来到一个门口，能够在未来持续为中华民族伟大复兴提供精神能量，为培养更加富有人文精神、审美品格的中国少年儿童提供高品质的儿童文学，开启中国儿童文学高质量发展的新征程，是每一位儿童文学作家、出版人、研究者的使命和初心。

2021年儿童文学：奔向我们的星辰大海

2021年对中国文学来说，是一个新时代的开启。在新时代儿童文学论坛暨中国作协儿童文学委员会2021年年会上，当童书出版家海飞发出“走向新时代儿童文学的星辰大海”的倡议时，立刻引起在场儿童文学研究者、作家、出版人和媒体人的共鸣。“星辰大海”这个年度热词，用在儿童文学上格外贴切。

回顾2021年的儿童文学创作，我们欣喜地看到，在儿童文学作家、出版人、研究者所形成的良性循环持续发挥积极作用下，儿童文学在题材开掘拓展、艺术空间探索方面稳步前进，在积极倡导社会主义核心价值观、自觉融入中国社会发展进程、书写当代英雄的主题创作方面又有了新的突破。可以说，在2021这个重要关口，儿童文学交出了一份优异的成绩单。

主题创作的文学品质进一步提升

儿童文学主题创作在经过多年探索之后，正在迈向一个新的台阶，对主旋律作品的理解更加深入，创作目的更加明确，表现形式更加多样，从纪实类到虚构类，从小学年龄段为主到兼顾青少年和幼儿，正在形成丰富立体的作品体系。接力出版社和党建读物出版社联合推出的“中华先锋人物故事汇”新增加了《樊锦诗》《张富清》《茅盾》《郭兰英》等30种。这套书系由儿童文学作家创作，把中华先锋人物的先进事迹以故事的形式讲给孩子听，让孩子们在一个个有趣的小故事中感受人物的闪光品质，获得积极向上的精神熏陶。二十一世纪出版社打造“革命精神谱·红色故事书系”，推出了《雷锋故事》《“两弹一星”故事》等，用报告文学的形式讲述红色精神的传承。江苏凤凰少年儿童出版社推出“童心向党·百年辉煌”书系16种，由李东华主编，多位儿童文学作家和青年插画师合作，选取百年党史中的重要事件，用图画书的形式从儿童视角去讲述，让孩子们能够更加亲近党史。何建明的报告文学《不能忘却的少年——欧阳立安的故事》挖掘“龙华二十四烈士”中年纪最小的一位烈士欧阳立安的故事，他如何走上革命道路，为什么能够在黑暗时刻勇敢地挺身而出，不惜牺牲生命只为了追寻心中正道。从这样一位小烈士身上，可以感受到信仰的力量和红色基因的传承。董宏猷的长诗《中国有了一条船》以宏阔的意象和充沛的情感，把中国共产党百年奋斗历程与世界社会发展进程相联系，写出了中国共产党人带领中国人民进行的艰苦卓绝的斗争与建设实践，也写出了支撑着这一开天辟地的历史壮举的伟大建党精神，是一部难得的思想性艺术性俱佳的主题作品。

还出现了更多以红色历史为主题的小说作品。徐鲁的《远山灯火》从少年红军梁满仓的战斗岁月写到解放后参加抗美援朝出国作战，再到和平年代回家乡继续默默奉献，这样一位英雄老兵一生都在以自己的奉献和奋斗影响、帮助着身边的人，给身边的青少年做了榜样，提供健康成长的精神能量。温燕霞的《虎犊》在少共国际师的成长道路中探索那个年代进步青少年的精神世界。小说以更贴近当下青少年的叙事方式讲述红色故事，可以找到今昔对比下，青少年的精神追求的异同，进而对青少年的精神成长产生积极的影响。还有刘海栖的《风雷顶》、连城的《璧玉歌》、陈建波的《少年阿水》、许诺晨的《百年仁心》、吴洲星的《乌篷里的红》等小说，都较成功地塑造了百年党史中的少年儿童形象，鼓舞和激励今天的少年儿童，继承和发扬红色革命传统，投身建设祖国的伟业。

关于时代楷模等当代英雄的书写近年来热度与日俱增。阮梅的报告文学《一个女孩朝前走》借用小说的写作手法，从时代楷模、“七一勋章”获得者黄文秀的童年时期写起，讲述了这样一位有知识、有能力又勇于担当、敢于拼搏的时代好青年是如何“炼成”的，特别关注到她的家庭教育、父母对她的影响，从而让我们看到榜样和家庭应有的样子。徐玲的小说《长大后我想成为你》以一位从机关主动下基层到社区工作的普通人家里的孩子的视角，写出了社区工作者的辛劳、对家庭特别是孩子的亏欠，也写出了他们的自豪感和精神追求。社区工作者是当下承担社会管理职能最一线最基层的一个群体，他们直接面对百姓生活的种种诉求，甚至是一地鸡毛的琐碎，这些是对他们工作能力的考验，也是对精神能力的挑战。他们的奋斗精神在潜移默化地影响着下一代，让孩子们树立起积极向上、讲责任担当的人生目标，生发出“长大后我想成为你”的愿望。李姗姗的《羊群里的孩子》、赵国栋的《沟洼庙的春天》、徐鲁的《爷爷的苹果园》、王新明的《山花怒放》、马嘉的《凤凰花开的学校》等一批小说讲述脱贫攻坚这一重大历史过程中的种种人物和故事，这里有亲历者、有观察者，有被感动的，有从不相信到坚信的，这些都是当下我国社会生活中具有代表性的形象，是中国精神、中国风范的具体表现之一。这些形象所表现出的精神，会以文学的方式留在读者心中，这也是主题创作的目的和意义所在。

诚然，主题创作的难度在于对当下社会近距离观察和书写。作品的成败与作家的眼光站位、知识储备、对现实的把握能力、对文学的理解等密切相关。需要作家多沉淀、多观察、多思考，力求准确描摹这个时代的精神风貌，助力中国少年儿童的精神成长。

题材拓展与艺术创新相融合，贴近儿童生活

儿童文学作家已经把笔触延伸到少年儿童生活的方方面面。可以说，受到社会广泛关注的，一定会有儿童文学作家到场。同时，在面对宽广的创作对象时，作家们也在不断突破表现形式，通过艺术创新增强题材的表现力和感染力，提升小读者的阅读兴趣与收获。

近年来对中华优秀传统文化的挖掘在不断深入。孟宪明的《二十六张古琴》、赵菱的《我的老师乘诗而来》、王苗的《石上生花》、陈曦的《男旦》、王璐琪的《坤生》《锦裳少年》、王新生的《琉璃爷爷和琉璃小子们》等小说让传统文化与当下儿童生活发生联系，写出了优秀传统文化在今天孩子身

边的传承与发展。

家庭环境对孩子成长的影响是近年的热门话题。秦文君的《幸福课》、舒辉波的《天使之翼》、邓西的《鲸歌岛的夏天》等小说写出了家庭对孩子成长的巨大影响。孩子不是生活在“真空”中，他们首先要面对和处理的就是与父母、亲人的关系。各式各样的成人对成长中的孩子产生的影响也是各式各样的。作家们从各自对当下少年儿童生活的观察中思考成长的心理轨迹，再把这种思考融入故事中，带领小读者去看、去领悟。

东京奥运会和北京冬奥会让体育运动成为社会关注的热点。王璐琪的小说《追光少年》以在亚洲少年田径锦标赛上勇夺冠军的少年“飞人”为原型，带我们走近少年运动员的生活，感受他们的拼搏精神，一些作家也开始尝试创作以冰雪运动为主题的短篇小说。

游戏与青少年成长也是2021年的一个争议话题。杜梅的小说《妈妈变小的日子》关注的正是沉迷手机游戏的孩子，用文学的方式刻画网瘾孩子的心理、父母的心理，帮助孩子和家长换位思考，理性对待自己的欲望，发现更广阔更有实际意义的真实世界，以对抗每个人都会面对的空虚、无助等负面情绪。

曹文轩的《没有街道的城市》展现了作家在艺术创新上的不懈追求。小说把故事和人物规划到一个特定的现实场景下，通过大量的细节和心理描写，把人在某种极端状况下被激发出的人性本能描写得淋漓尽致，而这里面，人性美和善在黑暗面的衬托下更加熠熠生辉。王苗的《回眸》把历史与现实相融合，在今天的孩子生活中穿插过去的故事，感受今日中国的来路，也让我们看到明日中国的希望。谢华的《山楂红了》、张忠诚的《米罐》等小说把目光放在那些特殊儿童群体身上，从他们的视角去写身边的人和事，写他们的思想情感，让读者得以贴身感受这些不一样的孩子。

随着生态文学兴起，动物小说更受关注。这一门类的创作又有了一些变化和突破。黑鹤的《风山的狼》让我们看到草原上人与狼、犬与狼的另一种关系，那是一种来自原生态生活的状态，引发对一些惯常概念的新认知。刘虎的《鸣鹤》把丹顶鹤、鹰、狐狸等东北动物生态圈嵌入抗日战争时期的东北人民的生活，构筑了一个战争、孩子和丹顶鹤的历史场景，大大提升了动物小说的表现领域，是一次有意义的尝试。

童话要与当下孩子现实生活接驳已经成为童话创作一个较为普遍的倾向。第三届“温泉杯”全国短篇童话擂台赛获奖作品中，多篇作品都是取材于当下儿童的现实生活。获奖作家们在第三届新时代原创童话论坛上不约而同地把关注点放在童话世界与现实世界的关系上，认为童话想象是对现实世界的折射和叙说，有矛盾的不是童话与现实，而是丢弃质朴的精神而又对复杂现实性思维感到厌烦的成年人等。此外，金朵儿的“真的很天真”系列童话、张惠雯的《水晶孩童》、周敏的《沉默的雄鸡》《大耳狐出逃记》等都是生发于儿童现实生活的童话。小高鬼的《谎言修复师》、黄文军的《安宁的奇幻之旅》等则是在奇幻的想象世界中注入作者对现实生活的观察与思考。这样的童话让孩子在阅读中更有同理心，而其中包含的温暖、善良等人类美好高尚的品质，更能影响孩子的成长。当然，与现实的距离是童话创作的一个难点，非常考验作家的想象力与虚构力。童话创作的现实倾向也反映出当前的巨大潜力。

儿童文学各文体的不平衡发展也得到一定的改善。小说、童话依然是主力，报告文学、诗歌散文也佳作不断。翌平主编的散文“童年中国书系”已经出到第四辑，多位儿童文学作家用文字记录自己的童年，为今天的孩子打开了更多理解生活的“窗户”。童诗创作热度不减。幼儿文学中图画书已成为主要形式，许多优秀的儿歌、童话、童诗、散文等被改编成图画书，也有专门针对图画书特点创作的文本，与绘画相结合，形成别有韵味的图画书。金波、郁蓉的《迷路的小孩》，海飞、杨鹁的《喜鹊窝》，薛涛、郁蓉的《脚印》，汤汤、大面包的《太阳和蜉蝣》，沙沙、姚佳的《我外婆真胆小》等都是文学性较强的图画书作品。

跨界写作呈现新的突破

近年来知名作家纷纷投身儿童文学创作，可以说蔚然成风。2021 年又有几位作家拿出了儿童文学“处女作”，比如前面说过何建明的《不能忘却的少年》、阎晶明为青少年写的鲁迅导读作品《这样的鲁迅》。这些作品在儿童生活的表现领域上既有横向开掘，比如荆歌的“成长课系列”小说《托莱多电影》《西班牙爸爸》《你好马德里》把我们带进那些生活在西班牙的中国小孩的世界，蒋殊的散文集《再回1949——那时的少年，那时的梦》集结了24位各行各业的“那时少年”在共和国诞生之时的回忆，通过他们的讲述，可以从孩子的视角感受新中国成立时的景象，以“平行”的心态去理解今日之中国的来路，也有的是向纵深开掘，比如张炜的《爱的川流不息》把人与所养的动物的情感联系提升到哲学思考的范畴，肖复兴的《兄弟俩》继续深潜童年记忆，书写童年精神，梁晓声的《人世间童书》是为幼儿创作的生命之书。

成熟作家进行儿童文学创作的时候，首先注意的是儿童文学与其他文学的差别，在他们的创作中会比较刻意地适应这些差别，而这些差别恰恰是儿童文学深层次美学的反映，于是这些作家的思考和实践也就一定程度上呈现出对儿童文学独特审美的追求，这就是儿童文学跨界写作的意义。2021年出现的两部作品值得深入研究，赵丽宏在写出多部现实题材儿童小说后，创作了一部童话般的小说《树孩》，发出关于生命的本真的追问，而这正是童话的精神实质所在。小说用简洁而优美的语言讲述了一个被雕成小男孩形象的树根的“流浪记”，一个并不复杂的故事被讲得婉转生动。小说吸引我们的不仅是故事的起伏和小树孩的命运，更是其中关于人性、人心的深刻探索。当没有生命的树根被雕成小男孩形象后渐渐有了生命，小男孩所思考的、疑惑的往往是关于生命本真的，于是这部小说就成为追寻生命本真的书写。无独有偶，孙惠芬在第一部儿童小说《多年蚁后》里，就以富含哲理和诗性的故事探寻生命的真谛。小说设置了一个故事中套童话的结构，让作家以小主人公男孩童童的老姑奶奶的身份出现，童童把与蚁后交往的故事写在给老姑奶奶的信里，一个稀奇古怪的童话故事被放置到现实环境里，生活感和魔幻感并存，其中的核心就是生命的本真。当把外面包裹的故事去除后，内里的核心会发出启发心智的光芒，这两部作品把儿童文学对生命的追问推到一个审美新高度。

今年有两部表现军人生活的小说也颇有新意，较好地结合了军人的独特气质与孩童的精神成长。王棵的第一部儿童小说《风筝是会飞的鱼》把南沙群岛上守岛军人的生活真实而细腻地展现在读者面前。小说很用心地设计了三个人物，守岛军人“南沙爸爸”、初中男孩艾齐、轻微自闭症儿童夏树。为了帮助夏树走出自闭空间，“南沙爸爸”给他写信，讲守岛军人的生活,艾齐则是被大人要求给夏树读信的人。书信在这里发挥了神奇的效果，让大人、少年和儿童之间产生了情感的联结，相互支持应对生活的挑战。陆颖墨的《蓝海金钢》也是表现西沙、南沙群岛海军生活的儿童小说，讲述了海军战士和军犬之间深厚的战友情,展现我国海军钢铁意志和爱国情怀。

非儿童文学作家跨界写作儿童文学并不是都很成功，上述作品中也或多或少存在一些不足之处。儿童性、儿童心理、儿童阅读特点等是创作的难点，也是常被儿童文学研究者诟病的方面。但成熟作家的文学造诣是提升原创儿童文学精神力和文学审美价值的有力支持，只要作家对童年心存敬畏，肯真心与当下的少年儿童交朋友，了解他们的所思所想所关切的东西，就能写出优秀的儿童文学。

儿童文学理论研究和评论收获丰硕

张之路的《中国儿童电影百年史话》是梳理中国儿童电影发展的重要著作，其中很多观念和认识值得儿童文学借鉴。新出版了多部儿童文学理论专著，包括朱自强的《绘本为什么这么好》、陈晖的《儿童图画书的阅读与讲读》、谈凤霞的《坐标与价值：中西儿童文学研究》等。束沛德的《我这九十年：文学战线“普通一兵”自述》为研究儿童文学发展历史提供了珍贵的史料。《文艺报》继续开设新时代儿童文学观念及变革之童诗现状与发展专栏，对童诗创作的讨论更加深入，开始进入童诗创作中一些具体问题的探讨，有力推动了童诗创作。崔昕平的《回眸百年风华 寄望儿童少年——百年党史中的中国儿童文学》把儿童文学的发展历程放到百年党史的视域中观察，史料丰富，逻辑清晰，论证了儿童文学在“培根铸魂”的历史使命中的价值与意义。

2021 年是第十一届全国优秀儿童文学奖评奖年，从征集、评选到获奖作家作品的宣传报道，几乎贯穿全年的评奖过程，让全国文学界看到了

2017—2020年儿童文学创作的整体风貌，也在社会上兴起关注当代原创儿童文学的热潮。对儿童文学自身来说，评选过程是对近年儿童文学创作趋势、成绩、经验的一次大总结，儿童文学作家、研究者们提出许多当前儿童文学创作的优势和存在的问题，中肯而有启发。比如，王泉根提出现实主义是百年中国儿童文学一脉相承的主潮。方卫平指出，面对新时代，仅仅把新的童年生活纳入题材视野，还只是承担了儿童文学的部分职责，如何以艺术力量洞察童年生活的新现实，如何写出当代儿童生活的新意和深度，如何反映童年与社会文化生活的深度关联，是儿童文学得到认可的关键。儿童文学创作就是要在看似无从回避的题材、语言、内容等的限度之内，写出童年语言的文学高度、童年情感的文学厚度以及童年精神的文学深度。陈晖提出新时代儿童文学创作要更加重视教育性及思想内涵，兼顾儿童性与文学性，与文化艺术和审美交融交汇。李利芳认为当下儿童文学的核心功能应聚焦儿童全面发展，进一步解放思想，凝聚共识，打破专业壁垒，推进观念变革和文学疆域重振。徐德霞指出儿童文学作家和从事儿童文学事业的人，心中要有儿童和文学，还要有大视野、大格局，要关心国内外大事，努力提升自身的政治素养、道德情操和文化素养，这些是写好儿童文学的前提。专家们的这些观点在儿童文学界引起强烈共鸣。

在刚闭幕不久的中国文联十一大、中国作协十大开幕式上，习近平总书记的重要讲话给文学界注入强有力的自信心和自觉力，描绘了新时代文学应有的样貌，是每一位作家、文学研究者、出版人的努力方向。儿童文学是文学的重要组成部分。正如朱自强在《儿童文学艺术攀升的路径和方法》一文中所说，“关怀今日之儿童，即关怀明日之中国。帮助儿童实现心智成长的儿童文学在中国社会主义现代化强国的建设中，始终发挥着独特的重要作用。”面对世界上最大的少年儿童群体，儿童文学作家应该拿出相称的文学精品，努力为“明日之中国”打下坚实的精神之基，陪伴和引领少年儿童共同奔赴我们的星辰大海。

2022 年儿童文学：遥知不是雪　为有暗香来

小年夜在平遥遭遇入冬以来的第一场大雪，踏雪寻访古城那一丝丝烟火气时，忽然发现，观察儿童文学创作就像在雪中寻梅。在数量庞大的少儿读物中，循着文学的幽香，发现那些为少年儿童而写和写少年儿童生活的优秀作品，而那一缕香气提醒着我们，这就是中国优秀原创儿童文学应有的样子。回顾 2022 年儿童文学创作，依然佳作迭出，亮点纷呈。儿童性与文学性不断融合，相互支撑，让儿童文学的特性更加充分地展现出来。

主题创作进一步拓展题材空间，感染力更强

2022 年的主题创作围绕新时代中国特色社会主义建设伟大成就，从历史纵深和广博的现实生活两个方向开掘。2022 年是中国共产党领导的中国少年儿童运动 100 周年，多部作品以此为主题，为今天的孩子讲述他们自己的历史。董宏猷的作品《一百岁的红领巾》融合了报告文学的纪实性与小说的可读性，把中国少年先锋队的标志“红领巾”的发展历史作为线索贯穿其中，内容充实丰富，情感充沛，富有感染力，具有文学和历史的双重价值，是值得反复读、长期读的红色少儿主题读本。韩青辰的小说《中国少年》把目光对准抗日战争时期的儿童抗日团体“新安旅行团”，构思巧妙，以排练儿童剧为故事主线，把当下与历史交织在一起，让生活在两个时期的孩子有了一场超越时空的凝望。中国少年先锋队队歌《我们是共产主义接班人》可能是所有孩子都会唱的歌，但孩子们不知道的是，这首歌还能给祖孙两

代人带来相同的感受，成为化解老人心中块垒的神奇药水，这就是张品成的小说《我们的队歌》所讲述的动人故事。张剑彬的小说《使者》书写战争年代共青团员的成长，突出表现了少年儿童思想认识的觉醒，他们是在中国共产党领导和培养下成长起来的后备力量，是党在斗争中的生力军。让今天的孩子体会那个年代少年儿童的成长轨迹，会对他们理解当下社会、世界有所帮助，也对他们树立高远的人生目标有所帮助。

红色题材创作又出佳作。军旅作家徐贵祥的第一部儿童小说《琴声飞过旷野》，把军旅作品那种大气、宏阔，兼具军事理论功底和战斗场面描写的氛围带进儿童生活与精神状态的书写中，使得红色题材儿童小说呈现出某种“硬核”军事小说的特征，读来新鲜且富有冲击力。程雪莉的小说《太行小兵》是作者在长期追踪抗日战争时期战功卓著的八路军“平山团”的英雄事迹的基础上，为孩子们创作的小说，让孩子们看到这群“太行山上铁的子弟兵”中那些“小兵”身上闪现的信仰的力量。胡福君的小说《大银杏树的小秘密》讲述了小红军和一心向往红军的兄弟俩之间发生的故事，真实、细腻的情感描写让我们深深感受到，正是这群代表了战争年代在黑暗中依然坚定选择光明的少年，最终赢得了建立新中国的伟大胜利。

聚焦当下少年儿童生活、书写当代英雄人物依然是主题创作的重点表现对象。陈洪金的报告文学《张桂梅和她的孩子们》是时代楷模张桂梅老师的传记。作者长期生活在云南,对当地的民风民情有着深刻的体悟和思考，更能表达出张桂梅老师所做的事的深远影响。金少凡《我和我的祖国》、曾维惠《我和我的老师》、董恒波《我和我的爸爸》、李丽萍《我和我的妈妈》等 8 部短篇小说集组成的“我的童年 · 我的爱”系列，聚焦当下孩子的现实生活，书写他们的快乐与烦恼。以爱的力量，带领孩子们走进千姿百态的社会生活，走进处境不同却有着共同精神追求的中国孩子的精神世界，从而帮助他们认识当下社会发展进程，引导他们思考身处这样一个时代，自己的路应该怎么走。曾平标、廖子馨被澳门少年儿童对祖国母亲的深深眷念之情打动，为孩子们创作了报告文学《中国的孩子》，带我们走进澳门小学生的生活，以澳门回归 20 多年以来的 10 个典型事件为镜，映照出“一国两制”给澳门和内地同胞带来的幸福生活，抒发对美好明天的期待。徐鲁的小说《小菊的茶山》、殷健灵的小说《云顶》等作品关注乡村脱贫过程中突破现实困境，追求美好人生的感人故事，也为乡村振兴提供了文学的解读。汤素兰著、杨飞绘的《我的家乡十八洞》则是脱贫攻坚主题图画书创作的新收获。

小说创作题材、艺术双突破，文学品质不断提升

儿童小说创作在题材上不断进入新领域。于潇湉《冷湖上的拥抱》是儿童小说中首次涉足石油题材的。作者在大量采访的基础上进行艺术的转化，把国家重大现实题材融入一个可亲可感的少女成长故事中，既写出了三代石油工人对石油人精神的传承与发扬，也让我们感受到当下石油生产的发展，写出了油矿所在地古老与现代并存的独特文化氛围。叶梅的《北斗牵着我的手》首次让北斗导航等新兴科技与儿童生活发生密切关联，把科学精神、科学素养很好地融入小说中，开创了一种科学题材儿童小说的新样式。王璐琪《列车开往乞力马扎罗》以一位铁路工程师与一个非洲小男孩的感人故事为切入口，把我国援建坦桑铁路过程中难以想象的艰辛，中国铁路工人与坦赞两国人民的友谊，生动地呈现在我们眼前。

生态保护题材是2022年创作的一个热点。杨志军《三江源的扎西德勒》、邓西《秘境回声》、唐明《河源清澈》、许廷旺《风之子》等小说，以及保冬妮《我的飞鸟朋友》等图画书，带来一种新鲜的自然文学的样貌，丰富了自然文学的表现领域。薛涛《桦皮船》综合了非物质文化传承、生态环境保护、祖孙两代之间因观念差别而产生的冲突与和解等多重主题。特别值得称道的是，从小男孩的视角写出大兴安岭昔日的老猎人在现代城市生活包围中的情状，以及他们身上反映出的人与野生动物关系的变化。沈石溪的动物小说《海豚之歌》以海洋动物的故事书写人与海洋、人与海洋动物和谐共生的宏大主题。湘女《勐宝小象》以云南野象北上为故事原型，以开阔的世界视野和历史纵深打底，写出了当地村民与野象的交往历史以及和谐相伴的当下生存境况，生动诠释了先进的生态理念。

《金珠玛米小扎西》和《蓝色暑假》都是歌颂当代中国戍边守岛军人家

国情怀和奉献精神的军旅儿童小说，呈现出两种不同风格。有着10年戍边军旅经历的曾有情创作的小说《金珠玛米小扎西》采用正面书写的传统手法，写一个藏族小孩扎西与守护西藏边境的解放军战士之间的故事。扎西是被解放军救下的，因此一路追随，希望长大后也成为一名解放军。他们之间的情感一开始就很深，越来越厚，其中很多感人的场景和细节，让我们真切感受到雪域高原上战士们纯粹而高尚的精神世界。海军少将陈俨的《蓝色暑假》则要“调皮”得多。小主人公的父亲是退役守岛军人，父子俩的关系并不融洽，父亲对儿子的军事化要求，让儿子非常抵触。这样一个对军人不了解更带有一些偏见的孩子，在与守岛军人相处一个暑假之后彻底变了样，从内心到外表都开始向着父亲靠近，这是军人精神的魅力所在。

历史题材儿童小说有新收获。曹文轩《苏武牧羊》把“唯美”这种艺术特色带到历史题材写作中，以宏阔的历史想象、细腻的细节描写，还原了苏武牧羊这一家喻户晓却又知之甚少的历史故事，开创了一种新的历史儿童小说写作手法。

对儿童生活的观察与书写是儿童小说创作永远的主题，2022年出现了一些艺术表现新颖的作品。周晴《小小的春夏秋冬》写上海弄堂长大的小女孩随着“弄堂”这一带有历史文化烙印的场景在时代变迁中的变化而成长，呈现出浓厚的文化气息。李秋沅《你看月亮的脸》可以说是一部小女孩的心灵史，在深厚的闽南文化包裹下成长的小女孩，用心感受身边的人和事，她的快乐、困惑、同情等种种情绪，反射出的是人情世故、沧海桑田。徐海蛟《亲爱的笨蛋》写海岛小渔村里一对“奇怪”的祖孙，他们与村里大部分人所秉持的世俗观念、人生哲学格格不入，因而遭到排斥，但他们求真向善向美的生活态度，最终赢得了世俗的认可，也为小渔村的开拓提升带来机遇。王苗《冰球少年》通过一个冰球队的小队员们的生活、训练、比赛，把冰雪运动中最刺激的集体项目——冰球带到读者面前，可以说填补了儿童体育小说的一个空白。刘海栖《游泳》、肖复兴《春雪》等是作家以童年记忆为母本，记述那些虽时间不远却已快被遗忘的生活，其中最打动人的是作家们对生活的独特体验，那些快乐的、忧伤的、遗憾的，都是我们人生的财富。张之路科幻小说《棋门幻影》巧妙地勾连起未来与当下，在智能机器人的背景下，关注的仍是孩子的生活境遇和精神成长。

童话创意不断出新，长篇短篇均有亮点

童话创作在创意方面表现突出。舒辉波长篇童话《魔法师的猫》在童话常见元素上写出了新意，开篇“我讲的故事都是真的”奠定了基调，那就是一位智慧老人在给孩子们讲故事，无论所讲的故事多么奇特，都能讲得让孩子相信，这正是童话的意义所在。李姗姗长篇童话《器成千年》用优美的语言、新鲜的故事，讲述三星堆那些古老器物的成形之旅。金朵儿长篇童话《绿耳》塑造了三眼人这一全新的精灵形象，与他们的第三只眼睛息息相关的，是他们对自身历史的保护、研究与传承，而正因为对历史文化的尊崇，让他们拥有信仰的力量，与其他精灵族类区别开来。周晓枫长篇童话《小门牙》继续写梦的精灵的故事，在冒险故事中让孩子们领悟应对人生挫折的勇气。

短篇童话创作非常活跃。相对于长篇童话创作，短篇童话更加灵活，富于变化，新老作家都有佳篇，给童话创作带来新鲜氧气。陈诗哥《童话边城》继续创造一个哲学与文学想象相融合的童话世界，让童话不仅是好看的故事，更表达了人生况味和意义。段立欣《奶奶和五个雪精灵》、王落《客厅里住进一片海》、一木秋《茉莉的耳朵》、兰梦醒《卖松风的熊》、王庆兰《夜酣酣》、龙向梅《在孤山遇见你》、梅瑜《绿风》、孔阳新照《再见数十下》、谢华良《年午夜的马》、黄文军《世界上最难看的童话》等篇目各有特色，都在某个点上有所创新，触碰心弦，让人印象深刻。

原创图画书艺术品质不断上升

近年来原创图画书发展迅速，几乎每年都有作品获各种国际图画书奖、童书奖、插画奖等。以 2022 年颁发的 2021 年度原创图画书排行榜和第四届原创图画书时代奖入选作品为例，可以看到图画书创作的一些特点。一是既现代又传统、既中国又世界的创作倾向越发明显，比如金波著、郁蓉

绘的《迷路的小孩》，九儿的无字书《纽扣士兵》，大吴的《游河》等。二是适合幼儿阅读的图画书依然是创作主力，比如赵霞文、黄缨图的《一只蚂蚁爬呀爬》，吴亚男著、柳垄沙绘的《不一样的 1》，孔阳新照著、谷米绘的《不要和糯米团捉迷藏》，抹布大王的《一动不动大赛》等。三是创新性作品不断涌现。比如陈莹婷著、花青绘的《一颗莲子的生命旅程》是科普与图画书的一次浪漫相约，莫言原著、筱箫改编、朱成梁绘的《大风》是优秀文学作品改编成图画书的一次新尝试，常立著、冀策绘的《我家有个小神仙》是传统文化现代表达的图画书版的尝试。此外，2022 年的新作，萧萍著、马小得绘的《亲爱的，你好，晚安》也是诗歌与图画书的一次成功结合。

理论评论建设推新举措，努力发挥引领促进创作的作用

面对海量的儿童文学作品，儿童文学的理论建设也在不断加强。在儿童文学界学习贯彻党的二十大精神座谈会暨中国作协儿委会 2022 年年会上，与会作家、评论家、出版家就儿童文学发展现状、趋势及所担负的使命责任等提出许多富有建设性的意见，很多话题值得进一步展开讨论，为儿童文学创作带来积极的引领和推动。中国作协儿童文学委员会与江苏作协、南京师范大学文学院合作筹建“当代少儿文学创作与研究中心”，是当代儿童文学研究基础理论建构的创新尝试。《文艺报》继续发挥阵地作用，2022 年在“新时代儿童文学观念及变革”栏目推出“童诗现状与发展”专题，对童诗创作的新经验、新现象、新作品进行讨论，开展争鸣，为童诗创作提供有力的理论评论支持。此外，还出版了海飞《童读大时代》、赵霞《一切无不与童年有关》等一批理论研究著作。

2022 年，我们先后失去了王一地、刘先平、汤锐、沈虎根、任溶溶、张秋生、葛翠琳、董宏猷等多位优秀的儿童文学作家、评论家。他们留下的儿童文学作品是我们宝贵的财富，把这些作品研究好、宣传好，让优秀作品发挥应有的作用，是对他们最好的纪念，也是儿童文学理论研究评论应做的大事。

不可回避的是，中国原创儿童文学经历了百年发展，今天更是显示出

蓬勃生机，却依然经常不被看到，有时还会受到一些过度解读或文学以外的批评。对此，一方面要认识到，为少年儿童提供精神滋养和思想力量的使命，要求儿童文学作家们坚持不懈地攀登文学高峰。对原创儿童文学的批评大多数是源于对少年儿童成长的关切，要把它转化为提升创作的动力。另一方面，对什么是优秀儿童文学的认知，与秉持什么样的儿童观密切相关，还与教育理念等文学以外的观念密切相关，有时会很难平衡，但总有那么一个临界点，就像雪地里的蜡梅，那一缕香隐秘却又真实存在。抵达优秀儿童文学的至高境界，就像雪地中寻找那朵散发着幽香的梅花，这是儿童文学作家、出版家的职责所在。

微观探幽

《三体》：魅力在于未知与未来

刘慈欣的长篇小说《三体》其实是一个庞大的三部曲的第一部。从一开始，作者就打算写一个三部曲，所以第一部只是整个故事的开端。《三体》的故事发生时间是20世纪六七十年代，这对于科幻作品通常是描写未来世界的惯例来说，显得格外另类。所以，当我们谈论《三体》时，应该从整个三部曲来看。

三部曲的名字叫“地球往事”，体现了作者在最初写作时的整体构思，因为在第三部里，地球已经不存在了，整个故事其实是对地球毁灭前的回忆。“地球往事”三部曲是一个有机的组合，一个贯穿始终的主线就是三体危机。第一部《三体》危机出现，从人物、环境、社会关系等基本层面为整个故事提供一个基础；第二部《黑暗森林》主要写面对危机，地球找到了有效的威慑办法，双方进入制衡阶段，主题内容渐渐展开，各色人物陆续登场，为第三部的大结局做好铺垫；第三部《死神永生》，各种力量发展到临界点，终于爆发席卷一切的大混战，生存的压力导致双方同归于尽，终极毁灭后一切归于最原初的平淡，更预示了整个宇宙的归零。至此，完成了从人类发现外星文明到最终毁灭的一个完整故事的叙述。

《三体》的故事发生在20世纪六七十年代。这样一个发生在过去的科幻故事,竟让人没有丝毫违和感,这让我们不得不佩服作家构思之巧妙。《三体》中有大量关于现实社会的描写，其中表达的对于那段疯狂的历史及其影响的深刻思考，成为整个故事发端的精神根源。正因为有这样的精神根源，整个三部曲才显得真实可信，仿佛就发生在我们身边。

科幻作品既要能够让人跳脱现实世界，营造一个看得见却到不了的“现实世界”，又不让人觉得生硬、虚假、漏洞百出，考验的是作家处理科学、幻想与文学之间关系的能力。《三体》这样一个发生在幻想基础上的故事，因为有着严谨的科学理论的支撑，有着大量合情合理合科学性的幻想细节、引人入胜的故事情节以及性格鲜明的人物形象，从而很好地完成了幻想与可信度的结合，给读者带来身临其境的审美享受。

《三体》以及整个三部曲最终得以区别于其他科幻作品，还要归因于它在文学上的成功。

首先，作品展现了作者对世界格局的深刻理解，对人性的深刻洞悉，格局高远。科幻小说作为面向未来的小说，前瞻性是必不可少的，这就更加考验作家对人类社会发展历史的了解和理解。作者在三部曲中不仅洞悉了人类发展历史的奥秘，还有着明显的哲学思维的运用。同时，在科技迅猛发展的今天，技术的发展必然会撞上道德的壁障，多数时候危险的并不是技术本身，而是其使用者。从这个程度上说，《三体》危机中最可怕的并不是三体人，而是人类本身。

其次，作者的叙事能力非常强，营造氛围、铺垫伏笔、前后呼应、欲扬先抑等手法的运用，使得故事起伏跌宕、引人入胜。此外，小说塑造了一批性格鲜明的人物形象，并且让几个主要人物的性格成为推动故事情节发展的重要因素。三部曲里，几十个形象鲜明的人物构成一个关系网，处于关系网中央的是三个关键人物：发现三体人并将其引到地球的叶文洁，受叶文洁启发发现宇宙奥秘从而找到威慑三体人方法的罗辑，还有始终以爱为行为标准但最终导致地球毁灭的程心。叶文洁这个人物是最复杂的。正是由于她在天体物理学上的非凡成就，人类才得以与太空外的另一种生命发生联系；但另一方面，她联系外星人的初衷是为了毁灭人类，这个念头与她固有的道德观念完全不相容，她在向三体人发送信号并保持联系的过程中一直处于对自己的道德批判中。这种道德批判与自我批判不仅在叶文洁身上充分体现，也充满在整个人类的一次又一次选择中，成为整部小说的情感基调。

科幻小说最吸引人的地方在于对未知世界的描绘，而科幻小说最难写的地方在于如何把这个未知世界描绘得精彩、生动、可信、有价值。在这一点上，《三体》做了很好的示范。

（写于2015年）

将生命嵌入历史

——评李秋沅长篇小说《天青》

小说进入历史的方式大致可分为两类，一是以史料为基础，直接讲述历史事件，力求还原历史真相，另一类则是把史料内化为作家的思绪，以真实的历史事件和历史人物作背景，讲述虚构的人物和故事，力求写出历史中人的精神。李秋沅的长篇小说《天青》显然属于后者。小说用一片千年瓷片勾连起南宋末年那段考验和展现人类精神发展中极具碰撞力的历史时期，把人性的光辉与黑暗、生命的价值与意义嵌入历史，阴柔又大气，美轮美奂，荡气回肠。

小说以千年瓷片青瓷为叙述主体。她就像一股飘荡在中华大地上的灵气，看遍世间人情冷暖、人心的险恶与狡诈、真情的珍贵与动人。与虚构一个人不同，虚构出这样一个本身就带有精神性质的"人物"，既让小说带有某种魔幻色彩，又为全景式全能视角的叙述提供很好的便利。但也有一个问题，不便于与现实世界沟通。小说特别设置了一位金缮师金杏从一堆旧瓷片中发现了青瓷，并能听到青瓷的声音，与之心灵对话，以此实现瓷片与现实世界的沟通。

小说从青瓷向金杏讲述自己的故事开始,从青瓷的出生一直讲到现在。青瓷的诞生，写出宋代汝窑那些技艺精湛、全身心投入却不能留下姓名的工匠们，以秦哥为首，呕心沥血，最终以青姬的生命为代价，才成就了那一抹天青。一曲广陵散,写出了嵇康对"人曲"的追求与献身,写出了岳飞、文天祥、谭嗣同这些以社会进步、百姓安康为一生追求的历史人物的苦闷与欣喜；也写出了秦桧等心肠歹毒、为人不端的小人如何暗中陷害忠良，最终被钉在历史的耻辱柱上。

小说以青瓷的经历为主线，从一开始的酒壶到仅剩的残损瓷片，再到镶在“蕉雨琴”上，随着琴的腐灭而重新成为残损的碎片，到被金杏发现，她所跟随的主人的更替。

特别值得一提的是小说的语言，这是这部小说最大的特点。那种柔美的、饱含深情的语调，时而高亢时而低沉，时而悲愤时而迷惘，时而欣喜时而哀恸，随着小说中人物的情绪而变幻，展现出汉语丰富而优美的表达能力，是小说语言美学的很好的示范。特别是作为一部儿童文学作品，这种语言的讲究对于少年儿童是一次很好的美学体验。

（写于 2016 年）

比风景更美的是人的心灵

——评徐玲长篇小说《如画》

田园与现代城市的比较与选择是一个世界性话题。在农村与城市之间转换，可以说是几乎每一个中国人都正在经历的现实。很多现实题材作品都在关注、发掘、探究、书写人们在这一转换过程中的精神变化，进而描绘出当下中国人的精神图景。前几年关注进城打工的农民，出现了一股底层写作热潮，书写现代城市生活对习惯了农耕文化影响下的农村生活的中国人在各个方面的影响和改变，重点在城市。近两年来，关注农村的空巢现象，关注留守儿童、留守老人的作品渐渐多起来，曾经一度被淡忘的农村生活重新回到人们的视野，人们的眼光又回到农村。与以往逃避农村向往城市的心态不同，这次人们开始回头审视曾经被舍弃的东西，重新认识现代化进程中的农村，而记忆中的田园生活的美好为这种“重返”提供了可靠的想象空间。在这个转换过程中，儿童是一个不容忽视的群体。他们的反应如何？对儿童的成长可能产生什么样的影响？这也是近两年儿童文学的一个关注点。很多作品把眼光对准留守儿童或是跟随父母进城读书的儿童，描写他们的生活境遇，写出了他们的精神状态，写出了他们对生活的渴望与不解，让读者得以体会到这些孩子们的情感世界，这无疑是对当下中国现实生活书写的一个重要方面。在这样的时候，读到徐玲的新作《如画》，还是让我感到了一些意外。小说讲述了一个已经在城市生活学习了一段时间又重新回到农村的孩子如何克服困难重新融入乡村生活的故事，成功地塑造了一个逆流而上的儿童形象，这是一个很有时代性，充满正能量的文学形象，对小读者甚至是成人读者都会产生积极的影响。

小说主人公李如画是一个小学生。她的父母到江海城打工，把她和双胞哥哥如水也带到江海城上学，小弟如歌还不到上学的年龄，就留在老家，由爷爷奶奶照顾。在如画读小学六年级时，爸爸决定回老家银树谷自主创业，妈妈则留在城市继续打工。如画和哥哥只能有一人留在城市，而爸爸妈妈决定留下哥哥，如画被迫随爸爸回到老家与爷爷奶奶生活。回到农村不是她的意愿，她甚至觉得爸妈偏心，觉得城市抛弃了她，很是伤心沮丧。刚回到银树谷，她处处不习惯，尤其是从城市的小学转到乡村小学学习，总是不自觉地拿江海城的江海小学和银树谷小学比，越比越觉出银树谷小学的简陋和粗鄙，觉出农村与城市的差距。但是如画有着一颗善良而敏感的心，对爷爷奶奶和小弟如歌的爱、对爸爸妈妈的爱、对哥哥如水的爱，让她渐渐发现身边那些因太过平常而极容易被忽略的美好，那就是银树谷美丽的风景和银树谷人们美丽的心灵。这与她在城市生活中的感受很不一样。江海小学的同学们对她很好，可就是与银树谷小学的同学们给她的感受不一样。在银树谷，她能够感受到所有人的善意，感受到人们对生活的追求之心，对自然的感恩之心，这是比什么都要珍贵的，是能带给人们以希望和力量的。如画重新回到农村，不啻为她人生中的一个考验，但是她战胜了负面心理，重新找到了生活的快乐。读者也随着如画的情感变化，获得了一次启迪性的心灵之旅。

事实上，要想完成从城市回到农村的转换并不容易。这是一种逆流而上的选择，需要过人的勇气和胆识。如画能够完成这一转换，与她自身的优秀品质有关。她是一个坚强的人，有着不向生活艰辛屈服的个性，更是一个大气的人，从小就能够学着体谅父母、理解哥哥、帮助同学。特别是当她知道如水是爸爸妈妈抱养的孩子，竟然释怀了爸妈为什么毫不犹豫地决定把如水留在城市让她回乡下，甚至能够理解爸妈这一决定中有着多少苦衷，这对于一个 12 岁的孩子来说非常难得。她还是一个聪明的人，学习能力强，不仅文化知识学得好，还会吹竖笛，多才多艺的她赢得了同学们的喜爱和尊重。这些优秀的品质使得她在同龄人中脱颖而出，也是让她得以走出阴霾的内在因素。

但是，一个刚要步入中学的孩子仅凭个人的优秀品质就能完成从城市到乡村的转换，是不能令人信服的。换句话说，小说的虚构也必建立在一定的合逻辑性基础上。小说中塑造的几位成人的形象恰到好处地完成了合逻辑性的任务。除了如画的爸爸妈妈、爷爷奶奶，还有银树谷小学的郝校长、银树谷的小林书记、长期住在银树谷专门画银树谷的房子的画家，这些成人对如画的积极影响帮助她完成了人生的一次重要成长。其中郝校长的形象让人印象很深。他是一位有能力、有抱负、有远见的乡村校长。他的出场并不多，但他对如画的精神成长起着引路人的重要作用。他邀请如画给学生们讲课，讲自己在城市小学的经历和感受，让银树谷小学那些还没有机会走出银树谷的孩子们能够从同龄人那里得到最容易理解的感受，其实也是不动声色地引导如画去思考城市与农村的不同，发现银树谷的美好，进而勇敢面对生活的考验。这里有着一位经验丰富的教育者的智慧，更有着一位对乡村感情深厚，对中国的下一代成长愿意倾注毕生心血的知识分子的胸襟和眼界。

如画能够很好地适应转换还与中国社会的大环境息息相关，赶上了大力发展建设社会主义新农村的时代潮流。像银树谷这样的农村正在发生变化，越来越好，人们通过勤劳和学习，正在改变着自己的家乡，亲手创造美好的生活。银树谷村的书记，像个亲切的叔叔一样的小林书记代表着广大优秀的基层干部的形象，带领、帮助、鼓励乡亲们找项目，学技术，开创新生活。以如画的爸爸为代表的新银树谷人，带着经过城市生活熏染的现代意识和眼光回到农村，建设农村，改变着农村的面貌，也改变着农民的思维。还有像画家、房东夫妇这样向往田园生活的安静平和的人们，也对农村的改变起着潜移默化的作用。在他们的感染下，人们重新发现农村的美，意识到农村与城市之间的差异实为互补，二者之间并不是二元对立的，而是可以找到共生共赢的途径。

银树谷不仅有美丽风景，还有美丽的银树姑娘的传说，自然环境和人文环境共同造就了银树谷人美丽的心灵。善良勤劳的人们，无论面对什么样的生活考验，都能用双手浇灌出美丽的花朵。《如画》这部小说正如其名，为我们绘制了一幅美丽的田园风光，但更让人感动的，是书中人们的美丽心灵。

（写于 2016 年）

另一种意义上的“成长”

——评王勇英长篇小说《禾花》

曾经看过一则新闻，说五岁的小男孩独自照顾生病的父亲。当时觉得像是天方夜谭，是不可能发生的事。王勇英的新作《禾花》就写了这样一个坚强面对家庭变故，承担起照顾家人的责任，从而迅速成长的小女孩的故事。只是，这样的“成长”超出了普遍意义上孩子人生中必须经历的那种成长，是另一种意义上的“成长”。

禾花是一个十岁出头的小女孩，她的家在一个边远山区的小村庄里。因为奶奶豆婆从小就眼睛看不见，妈妈是精神病人，舅舅腿有残疾，全靠爸爸金瓜一人支撑整个家，她家就成了村里最困难的人家。她和弟弟谷米被村里的孩子们排斥，经常被嘲笑、欺负。禾花在生活条件很艰苦的环境下长大，还要承受巨大的精神压力。但她没有放弃对生活的热情，也没有自怨自艾地埋怨人生，而是积极面对种种压力和困境。也许正是因为她的这种天性，才让她能够在面对爸爸从房顶跌落而瘫在床上无法自理、舅舅和新娶的舅妈意外离世这些雪上加霜的变故时，能够坚强地撑起家的重担，完成家里的农活，让奶奶、妈妈和弟弟不饿肚子。是的，让家人不饿肚子一直是这个不幸的家庭最大的努力方向。可是，就是这基本的、简单的生活需求，对这个家庭都是那么困难。在最艰难的两年时间里，就靠一个十几岁的小女孩和一位七十多岁的失明老人来完成。但艰难的生活也是最能锻炼人的。禾花在这场人生考验中迅速成长，学会了干农活，增强了生活技能，也更加坚定了要笑着迎接每天的太阳的信念。

这部现实题材作品，为我们展现的是一个贫困家庭的现实处境。目前，我国还有四千万绝对贫困人口，这是我国要在2020年实现全面建成小康社会最富挑战的难题。这部小说把目光对准这一群体，却没有把“贫困”或“脱贫”当作主题，而是以文学的方式去讲述一个生活贫困精神却不“贫困”的家庭的喜与悲，让我们感受他们的苦与乐，也深深为他们顽强的、坚定的信念所折服。从某种意义上说，禾花一家对于认识和克服困难有一定的典型性价值和参考意义。

现实题材作品的价值在于写实，难点也在于写实。现实题材小说既要能够反映现实社会生活，让读者觉得是有可能发生在身边的，又不能止步于原原本本地写生活，要有一些能让人看到希望的东西，这就是作家从生活中领悟到的、感受到的人的精神力量。无论是写苦难还是写成就，人的精神力量始终应该是小说的核心所在。《禾花》在这方面是有所触及的。

禾花是小说的主角，其他人物形象都围绕“禾花”这一形象来写，或浓或淡的分层次的人物刻画，让整个故事流畅自然，主线分明。村民大嘴马、村医新生、禾花的同龄人树棍、二壁等在叙事中发挥着重要作用的人物，虽着墨不多却都性格清晰，有模有样。禾花的家人，妈妈、爸爸、舅舅、舅妈、弟弟和奶奶都是重点书写的人物，但又分两类，妈妈、爸爸、舅舅和弟弟，心理刻画稍少，主要服务于故事推进；奶奶和舅妈这两位可以说是禾花人生导师的重要人物则用了相当大的篇幅和笔墨来描写刻画，特别是对她们的心理描写，让人印象深刻。

豆婆是小说中最重要的人物之一。某种程度上，她代表着小说所要表达的核心精神的来源。她是典型的中国传统农村妇女形象：不认字，但懂生活，性格坚强，非常能干。她虽然双目失明却能像常人一样完成日常起居，甚至干农活，照顾一家大小，家里家外都是一把好手。她的遭遇也是传统农村中很常见的：小时候突然发病失明，父母又早早离世，只得跟着舅舅生活，却被舅妈们一边嫌弃一边无尽地使唤，一到年龄就被“卖”给长相难看的哑巴丈夫。虽然丈夫对她很好，但贫困的生活依然一路艰辛，再加上丈夫早早病逝，生了几个孩子也都因为有家族遗传病而夭折或生病。似乎生活就没有让她轻松过。但她一次次经受住生活的打击，一直乐观积极地面对生活。因了这些挫折和打击，她对生活的认识也充满智慧，是那种源于丰富的生活阅历的智慧。她的这种智慧也成为禾花的精神力量来源。比如，当禾花和谷米被孩子们排斥，被嘲笑将来会变成精神病患者时，豆婆一开始就坚定地告诉禾花“她不会是阿唱（精神病人），和他们一起玩的人也不会变成阿唱”，“由他们喊吧，只要他们有力气喊”，让她不再恐慌，同时又告诉她“既然你们不是，他们再怎么喊也不是”，“总有一天他们都会明白的，等他们明白以后就会和你一起玩了”，给她以希望。当禾花像别的女孩子一样想当太阳花却被嘲笑只是禾花时，豆婆告诉她“禾花是素淡的粮食花，懂得禾花好的人是知道生活、知道劳动、知道粮食的人。太阳花不开花，人们日子照样过。禾苗一旦不扬花，人人都揪心窝。就让别人去当太阳花，你做你的禾花吧”。这样的道理小禾花虽然还不能理解，但有这样的认识打底，禾花会成长为一个朴素、务实的人。爸爸金瓜摔伤后，家里的农活都落到禾花和豆婆身上，在她们努力去完成明显超出她们能力的农活时，却遇到大雨，眼看着辛苦种出来的萝卜和菜叶就要坏掉，而这意味着以后一年的咸菜没了着落，禾花失去希望，坐在地上大哭起来，豆婆却厉声说：“眼泪落在地里面并不能浇出粮食，被饿死的、活不下去的首先都是那些只会哭的人，咬着牙憋足了力量去劳作的人总会站得最稳。”这道理其实人们都懂，但真正面对困难时，依然能站起来才是真的懂。这也许是豆婆从自己的人生经历中悟出的，她把这样的信念传递给禾花，会帮助她成长为坚强的人。正是有了豆婆这样“以身作则”的人生导师，才有了禾花坚强、积极的性格。

如果说豆婆教会禾花怎样面对生活，那么舅妈三停就是教会豆花如何面对当下时代的另一位“人生导师”。禾花是一个生活在当下中国的农村儿童，但家庭的贫困和地区的闭塞，让她似乎生活在上世纪。她身上有着那个时代农村小孩的外形特征：不注意个人卫生，但身体很结实，不易生病，没穿过什么漂亮衣服，甚至没穿过鞋。因为生活的重担过早地压在她弱小的肩上，让她无暇顾及自己的形象。而三停来自某个条件较好的家庭，本来应该是个无忧无虑的大学生，却因初三那年发现得了家族遗传的癫痫病，不得不辍学。也是因为生病被家人嫌弃，才会嫁给禾花的舅舅豆角。嫁过来没多久就因意外落水受惊，再加上豆角为救她而死的刺激，引发癫痫，没有抢救过来。禾花与三停相处的时间虽然很短，但三停让她知道了女孩子应该是什么样的，知道了大学，知道了外面的世界。这对禾花来说是另一种成长。从禾花对待上学的态度变化能反映出这种成长。一开始禾花也和其他人一样，认为上学是有钱人家的事，女孩子上不上学无所谓。小说最后爸爸金瓜渐渐恢复，家里又得到了政府的补助，不用禾花再那么操心，豆婆问禾花不被这个家捆住后，最想做的是什么时，禾花最向往的就是上学。因受了三停的影响，禾花对上学开始有了明确的向往，显得这么自然、合理。

禾花的故事写出了当下农村贫困儿童所面临的困境。小说中呈现出来的大车村的情况有时让人恍惚处于哪个时代。围绕着禾花的故事，小说写到了农村里人们之间相互帮助却又互相争斗的关系，写到人与土地的关系，写到人们的思维方式、处事方式，都是贴近现实、贴近生活的描写，对我们认识现实很有意义。我们常说要清醒地认识中国国情。北上广是一种国情，大车村也是一种国情。现在我们的儿童文学中对大车村这样的国情的关注是很不够的。虽然小说《禾花》还有一些可以再打磨的地方，但其中所反映的现实和问题，应该引起一些关注和思考。

（写于 2018 年）

为孩子打开文字阅读之门

——评王蕾桥梁书·“小豆包”系列丛书

儿童阅读培养是一个复杂的过程。如何让孩子爱上阅读，国际上已经有了一套越来越完备的理论，我国在近十多年的发展进程中，也正在形成适合中国儿童的分级阅读理论，但实践严重不足，适应各级阅读的儿童读物仍很缺乏。近年来发展迅猛的图画书应该说是儿童阅读理论的最佳实践者。随着原创图画书的发展，图画书这一级别的阅读已经有了相对成熟的理论和可以基本满足阅读需求的作品。虽然对于图画书理论的阐释仍存在很大分歧，大量出现的作品也存在质量良莠不齐、题材雷同重复等问题，但图画书的生产和阅读都算是进入一个相对良好的轨道。处于图画书下一级的“桥梁书”，则面临更多的问题。

桥梁书又可以被称为“初级阅读”，在西方儿童阅读分级中对应的是Easy reader或Beginning reader，指的都是儿童最初开始独立阅读时期。万事开头难，对于儿童阅读来说也是如此。如何由读图过渡到读文字，是一个困难的过程。在当下这个读屏时代，画面阅读过多，文字阅读能力普遍下降。如何让孩子们从小就养成良好的文字阅读习惯，可以说意义重大。

儿童文学出版人很早就看到了“桥梁书”的意义，策划出版了一批桥梁书。这些书大多是围绕一个主题，以丛书的形式，从世界优秀儿童文学和民间故事中精心挑选并改编成适合初级阅读的作品。而作家原创的作品非常少。近期读到教育专家王蕾博士为倡导分级阅读所创作的桥梁书“小豆包”系列丛书，引起了我对桥梁书的很多思考。思考最多的一个问题是桥梁书的文学性是否必要？如需要，应如何把握？对于桥梁书的特点，业界已经有一些基本共识。比如李一慢曾把桥梁书特点概括为十个字：熟词、大字、句短、行少、图小。这些都是从外在的文字特点出发。李一慢还认为图画书与桥梁书的一个区别是，图画书是让孩子感受艺术的熏陶，激发孩子的思考和想象，而桥梁书这类分级读物是为了“识字”。这可能也是业界的一个共识。图画书更多的是从文学作品的角度，桥梁书则更多的是从教育的角度。这没有问题。但我认为对于儿童来说，任何读物都应该是富有文学性的。出于教育的需求而产生的桥梁书，也并不单纯是为了识字或是学习的“读物”，同样也有着审美的需求，应发挥艺术熏陶的作用。桥梁书与图画书的区别,应该更多的是读文字还是读图的区别。在这一问题上，我们都清楚,一个人的读图能力和读文字能力是有很大差别的。毋庸讳言，当一个人掌握了足够多的文字以后，文字阅读往往更有效、更深入、更具启发性和创造性。因此伴随着儿童识字的过程,培养他们的文字阅读能力，是非常必要的。这也许是“桥梁书”存在的意义和发展的方向。

以“小豆包”系列故事为例,我们来看看桥梁书的文学性可以如何体现。所谓文学性，简单说就是具有一定的思想深度和审美功能。对于桥梁书来说，思想深度更多地应该是指文中隐含的价值观，而审美功能更多的是指语言的讲究。给刚开始学习认字的小朋友们看的书，大多是故事书，故事首先要有趣，要能跟得上孩子们的奇思妙想。“小豆包”系列故事就是一个个妙趣横生的故事。整套书虚构了一个神奇的面团国，这里住着小豆包和他的朋友小汤圆、小饺子，还有烧饼医生、烧卖博士，等等。每本书一个主题，包含三个故事，一个小故事就是小豆包的一次冒险或奇遇。而故事的每一步发展都是以吸引孩子读下去为目的。比如《小豆包与疯狂的食物》,讲了小豆包爱吃巧克力,爱嚼泡泡糖,爱喝汽水,但吃得喝得太多了，结果一会儿让自己变成了“巧克力包”，差点被拿到饭店卖给客人，一会儿被泡泡糖“绑架”到泡泡国帮泡泡国吹泡泡，差点累死，一会儿变成头顶会喷水的豆包，被拉到动物园展览。巧克力、泡泡糖、汽水都是小孩子爱吃的东西。孩子们读到开头一定会想看看后面怎么样。这样从孩子熟悉的东西入手，精心编织故事的发展脉络，使故事既夸张又合理，从而引导孩子们读完故事并有所收获。再比如《小豆包遇见童话书》，可谓构思精巧。三个故事选取了孩子们熟悉的童话故事里经常出现的三个反面形象狼、狐狸和老鼠，让小豆包去帮他们重新排演童话故事，以实现他们想当一次好人的愿望。这里顺应了小孩子的逆反心理和好奇心，一个“为什么在童话书里，狼都是坏蛋”的问题，立刻就能在孩子心里引起共鸣，吸引孩子继续往下读。而接下来的“平反”之路，也是采取孩子们熟悉的排演儿童剧的方式，把几乎所有孩子都知道的“三只小猪”“狐狸和乌鸦”和“老鼠偷油吃”的故事反着排演，结果证明狼吃羊和狐狸狡猾、老鼠偷吃都是因为他们的本性，而本性不是谁想改变就能改变的。通过这三个故事，既满足了孩子的好奇心，又让孩子们体会到改变事物的本来样子是件多么困难的事。小豆包的故事都是这样，选取孩子们身边的、熟悉的、喜爱的事物来写，但在故事里没有一句说教或“点题”，只有故事，让孩子们在阅读中自己悟出一些道理。

“小豆包”系列故事的语言显然也是经过精心打磨的，能够让孩子们在文学的语境下形成最初的审美体验。这些故事都采用了短句子的形式，没有复杂的句式，也很少有难以理解的词汇，让不太习惯阅读文字的人能够较为顺畅地读下去。这些短句用了排比、反复等修辞手法，把故事讲得一唱三叹，有诗的美感，其中很多句子还富有诗的韵味。比如《小豆包读字典》里，关于“搭配”一词是这么写的：“‘搭配’一词出现在你每天的生活里，小鸟搭配蓝天，小鱼搭配小河，树木搭配土地，图书搭配书架，火车搭配铁轨，轮船搭配大海，飞机搭配天空，屁股搭配椅子，双脚搭配鞋子……我们必须遵循这些搭配，一切事物才会和谐有序地运转。”因为这是出现在“辞典”中的话，就比其他语言要正式一些，还出现了“和谐有序地运转”这样需要进一步理解的句子。接下来的故事，通过打乱搭配出现的混乱,具体说明什么叫“和谐有序地运转”。再比如《小豆包与奇怪小家具》里，小椅子、小柜子、小桌子做出了奇怪的举动，小豆包以为它们生病了，就请医生来看。这里出现了很多小豆包和医生的对话，这些对话很好地注意了是否符合人物的身份和年龄，既生动而又有趣。还有，写到小豆包吃巧克力时，用了数字诗的形式：“一颗草莓巧克力球，两根果仁巧克力棒，三勺麦香巧克力酱，四管椰子巧克力乳，五碗抹茶巧克力酱，六枚芝香巧克力蛋，七块巧克力甜甜圈，八朵蓝莓巧克力花，九杯苹果巧克力奶，还有一大盆芝麻巧克力豆。”这么多形式、口味的巧克力，真让人眼花缭乱，既写出了小豆包对巧克力的无比喜爱，也让我们切实感受到吃得太多了，难怪要变成巧克力包了。

桥梁书虽然是个儿童阅读培养方面的概念，但培养儿童阅读的目的还是培养儿童的领悟力和审美力，从而激发儿童的想象力和创造力。因此，桥梁书中的文学性是必要的，重要的。为了开启儿童文字阅读之门，我们除了改编经典儿童文学，现在较多的是改编童话和民间故事，还需要更多地拓展桥梁书的范围。比如像“小豆包”系列这样专门针对初级文字阅读创作的故事，甚至可以是一些现实世界的故事、身边的故事，让孩子们能够循序渐进地进入文字阅读的王国，真正成为阅读者。

（写于 2018 年）

童年是每个人终生的底色

——评叶广芩小说新作《耗子大爷起晚了》

说起耗子，很多人可能会勾起不太好的联想，但在老北京的那些个“讲究”里,就有“耗子大爷”这号“人物”,有这么一首歌谣《耗子大爷起晚了》,把耗子大爷的起床经过全描述一遍，妙趣横生。以老北京风物见长的作家叶广芩，这次带来一部新鲜的小说，就以这首歌谣为题，讲述了一个小女孩上学之前在颐和园度过的一段时光。小女孩有一个好朋友，就是住在她家房梁上的耗子大爷。在那些缺少玩伴，也缺少家人陪伴的日子里，耗子大爷给小女孩带去的欢乐和慰藉，是那么真实感人，触动人心。

近年来，非儿童文学作家们纷纷拿出专门为儿童创作的小说、童话。叶广芩的这部小说，是其中一个新的收获。可以说，这虽然是作者的第一部儿童小说，但其中对于儿童心理、性情的描写和把握很到位，而又保留了作家写作应有的深度，特别是其中巧妙地糅进去的关于颐和园的历史、知识、典故，使这部小说值得孩子们反复阅读，也适合家长和孩子共读。

小说的主人公丫丫因为爸爸妈妈无暇照顾她，被送到在颐和园工作的同父异母的三哥家暂住，等上学时再接她回去。尚未结婚的三哥根本不懂得怎么照顾小女孩，加上白天要工作，就任由丫丫在颐和园里“闲逛”。于是，丫丫开始了一段“无忧无虑”的生活。而丫丫是个聪慧善感的小孩儿，对外界充满好奇心，胆子也大，乐于“探险”。没有人陪她玩儿，她就跟房梁上的耗子大爷做朋友，还在“四大部洲”捡到一只乌龟，天天牵着它去散步。她陪邻居家的小孩儿老多一起找“高人”探寻檐兽的故事，向从南方来北京躲梅雨天的表姐梅子学习做温柔、典雅、智慧的女孩子，也学习颐和园长廊彩画的故事。她跟北宫门外卖早点的老宋和老宋奶奶能聊，跟卖酒的老李也能聊。随着丫丫在颐和园里自由而孤单地生活，我们真切地感受到一个小女孩在记事之后、懂事之前，那懵懵懂懂的成长。跟大部分小孩子一样，有时候她会过于顽皮，把事情搞得一团糟，惹大人生气，有时候她会耍小性子，让大人拿她没办法；有时候她会像个男孩子，胆大妄为，有时候又会表现出小女孩与生俱来的对美的崇拜和期待。她爱哭也爱笑，善良而又“狠心”。她对大人的世界有着自己的理解和看法。

很多时候作家常常凭着对自己童年记忆的挖掘去拉近作品与孩子之间的距离。这当然是必要的、珍贵的、直接的经验，但有时候会因为年代的疏远产生一些隔阂，有时候会因为接触面不够宽而在一些细节上产生理解上的困难。但这部小说中没有这样的问题。整部小说读下来，没有让人感到刻意地降低身段去迎合孩子的所谓阅读能力，也没有生硬地表现童真童趣的痕迹，而是情节顺畅、语言自然，有的地方还让人忍俊不禁。比如，小说一开始，讲丫丫是怎么与耗子大爷交上朋友的，小耗子从房梁上掉到她的床上，“两双眼珠一对，嘿——不怕人的耗子遇上了不怕耗子的人。巧了！”原来，在孩子的世界里，耗子可以是可爱的小伙伴呢。老宋奶奶给丫丫扎了两个蝴蝶结，她专门跑到三哥的女朋友——一位美丽的女医生面前“显摆”，结果美女医生一点都没注意到她的变化，丫丫心里很失落，“我知道了，不是谁都对别人的事儿有兴趣，你高兴了，别人未必，你喜欢了，别人也未必，所以有什么高兴不高兴的事情最好自己兜着，自个知道就行了，用不着张扬。”这种不动声色的语言方式，既符合小说人物的心理，又表达了成长的经验，让人容易接受。这是小说“高明”的地方。小说中其实有很多具有教育意义的“说理”，但都是通过情节、人物对话或者人物心理活动描写来完成的，顺理成章，也容易让人产生共鸣或认同。比如对于耗子，大人们有的敬耗子大爷为神灵，比如卖早点的老宋；有的就不能容忍家里有老鼠，采取各种办法除掉它，比如三哥。大人们的不同态度都有自己的理由。而丫丫这样的小孩子，也有着自己的理解：一方面，她太希望有玩伴儿了，只要是会动的活物，她都能聊上一聊，并且有着特别的互动方式，耗子、乌龟都是她的好朋友；一方面，像大多数人一样，她有着善恶有报这样朴素的道德伦理观念，所以对老宋奶奶讲的耗子是神仙的宠物很是相信。但当她第一次面对认识的人的死亡——知道卖酒的老李死于一种由老鼠传播的传染病，并且因此医院对整个区域开展灭鼠行动后，她明白了大人们不喜欢老鼠的原因，没有阻拦或对三哥在家里放置耗子药捣乱，却也暗自观察她的耗子朋友的动向，发现它们好像搬走后，庆幸自己的朋友聪明。这些合情合理的情节设置，一方面让故事有了跌宕起伏，一方面也传达了正确的观念。

小说的高潮，是丫丫和梅子姐姐一起成功救起一个溺水的人。这个时候的丫丫已经是一个准备入学的准小学生了。在经历了颐和园几年的“游荡”生活后，丫丫已经有了明显的成长。这些成长，在救人过程中集中显示出来。而这次救人的经历，也是丫丫在颐和园生活的日子里得到的最后的收获，为她的颐和园童年画上了漂亮的句号。

小说最后一部分“再说两句”是很棒的收尾。整个小说是以讲故事的口吻讲过去的故事，最后讲故事的人站出来了，讲了这些故事发生的地方今天的样子，一下子就让这些过去的故事和今天、和当下有了联系，为读者的心理接受找到了一个联结点，让这些故事有了生命力。

童年是每个人成长的底色。我们常常会去一个人的童年里寻找他成年后的行为的原因。这部小说，让我们看到了童年是如何给一个人打上底色的。颐和园里遛乌龟的丫丫，一定会有着特别的人生。

（写于 2018 年）

讲述过去的故事，是为了影响当下，更是为了创造未来

——评翌平长篇小说《野天鹅》

“黑化”是当下一个热词，指文艺作品中原本幸福的主人公遭遇人生重大变故后，从一个阳光善良的人变成灰暗冷酷的人，一心只想复仇，最终不免害人害己。这其实是一些文艺作品想要表现人性复杂的众多套路中的一种。作者们想要让作品显得深刻、有内涵，但又缺乏生活基础和足够深刻的思想，那么“黑化”就提供了一条捷径。但它终究是缺乏内在支撑的，能打动读者一时，却不能给读者留下可供回味的意韵，更不能为读者提供积极的精神力量。翌平的长篇小说《野天鹅》的主人公是一对遭遇生活重大变故的兄妹，却没有“黑化”，反而向着光明，逆风飞翔，那种积极向上的精神牵引力，让人感悟到人生的真谛，那就是无论在顺境还是逆境，每个人自身的态度和选择，决定着自己的命运。

小说讲述的是一群生长在20世纪六七十年代一个艺术院校家属楼的孩子们的故事。这是一群充满不确定性的“野天鹅”。孩子的成长，本身就有很多的不确定性，因此成年人对孩子的引导起着重要作用。可是，在缺少亲人的陪伴、关照、引导，甚至是父母都不在场的情况下，孩子的成长就会像野生动物一样，更加不可预测，充满各种可能。而一群在艺术空气中生长的孩子，则更具有某种“天鹅”的潜质，很有可能小时灰暗，大时惊艳。

主人公林栋在十岁那年陷入艰难的境地。作为那个特殊年代的艺术院校老师的孩子，因为一些特殊原因，他的父母不得不离开家，到很远的地方去生活，只留下他和妹妹。家庭的重担就这样毫无防备地落在十岁的林栋肩上。且不说经济来源，单单就日常起居，对这个小男孩也是极大考验。

林栋和妹妹雨晴，在七年的时间里相依为命。在此期间，父亲因病去世，只剩下母亲，书信交流成为他们的精神支撑。幸运的是，林栋兄妹俩没有被生活的变故打败，反而生出更多对光明的希望和坚守。面对生活的不公平，以及超出孩子理解能力的事情，他们没有自暴自弃，更没有怨天尤人、自怨自艾，相反，他们心中充满爱和光明。他们记得与爸爸妈妈在一起时的所有美好，哥哥在父母离开家后毅然担负起家的责任，全身心地照顾妹妹。这是个特殊年代里有代表性的儿童形象，代表着光明和希望的那一端。

其实，林栋并不是典型的红楼孩子。和热爱弹钢琴的爱华、天鹤，从小跟着父亲学习演奏小提琴的阿明、阿亮兄弟，还有对舞蹈别具感悟力的小雪等孩子相比，他好像缺乏艺术细胞，音乐、舞蹈、唱歌、绘画样样都不行。但他身体素质好，下河捉鱼、钓鱼都是好手，格斗技术也学得有模有样。他的专长是手工制作，对工具和组装很着迷。靠着在自行车行帮忙练手，在大人的帮助下，自己组装了两辆自行车。这在那个年代可是一件具有多重意义的“壮举”。当他接触到优美的童话后，他开始“组装”故事，他有讲故事的天分，他讲的故事能把红楼的孩子、厂区大院的孩子、土街的孩子、军区大院的孩子，各种生活圈的孩子吸引到一起。这也许遗传自他母亲，一位编剧。编剧的本领就是能把各种人物、故事组合到一起，打动观众。林栋在孩子们中间是有一定影响力的。这还源于他身上的一些优秀品质，比如坚强、勇敢、能干、有责任心，更重要的是他沉稳智慧、宽容善良的性格，让他在孩子们中间显得稳重而可信。他身边聚集了一些好朋友，靠着好朋友们的帮助，他才得以担起生活的重担。

小说有着扎实的生活底蕴和深邃的思想情感。作者用大量的细节把人物和故事填充得丰满而动人，也让小说读起来别具画面感，非常精彩。小说中的细节描写可以分为两类，一类是描述事物情景的细节。比如林栋和学农下河钓鱼遭遇下雨发大水，大水急流，作者描写得惊心动魄。孩子们观察天鹅时，天鹅的一举一动，被描写得分毫毕现，灵动而自然，让人如临其境，仿佛也跟着他们在观察天鹅。另一类是人物心理描写。又可分为两个小类，一类是人物普遍情感的描写。小说中写到了很多孩子，重点描写、形象鲜明的有十几个，有的是红楼的孩子，有的是厂区大院的孩子，有的是军区大院的孩子。这些孩子的情感起伏、细微的心理活动都写得细致到位，让人感同身受。这些心理描写让孩子们的性格清晰，连周遭环境对孩子们性格的影响和塑造也分析得很清晰。这些细节拉近了读者与小说人物的心理距离。另一类心理描写可以说是这部作品的一个独特意义所在，那就是对艺术和武术精神在孩子心中的精妙解读。作者把从小接受的专业训练的体会和感悟都融在这部小说的细节描写中。比如小说中写到阿明、阿亮兄弟俩跟着父亲学拉小提琴，兄弟俩都真心喜欢小提琴，阿明悟性稍逊，但天天勤学苦练，拉得中规中矩，阿亮却没那么下功夫练，但悟性好，还有一股子创新力，把小提琴演奏得富有生命气息。小说在描写两兄弟练琴时的心理时，准确到位，让我们体会到什么是音乐的享受。再比如小说中描写颇有钢琴天赋的爱华为准备艺考初次听到德彪西的音乐时的感受,让我们也仿佛听到音乐在耳边响起。还有林栋看小雪跳舞时的感受，林栋和大壮、土街的孩子打架时双方的心理描写，都写得专业、深入，把某一门类的专业知识融入其中，让人着迷。正是因为有了这些细腻、恰切的细节描写，才让小说读起来饱满、真实、灵动、深刻。

林栋以及其他孩子的形象，在今天还有着某种特别的价值。今天，人们越来越重视孩子的教育，各种各样的培训班、夏令营，为孩子的成长提供着全方位的训练。林栋们的故事对今天的孩子的成长有着客观上的教育引导意义。比如林栋所承受的生活重担是今天的孩子无法想象的。现在专门有一些针对小孩子的培训课程，让孩子们短期离开家人，由老师带领，在一个集体中学习独立生活。林栋不仅要独立生活，还要照顾妹妹。长期缺乏营养的饮食，让妹妹的身体得不到良好的发育，他就学习下河捉鱼，让妹妹有鱼汤喝。为了捉鱼，他还现学游泳，努力攒自行车。为了要回妹妹被抢的帽子，他勇敢地向比他强壮的孩子挑战。为了帮助妹妹最喜欢的小雪姐姐，他再次勇敢地挑战土街的孩子们。林栋也不是一天就炼成的，在这七年中，他也逐渐得到自己人生中非常重要和难得的成长。这样的成长有社会环境高压下促成的因素,但更多、更重要的还是林栋自己的选择。小说中其他的孩子也都有着各自不同的遭遇和成长经验。他们身上散发出的一些品质应该是不分年代、地域的，值得今天的孩子们去认识去发现。

小说中积极向上、勇往直前的人生观、价值观，在今天的儿童小说中显得格外明亮。儿童小说不应回避苦难，这是共识。但如何书写苦难，是个难题。这部小说直面那个特殊年代，选取了其中一部分环境特殊的孩子为主要表现对象，重点却不在于表现他们的苦难，而在于他们对于苦难的态度。小说对于情感的把握非常克制，一些地方点到即止，不让不良情绪掉入放纵的泥淖，对于自强自立、宽容理解等积极情绪的书写也不过重渲染。这种有节制的情感表达，为全书营造了一个还原生活本来面目的本真状态，既温暖又可信。这种明亮的精神状态，也是我们的儿童文学所应追求的。孩子代表着未来。追寻光明的孩子才能代表光明的未来。小说中表达的对光明的追寻，为孩子们提供了精神力量。

（写于 2018 年）

故事之上，是人的命运

——评三三小说集《夏至之夜》

儿童小说首先是要讲好故事，往上一点的，能通过故事塑造好典型人物，再往上一点的，能透过故事和人物形象传递积极向上的精神能量。如果能做到这一层，那就是优秀的，值得读的了。那么再往上一点呢？除了值得读还能让人觉得被吸引、想读的是什么呢？恐怕应该是能够写出人的命运感。命运，是人类一直在追寻、抗争的东西，是文学永恒的命题。儿童小说倒不必给儿童讲深奥的“命运”，但命运感是可以有，也应该有的，这是文学最吸引人的地方。读三三的小说就有那么一点命运感。

《夏至之夜》的故事很简单，一句话就可概括，讲的是主人公小女孩在一天晚上应父亲的要求独自一人去村子的尽头请接生婆王大娘给母亲接生。虽是发生在夜深人静的时候，但故事读起来却是热闹的。不长的一段路程里，随着小女孩丰富而细腻的心理活动，小说为我们描绘出一个几十年前的村庄里人们的生活图景。大量准确而真实的细节，带来充盈的想象空间。比如关于故事发生的年代，小说中没有明说，但开篇，小女孩睡梦中被父亲叫醒去请王大娘，当然很不乐意，不情愿地嘟哝着，其中一句“特别是王大娘，一双小脚走起路来东倒西歪”，很自然地带出故事发生的大致年代。路上小女孩被一只猫跟着，吓得想找一户人家躲一躲，结果“街上已经没有什么人，家家关门闭户……小卖部刚刚打烊，卷帘门哧啦拉下来的刺耳声音打破了乡村夜晚的静谧”。让我们能够推测出大概是夜里 11 点到 12 点。而小说中的其他细节也都暗合了这个时间点。小女孩路遇同学燕青，从发现他要离家出走，劝说他不要走，到帮他躲过母亲和继父的寻找，小说成功嵌入一个生动的继子与继父的故事。寥寥几句小女孩与燕青的对话，以及小女孩的心理描述，可以触发诸多联想，脑补出燕青一家三口的很多故事。小说结尾，小女孩第二天一早在学校见到燕青，他却像什么也没发生一样，“让我不得不怀疑昨晚发生的所有那一切，都只不过是我做的一场梦而已”。给这个不寻常的夜晚加上一层神秘的梦幻色彩，既符合小女孩的心理感受，又自然而圆满地给这个夏至之夜画上一个句号。正是这种“一句顶三句”的表现手法，让这个短小的故事富含生活的气息，读后令人回味。

《去省城》的故事线也比较单一，就讲了秀树和张小红两个十五岁女孩相约一起去省城玩儿的路上几个小时之内发生的事。小说准确地把握住了这个年龄段女孩的心理成长特点，把她们对学校以外的世界的向往和害怕描绘得那么细致而真实。虽然只写了几个小时的事，但却仿佛看到两位性格迥异的女孩子不同的未来人生轨迹。小说的讲述非常有耐心，但也不是均衡推进的，而是有快有慢，而这快慢又与人物的心情相关。刚开始，两个女孩要去坐公交车，心情是放松而愉悦的，小说的讲述就比较舒缓、松散，穿插一些可以反映出人物性格的小故事，也为后面的情节发展作铺垫。从两人坐上那辆绿色吉普车开始，小说的叙述开始收缩，紧紧围绕着吉普车上的四个人物，情绪上也开始紧张起来。到秀树决定中途返回，不再继续向前，而小红决定跟吉普车上的两个男子去海边玩儿，两个女孩“分道扬镳”，故事达到高潮，同时也戛然而止。最后一句“十五岁的她从未感觉像今天这么累，她只不过才过了短短一个上午，却仿佛历经一生那样辛苦和漫长”，点出了小说的主旨并不是讲述故事，而是讲述这个故事中“人”的感受。

上述两个短篇里，人物的命运感有一些显现。比如去请接生婆的小女孩认为，自己家两个女孩，比不上二婶家一儿一女，希望这次生个男孩，能够“扭转局面”，虽然她知道“父母视每个女儿如珠宝”，不知道父母是否因连生两个女孩而失落过。一个小学生会有这样的想法，应该是受她身边的社会环境影响的，而且这样的影响是长久的，深层的。但受篇幅的影响，小说中的命运感还不那么强烈。在篇幅稍长一些的《我一直想知道的那件事》《哦，高唐》和《蒲公英之歌》里就比较明显了。

《我一直想知道的那件事》以回忆式的笔法，讲述主人公多年后重回故里，偶然间揭开小时候发生的一件对她影响深远的事件的真相，才发现原来自己当年一个莫名的谎言硬生生地改变了三个人的命运。

《哦，高唐》也是回忆，而这段回忆有了一个具体的讲述对象：来自高唐的你。“我”要告诉你一个“我”与高唐的故事。小说以一种极为抒情的语言开篇，悬疑式的情节推进，其实写了一个宏大的主题。台湾老兵与大陆亲人的分离与团聚，这是极具地域色彩和时代烙印的主题。小说通过主人公的讲述，写出外婆、母亲、舅舅这个家庭在战争年代遭受的痛苦，对彼此的牵挂和一定会重聚的信念。从故事中可以看出，“我”应该是一个大学生，所以小说的叙述风格也相应地符合接近20岁年龄学生的心理特征和思维习惯。而这一年龄设定，也为小说主题的表达提供了便利。

《蒲公英之歌》写了“我”和小满两个小女孩“互换”命运的故事。人生的起起落落、福兮祸兮，都在这次互换中表现得那么清晰。最触动人的，不是命运的起伏，而是命运起伏中的两个人，“我”和小满的情感起伏。特别是经历了从人生高潮突然跌落低谷的小满，顺时没有骄，逆时没有哀，总是尽最大努力向前进。这样的奋斗精神是值得书写和传递的。

这五部小说的主人公有小学生、初中生、高中生，年龄跨度比较大，但都有一个相同的主题：童年记忆。童年书写是儿童小说的重要一类，相似的作品也非常多。要在数量众多的作品中凸显出来，达到与众不同，这五部小说作为一个整体亮相，可以说是比较出彩的。五部小说人物故事各不相同，艺术方面也各有特色，最突出的一点，就是小说中关于人物的命运感的书写和把握。五部小说都在不同程度上反映出生活的丰富性、可能性、复杂性，以及在生活中的一个个面目不同、性格不同的人物。我们为什么要读小说？恐怕不仅仅是为了读一个有趣的故事，更重要的是读不同人们的生活，体验不同的人生。

（写于2019年）

一部适合孩子阅读的“反战”小说

——评宋安娜长篇小说《泥土里的想念》

一部小说，如果能够写出一个相对完整、可信可感却又与现实世界保持一定距离的世界，让人深陷其中而不自知，那么这部小说就是成功的。读宋安娜的小说《泥土里的想念》就有一种一下子被吸引进去的感觉，猝不及防，我就这样跌进抗日战争时期的天津英租界。

小说开篇用极细腻的描述，写八岁的犹太小女孩撒拉如何跟照顾她生活起居的保姆“阿妈”撒娇。阿妈那“棉花山”一样的怀抱，让撒拉这个缺少母爱的孩子感到安全、温暖、踏实，这正是小说的情感基线。整个小说的故事就建立在撒拉对阿妈的情感依恋之上。随着撒拉与阿妈的合与分这一主线的行进，日本军队侵占天津的那段历史也徐徐上演。从有阿妈的朝夕陪伴，到“丢了”阿妈，再到寻找阿妈，最后与阿妈相见却不能相认，小女孩撒拉真真切切地经历了战争的残酷，也深深体会到被迫与亲人绝别的痛苦。中国人民的抗日战争被放置在这样一个极小的切口上——天津英租界，犹太人的聚居区，一个八岁的犹太小女孩和她的阿妈，一条叫作“福康里”的胡同——但这里折射出的日本侵略军的凶残与战争的罪恶丝毫没有削弱，反而因为有了孩子的反衬而更加凸显。

孩子与战争，这是一组极有冲击力的搭配，在许多成功的反战作品中都能看到这一组合的运用。但在这部小说里，孩子不再是表现战争的“道具”，战争被放置在孩子的背后。小说的着力点总是放在孩子的情感状态上。日军进入天津之前，撒拉与胡同里的小伙伴们过着无忧无虑的美好生活。日军进入天津之后，生活突然变得紧张起来，撒拉能从爸爸越来越忙的工作中感受到压力。当阿妈请假回家看自己的儿子,却再也没回来之后，撒拉用自己的办法去寻找阿妈。英国向日本宣战后，日军进入英租界当街抓人、强占学校，撒拉的生活被彻底改变，身边熟悉的人开始离开，有的被驱逐出租界，有的“上山”，有的被日军杀害……从八岁到十三岁，撒拉并没有完全明白这几年到底发生了什么，但作者尽量把撒拉所看到、感受到的写出来，让读者跟随小撒拉一起，仿佛也经历了那场战争，在天津的英租界里活了一回。

时间就像长河，小说所写的只是其中一朵小小的浪花。但作者用大量细节填充这朵浪花的每一个细胞，让这朵浪花产生显微镜一样的功效，放大了 1937 年到 1942 年的天津英租界，让我们得以看见在中国人民的抗日战争中真实存在的那些在天津生活的犹太人。他们保持着本民族的生活习惯，在英租界形成一个犹太社区。战争到来之前，他们与英租界的中国人友好相处：犹太人租住中国人的房屋，犹太小孩和中国小孩都在犹太人办的文法学校上学。犹太人做生意、办报纸，关注世界形势变幻。战争爆发后，他们自己的生活受到影响，也尽力救助从欧洲和中国东北逃到天津的犹太难民，这些难民带来世界上其他国家和地区的人们遭受战争之痛苦的消息。直到日军进入英租界，天津也不再是他们停留的港湾，他们只得再次背井离乡，寻找安身之所。反法西斯战争是全世界人民的斗争，没有一个国家能幸免。中国抗日战争是世界反法西斯战争的重要组成部分。亚洲战场不是孤立的，亚洲和欧洲两个重要的反法西斯战场之间有着相互作用的重要战略关系。发生在天津英租界犹太社区的小撒拉的故事，让我们感受到全世界共同面临的战争敌人之来势汹汹，也能感受到联手反抗的积极力量。撒拉的爸爸作为记者，最后把撒拉托付给从欧洲逃到天津的犹太难民勃曼，让他带撒拉到美国避难，自己却不惧危险，前往延安，要把反法西斯战争东方战场的真相告诉全世界。

世界反法西斯战争已经结束 70 多年了，世界各国出现了各种类型的反战题材作品，其中有一些人物形象已经成为经典。我国的抗日战争题材的作品也很多，但真正能把对战争的思考放到世界反法西斯战争这个大格局下的并不多。这部小说可以说是有这样的野心和气势的。

小说中有大量关于天津风土民俗的描写，对天津老城和犹太人的描写也比较传神，从中可以看出作者对那段历史是熟悉的，对犹太人是了解的。比如维格多利咖啡厅的老板列文“总能在最恰当的时候出现在客人身旁”。当小提琴演奏家勃曼演奏的音乐响起，“大厅里突然鸦雀无声，人们脸上出现错愕的表情，很快又被忧伤笼罩”“多么遥远的安逸宁静”。洪水过后，劫后余生的犹太人们聚集到地势高些的犹太学校，“教室改成了临时面包房，人们拿来自家的面粉、黄油，搬来自家的烘烤炉，热烈的气氛将面包的香味烘托得更加强烈”。

而让小撒拉深深依恋的阿妈，是典型的中国女性形象，温柔善良、勤劳能干，肚子里有讲不完的故事，手上有做不完的精美手工，传统文化在她这里自然地传承。更可贵的是她并没有仅仅把当保姆作为谋生的职业，而是对雇主的孩子付出真情，像对自己的孩子一样关心呵护，而自己的孩子却不能亲手照顾。当听说老家被日本鬼子炸了，心急如焚，却也只是跟雇主请几天假，回去看看，完全想象不到自己的家已经被摧毁。最后虽然被日军强迫着照顾日本军人的孩子，却也依然尽心照顾孩子。阿妈只是千千万万中国老百姓的一个代表。善良之人却被肆意伤害，更加让人感受到战争的残忍可恨。

这是作者的第一部儿童小说，其儿童视角还存在一些混乱，有的地方读起来能够明显感觉到是大人在给孩子讲述，而不是孩子自己在看。对于战争这样宏大而深刻的题材，完全从孩子的视角去讲述，可能会觉得不足以表达清楚。这也是非常考验作家的地方。如何从儿童视角去把握、去表现，需要较透彻的领悟做基础，更需要化繁为简的功力。瑕不掩瑜，小说挖掘出抗日战争时期在天津的犹太人这一鲜为人知的群体，写出了一段较为真实可信的历史，对于开拓我们对战争的认识和反思有着积极的意义。

（写于 2019 年）

一首心底流出的歌

——评唐池子长篇小说《勇敢的花朵》

读完唐池子的小说《勇敢的花朵》，心底涌起阵阵暖流，久久回荡。这部以云南大山深处的傈僳族为书写对象的小说，不仅写出当地人们原生态的生活景象，更写出他们身上那种与现代商品社会迥异的精神品格。越是单纯的，越是有力量的。这部小说是一部趣味之书、纯洁之书、希望之书。

小说讲述了一个简单却又不失惊心动魄的故事，读起来流畅、优美而童趣十足。美丽的大山深处有一个童话般的傈僳族村寨“云古寨”，这里有小女孩阿春花和她的好朋友女孩阿美和男孩拉努，他们自称为“傈僳三人组”。阿春花想帮爸爸挣钱给爷爷治眼睛，就约着小伙伴一起去山里采蘑菇卖钱，蘑菇没采着多少，倒捡了一个大钱包，里面装着好多钱。孩子们经历了艰难而忐忑的心理斗争后，决定把钱看成山神的礼物，高高兴兴地拿回家给爸爸和爷爷奶奶。结果当然是被爸爸教育了一番，捡到的东西一定要物归原主。这一段对孩子心理挣扎的描写非常传神，把孩子们那种急切想要帮家里渡过难关，但又不能违背大人所教的做人原则的“小心机”展露无遗。最终孩子们战胜了自己的“心魔”。而这个钱包引出故事的重要人物，长年追踪研究国家濒危保护动物滇金丝猴的专家张坚和他的年轻助手李俊。由此，整个故事开始进入第二个阶段，把视野从云古寨扩大到对整个原始森林自然生态的保护。但是，对滇金丝猴的描写着墨并不多，这条线更像是一个宏大的背景。小说的开口打开了那么一会儿，很快就又拉回到云古寨。云古寨的孩子才是小说的主角。随着李俊的未婚妻、即将毕业成为美术教师的林晓的到来，小说进入第三个阶段，讲述云古寨孩子们的未来。新的老师带来新的更多的可能性。在林晓老师与孩子们熟悉之后，小说马上就让孩子和滇金丝猴这两条线交织在一起，让孩子们参与到保护原始森林的行动中来，这也是保护他们自己的家园。详细的科考数据和报告，加上孩子们用心用情的画作之书，让有关单位撤回了砍伐原始森林的决定。正当大家准备为保卫家园的"胜利"而庆祝的时候，村小学常年唯一的老师叶秀老师为了保护学生和新来的林晓老师，被山上因暴雨而滑下的石头击中头部身亡。至此，小说完成了层层推进式的叙述。叶秀老师的离世，给这个刚刚开始展露起飞迹象的古寨带来悲伤，同时也提供了新的动力。孩子们在大人的引导下，正确认识了所爱之人的离去带来的伤痛，把哀思寄托于更加努力地读书。因为交通的闭塞，这里孩子的求学之路比起城市的孩子要更加艰难，不仅是经济上的困难，对孩子们来说，上学路途的遥远、师资的严重不足，甚至是书本纸笔等基本学具的匮乏，让他们要付出比普通孩子更多的时间精力，但他们对知识的渴望、对生活的向往和热爱，给了他们足够的动力，再加上有叶秀老师、林晓老师这样优秀老师的帮助，孩子们对求学信心十足。

这是一部纯洁之书，故事中几乎所有人物都有着纯洁的心灵，这在当下小说创作中非常难得。小说的小主人公，"傈僳三人组"是三位可爱的孩子，正值小学年纪，对一切都充满好奇，也开始学着为大人们分忧，为家里做自己的贡献。他们是纯洁的孩子。而小说的"大"主人公，一对青年恋人李俊和林晓，也有着善良纯净的心灵，他们是这个古老的山寨与外部现代社会相连的纽带和希望。小说中出现的其他人物，比如一个人撑起一个村小学 20 年不变的伟大的叶秀老师、富有经验同时对"杀戮"有着深刻领悟的傈僳族猎人蜂兴华、动物研究专家张坚等，也都是善良纯洁的人。在他们的心里，有着对人的真诚、对大自然的敬畏。虽然他们知识水平不一，对当今社会发展认识也不尽相同，但他们对生命的意义和价值的看法想法，非常值得赞扬和学习。而对于小说中作为"反派"出现的偷猎者，仅有一个大致的轮廓,作为一种符号的存在。甚至小说中最大的一场"危机"，某主管部门因财政压力计划砍伐一片原始森林，也是被作为一个叙述背景，而着重突出的是孩子们在了解了滇金丝猴面临失去家园的危险后，在老师的引导下，齐心协力，发挥孩子与生俱来的创造力，为滇金丝猴呼吁呐喊。叶秀老师的死是小说中一个悲剧性情节，很突然但不突兀，而且作者把对叶秀老师的追思化为人们继续奋斗的动力，很好地化悲痛为力量，展现的依然是积极向上的精神状态。整个故事都在着重表现人物的善、自然的美、心灵的纯，使得小说呈现出一种晶莹剔透的可贵品质。

这还是一部希望之书。小说从呈现傈僳族原生态生活景象入手，带领读者见识了另一种生活状态。小说中描写的大山、森林、古寨，仙境一样，令人向往。但小说并没有停留在发现一片处女地的喜悦中。因为这里的孩子需要走出大山，这片土地的发展也需要这里的人们走出大山。孩子是古寨的希望，教育是孩子的未来。作者以赤诚之心与古寨的孩子相遇，通过他们的眼睛去讲述古寨的生活，让心地纯洁而又有学识有能力的人走进古寨，为古寨创造一个光明的未来。小说中的一些理念很先进。比如关于教育。小说并没有像通常的教育，以教孩子们知识为主，而是选取了更具创造力和感染力的美术为推动方式。林晓老师的因人施教的理念和实践，给了孩子们更多的发挥空间，既激起他们的学习兴趣，又保护了他们的创造性。比如孩子们对走出大山的想法，也比较符合当下我国的发展理念。走出大山不是为了让自己到大都市去过“好日子”，而是为了学成归来建设自己的家乡。这些都让云古寨的未来显得更加可信和值得期待。

傈僳族是一个古老的民族，世代在云南深山里生活，有着古老的智慧，也有着对现代生活的渴望。唐池子以敬畏之心看待这个古老的民族，以开放的格局、包容的心态精心写下这样一个真实而感人的故事，成为儿童小说创作中一个独特的存在。

（写于 2019 年）

别致而有深意的动物小说

——评刘虎长篇小说《暴雪》

刘虎小说《暴雪》有三个明显的优点。

第一个优点是故事精彩，叙述层次分明，主线完整，人与动物的形象都鲜明而真实，感染力较强。

小说紧紧围绕“暴雪”这一背景设定展开叙述，以时间为轴，开场讲述了一场百年不遇的大暴雪来临之前，几个主要人物因各种原因进入到暴雪范围内，被困在大山和暴雪中；接下来相关人物为了寻找救助被困的人而相继登场，最后被困的人获救或自救后被找到。但是小说又不是简单地一条直线走到底。在这条时间轴上，不时有小“电子”逸出，讲述与人物相关的过去的事，一来交代清楚事情的来龙去脉，为情节的发展铺设可信的基础，二来为人物性格的塑造填充血肉，让人物的情感、思想变得可以感知，从而使人物形象丰满清晰。这样的写法，突破时间的限制，使故事更加曲折而复杂，同时也可以保持小说叙事的整体性，给读者以较好的阅读体验。而这样的写法对作者来说是不容易的，考验对整个故事的全局性把握。这也是长篇小说的难点所在。《暴雪》这部小说十几万字，在结构上几乎没有明显破绽，读来一气呵成，很棒！

第二个优点是立意鲜明，人与环境和谐共处，主题融化在故事中，成为情节推动的暗线，让读者通过人物和故事去感同身受。

环保主题几乎是所有动物小说共同的主题。也是刘虎动物小说创作的一贯基调。在《暴雪》中，这一主题退居故事背后，对破坏环境行为的谴责和保护环境意识的觉醒，都在故事情节的进行中得以展现。从小说中我们可以感受到,对于草原生态,牧民有着天然的朴素的认知。他们对待狗、狼、雪豹、熊等生活中常常要打交道的动物的态度，也是从无意识地共处到有意识地和谐共处。而对待放牧和草场的认知，也在逐渐清晰中。这与人对大自然的认识规律是吻合的。因此，小说更加让人觉得可信、真实。父亲科斯塔和儿子埃迪分别代表两类关于环保的认知。科斯塔因生活的压力选择背弃自己的信念偷猎野生动物去卖钱，儿子埃迪则是坚决地相信保护野生动物和挣钱生活、上学这两件事是不一定要二选一的。年轻一代对生活的信心带给我们希望。

小说中关于大山、暴雪的描写非常真实，让人仿佛身临其境，这是作者有着真实的生活体验才能写出的。刘虎在一部作品的后记里讲述过自己的经历，让我明白他何以能够写出这样的文字。这是刘虎的小说创作的一个优势。

第三个优点是小说中的动物形象很有特点。人与动物的关系，相互守望，非常动人。在动物小说中可以说是独特的一类。

小说中的一些动物是有名字的，人们在说到它们的时候，都会叫它们的名字,是确指的“这一个”,而不是泛指的“这一类”。动物一旦有了名字，就会成为人们生活中的一员。这说明无论动物是驯养的还是野生的，在这里的牧民们看来都是一个独立的个体，是和人一样有自己生活、记忆、爱恨的生命存在。小说中常常能让我们感受到人与动物的情感联系。这种联系不是单向的、由人出发的，而是双向，甚至多向的，从每一个个体出发。最感人的是棕熊库克一开始和科斯塔对抗，互有损伤，最后却在感受到科斯塔儿子埃迪的好意后指引他们父子走出被大雪盖住的魔鬼谷，让他们父子最终得以获救。这种在人与人之间常见的常被歌颂的美好情感出现在人与熊之间，却是这么可信，非常感人。

《暴雪》虽然在结构、立意等方面较刘虎之前的作品体现出一些新意，但如何避免自我重复依然是一个绕不过去的难题。像刘虎这样有着丰富的生活体验，可以说是找到了文学创作富矿的作家来说，重要的其实不是刻意求新求变，而是如何把每一部作品都写成独特的一部，与其他作品不同的一部。可以根据作品的主题、地域、时间等不同,采用最适合的表现形式,把每一个故事、每一个人物形象都尽量写出独特性，有一个能够让人记住的闪光点。

期待刘虎在小说创作中继续深挖，创作出更多的好作品。

（写于2020年）

一次突破儿童小说题材的尝试

——评董宏猷长篇小说《牧歌》

作为一部儿童小说，作品保持了作者与孩子心灵相通的那种灵性，故事连贯流畅，人物心理描写生动到位，吸引我步步追读，获得阅读带来的美的享受。尤其是小说把小男孩江南写得活灵活现。这个有着声乐天赋的孩子，还有着明镜般的心灵，可以感受到人们心底深处的丝丝情感。他有着孩子天性中美好的东西，善良、勇敢、正直，同时也有着与年龄相称的调皮和不懂事。这是一个有可能长成真正的男子汉的小男孩形象。这一形象对于男孩子的成长具有示范性意义。这是就一般性儿童文学来说，这部小说的优长，保持了作者以往的风格。

但这又不是一部普通的儿童小说，而是有着更高文学追求，企图拓展儿童文学题材边界的试验性小说。实验性就在于小说试图在儿童小说中处理一个重大题材，那就是表现我党的地下工作者在战争和战后的生存状态。这是一个很有责任感，同时也很有挑战的选择。

党的地下工作者这一题材在文学创作中是一个容易吸引人的题材，而之所以吸引人，大多是因为其中对于战争的残酷、人世的险恶、人性的黑暗面等有着丰富的、可以深挖的多重可能性。而这些东西是儿童小说中难以触碰的。但是，新中国的成立怎能少得了这群特殊党员的贡献。他们开辟的是没有硝烟却时刻都生死一线的战场，是哪怕在胜利以后也不能或难以敲锣打鼓公开庆贺的灰色地带。他们身上同时存在着最光明和最黑暗的人性，他们的存在应该让孩子们在儿童时代就有所了解。因此，《牧歌》这样的作品是文学所需要的，也是今天我们回望来路，寻找初心的过程中所需要的。

写作的难度也是巨大的。应该说，小说中关于抗日战争那段历史的描写是比较成功的。没有正面去写，而是作为整个故事的背景，一直在那里，时隐时现，时机恰当时就跳出来亮一下，然后又回到幕后去。同时又是整个故事有力的支撑，在人物的言行、情节的发展中都暗藏着有迹可循的精神能量来源。比如，第二章结尾，从妈妈江梅第一次因江南异常敏感的耳力而激动不已，引出江梅对自己学生时代的一段关于演唱《五月的鲜花》的回忆，那也是江梅与丈夫的第一次相见，也是本书的“隐藏主人公”第一次亮相。这一段不长的“闪回”中，把那个年代中国青年们救亡图存、保家卫国的精气神一下子就带出来了，非常精彩。再比如第九章“大鱼”一开头，借吉普车经过昔日的租界这一情节，自然引出关于“租界”的介绍，很顺畅，令人易于接受，而且这段文字堪称“教科书”级别的介绍，用词恰当而简洁，交代得很清晰。这样的例子还有很多，可以看出作者精妙的构思，用心之处。

作为小说，最怕的是“满”。小说的尾声过于“齐全”，其中类似纪实文学的交代性语言与小说前面部分的风格有点相抵触。建议大大删节尾声部分，只保留与小说直接相关的内容。其他内容可以以后记或别的形式出现，而不是作为小说的一部分。

关于本书的书名，“牧歌”是挺美的名字，取材于小说中丁老师想要排演的一首合唱曲，实际上也有着作者关于主题的美好寓意吧。

（写于 2020 年）

忆起时间之河中的那一朵朵浪花

——评张之路新作《吉祥的天空》

读完张之路新作《吉祥的天空》，莫名地想起高中历史老师教的“红线串珠法”。老师说，那些历史事件之间其实都有着千丝万缕的联系，就像一根“红线”，顺着这根红线就能记住这些历史。多年过去，当年背诵的历史知识已然印在脑中，那一个个的事件，就像一朵朵浪花，在时间的长河中，起起落落，互相推动着前行。《吉祥的天空》就是把其中一些“浪花”汇集成一股名叫“吉祥”的涓涓细流，用文学的语言缓缓流出，而“河流”的模样就在这背后隐隐呈现。

这部小说是《吉祥时光》的延续，不仅是人物故事的延续，也是创作风格的延续，特别是其中密集而真实的细节，为小说带来独特且有力的感染力。吉祥的初中、高中，正值1956年到1963年，新中国成立后最复杂且影响深远的一段岁月。作为中学生的吉祥，参与了那段历史，但更多的应该是见证。关于那段历史的文学作品很多，但从中学生的视角去讲述，应该还很少见。很长一段时间以来，“轻浅”被奉为儿童文学的“特性”，也因此受到诸多质疑。这一状况近年来有所改变。儿童文学作家们经过多年沉淀和积累，不断突破题材的限制，寻找更加广阔、更具深远意义的创作领域，开始尝试让一些复杂的历史，比如新中国成立初期这样的历史进入儿童文学，为少年儿童创作贴近他们的心灵、符合他们的理解力和思维方式的文学作品。这样的创作实践为儿童文学增加了一层“厚重”之义。《吉祥的天空》就是这样一种实践。

这样的创作，难度是极大的。一要考验作家对历史的认知是否准确、全面，思考是否深入，二要考验作家是否能够克服成人心态，忠实于儿童视角，三要考验作家对当下儿童心理的把握，是否能够吸引当下的读者跟随小说的节奏，感受人物的情感与感悟。应该说，《吉祥的天空》在这三方面都比较成功。

小说以时间为轴，讲述吉祥从初一到高三这六年的生活点滴，但绝不是一碗水端平地平铺直叙，而是以吉祥的心理感受为准绳，记录下那些让他记忆深刻的事。而这些事很多都是与当时社会的重大事件相关联的。比如朝鲜战场上归来的英雄表哥送给吉祥的哨子；全民总动员的“消灭四害”行动；到乡下帮助人民公社收玉米、摘棉花，也就是“学农”；参加庆祝中国少年先锋队建队十周年纪念大会；国庆典礼上承担放飞和平鸽的任务；三年困难时期和哥哥一起到田里捡剩下的白薯，等等。初中生的生活还是以学为主，但出了校门便进入社会，大环境的影响会随着学生的家庭生活渗透到学生的内心。小说中对于当时一些特殊的历史事件，比如大字报、右派、读书、档案、介绍信、入团等，则以极简的方式处理，一不进行普及式介绍，二不深入描写，仍以吉祥的感受为准绳，以一个中学生的理解方式去写。吉祥就是在与家人、亲戚、朋友、邻居的相处中感受着社会的气息。同时，正在成长的吉祥，也从这些点滴小事中不断吸收着精神养分，强壮着他的内心，形成自己的“三观”。

作为初中生的吉祥，也有着男孩子的普遍性格特征。比如好面子，有时也会有小小的恶作剧的念头、喜欢冒险、主持正义等。他的同学们也都个性突出。比如好朋友宋国钧，爱读书爱学习的刘爱中，为科学痴狂的田汉树，讲义气又爱捉弄人的钟亚曾、王夏，天文爱好者赵中华，因为家庭困难而放弃上大学的杨胜利，以及为朋友杨胜利能上大学而挺力相助的岳兴华，当然也有不那么正直的郭万成。还有几个女生，邻居于秀敏和她的同学宋佳圆，虽然出场不多，但让人印象深刻。这些孩子们身上都有那个时期的社会气息，生活的艰难或多或少地压在他们肩上，但他们都是积极向上的追梦者，为了美好的明天而努力学习、热爱读书、崇尚知识和文化。他们也敏感地感受到当时社会的风气，听到大人们谈论一些事情，也有很多不理解的事情，很多大人们讳莫如深的事情。这些事情在他们心中留下了深深的烙印，成为他们人生历练中的一个个铸点。

一部讲述过去的事的小说是否能够引起当下小读者的阅读兴趣？在《吉祥的天空》里，处处都能引发当下小读者的关联性，因为小说的重点是吉祥这样一个中学男生的成长，每个人成长的经历可能不尽相同，但那些人生道理、处世哲理、性格养成等则是相通的。比如，吉祥和好朋友刘爱中、邻居于秀敏之间爆发的关于谁的学校更好的争执，就很有代表性。女生于秀敏一时兴起，问分别就读于不同中学的吉祥和刘爱中谁的学校更好。刘爱中的学校是当时社会上公认的好学校，吉祥的学校则不那么有名。女生本是觉得好玩儿，但真正杠上后，吉祥也不愿示弱，与刘爱中你一条我一条地数出自己学校的优长，可惜最后还是败在升学率上。气急败坏的吉祥为挽回面子，搬出了刘爱中借读生的弱点，让刘爱中无言以对。但是表面上赢了的吉祥，却立刻承认自己输了。这场争论让吉祥明白了很多道理，相信也会让小读者们心有所动。另一个印象深刻的小故事是关于一场隆重的纪念大会的。吉祥和好朋友宋国钧原本都被选中参加大会，且宋国钧在学校是中队长，在别人看来是比吉祥更有理由被选中的，他本人也和吉祥一样觉得光荣，积极准备。可是最后宋国钧却因家庭问题不能参加了。吉祥替朋友难过，想把在大会上发的一个苹果送给好朋友。跟妈妈一说，妈妈建议他不要送，因为会让朋友更加难过。通过这件事，吉祥记住了妈妈的话："一个男人不光要勇敢，还要有韧性……"读到这里，小读者们也会跟吉祥一样，从中悟到一些东西。这样的例子还有很多。可以说，这部小说就是由这样一个个小故事串联起来的，读起来没有难度，但要深究就会发现很多东西埋藏在字里行间。

吉祥和他的同学们是伴随着新中国成立后，摸索如何建设社会主义新中国的道路成长起来的一代。他们的成长历程，与今天的中国有着千丝万缕的联系。建设社会主义新中国,或许就是《吉祥的天空》里那根隐形的"红线"。小说透过吉祥和他的同学朋友的生活经历，为今天的少年儿童提供了一个易于亲近、理解和认知新中国成立初期那段历史的文学版本。

（写于 2020 年）

一部多重意义的儿童小说

——评殷健灵新作《象脚鼓》

曾经看过一个舞蹈，叫《千手观音》，近十多位少女排成一列，身着敦煌壁画上女子的服饰，扮演千手观音，全程只能看到第一位少女的面容，而身后长长的队列都是观音的“手臂”。第一次看到这舞蹈时觉得特别惊艳，惊叹那齐整的、精心编排的动作，真的就像一座千手观音在舞动。后来知道这十多位少女都是听不到声音的聋人，就被深深震撼了，听不到音乐却能表演如此复杂的多人合舞，那是怎样的奥秘，又经历过怎样的磨炼才能做到。近日读到一本儿童小说，竟然帮我解开了这个谜，这就是殷健灵的新作《象脚鼓》。

这是一部有着多重解读可能的小说。我们可以说它是一部励志之书。小说的主人公冬银就是以舞蹈《千手观音》站在最前面的那位少女为原型，讲述这个命运多舛的女孩子不向生活苦难低头，凭着坚强的毅力和对生活的希望，在家人的爱心关心中，努力追求自己的梦想。这个梦想就是跳舞。当她发现自己听不到声音时，有过消沉，但从没放弃。当她遇到能够让她“听”到音乐从而跟随音乐起舞，表达自己的情感的象脚鼓时，她坚定了自己的奋斗目标，克服万难，勇往直前。哪怕是遇到来自最亲爱的爸爸妈妈的反对，也依然坚持自己的选择，最终赢得了爸爸妈妈的支持，走上了舞蹈之路。

我们也可以说它是一部关于“天才儿童”的成长故事。现实题材儿童小说是要抓住典型环境下的典型人物来完成艺术上的创造的。那些自带“天才”品质的儿童是儿童小说经久不衰的书写对象。比如一些自闭症儿童有绘画或音乐的天赋，比如《象脚鼓》中幼年失聪却对跳舞有着天生感悟力的少女冬银。她是个天生的舞蹈家，如果不是因为听不到，她可能也会走上跳舞之路，也可能会在这条路上取得更大的成就。但命运之手偏偏给她出了个大大的难题，在她小时候一次生病时被医生错输了药，导致听力丧失，而这样的“病”很难治愈。好在天赋不会被埋没，小冬银遇到世界上最好的爸爸妈妈和姐姐，遇到带她走上舞蹈之路的水老师，遇到让她能够“听”到音乐的象脚鼓。有句名言，“成功是 1 分天才加 99 分汗水”。冬银的故事让我们看到这个舞蹈天才是如何通过一步步艰辛的付出获得成功的。比起普通人，冬银的成长之路格外艰难，而她身上闪光的那些优秀品质也格外令人欣赏和折服。

我们还可以说它是一个关于残疾儿童成长的小说。小说中写到了包括主人公冬银在内的近十位聋人孩子，特别是聋人学校里冬银的那几位身体情况、家庭情况各异的同学。小说以第一人称来写，从冬银的眼睛看世界，让我们能够亲身体验冬银的内心世界。这样的写法对作家是很大的挑战，比起全能视角或是他人视角的写法，要难得多。就像作者在后记里所说，作为一个“听人”怎能彻底了解“聋人”每一丝细微的心情。但是作者在小说中把自己和冬银合二为一了，带着她走近人物原型经历中所产生的种种情感波澜，为我们塑造了一个聋人孩子的世界。虽然可能有的时候感觉不那么深入，但确实是一次难得的阅读体验。

人物是小说的灵魂。这部小说中塑造的聋人孩子冬银，遭遇令人唏嘘，却也让我们被她的执着所打动。她有着普通孩子的天真善良、好奇调皮，有时会任性，会有小小的虚荣心。她渴望朋友的友谊，更渴望别人的一视同仁。她也有着残疾儿童的心理反应，比如害怕与人交往、特别敏感等。应该说冬银的生活环境是比较友好的。小说没有过多地写她受到的排挤等遭遇，而重点描写了父母的关爱、姐姐的付出等，写出了这些因素对她的性格养成起到的重要作用。小说还着重塑造了璇子、小强、大兵、倩倩等聋人孩子的形象。透过他们，小说为读者创造了一个近距离感受这些聋人孩子的生活的机会。

关于残疾孩子的故事，或多或少会涉及一些社会问题。比如普通孩子对残疾孩子的嘲讽欺负，一些缺乏责任心的父母抛弃孩子，导致残疾孩子种种心理创伤等。但作者紧紧扣住小说的主线、基调，没有放任情绪的释放，没有对小说中的人物进行道德上的批判，只是把故事讲述出来，是非对错自由读者评判。这样的讲述反倒让我们看到种种不利于残疾孩子的成长的社会现象，激发读者为残疾儿童创造更为友善的环境的心情。

一部小说能够带来这样多重的阅读感受，与它的艺术性创造带来独特的阅读体验有很大关系。作为一部长篇小说，整体感、感染力都较出色。特别是其整体框架的设定，很有特色。作者借用交响乐的结构，分为序曲、第一至五乐章和终曲，而每个乐章又借用音乐节奏的相关术语，配以预示着该章节故事发展状态的词汇，使得整部小说的阅读就像在听一曲讲述人物命运的交响乐。而音乐结构的嵌入，与主人公是聋人却成为舞蹈家的特殊性相互映衬，相得益彰，更增加了艺术的美感。

（写于 2020 年）

一部及时的精心之作

——评赵菱图画书《爷爷的 14 个游戏》

一场突如其来的新冠肺炎疫情让 2020 年的春节成为全国人民最难忘的春节之一。长达数月的居家生活，给人们带来很多困惑和难题。如何排解，是所有人都要面对的心理问题。而 14 这个数字，相信对当下的中国人来说有了非常特别的意义，因为最短隔离期就是 14 天。从疫情高发区到其他地区的人们，要隔离 14 天后才能自主活动，与确诊患者有密切接触的人们，要集中隔离 14 天后才能大致判断有没有被传染。总之，对于有被传染的可能的人们，隔离 14 天是最基本的防范措施。长时间的居家生活，不能每天出去玩儿，让家家户户的孩子变成一个个小“神兽”。如何帮助孩子们度过这相对枯燥的时光，恐怕是当下家长们共同的难题。赵菱的图画书新作《爷爷的 14 个游戏》敏锐地捕捉到人们的情感共鸣点，以温馨而又有趣的语言，讲述了一个爸爸妈妈奋战在抗疫一线、只能与爷爷在家隔离的小女孩在 14 天里的故事。居家生活本身就很折磨人，爸爸妈妈还都不在家，那该多么难熬啊。幸好，还有爷爷，有爷爷的 14 个游戏。爷爷的游戏就是陪“我”扮演不同的人，比如演医生、警察、科学家、社区工作者，等等。在游戏中，“我”逐渐克服了想念爸爸妈妈的孤单情绪，对为什么要居家 14 天有了一些理解，对爸爸妈妈为了工作不能回家有了更深的认识,也对当前的疫情有了自己的记忆。

14 个游戏是精心设置的。详细讲述的几个游戏都和疫情有关，也是贴着小女孩的情感轨迹发展的。第一天，当医生的爸爸和当护士的妈妈刚离开，“我”就当医生；第二天当画家，因为爷爷说“我”可以把爸爸妈妈打病毒怪物的场景画下来；第三天当科学家，因为爷爷说打败病毒怪物还需要科学家研制抗病毒的药；第四天当警察，因为“我”在电视上看到警察叔叔阿姨忙着值勤，因为怕有传染风险到了家门口也不能进门；第五天当飞行员，驾驶飞机到武汉执行任务。这些都是爷爷顺应“我”想靠近爸爸妈妈的心理设计的角色扮演游戏，不能相见，就在心里靠近。经过五天的游戏，“我”不那么难过了，开始注意到小区里的事情，爷爷就顺势引导“我”认识疫情。看到驻守在帐篷里的社区工作人员，“我”就当社区工作人员保护爷爷。但妈妈来电话，“我”又开始想妈妈，想当病人让妈妈回来陪“我”。爷爷巧妙地化解了“我”的小心思，让“我”又开心起来，晚上想着第二天要当什么。14 天终于过去，但爸爸妈妈还是没有回来。爷爷说“我”可以当作家，把这 14 天的事写下来。就这样，在爷爷悉心的引导下，环环相扣的游戏帮助“我”度过了难熬的 14 天。

跟随爷爷和“我”的 14 天生活，我们也看到疫情对一个普通家庭的影响，感受到人们在疫情期间各尽其职、互相帮助、相互支持的精神情感状况。这是作者在疫情期间看到的、感受到的，也是我国在这场疫情阻击战中真实状况的展现，与大多数人看到的、感受到的是一致的。疫情终会过去，文学作品要记录的不仅是事，更是人，是人在事中的种种情绪、感悟、思考。也许这样一个“简单”的图画书并不能承担起书写时代精神这样的宏大命题，但如果能够真切地反映出人们的精神状况，与大多数人产生心心相通的默契，就是成功的。文学是对着当下的，也是对着未来的。这样一个故事，十年后再回过来看，是否还能引起人们的共情，可以期待。

图画书的阅读对象是低幼龄孩子，能否吸引他们的注意和兴趣是关键。这本图画书没有直接去讲述与病毒的战斗，而是通过一个低幼龄孩子的眼光去看待这一特殊时刻，着力点在情感的抒写，在同题材作品中有独到之处。以孩子们熟悉的角色扮演游戏的形式来讲述抗疫故事，会引起孩子的兴趣，帮助他们更好地认识当下社会状况。

图画书的绘画部分，从色调到人物形象，都与文字内容搭配和谐、相得益彰。一些地方还形成图文互补或图文互现，增加了图画书的阅读丰富性和立体感，相信能够引起孩子的联想和想象。

（写于 2020 年）

每个人的童年都会有一个“合欢”

——评肖复兴长篇小说《合欢》

继《红脸儿》之后，肖复兴又拿出了第二部长篇儿童小说《合欢》。同样是回忆式童年书写，也同样具有深厚的情感积淀和清晰的人物形象，但又有着明显不同，无论从内容情节还是小说艺术来看，《合欢》都要更加复杂。儿童小说的适度复杂，有助于增加小说的厚度和深度，但会因阅读难度的增加而影响可读性，这也是儿童小说的一个难点。如何把多层次的内涵融入相对简单的故事中，这就需要高超的小说艺术，更需要一颗无限接近儿童的心。

《合欢》采用了双线叙事的逻辑结构，从韩信和合欢两个人物两条线去写，这两条线一实一虚，时而平行，时而交会，把故事中蕴含的丰富意味由轻到重一层层铺下，就像地壳断面，从表层一层层往下，快要触到底层的岩浆之时，又喷薄出表层，循环往复，形成久久的回响。

故事的表层是一个关于刚过十岁，正处于懵懂之际的少年与自己心仪的女生之间的故事。这里有校园生活中孩子的情感世界的细腻刻画，也有不同家庭教育理念下孩子的不同成长心路。作为显性主人公的男生韩信，形象生动而真实，他的种种小心思、小脾气，作者写得很传神。此时，作为隐性主人公的女生合欢更像是一个为了“配合”男生韩信的情感而存在的符号。她高超的乒乓球技，她的表演天赋等，在这些原本是韩信掌控的领域里处处“克制”韩信，偏偏学习成绩还好，作文写得很棒，一下子就把韩信比下去了。而她的善良美丽，让韩信在这场“较量”中心悦诚服。这对于一个十一二岁的男生来说，是很特别也很重要的人生初体验。

但小说要讲述的显然不仅仅是一个少男少女情窦初开的故事。在合欢的妈妈蔡老师意外身故之后，合欢这一隐性主人公开始走上前台，虚实两条线合体，而小说想要表达的深层次的意味也随之开始显现。如果说在此之前是一个带有普遍性的校园故事，那么从这时候开始，小说跳出校园，进入更广阔的社会环境中，关注孩子的成长与周遭环境的联系。合欢妈妈突然离世，爸爸和外公的到来，让合欢的家庭生活更直接地显露在读者面前。合欢的妈妈是小学老师，爸爸在戈壁滩上开采石油。在到北京之前，合欢一直与爸爸妈妈在大戈壁生活。原始空旷的自然环境，给了合欢与都市孩子不同的心性。因妈妈工作调动，合欢跟随妈妈到北京上学，开始新的生活。转学来的合欢自然成为同学们好奇的对象，而她在学习、为人处事各方面表现出的优秀让她得到同学们的喜爱。合欢之所以优秀，除了她自身的努力，与她爸爸妈妈的教育也有很大关系，尤其是妈妈的言传身教。妈妈蔡老师是一位温柔的妈妈，更是一位教学水平高且富有责任心、爱心，深受同学喜欢的老师。如果没有那次意外，合欢的未来已然清晰可见。在一次学校组织的外出活动中，蔡老师看到学生面临危险，毅然挺身而出，为保护学生而被车撞到，不幸离世。看似突然的事件，却也有着某种必然。对于一个刚过十岁的女孩子来说，突然面对相依为命的妈妈的去世，这样的人生变故，是多么重的打击，也给她的未来增加了未知数。首先面临的问题就是还能不能继续在北京上学。爸爸因工作原因不能常住北京，原本住在南方的外公克服困难守在合欢身边，让合欢得以继续在北京上学，最后考上理想的大学。在亲人、朋友、老师的帮助下，合欢慢慢走出心理阴影，重拾对生活的信心。

在这一部分，小说对孩子的心理、情感的关注更多地侧重于他们对生活的思考。在经历人生的重大变故时，孩子们也在用自己的办法学会渡过难关。成年人的引导很重要，但同龄人的陪伴似乎更有效。合欢是幸运的，有韩信这样的好朋友，关心她，开解她，陪伴她。而韩信在陪伴好友的过程中，也在经历着自己的成长。韩信带着合欢爬上房顶那一刻，两个孩子第一次有了“想心事”的经历，这是孩子成长过程中都会经历的“一夜长大”的特殊时刻。小说把两个童年时期的好朋友之间的情谊写得非常动人，把童年最纯真、最美好、最珍贵的友谊这一主题诠释得淋漓尽致。

随着韩信和合欢升入不同的中学，这两条线又开始分离并行。聚少离多，对他们的友情也是很大考验。心与心的距离似乎在生活的琐事中渐行渐远。后来的初中、高中、大学，两人都很少见面，连曾经一起上过的小学都不复存在，但曾经一起经历的成长，已然像一个胎记刻在彼此的心上，这也许正是“最纯真、最美好、最珍贵”的原因。至此，两条线索看起来分道而行，实际上却已捆绑在一起，不分彼此。

小说最打动人的地方，就是写出了一种对童年好友的怀念。小说中，合欢和韩信正处在小学升初中的年纪。对大多数人来说，这是一个“进阶”阶段，生活上从单纯的家庭生活向简单的社会生活过渡，情感上则是从简单的家人、同学圈向更广阔的朋友圈过渡。这个时候人的心理和情感会有明显波动。小说恰切地捕捉到这个年龄段孩子的心理特征，并且在故事情节的发展中慢慢展现出来。流畅的叙述和朴实的语言，勾起读者的情绪。每个人的心里都有一个“合欢”。那些曾经与我们亲密无间的小伙伴，长大后仍能经常相聚的其实非常少。每个人的成长经历不尽相同，但都会有一些特别的时刻，与一些特别的人联系在一起，他们是一生难以忘记的记忆，也是我们的人生财富。

小说的另一个独特之处，是写出孩子们在面临生活中的突发状况甚至是打击时，如何走出心理困境。当下我国的儿童小说对于十岁到十八岁孩子的书写其实是缺乏的。这个年龄段的孩子心性已经稍显复杂，对于生活的多种可能性有所接触，尤其是负面的东西，或多或少都开始面对，这是每个人成长中不可避免的。如何帮助孩子们正确认识生活的无常，寻找自我解救的方法，应该是儿童小说的责任和使命。好的小说可以拉近与读者的心灵距离，可以让读者在阅读他人的故事时感同身受。当一个人感受过足够多的人在各种境遇下的不同情感方式后，往往能够更加坚强、自信和宽容。合欢的遭遇可以说是残酷的，但小说中没有过度地渲染或煽情，反而总有一种积极向上的力量在涌动，那些亲情、友情、邻里互助、学校的关爱，在帮助合欢成功克服伤痛的同时，也给读者带来阵阵暖意和力量。这是一个多种因素相互作用的结果。如果合欢周围的环境发生变化，那么她很可能走向另一种人生。小说写出一个人在成长道路上前行的多种可能性，这也是这部小说的复杂之处，值得反复体会。

（写于 2020 年）

阅读一部儿童小说的额外收获

——评马瑞翎长篇小说《独龙江上的小学》

对独龙族，人们可能并不陌生，或多或少都会听过一些传闻，看过一些报道。在我国西南边陲大山深处有一条独龙江，江边生活着一群人，他们世代生活在这里，有着自己独特的文化和生活习俗，他们是中华民族大家庭里神秘而古老的成员。这群人中有一支叫独龙族，他们有自己的语言，到现在仍在使用。大多数人的了解可能就止于此了。独龙族人现在的生活状况到底是什么样的？他们的孩子是否在上学？怎么上学？马瑞翎的儿童小说《独龙江上的小学》给了我们一个机会，跟随独龙族小孩阿鼎去体验独龙族人的生活。

简单来说，这部小说就是一部“阿鼎上学记”，围绕阿鼎上学这条主线，大致可以分为三个阶段，上学前（或叫准备上学）、去上学和上学以后。小男孩阿鼎到了该上学的年纪，可是上不上学在阿鼎小小的心里没有一点概念，甚至觉得不上学更好，因为他的爸爸妈妈就没上过学，也不认识汉字，连汉话都不太会说。阿鼎的爸爸妈妈一直生活在村寨里，虽然他们自己没上过学，但他们有一个共识，那就是时代不同，孩子不上学肯定不行。怎样才能让阿鼎愿意上学呢？爸爸妈妈很了解自己的孩子，用阿鼎感兴趣的事情成功引导他对上学这件事产生兴趣，也明白了人要做“正经事”，而上学就是“正经事”。上学的路又长又难，要翻山，要过河，要过溜索，但阿鼎不觉得是困难，在爸爸在带领和陪伴下一路走得兴致勃勃。到了学校，一切都那么新鲜，学校、老师、同学，方方面面都跟阿鼎之前的生活完全不同。而开始上学后，阿鼎周围的事物也在变化，家里不种粮食改种树了，要修桥了，要建新村寨了，要建工厂了。连爸爸妈妈都好像在变，村里大人们也在变。人们更爱笑了，好像对明天更加期待。故事讲到这里就结束了，留下一个可以预见的光明未来。单从故事来看，可能与我国其他地方孩子的上学之路差不多。但小说不仅仅是讲故事的。好的文学作品可以让人沉入到故事里，沉入到故事中的人物心里，去体验不同的人生。这部小说的独特之处就在这里。

因为生活环境的特殊性，独龙族人的生活习惯和文化传统与大多数中国人所熟悉的很不相同，即便是到了 21 世纪 20 年代，独龙族人的生活依然不那么现代，思想观念就更加不那么现代。通过这部小说，我们可以清晰地感受到独龙族人的思想观念和文化传统，也能感受到在现代意识的冲击下，独龙族人的思想观念在变化。小说一开始从人们生活中一件普通小事——理发入手，在爸爸带阿鼎去找骨科医生理发的过程中，生动地勾勒出独龙族人的生活状态，一下子就把我们带入独龙族人的生活现场。理发这件人人都要做的平常小事，在独龙族人这里却不是小事，这与他们的生活环境、生产力水平有关，也与他们民族的神话传说有关。在他们的生活中，对自然的敬畏、对生命的理解都遵从于世代相传的民族传统文化。

为了让阿鼎认识到上学的重要性，爸爸带阿鼎烧地种玉米、去山里挖山珍到集市上卖，让阿鼎参与到家庭的劳作中，体验村寨以外的人和事，打开他的眼界和心，也教阿鼎过溜索、驱赶动物守护庄稼等生存技能。从小就介入家庭劳作，对一般孩子来说可能难以想象，但在阿鼎这里，我们没有读到一丝苦味，相反，处处是乐趣。这是能够与土地自由相处的人的乐趣，与物质和钱财无关的乐趣，也是孩子不断战胜自己的乐趣。在这个过程中，阿鼎的劳作技能在提升，心智也在成长，他克服自己对未知事物的恐惧之心，同时也对身边的一切事物充满好奇之心，对大人的世界懵懂，努力理解，总之，这是一个走在成为男子汉的道路上的孩子。

上学后，阿鼎就有了同学。整个学校 24 个人，1 位老师，1 位义务在学校打杂帮忙的老丁松，22 名学生，一二两个年级，三年级就会转到大的学校去。从这时开始，小说引入了几个各有特点的孩子，塑造了独龙族小孩子的多侧面形象。虽然生活环境差不多，但孩子们性格上的差异让他们呈现出不同的面貌。孩子们一开始都不会说汉语，女孩子普遍害羞，男孩子普遍淘气。男孩中，阿鼎心思比较深，爱思考，苏丙切则爱玩闹，带着一股冒失劲儿，女生念诺黛父母都在城里打工，与奶奶相依为命，胆子最小。上学后，孩子们都有不同程度的进步，不仅是学了汉字、数学等知识，更是在心性上有所突破，懂得更多做人的道理。这是学校带给孩子们的可以眼见的益助。

小学里唯一的一位老师，在小说中着墨不多，但这个老师给我们留下了深深的印象。这是个“全能型”的老师，就像小说里老师自己说的，他头上有很多帽子——校长、副校长、年级组长、班主任、校医、理发师，幸亏有老丁松，要不然还得当炊事员和事务长。这位老师既会说独龙话又会说汉话，懂独龙族人的心思，既能干农活接水管又懂知识会教书，更重要的是还特别懂孩子爱孩子。这样一个深山里的小学是独龙族人的希望，一个人支撑起这样一个小学，真是一位令人尊敬的老师。

小说之所以能让我们沉浸到独龙族人的生活中，语言起到很大作用。整部小说几乎都是用独龙族语在讲述。虽然遣词造句是汉字，但文字深处是属于独龙族的思维和情感。作者深谙独龙族人的思维方式，这不是简单的深入生活或是外部观察所能做到的。这也是我们所期待的书写少数民族现实生活的文学作品所应有的品质。读这部小说，可以让独龙族以外的孩子们体会到与自己的生活完全不同的生活方式。这在当下城市不断扩张，现代思维越来越普及，同时趋同性、单一性思维越来越明显的背景下，显得格外重要。中华文明得以存在五千多年,得益于巨大的包容性和吸纳力。包容的前提是理解。我们只有在充分理解各民族文化的基础上才能真正做到兼收并蓄，做到民族团结，铸牢中华民族共同体意识。再放开一些来看，当今世界各种文明思维冲突在加剧，求同存异、互利共赢是解决冲突的正确途径。要做到这样，也需要以深入理解为基础。因此，让孩子们读一些能够让他们体会到不同文化背景下人们的思想情感的文学作品，是很有意义的。这部书写独龙族孩子的小说就是这样的作品。这也许是超出一般的阅读儿童小说的额外收获。

（写于 2020 年）

《逐光的孩子》给我带来的三道光

——评舒辉波长篇小说《逐光的孩子》

舒辉波几年前凭借一部纪实文学《梦想是生命里的光》获得全国优秀儿童文学奖，这是国家级文学大奖。作为一部少儿纪实文学，这部作品因其独特的叙事风格和丰沛的情感注入给人留下深刻印象。书中记录了十多位孩子三十年的成长生活经历，从他们身上可以看到改革开放以来中国普通老百姓，尤其是家庭条件不好的那些孩子，怎样靠着自己的努力奋斗，大大改善自己和家人的生活环境，为自己闯出一片天空。奋斗，这是中国人最朴素也最闪亮的精神品格。这一点，被舒辉波捕捉到了，并在《梦想是生命里的光》这部作品中充分展现出来。阅读中可以感受到他被笔下所写的人们深深触动，而这一情感从他的简洁而温暖的文字中传递到我们的心中。

现在，这部《逐光的孩子》是这一感动的延续。所不同的是，那是用记录的方式原样呈现，这是用小说的方式艺术地再现。

一般来说，在知道小说原型的情况下去读一部小说，是比较挑剔的，因为总会不自觉地跳出小说去看，并且时时对照原型。但这部小说成功地做到把我留在小说里，并且一路追着主人公苏老师的足迹，走进那个大山深处的小学。蓝溪，一个富有诗意的名字。蓝溪小学，一个坐落在风景如画的神农架群山怀抱中的小学。这里有一群生活贫困却坚强乐观的孩子，有一个热爱写诗、勇敢追逐梦想、坚毅奉献的齐老师。自然环境给了他们优美的景色、清新的空气、广阔的乐园，也给了他们发展的阻力。这里的孩子们对大山外的世界是有所了解的，也很向往。他们从心底里认为要靠自己的努力去争取美好的生活，因此很认真地对待生活中的每一件事。无论是走很远的路甚至危险的路去上学，还是辍学去打工，挣钱帮助家里渡过难关，他们都活得认真而坚定。他们的困苦是真实的，但他们的欢乐也是真诚的。这是这部小说带给我的第一道光。

小说采用主人公回忆式的叙述方式，带我们跟随支教大学生苏老师的讲述，从今天回望十四年前的支教生活，再跳回到今天。这样的小说结构方式，一方面现实感很强，容易把读者带入叙事语境中，另一方面，也便于从全能型视角去写每一个人物。在这部小说中，还有一个好处，就是非常契合作者情感丰沛的叙事特色。舒辉波的写作特色之一，就是对笔下所写人物的深情。从《好大好大的孤单》开始，作家就显露出与所写对象的情感上的相通，从而让作品充满真挚情感，打动读者。在这部小说里，主人公是一个情感丰富的人。他所挚爱的女友在支教的地方遭遇泥石流永远地离开他，为了离心爱的人更近，他选择暂停学业去支教，这才到蓝溪小学。出发时是个人的小情小爱，投身支教队伍后，越来越感到人生的宽广和价值所在。有苏老师这样一个感性的人的视角，我们可以更深地看到、触摸到蓝溪小学师生的人生脉搏，再从他们身上感受到那个贫困地区的人们生活有多艰难，但对生活有多热爱。所谓人生的意义与价值，就在这样的叙述中渐渐展现，带给每一位读者思考和回味。这是这部小说带给我的第二道光。

第三道光，也是感受最深的，是小说中作为“灵魂线索”的那一首首诗歌。把诗歌贯穿运用于小说，这部小说不是首创，但用得巧妙，也比较恰当。在女友的遗物中有一本聂鲁达的诗集，而聂鲁达的诗句出现在每一章的标题下，作为这一章的引子，既是情节的提示，又暗中表露出这一章的情感基调。比如第三章“雨中的火车”用了这样一句诗点题——“世上可有任何事物 / 比雨中静止的火车更忧伤”。这一章里，苏老师已经在蓝溪小学任教一段时间了，与齐老师的相处开始进入相知阶段。在苏老师和齐老师谈心的过程中，我们了解到为什么齐老师没有跟着林场的撤销而离开，而是留在蓝溪小学做了老师，也知道了苏老师来支教的经过。“忧伤”可能是两位老师经历的情感写照。但是大人的忧伤，在与孩子们相处的过程中得到释放。带领蓝溪小学的孩子们备战作文竞赛、数学竞赛、体育比赛，让苏老师体会到山区小学开展活动的不易，也被孩子们克服困难、勇往直前的精神感动。在这个过程中，苏老师永失爱人的悲伤渐渐被支教的精神收获所代替，他懂得了突然放弃考研去支教的女友，个人的精神得到升华。而孩子们因为有苏老师这个“外人”的帮助和鼓励，得到参加比赛展示风采的机会，对自己也是一次挑战。这样一种相互的扶持和共同成长是在具体的一件件小事中慢慢积累起来的。到了第七章“春天到蓝溪”和第九章“天使的眼睛”，悲伤被希望代替了。“樱桃核心的甜味 / 为什么如此坚硬？”“是谁在废弃水塘的 / 最深处歌唱？”这样的诗句不再只有悲伤，而是在困苦中看到希望，充满斗志。

齐老师这一人物把“诗意的栖居”具象化了。苏老师第一次到蓝溪时，见到来火车站接他的齐老师说的第一句话竟是一句诗——“我把眼睛放在路的尽头……”。这句诗在小说中反复出现多次，富有深意。齐老师其实是一个被生活抛弃的人。在林场工作时失去一条腿。戴着义肢的他却努力活得跟正常人一样。那么多的山路他都靠着义肢走过。他是一位爱好写诗的人，诗歌带给他无限的想象，就像他飞向梦想的翅膀。在小说中，齐老师的诗歌经常会跳出来，尤其在劝学的崎岖山路上，就像一道道光，划过黑暗。

还有那首苏老师本想用来给孩子们讲道理的童诗《种子商店》，竟意外引起孩子们的无限共鸣和遐想，成为升华小说寓意的点睛之笔。让我们来品味一下这首诗吧，这是理解小说中的孩子和大人们的一把钥匙：

在这里，它们静静躺在布满灰尘的房间，
褪色黯淡，如同碎石流沙，
弃置如尘：枯萎，无味，干瘪——
我的手掌上，跑过片片牧场、座座花园。
褐色的种壳里，沉睡着山楂树的山谷，
窄小的囚室里，扎进一棵雪松；
深深啜饮百年流泉，从尘土中，
百合花们将盛放出整个夏天。

在这里，它们在简陋安全的墓地安眠，
紧锁的硬壳中，雀跃着一百万朵玫瑰；
在这里，我的呼吸吹动了一座花园，
而我的手中，沉睡着一片森林。

贫困地区的孩子们就像是这种子，支教的青年们就像雨露一样，浇灌着等待发芽的种子。诗歌与小说的结合，在推动情节发展中起到调节情绪变化的作用，让故事变得绵长悠远。

近年来，随着全国脱贫攻坚战的推进，尤其今年是决战之年，支教作为扶贫工作中重要的一项，受到文学创作的关注，关于支教题材的作品逐渐多起来，儿童文学作品也出现不少。支教题材作品不好写，作者必须亲身经历过才能写得真，这是其一；要对国家扶贫攻坚战略有一定认识，达到一定高度才能写出其中的精神力量，这是其二；对所书写的地方和人真正热爱，才能写得美，才能打动读者，这是其三。《逐光的孩子》显然达到了第三重境界。不仅写得真，还写得美，写出了笔下人物的积极昂扬的生活姿态，千难万苦也不放弃的精神，更写出人物的情，无论是小我的情爱，还是无私奉献的大爱，都那么真实感人，让我们在阅读中得到一种精神享受。

（写于 2020 年）

关于人与自然关系的童话表达

——评汤汤童话新作《绿珍珠》

汤汤童话新作《绿珍珠》是一部有厚度的童话。并不是说它不好读。这部童话延续了汤汤童话中温暖的基调，轻盈的语言，还有吸引人的故事。是的，汤汤是个讲故事的高手，尤其擅长给小孩子讲故事，她知道怎样挑起孩子的好奇心。就像这部《绿珍珠》，开篇第一句“我们树林里，第七个绿嘀哩快要出生了”，一下子把我们带到了一个童话世界，“绿嘀哩”是什么？为什么是第七个？“出生”意味着一个新的故事就要开始了，一连串的联想，让人迫不及待地想要读下去。原来“绿嘀哩”是树林的守护精灵。他们在树林里生活，与人类社会相距不远，却从来没有交集，人类不知道绿嘀哩的存在，绿嘀哩对人类虽然不讨厌，但也抱有抗拒之心，不敢靠近。在两不相知的情况下，绿嘀哩与人类相安无事地过了很多年，直到人类开始砍伐绿珍珠树林，辟出空地盖起楼房，建起城市，这样安宁平静的共存被打破了。绿珍珠树林里的七个守护精灵没有了家园，也没有了力量的源泉绿珍珠泉，身体和精神都在枯萎。第七个小妹啾啾第一个死去，守护她出生的六姐蓬蓬心里滋长出绿嘀哩世界里从来没有的情感——恨。恨意让蓬蓬一心想报复人类，她要毁掉人类的城市，重造绿珍珠树林。为了达到目的，她化名念念与人类小女孩木木交朋友，成功获得木木的信赖和友情。当蓬蓬终于实现愿望，再造出绿珍珠树林时，却一点喜悦都没有。因为她造出的树林是阴暗的、雨都不能下的死亡之地，更因为木木发现被欺骗后的自闭。作者花了很多篇幅去描写蓬蓬的情感起伏，从一开始的惊慌失措到愤怒，与木木交朋友过程中也是内心矛盾重重，从重建树林后短暂的欣喜，到内疚、心痛，包括看到被迫离开城市的人们生活条件大不如前。这些心理过程让我们体会到蓬蓬作为一个与自然融为一体的精灵，一方面天然地保护大自然，一方面也在努力理解人类的行为，感受人类的美好情感。

人与自然应如何相处，是这部童话想表达的主题。从一开始的相安无事到对抗性存在，最后和解，寻求共存，这是符合现代发展理念的。汤汤之前的写作已经能够看到她关于人与自然的关系的思考，比如《水妖喀喀莎》。这部《绿珍珠》的不同之处在于，作者勇敢地直面人与自然的对抗，并且试图从双方立场去看待问题，思考问题，然后给出自己的答案。这就是我说的这部童话的“厚度”。它是一个好看的故事，但不仅仅是故事本身那么简单，它背后蕴含的是一个重大命题。应该说这部童话达到了一定的高度。在人对自然环境的开发、改造中，更多的是出于创造美好生活的动因，但因对自然的认知不够，带来一些不良后果，并且也为自己的破坏行为付出代价。作者并没有否定人类对自然的开发利用，但更加看重对自然的敬畏，提醒人们一定要先认识自然再动手改造，要尊重自然规律。童话可以带给孩子们这样的理念和思考。

（写于2020年）

让科学家成为青少年的偶像

——评徐鲁新作《此生属于祖国》

科技是人类进步的最强动力。每一次人类社会的大变革都有技术革命的背景。今天，我国正处在百年未有之大变局中，科技的力量更加突出。让科学家成为青少年学习的榜样，让学习成为青少年达成人生梦想的主要途径，应该是当下儿童文学报告文学创作的一个重要使命。作家徐鲁带来新作《此生属于祖国》，讲述我国“核潜艇之父”黄旭华的成长道路，为青少年提供一个接近时代英雄的文学读本。

要写好一部人物传记，作者对传主的熟悉程度至关重要。这部传记不仅资料翔实，更是倾注作家对传主的极大热情与真情。作家通过收集查阅大量文献资料、日记书信等文字材料，进行广泛且深入的跟踪采访，再把所收集到的材料内化于心，尽力去接近黄旭华的思想和情感，在心中逐渐勾画出一个战乱中成长起来、拥有强大精神定力、充满对生活的热爱且勤奋好学的科学家形象，再用讲故事的方式把这一形象铺陈于纸上，让读者可以跟随文字去感受和捕捉科学家黄旭华的精神世界。

一个孩子会成为什么样的人，除了个人的天性起主要作用之外，成长环境，特别是家庭环境也非常重要。传记遵循时间顺序，从黄旭华小时候写起。开篇特别写了黄旭华的父亲和母亲，为黄旭华的成长追根溯源。在这部分，作者加入一些议论性表述，比如“父亲的爱国义举，父亲作为一个正直的中国人的高尚节操，还有父母亲身上所展现的清白家风，就像细雨润物一样，默默影响着子女们的成长。”“在漫长艰辛又颠沛流离的岁月里，黄树穀、曾慎其夫妇在尽力帮助他人的同时，也把自己的九个孩子都抚育成人，并且想方设法让孩子们受到良好的教育，成为对国家、对社会有贡献的有用之才。”这些议论，起到点睛的作用，点明家庭教育理念对孩子成长的影响。这部分可以看作是整部传记的“引言”。在进入黄旭华本人的人生故事之后，这样的议论性的文字就很少了。作者借用一些小说的手法，用还原的方式去讲述，让读者能够有更多的代入感，仿佛在看身边的人和事，有助于加深对人物的理解。

在传主的人生进程中，在一些重要时间节点，作者加入世界同期发生的大事件。比如在20世纪30年代，黄旭华刚刚踏上求学之路的时期，“虽然战争的阴云笼罩在全人类的头顶上，但在科学领域，人类还在艰难地向前迈进”。这里，作者列举当时世界上其他国家在科学领域取得的成就，比如1931年美国物理学家劳伦斯开创回旋加速器的发展；1932年德国物理学家海森堡因创立了量子力学的矩阵理论而获得当年的诺贝尔物理学奖……在之后黄旭华的科研道路上，作者都保持着这样的世界眼光，这就把中国放到世界发展的进程中，把黄旭华的科研实践放到了世界科学发展序列下，大大开阔了整部传记的格局。

黄旭华的人生道路横跨我国两个重要历史时期，抗日战争时期和新中国建设时期，这也使得这部传记对这两个历史时期都有较为感性的呈现。而不同历史时期作者的讲述侧重点是不同的。抗日战争时期又分为两个阶段，幼年阶段着重讲家庭对黄旭华人生观形成的影响，少年阶段则侧重于表现黄旭华在抗日救亡斗争中形成的坚定的理想信念。这个时期，成长是书写的主题。尤其是在少年阶段，作者对黄旭华的求学之路、参加的进步学生运动给予较为详尽的书写，让读者可以真切地感受到抗战时期学子的奋斗史。在战争年代，无论多艰苦，科研在继续，人才在培养。这里作者特别写到黄旭华等学子对音乐的热爱，并由此传递出一个讯息，那就是有着坚定信念的人，也是有着对生活无限热爱的人。也许正是因为对生命的热爱，才使得他们能够为保护生命而义无反顾。黄旭华精神品质中较为突出的爱国情怀、艰苦奋斗，等等，都得益于其童年和少年时期的经历，一次次人生重大关口的选择，不断积累的见识和胆略。到了成年时期，随着黄旭华科研生涯的展开，突出的是新中国建设时期我国核事业在艰难中求发展，党和国家的正确而有力的领导，以黄旭华为代表的一大批科学家的奋斗及他们和家人的牺牲奉献。值得一提的是，作者在写到较为深奥的核试验研发内容时，尽可能地做了深入浅出的讲解，既写出科学家们面临的困难，又让读者能够体会到取得进步之不易，这是需要一定的相关知识背景基础的。

黄旭华院士，是我国第一代核动力潜艇研制的带头人之一，荣获“共和国勋章”，他这样的科学家，应该成为新时期青少年学习的榜样。这部传记生动且较为充分地书写了黄旭华的一生，从中可以看到科学家的成长历程，感受科学家的人格魅力，对青少年的精神成长具有启迪意义。

（写于 2021 年）

生态大背景下的猕猴与人类

——评袁博长篇小说《内伶仃岛上的猕猴》

袁博的动物小说创作有一个明显的特征，那就是把动物世界放置到与人类社会相类似的种群社会大背景下去书写，写动物的“成长”，并且总是把目光留驻在那些处于社会底层的小动物身上，它们在恶劣的自然环境和种群环境的双重重压下，凭借着求生的意志力和出众的个人天赋能力突出重围，改写自身命运。这一特征，从《鸵鸟家族》《火烈马》《霸王龙兄弟》一直延续到《内伶仃岛上的猕猴》。但也有一个新变化。如果说之前的动物小说是“纯粹”写动物世界的话，这部作品则引入了人类世界，并且写出人类世界、动物世界与大自然的一些纠葛，从而展示出可以让未来更美好的某种启示。这或许是这部小说的一个重要价值所在。

小说讲述了一个扣人心弦的故事。猕猴黑儿从族群最底层一路艰难求生，最后以自己的实力赢得族群的认可，当上猴王。他的一生充满可预期的和不可预期的挑战，但每一次危机都被他化解。在黑儿的成长道路上有着很多困难，有的来自同类的欺负，这让他吃不饱，无处栖身；有的来自自然界的威胁，比如蟒蛇、洪水，这是死亡的威胁。但黑儿有着其他猕猴所不及的聪慧。因为生活在族群的底层，他学会各种生存技能，能在饥荒的时候找到果腹的吃食，他会冷静地观察和思考，这也许部分来自母亲的遗传，使得他会察言观色，保护自己。他还有着强烈的做猴王的野心，一方面是为了不再受欺凌，一方面则是为了保护同他一样弱小的底层的小猴们。他对自己的同伴从没有欺凌之心，只有帮助和付出。当儿时的玩伴、曾经共同经历了被族群驱逐、几次死里逃生相依为命的大壮当上猴王不再理他时，他也不去找大壮说理，更没有太多委屈，而是迅速审时度势，认清自己的处境，自我保护。当被族群里的同伴欺负推进洪水中，九死一生，偶遇前猴王豁耳后，他没有自怨自艾，甚至没有多想什么，而是跟随豁耳学习生存的本领。对于群居动物来说，独居是非常痛苦的，但黑儿跟着豁耳学会了站得高看得远，锻炼出一种胸襟和气魄。豁耳能做到，是因为他小时候遇到好心的人类，见到了猕猴以外的世界。黑儿能做到，则是因为他的天性中有着更多的好奇心和强烈的求生欲。黑儿不肯认输的抗争，让他能够一次次转危为安，并且在不断的磨炼中升级能力。最终，当他的族群遭遇人类科学家用假蟒蛇威胁以测试蟒蛇是否是猕猴的天敌时，他能够看清蟒蛇背后是人类在操纵，并果断进行准确攻击，保护族群不在惊吓中发生更大的意外。而其他猕猴是不清楚这里面人类、假蟒蛇等状况的，他们只知道是黑儿在极度危险的时刻救了他们，而他们的猴王，本该是保护他们的，却缩在一边。黑儿以自己的聪明、勇敢、力量征服了族群，成为全员心悦诚服的猴王。

当然，作为动物小说，作者并没有脱离猕猴或其他动物的本性、习性去写。小说中可以看出作者对动物习性非常了解，虚构的故事是基于动物习性的。在小说的叙述中，作者一再用简单的科普式语言介绍猕猴和所涉及的其他动物的习性，让我们能够停留在动物的世界里，感受动物的思维方式,理解他们的行为。动物的世界遵守的是彻底的物竞天择的自然法则。猕猴的族群制是与生存这一终极目的相适应的。猕猴族群的猴王的更替是为了族群能延续下去，猕猴的母系一夫多妻型社会也是为了族群的延续。由此衍生出的阶层，也就成为无可辩驳的，这一点所有猕猴都懂。黑儿是一只猕猴，他的行为并没有脱离猕猴的社会性约束。他所做的一切都是为了活下去。所以当他被欺负时，只要没有生命危险，他就不反抗，面临生命威胁时，他会竭尽所能地自保，也会帮助其他同伴，而这一点，欺负他的猕猴们也都会，这是族群相互帮助的本性。

小说有着一明一暗两条线，明线是黑儿奋斗的一生，暗线则是穿插于现实中的历史的图像，两条线交错呈现，为我们描绘出一幅内伶仃岛上猕猴的生息繁衍动态图，也展现了岛上的自然环境的一些演变过程。在这个相对封闭的小岛上，自然生态系统有着自我发展的规则，动物与动物之间、动物与植物之间，在食物链的制约下，能够达到某种平衡。但是随着一些外来因素的闯入，平衡被打破，新的平衡在缓慢建立。小说所写的内伶仃岛的这几十年的变迁，就是这一新的平衡的建立时期。人类的足迹不可避免地踏上这片土地，迫使各种物种在不停地了解、对抗、妥协中寻找一种和谐共处的方式。在小说中，一开始村民与猕猴分而治之，互不干涉，一旦相遇，就是开战。人类为了私利大肆捕猎猕猴等野生动物，猕猴濒临灭绝。后来军队进驻，村民退出，猕猴得到休养生息的空间。但人类对原始森林的随意砍伐，加上一种叫薇甘菊的植物的入侵，猕猴等多种野生动物赖以生存的森林植被遭到严重破坏，岛上的自然环境更加恶劣，食物匮乏、洪水多发，猕猴的生存更加艰难。等到军队退出，村民部分返回，建立起生态自然保护区，这种状况才得到改善。人类对猕猴从最初的捕猎贩卖到最后的保护性投喂，经历了一个较为长期的认知过程。小说带我们深入森林内部、猕猴群中，体验这一过程，这是阅读这部小说带给我们的一个收获。

作为面向儿童的动物小说，其写作手法也有一些用心之处。其一是对猕猴族群的一些生活习性有多处重复赘述，尤其是在小说前半部中出现较多。比如猕猴群是“母系社会”，猴王都要听地位高的雌猴的，出现了三次。这样的写法，成人读者读起来可能会感到疑惑，但对于儿童读者来说，是一种必要的说明，让阅读可以顺利进行下去。当然，如果这样的重复能够处理得再自然一些就会更好。其二，如前所述，小说中有多处科普式语言的介绍。比如在讲述水獭母子、黑耳鸢、薇甘菊等动植物时，就有一些介绍性文字。这些文字可能与小说的故事情节进展关系不大，但却是理解故事发展的重要背景知识，这也是动物小说的一个特点。小说里的知识穿插尽量做到自然、不突兀，也起到帮助理解的效果。其三，正如作者在自序中所说，创作这样一部动物小说，是想告诉孩子们，对于生命而言，最重要的是形成一种乐观面对生活、积极应对挑战的韧性。小说中多处可见作者对这一创作主旨的暗示、阐发。这在儿童小说中是有益处的，可以让小说易读并且易于理解。而小说中几场危急关头的描写，生动而精彩，也为小说的阅读带来了审美的体验。

动物小说应该怎么写？是忠实于动物，还是借动物世界讲述做人的道理。这也许是当下动物小说的不同创作路径。在这部小说中，作者在努力打破动物世界与人类世界的界限，把动物、植物与人类放置在大自然这一更广阔的背景下去讲述，让我们看到一个更高更远的生态世界。

（写于 2021 年）

让孩子上学不再是奢侈的事

——评马嘉长篇小说《凤凰花开的学校》

十年树木，百年树人。教育对一个国家来说多么重要，相信今天的人们已经基本形成共识。但是，在一些偏远的地区，还有那么一些人对于让孩子上学这件事认知不清，对于一些孩子来说，上学是多么奢侈的事。马嘉的小说新作《凤凰花开的学校》讲述云南山区苗族彝族地区的凤凰花小学里，几个学生上学、辍学、回归校园的几番波折，为我们展现了一个苗族聚居地孩子的生活图景。在这里,上学只是他们生活里众多困难中的一个。但是，为了追求更美好的生活，这里的大人、孩子们都在努力地适应当下社会的发展，改变旧观念，逐渐认识到上学对于儿童成长的重要性。

小说所讲述的这几个孩子情况不一，都具有一定的代表性，反映出当下儿童成长过程中可能面临的困难，也写出他们在逆境中努力追求、积极向上的拼搏精神，令人感动。女孩美焕家庭经济条件不好，又有妹妹和弟弟，爸爸采中草药摔伤后，全靠妈妈一人种地养活全家人。妈妈需要美焕在家里帮忙照顾妹妹和弟弟。所以虽然美焕已经过了上学年龄，却迟迟不能上学。美焕十分想上学，羡慕能上学的同龄人，却也明白家里的情况，不能任性地要求上学。在陶校长和程淑君老师的帮助下,美焕才得以上学。中途又因“童养媳”事件而辍学。最终，还是因为爸爸的身体好转，家庭的重担不用再让美焕去分担，她才得以重新回到学校。咪欢和咪瑞姐妹俩家庭环境更加困难。爸爸双目失明，妈妈是弱智患者，姐姐咪欢是智障儿童，全家只有妹妹咪瑞是健康的人。但是全家人都在努力地尽自己所能为家人付出，在爸爸的带领下，一家人和睦相处，乐观面对生活。男孩阿倮的家庭各方面条件都比美焕、咪瑞家要好一些，他最主要的困难就是父母不在身边。阿倮的父母在弟弟出生后为了挣钱只好带着弟弟外出打工，阿倮一个人被留在家里。小小年纪就要独自一人生活，这对孩子来说是巨大的挑战。好在有干姐姐美焕一家的帮助，有同学伊胡的陪伴，阿倮还能应付。但是在伊胡偷骑爸爸的摩托车摔伤了腿，美焕也因家庭贫困，妈妈收了别人家的彩礼钱，而不得不跟着别人出门打工之后，阿倮没有了伙伴。孤独的阿倮偷跑出去找爸妈，幸好找到了，还在爸妈打工的工地干了一段时间活儿，挣到人生中的第一笔工资。有了钱，就可以买好吃的，这样的认知让阿倮彻底没了上学的兴趣，只想打工挣钱。而他的父母也没有制止他不上学的行为。在阿倮的父母被乡政府起诉不履行义务教育的义务之后，他和父母终于认识到只有努力读书，上大学，才能创造更美好的生活，于是又重新回到学校。

从这些孩子的故事里，我们可以看到家庭环境对孩子成长起着非常重要的作用。家长对上学这件事的认识，决定了孩子是否能上学，是否愿意上学。而生活的重担过早地压在这些孩子身上，让他们更加迫切地追求独立生活或挣钱养家，上学显然与他们的生活目标是不相符的。这是一种短视与长远的观念之争。一个国家的发展，教育是百年大计；一个家庭的兴旺，教育是一代代的传承；一个人的成长，教育是必经之路。

小说以章节的形式分别讲述这几个孩子的故事，每一章节相对完整，而把这些分散的故事聚合到一起的，就是凤凰花小学，这个孩子们共同的学校。他们在学校的点滴故事，和所有在学校上学的孩子们的校园生活大同小异。他们会因为上课不专心听讲而被老师点名，会因为考试成绩不理想而苦恼，会因为竞选班长而叽叽喳喳，也会与同学之间起一些小矛盾、小争执。他们的校园生活又因为地域的特殊而有特别的状况。比如一个小学里，老师只有几人，数学老师同时兼授体育课、信息课等，英语老师又是音乐老师，语文老师又是美术老师。罗老师更厉害，能用汉语和苗语双语教学，这对一二年级的小孩子来说是很重要的。他们放学后在校园外的生活就更加特别了。他们很多人还要帮家里干活。比如美焕会带着弟弟妹妹去摘花椒，为保护玉米田里的玉米跟猴子斗智斗勇。这些孩子的生活与我们所熟悉的城市孩子的生活差异是非常明显的。小说写出同样在学校上学的孩子们的不同生活状态。如果不是小说中不时出现的“手机”“网名”等关键词，真会让人怀疑这是不是发生在当下的事。但是小说中呈现的现实生活是如此丰饶而复杂，虽然对大多数人来说可能还很陌生，但其中又有着相通之处，那就是孩子需要通过接受教育来成长为有用之人，这是一个朴素的现代理念，而它的实现却可能面临各种各样的困难。摆脱困境的过程，往往能够反映出时代的变迁、人心的变化，而这正是这部小说能够打动我们的原因所在。

小说没有精巧的叙述、构架，甚至没有高潮，但每一个孩子的故事都真实感人，每一个家庭所面临的问题都让我们清晰地感受到他们的想法在改变。在丰富的现实生活面前，一切技巧都会失去作用，唯有真心可以流传。值得一提的是，小说中塑造的山村小学校长和几位教师的形象，虽然略显标签化，但很具有代表性，且个性各异。同时也反映出山村学校已经被纳入到当下教育体系中，这是进步，却同样面临着升学率、考试成绩的压力，而这对像美焕、咪欢这样家庭环境的学生来说，更加困难。孩子需要什么样的学校，学校如何帮助不同境遇下的孩子成长成才，这也是教育需要思考的地方。

（写于 2021 年）

宏大的叙事、瑰丽的想象

——评董宏猷诗歌新作《中国有了一条船》

在举国欢庆中国共产党建党百年之际，在全国掀起学“四史”热潮中，关于国史党史的文学作品呈现井喷式爆发，让人眼前一亮的作品也不少，读到董宏猷诗歌新作《中国有了一条船》，令人惊喜。近年来主题出版已成为创作和出版的重要一块，儿童文学也不例外。数量上，每年都有增长，艺术品质方面也都有所创新。今年最大的主题当属中国共产党建党百年，以及决战脱贫攻坚、全面建成小康社会。这部诗集就是以中国共产党建党百年历史为抒写对象，以叙事长诗的形式，向少年儿童讲述作者对中国共产党的诞生历程的观察与思考。诗作有瑰丽大胆的想象，有精妙的结构设计，更有一种贯穿全诗的大视野、大胸襟、大气魄。

虽然是写中国共产党的诞生，但作者却从中西方关于洪水、大船的神话开始讲起，讲了世界历史上几乎所有对人类社会发展起到过重要影响的与船有关的历史，一直讲到近代中国，最后落脚在今日之中国。全诗情感充沛，汪洋恣肆，大胆而迷人，展现出诗人蓬勃的热情和深厚的人文底蕴。一路走来，我们可以看到人类与海洋的深刻关系，感受到中西方文化中对于社会发展的不同理解及其所引导的发展路径。诗中把近代中国比喻为“古船”，把近代中国遭受列强欺辱的屈辱历史称为“古船沉沦”；把孙中山领导的辛亥革命、共和之理想喻为“共和之船”，对曾经为救亡图存浴血奋斗的先驱革命者们给予应有的尊敬；把中国共产党喻为“红船”，热情讴歌“红船”“船长”和第一批“乘客”中矢志坚持信仰的共产党人。这些比喻恰当而又具有独特的韵味，可谓艺术的创造。

整部诗集实际上可以看作一首叙事长诗，借鉴了交响乐的结构方式，以序曲、章节、华章的形式，把历史划分为组诗，每一组诗再分为一首首短诗。这样把历史零散化，内容一再细化，让历史以一个个事件或人物的形式呈现出来，有益于少年儿童读者的阅读，也有益于节选朗诵。而作为一个整体，诗中创造了“长江的孩子”这一意象，以讲述者的身份，串联起一个个事件和人物，带领读者走进诗歌所创造的艺术世界中。这一意象，既是作者本人的化身，又是亿万中国人的化身，所散发出的情感气息，与广大中国人的普遍情感是一致的。也是通过这一意象，实现了现实与历史的交错和交汇。比如在《圆明园》这首诗中，作者最后写道：“每次去圆明园遗址，我都会愤慨、心痛、沉思 / 落后就要挨打——但是 / 我们落后的，究竟是什么。”这样的心情和发问，相信每一个中国人都会有。在接下来的《修船》中，作者写道：“面对那些泛黄的历史照片——那是中国吗 / 我常想，假如我生在那个年代，我该怎么活 / 我只能设想，只能假定，而我的祖辈 / 我的爷爷、爷爷的爷爷，还有，你爷爷的爷爷 / 都曾真实地生活在那个屈辱的时代。”这样的诗句，一下子就拉近了当下小读者与历史的距离，引导他们去思考，去感受。

整部诗集，让人感到震动的，还是其中贯穿的大胸襟、大气魄。中国共产党的诞生是在嘉兴南湖的游船上，这是人们都知道的，由此还诞生了“红船精神”。因此，诗歌以“中国有了一条船”为题，并不出人意料，而且还有落窠臼的可能。但作者把中国共产党的诞生放到世界历史发展进程中去，把这艘“红船”与创世神话中的洪水、补天填海、治水、诺亚方舟等联系起来，与哥伦布航海大发现、海盗、黑奴贸易等联系起来，思想之开阔，让作品有了全新的面貌。而在叙述中，作者关于这些历史的思考，尤其是其中反映出的文化差异，对于我们理解中国人民选择中国共产党、只有中国共产党才能救中国，开辟一种新鲜的、诗意的途径。在诗作的最后，以华章的形式，讲述了对于构建人类命运共同体的理解，为这部以海洋和船为主题的诗作画上圆满的句号。地球表面 70% 是海洋，人类社会发展与海洋的关系密切而复杂。现在一个普遍的印象是中国是内陆国家，农耕文明发达，海洋经验却不足。这样的认知其实忽略了中国的几千年历史中，海洋和船也是重要组成部分。中国的海洋文明历史悠久，且有着鲜明的、区别于西方的中国特色。我们应该充分认识到这一点。这部诗作就为我们提供了一个很好的视角。

主旋律作品的创作应该如何与读者更亲近，是需要作者多加考虑的，对于写作技巧是一种磨炼，同时也考验作者的学识、人文底蕴。首先需要作者真心认同所书写的对象，然后需要对中国的发展形势有一个总体性的把握，还需要作者对中华文化有着较为充分和独到的理解，这样才有可能写出艺术感染力强的主旋律文学作品。就《中国有了一条船》而言，正是因为作者具备这样的文学素养，又经过精心思考和打磨，才能写出这样一部诗作。当然，细读之下，作品还是有一些瑕疵的。比如作为历史叙事长诗，作品中一些具体史实或许会有不甚准确的地方，而其中一些诗句过于直白，诗味不那么浓。但是瑕不掩瑜。诗歌更重要的是其中传达出的情感和对世界的看法，是否具有感染力，是否与读者能够心灵相通。相信这部诗作可以带给读者心灵的触动、情感的释放和文学的审美享受。

（写于 2021 年）

人与狗的情感能有多深

——评高洪波散文《好狗高气鼓》

现在人们生活好了，身边小区里养狗的人越来越多。每每看到狗主人带着小狗出来散步，都会好奇狗与主人的关系到底是怎样的，为什么有的狗好像听得懂主人的话，甚至看得懂主人的眼神和动作。人与狗之间的感情能有多深？读了高洪波的散文《好狗高气鼓》后，我对人与狗的关系有了新的认知。这部散文是作者给自己已逝的爱犬写下的传记，字里行间充盈着对爱犬的多维度情感，有喜爱，还有敬佩、理解和怀念，令人动容。

散文大致以时间线为轴，从刚出生一个半月的高气鼓来到作者家开始写起，一直写到它重病缠身，不得已接受安乐死结束。它在作者家度过了十四年。它已经成为作者的家人，正像开篇所写，作者家的"户口本"上，高气鼓也许不是第一个登记的,但却是第一个"销户"的。人们对"第一个"总是有着特殊情感，所以好狗高气鼓能让作者用一本传记来怀念。

好狗高气鼓小名谷子，是一只聪明的母牧羊犬。它有着非常人格化的性格特征。比如爱戴花，项圈上别一朵牵牛花就能"目光中洋溢出快乐与自豪"，这不是女孩子爱美的天性吗。再比如，它很敏感，对身边的事物有着自己的理解和判断，并且会反馈给主人，积极与主人沟通。也许会有人质疑，狗这样的宠物表现出来的这些人格化性格特征是狗主人臆想的，可能狗狗真实的想法并不如此。如果你去读了这本书，就不会这样想了，因为书中充满了作者对宠物的细致入微的观察和深入而理性的思考。

书中不仅写了谷子，也写了作者养过的、接触过的很多只狗，以及与小狗的主人的交往。其中有一只叫库克的可卡犬给我留下深刻印象，它总是咬人，连作者都被它咬过，只是因为要拿被它叼走的袜子，而库克最后的结局也很不好。库克是条患有严重心理疾病的小狗，这与它小时候的遭际有关，常被主人殴打的经历严重破坏了它对人的信任。作者在写到这段的时候，有这样一段感慨："人的一生可以养许多条狗，把不同阶段的关爱施于不同的小狗身上。但狗的一生却只能爱一个主人，频频更换主人会让它一次次感到失落甚至绝望，强化它的被遗弃和被欺骗感，库克的命运证明了这一点。"对一只咬过自己的狗都能心怀悲悯去理解它，而不是一味地厌恶、躲避，这体现出作者对狗这一物种的理解是深刻而理性的。

作为一部散文的主角，谷子一生中发生过的"大事""要事""出格的事"都被一一记录。比如一向乖巧的它竟也做出与一只小公狗一起离家出走的"荒唐事"；它与主人两次短暂的分离后都会变得沉默，过一段时间才能缓过来；它假怀孕没当成妈妈却把作者家的另一只狗也是它的玩伴小新的孩子照顾得很好，成功当了"大姨"。这些发生在谷子身上的事情，有的也许会发生在其他狗狗身上，但每一件事经过作者的情感浸泡后再娓娓道来，就显得那么独特，仿佛就是这只叫高气鼓的小狗与作者一家之间独有的故事，而这独特性，就是因为其中融入了作者对它的情感。

散文是表达情感的文体。如果说小说是靠情节推动的话，散文就是靠情感推动的。这部《好狗高气鼓》语言质朴而流畅，其中包含着作者关于动物的深邃思想，看似信笔由缰的书写，实际都是在表达作者对谷子，以及所有动物的情感和思考。在《狗友杂谈》这一章节，作者由谷子的眼睛，牵出一篇科学家关于狗的眼睛的研究报告，说明狗之所以会成为人类的宠物，与其进化出的能卖萌的大眼睛有很大关系。眼睛是心灵的窗户，这在人与狗的交流中也一样适用，而且小狗眼中传达出的不仅仅是爱，更多的是感恩与忠诚。在《谷子遇到了两次"碰瓷"》一章中，作者列举了多位著名作家与宠物猫狗的故事和他们对宠物猫狗的理解，认为作家让动物进入自己的文学世界，是人类与动物之间一种独特的方式，一种超越语言的情感共鸣。在读完作者讲述的谷子的所有故事之后，作者向我们提出一个问题：小狗有人类的一切美德，却没有人性所有的缺陷。我们怎样回报这些忠诚于我们的生命？这是值得每一个人思考的事情。

这部散文回忆爱犬高气鼓的生活趣事，谱写了一曲人狗情未了的深情咏叹，更是爱屋及乌地呼吁人们善待动物，让身边的动物能活得有尊严。这样一种自然观是先进的，正确的，是我们现在所提倡的。地球是我们共同的家园，人类要与其他生物和谐共生，我们的家园才会越来越好。

（写于 2021 年）

有时候，我们可能缺的就是一点理想

——评小树霓裳短篇小说《会走路的书店》

小说《会走路的书店》抓住当下人们阅读习惯改变，纸质书籍的阅读需求大大降低，从而对书店产生很大冲击这一重要现象，从孩子的视角切入，塑造了“爷爷”这个个体书店经营者的形象，更是呼应了纸质阅读是否会被电子阅读替代这样的争论，写出了阅读对人的真正意义并不在于纸质还是电子，而是文字中葆有的那些思想情感，而这不会过时，书店只是一种形式，图书会以别样的形式继续存在于人们的生活中。

在图像化、数字化阅读盛行的今天，我们应该如何引导孩子们发现文字阅读之美，享受文字带来的巨大的想象空间，是教育者和家长们共同关注的。在这一点上，小说通过巧妙的构思和自然流畅的语言，成功地让读者感受到文字阅读之美。小说采用第一人称为叙述主线，从小学生“我”的角度去看爷爷的所作所为，可以让小读者产生较强的代入感。尤其是“我”对自己关于阅读纸质书籍的感受的心理描写，很真实，贴近当下小学生的心态，这也让“我”后来的转变显得较有说服力，一种自然而然的变化在心里发生，从而实现了小说对小读者的引导。

但是，现实题材小说因为与现实生活的距离太近，一些细节如果把握不好，容易引起读者阅读的停顿，从而影响阅读效果。对于这样一篇以当下热门话题为主题的小说，这更是一个挑战。不同于“我”这一形象的亲切自然，“爷爷”这个人物还是有点过于理想化，有那么一点不切实际。因为作为书店经营者，一些“重要”情节没有交代或是一笔带过，比如爷爷书店里的书不卖了，改为免费借阅，资金哪里来？对此，小说里提到爷爷去世后，爸爸用私房钱购书补充流动书店，“我”也在学校发起捐书活动，募集到一些书。但这已经是后话。小说写了爷爷当初决定在公园设立流动书柜时做的很多努力，唯独没写资金问题怎么解决的。对于书店经营者来说，爷爷这样的做法简直就是异想天开。但抛开这些“世俗”的眼光，再看爷爷这一人物形象，就能感到这恰恰是小说的灵魂所在。从某种意义上说，小说是在故意淡化这些太过“现实”的东西，而把笔墨集中在爷爷所做的另外一些事情上，比如骑着三轮车去菜市场卖书，几天过去一本都没卖出去，却还要哄“我”说卖出去了几本，其实是被他藏起来了；比如决定借公园的凉亭办流动书柜，提供免费借阅，有计划有步骤地忙碌着，先去向有关部门申请获得批准，又亲自设计和安装书柜，注重让书柜与凉亭的环境相融合，为读者提供尽可能舒适的阅读环境；再比如为了方便每天更换书柜里的书，干脆应聘当公园的清洁工，一边打扫环境卫生，一边为流动书屋服务。这些事情，说起来好像很容易，但细细一想，这是多么艰难却又伟大的事。一位老人，凭着对书籍的热爱，其本质是对知识和美的热爱，经营一家小书店，为读者提供优质图书，同时也提供优美的阅读场所，在经营失利后，仍想方设法地让这些图书发挥作用，为人们提供阅读书籍的便利，因为他相信阅读能让人更好，“读书扫的是心灵”，并且相信总会有喜爱阅读的人，只是有时候被一些别的原因挤占了阅读时间。在生活节奏越来越快，人们每天被大量网络信息包围轰炸的今天，这样一位为了阅读书籍而努力的老人，显得格外珍贵，也让人心疼。爷爷是在打扫公园时突发心脏病倒地去世的，很难不让人联想是因为累的。爷爷走以后，“我”和爸爸心怀对爷爷的愧疚，继续打理流动书柜的书，并且真的坐下来开始阅读书籍，而变化也在这过程中悄然发生着。眼看着来读书的人越来越多，“我”的心里充满了自豪。而对于读者，这何尝不是令人欣慰的结局。

对于现实题材文学作品，有时候会有一种先行的概念，只有敢于表现社会的复杂甚至阴暗面，才够深刻，只有写出人心人性的复杂甚至人性的恶，才够真实，以至于我们看到那些美好的事或人，都不太敢相信，总觉得过于理想化。但也许我们忽略了，在这些丑和恶之前，首先应该是美和善。《会走路的书店》就塑造了一个令人尊敬的爱书之人的形象。也许爷爷一个人的能量微乎其微，但他的不懈努力就是这世界上永不凋落的美和善。爷爷说读书会传染，美和善也同样会传染。只要我们心中还有追求梦想的光亮，加上脚踏实地的努力，总有一天会梦想成真。有时候，我们可能缺的就是一点理想。

（写于 2022 年）

努力活成自己想要的样子

——评徐海蛟长篇小说《亲爱的笨蛋》

《亲爱的笨蛋》是一个迷人的小说文本。小说成功塑造了颇具辨识度的爷孙俩形象：画家于大岚和小学生于一宝。他们有一个共同的特点，那就是忠于自我，无惧别人的眼光和议论，努力把自己的人生活成自己认为应该成为的样子。这样的品质在今天追求人的自我实现的社会大背景下，显得尤其珍贵。

于大岚是早年留学欧洲学习油画的画家之一。学成回国后没有进入美院画院等地方，却是回到家乡，一个小岛渔村生活。这里的人生活贫困，在缺衣少食的情况下，很少有人懂得欣赏艺术，更遑论欣赏与我国传统审美差异较大的西方油画。人是社会的人，当人们发现与自己不同的事物时，第一反应是躲避。因此，在这个位于落虾岛上的名叫夏凉村的小渔村里，人们面对一个整天到处画油画的画家，自然是远远躲开，还要用对他的辱骂驱赶来掩饰自己内心的害怕。

同样的事情也发生在小男孩于一宝身上。于一宝其实是个再正常不过的小孩，单纯、善良，对各种人和事都敏感而好奇。只是他总是在“扮演”那个《皇帝的新装》里说出真相的小孩，他固执地认为人就应该说真话，无论出于什么样的原因都不应该说假话。而这一点在夏凉村这个几乎人人都相识相知的小村庄里是具有破坏性的，因为人们有时候会出于维护“面子”而说一些假话、场面话。别的小孩子可能会被长辈教育不要乱说话，但于一宝的固执让他听不进父母的劝告和管教，他还有个爷爷于大岚做榜样，就更“我行我素”了。可想而知，这样的于一宝在村里、在学校里都不会是被人喜爱的小孩。

于大岚和于一宝这样的两个人，是那么的不合群，但他们所坚持的东西又是求真向美的，于是，某种“把美撕碎给人看”的悲剧意味出现了。他们所遭遇的种种不待见、不公平，反而让他们的形象显得更加高尚。

围绕着于家爷孙俩，小说还塑造了一些个性鲜明的人物形象。小李老师是作为美善化身的形象存在的。她是于一宝充满被排斥、被嘲笑的人生经历中唯一给他带来友善和关爱的成年人。作为于一宝的老师，小李老师愿意用爱心去理解和接近这个“问题小孩”，在接近之后她还会由衷地赞扬于一宝的勇敢和聪慧，并且是于一宝发现水库大坝的隐患后相信他，并努力为减少人们的生命财产损失而奔走努力的少数人之一。但她也只是一个普通人，没有能力保护于一宝，自己也被调离教师岗位。她在于一宝最苦闷的时候，给他带来书籍和诗歌，带来心灵的慰藉，也带来心灵的力量。在诗歌的感召下，于一宝的灵智找到了释放的出口。

于一宝的同学陈上海是美善的孩子代表。某种角度来看，陈上海是另一类被排斥的孩子。因为她来自上海，对夏凉村来说是“外来人”，不确定者，因此人们对她是防范的，但因为她的家庭情况，又对她是羡慕的。当她没有跟于一宝相关联的时候，她是人们认为的好孩子，但一与于一宝相关联，她就变成不可接受的人，最后被家长带离夏凉村，回到上海，回到人人都认为她应该在的地方。

是的，小说给我们最切肤的体验就是一个人应该在他应该在的地方。人的成长有时候就是找到自己适合的位置。最后于大岚被老同学找到，认可他的绘画成就，让他找到自己的一席之地。小李老师、陈上海等人也都有了自己该有的位置。于一宝凭借着自己写的诗歌离开小渔村，找到适合他的成长的学校和位置。人生的错位，这是小说表现主题中常见的。而这一主题以爷孙两代，也可以说是祖孙三代的形式来呈现，在儿童小说中来呈现，似乎还是很少见的。

相对于于一宝爷孙俩，于一宝的父母是“正常人”。他们和其他村民一样，完全不理解于一宝和他爷爷。对于大岚，因为长幼尊卑的传统道德约束，父亲于友富对自己的父亲虽然厌烦却也尽量顺着老人家的意思，帮他调解与乡亲的矛盾冲突，但对于儿子于一宝，则是严加管教，从不理会孩子的诉求。当孩子与他人发生冲突时，他总是先入为主地认为是自己孩子惹的事，只想通过道歉赔偿解决问题。而母亲更是不理解自己的孩子为什么这么倔，甚至也认为是他脑子的毛病。可以说父亲和母亲的态度是于一宝陷入孤立境地的主要原因。小说这样的处理在以往的儿童小说中也是比较少见的。小说写出家庭环境真实而又残酷的一面，却没有立于道德批判的高处对这样的父母指指点点，反而写出他们为了这个家的生存在努力，为了给爷孙俩一次次“闯祸”善后而隐忍付出。包括那些“欺负”爷孙俩的人，大人、小孩，小说都没有做评价，而是用小说的叙事方式，让一切事件的发展显得那么顺理成章，让我们能够感受到每一个人都是在自己的位置上，用自己对世界对生活的理解去看待他人，而这正是真实生活的本来面目。从这一点上说，小说既写出生活残酷的一面，没有刻意的温情、亲情，也写出生活真实的一面，有时候一个人也许只需要一点点的善意就能坚持下去。而个人的意志力也是能起决定性作用的，我们相信什么，愿不愿意为了所相信的去努力，这是能够改变一切的。

当然，小说不是一点倾向性都没有的，而是作者的倾向全都化在故事情节中。对那些对自己不懂的事物只会嘲笑和暴力对待的人，小说都安排了应得的结局。而那些对爷孙俩展现过友善、给予过支持或帮助的人，都有较好的结局。在这样的情节设计下，自然会让人领悟到怎样做是正确的。

但是，从儿童小说的角度来看，这部作品有一些让人纠结的地方。比如儿童视角的转换。小说用的是第三人称叙述角度，全能型视角便于掌控全局，但也容易脱离儿童视角。小说中还有一些似乎不太适合孩子的细节描述，比如一场婚礼上，几个大人在孩子们面前争论新娘子是否是最漂亮的，出现了一些不太恰当的表述。虽然现实生活中这样不注意孩子是否在场而随意说话的成年人不在少数，但放到一部小说里，又不是必要细节的情况下，还是应该考虑更细致一些。还有一些于一宝的心理描写，也有欠妥的地方。有时候，要表现真实的人性并不是越残酷越真实，或越真实越深刻，而是要看对于情节发展、人物形象塑造是否必要。如果是必要的，那么哪怕有“冒犯”也要去表现，但如果是不必要的，还是应该三思，尤其是给孩子看的，更要多考虑周全些。

这部小说是“新时代 新成长”书系的一种，在小说前有一段出版者的话，表明了这套书系的创作编辑理念，其中说到这套书系着力关注和书写的，既有孩子们生活中的喜怒哀乐，也有青少年成长中的迷茫和阵痛，更有深藏在孩子心底的梦想和期许。我想，《亲爱的笨蛋》确实写出了于一宝的喜怒哀乐、迷茫阵痛和梦想期许，也写出一个海岛渔村的真实人文状态，可以让读者在感受小说人物情感的同时，也思考社会背景下人的生存选择这样的深层次命题。“新时代 新成长”应该是一个书写当下、面向未来的命题。小说并没有给出确切的年代，从一些细节上可以判断出小说里所写的这个小渔村的故事发生的年代不是太近也不是太远，还是期待能够再写一写近几年里海岛渔村的生活图景，不知会不会与小说中这个有些愚昧意味的小渔村有些不一样，会不会是新时代新征程上我们所期待的那些“不一样”。

（写于 2022 年）

我心目中所期待的书写云南的儿童文学

——评湘女长篇小说《勐宝小象》

湘女的小说《勐宝小象》是一部我所期待的写云南的儿童文学，因为它既写出了云南独特的地域风情，也很好地呈现了优秀的儿童小说应有的样貌。

第一,反映真实的儿童生活状况。小说中所书写的儿童生活是独特的，跟我们现在所熟悉的，无论是乡村的还是城市的儿童生活都不一样，是一个原始大森林里的孩子和野生动植物融合、共处的生活环境。作家把这样的生活环境写得非常活泼，有灵气，令人向往，尤其是对西双版纳自然环境的描述非常生动、准确。我有幸去过一次西双版纳，对那里的森林的各种绿色印象深刻，第一次知道原来绿还有那么丰富的层次。读这部小说，勾起了我对那片土地的回忆和向往。

第二，先进的自然生态理念。这里面包含了三个方面。一是人与自然和谐共处是可以实现的，只要我们有爱心、有理解、包容和长远的责任心。长远的责任心是什么？就是必须承认，现在，人类在地球上是处于霸主的地位，我们怎么跟野生动物和自然环境，以及其他各种各样的植物和谐共处？人类的态度是关键。在这部作品里，我们看到了人类善待自然界，包括各种生物，自然界也会善待人类，人类与自然和谐共处是可以实现的。二是历史纵深的眼光。小说不仅写今天，也写了中国人与大象的相处是自古以来形成的传统。这个在我目前看到的自然生态题材的作品里是缺乏的。而这部作品里是将其综合性地进行呈现，而且融合得非常自然。三是科普知识的融入。讲故事的过程中，非常自然地引入了大量科普的内容，但读起来感觉不生硬，而是跟小说的故事情节相吻合，相互促成。

第三，悬念叠生的故事情节。儿童小说的故事性很重要，孩子们主要还是看故事的，在这部小说里，作家虽然写了这样一个宏大的题材，用了年度自然生态领域一个影响很大的标志性事件——云南野象北迁又回归这一现实事件做引子，但是并没有局限于写这么一个事件，而是设计了一个带有悬念的故事：首先描绘了人与象共处的自然生活景象，作为故事的基础和开端，之后自然引出象群的出走事件，出走之后人们的种种反应，最后揭开谜底——象群回归。这一条故事线清晰明确，吸引我们一口气读完这部作品。

第四，开阔的世界视野。我们国家自然生态的保护与发展已经到了一个比较先进的水平。这次野象北上又回归的事件也吸引了全世界的目光。有一个宣传片，里面所展现出来的我们国家野生保护动物方面所取得的成就，让我印象很深，因为在此之前我并不了解云南有这么先进、这么深入、这么专业的自然保护举措。而所有这些，在这部作品里面也一一展现了，而且不是为展现而展现，而是在故事当中自然地进行融入，一切处理得非常自然。阅读这本书能让我们看到中国的自然保护和世界的自然保护相接轨，中国的自然保护因为有地理上地大物博的优势，为世界的自然保护提供了非常好的场所，吸引了很多的专家（比如作品中塑造的“大卫叔叔”）到我们这里研究。这是小说带给我们的开阔的世界视野。

（写于 2022 年）

一群可爱的孩子和那些可敬的大人

——评“我的童年·我的爱”系列儿童小说

近年来，儿童文学创作一直在努力突破现有格局，扩大表现领域，紧贴当下少年儿童生活，呈现与新时代少年儿童精神成长更加契合的题材、文本。大连出版社推出的“我的童年·我的爱”系列，就是一次有益的尝试。

“我的童年·我的爱”系列由8位作家的短篇小说集组成，分别以祖国、家乡、榜样、老师、爸爸、妈妈、小伙伴、家庭等在孩子生活成长中有着举足轻重作用的方面为主题，为我们讲述了48个感人的故事。这些小说聚焦当下孩子的现实生活，以小学到初中这个由儿童步入少年的较为敏感的年龄段的孩子为主要对象，书写他们的快乐与烦恼，从他们的视角观察和感受身边的人和事，以爱的力量，带领孩子们走进千姿百态的社会生活，走进处境不同却有着共同精神追求的中国孩子的精神世界，从而帮助他们认识当下社会发展进程，引导他们思考身处这样一个时代，自己的路应该怎么走。

这些小说关注孩子与成人的关系，塑造了一群各有特色的成人形象。董恒波的《我和我的爸爸》中的一篇《埋藏在心底的秘密》讲述了一个替牺牲的战友抚养遗孤的故事。这样的故事本就容易打动人，小说采用最后揭晓谜底的写法，更加突出了养父平凡而又伟大的形象。全篇笔墨着重放在描写关云飞和关民这对父子的日常生活上，他们相互关心和支持，他们之间的小矛盾，关民破坏父亲新恋情的恶作剧等。而越是普通的日常，越能产生情感冲击力，养父的爱，深沉如斯。另一篇《天上有个大飞机》则塑造了一个能力超强又宽厚仁心的父亲形象。一次意外车祸让女孩景小敏双腿骨折，只能坐轮椅，虽然医生说有重新站起来的可能，但这样的打击对一个刚上初中的孩子来说是难以承受的。而对于在航天技术研究所做科研工作的父亲来说，也是相当大的考验。小敏的母亲陷在自己开车不慎导致女儿重伤的深深自责中无法自拔，无法照顾小敏。工作和家庭的重担全都落在父亲景翔飞身上。在小敏的提议下，景翔飞请来姥姥姥爷等亲戚帮忙照顾，但太多人突然生活在一个屋檐下，又带来新的麻烦。父亲以强大的精神毅力和温和包容的心扛起了所有重担，帮助妻女走出身体和精神的双重伤痛。父爱，伟大如斯。

李丽萍的《我和我的妈妈》中有两位妈妈很特别。《第十四个春天》里的妈妈是一位医生，在爸爸因病住院、妈妈坚守工作岗位之时，杨千智突然面临独自生活的考验，一方面是吃饭问题，要学着自己做饭，一方面是精神问题，一个人在家那种孤单和害怕。但杨千智是个勇敢又能干的初中女孩，不仅克服了各种困难，还意外地通过看妈妈的 QQ 空间对妈妈有了新的认识，在此之前，千智与妈妈的关系可谓剑拔弩张呢。在这里，我们看到一种真实、自然而又温暖、感人的母女关系。杨千智的妈妈是实写,《我叫陈爱好》里陈爱好的妈妈则是虚写，全篇陈爱好的妈妈“出场”极少。小说以女孩陈爱好要改名为主线结构全篇。妈妈因工作安排要到一个遥远的国家参与援建，但通信不畅，陈爱好不能经常与妈妈联系。因为太担心妈妈，加上村里人的流言蜚语，奶奶的恶意，爸爸的沉默，让这个小女孩无所适从，只好归咎于自己的名字不吉利，想方设法地到派出所改名。最后名字也改了，妈妈也平安回来了，流言不攻自破，一切问题迎刃而解。这里我们看到孩子在面对巨大的生活压力时，自我疗救的可能。

曾维惠的《我和我的老师》中一篇《荷叶香，香满塘》写的是班主任林老师面对因爸爸离家而失去生活方向一心想退学的初一学生白瑞涵，用爱心、耐心和智慧帮助孩子重拾生活信心，校准人生目标的故事。白瑞涵家境富裕，衣食无忧，对身边的人和事都不太关心。爸爸的离家看似对他没有影响，但实际上影响巨大。在孩子终于发展到期末考试故意交白卷以达到退学玩游戏的目的这样的极端行为之后，林老师利用暑假把他带到一个小山村体验生活。在这里，瑞涵亲眼见到了生活的艰辛，也感受到了劳动后收获的喜悦，生活在他面前展现了更宽广的一面，他的胸襟打开了，之前的毛病也都不见了。有时候，孩子和大人都会面对眼界越来越窄的问题。开阔眼界，打开心扉，永远是孩子成长中有效的良药。

这些小说还塑造了一系列初中生形象，他们是当下少年儿童的代表。任小霞的《我爱我家》里一篇《有你就有家》讲述了一个温暖而明亮的故事。初中女孩林姗姗来到了人生中第一个思想的岔路口，她开始因为自己的父亲是外卖员而感到自卑，而她小时候一直是以父亲为荣的，认为父亲像高山一样伟岸。不知什么时候她开始注意到在物质条件上与家境好的同学的差距，开始羞于在同学面前介绍自己的父亲。因为一个旧水杯，她逐渐看到了父亲的能力，感受到父亲对自己深深的爱，那是什么奢侈品都无法比拟的。

金少凡的《我和我的祖国》中的一篇《国旗在召唤》写了一群成功帮助坐轮椅的同学回归正常校园生活的“雷锋班”的可爱的孩子。迟慧的《我和我的家乡》里，那些以家乡为美，吸收优秀传统文化和大自然灵气长大的孩子最美。龚房芳的《我和我的小伙伴》重点关注生活环境不同的孩子之间的交往和碰撞，写活了一群性格鲜明、真实可爱的孩子形象，其中一篇《难忘大洼》里，乡村女孩小枝尤为动人。身在乡村的小枝没有机会学习喜爱的绘画，却能够抓住到家里开的民宿来住宿写生的学生学习的机会自学绘画，天赋加上勤奋，让小枝获得了追求梦想的可能。

提前策划与作家创作意愿相结合，是这套书的成功之处。作为一套编辑、策划含量较高的主题出版书系，这套书表现出了较为统一的基调，那就是积极向上、温暖感人。但也有一些遗憾，比如，可能是篇幅统一的原因，有的篇什给人戛然而止的感觉。当然，作为短篇小说集，很难做到篇篇都很精彩，能让孩子们开卷有益，就是成功的。主题出版已成为儿童文学创作和出版的重要分支，如何让主题创作的文学感染力更强，传播面更广，是作家和编辑共同努力的方向。

（写于 2022 年）

和野生动物做朋友的小孩

——评杨志军长篇小说《三江源的扎西德勒》

读着杨志军的小说《三江源的扎西德勒》，曾一度想到动画电影《狮子王》，在那片神奇的土地上，多种多样的动物和植物，在生生不息的生态圈中各得其乐。这部小说为我们呈现了一个万物生长、生生不息的三江源，这里也是一片神奇的土地，生活在这里的人们，能看见更为辽远的山峰，长年与稀罕的野生动物、植物为伴，而生活在这里的孩子也要比大多数城市里的孩子更加亲近大自然、了解自然万物。

小说的故事是从小主公小海的爸爸失踪开始的。小海的爸爸是野生动物专家，妈妈是兽医。小海爸爸受小海爷爷奶奶的影响，立志保护三江源生态，为了帮助那些受伤的野生动物，他们一家卖了城里的房子搬到三江源的扎西德勒滩，办起一家动物救护站。小海爸爸还与一群志同道合的朋友成立了“雄鹰支队”，专门与破坏三江源生态的人作斗争，也救助受伤的野生动物和被困在高山上的人。对小海来说，爸爸经常会“失踪”，很长时间不回家。他不知道爸爸到底在做什么,只知道是和保护三江源生态有关。妈妈对爸爸的失踪也见怪不怪了。但这次看起来爸爸是真的失踪了，因为妈妈接到巴雅尔叔叔的消息后，就着急地带着小海出发去找爸爸。

小海救护站里住着金雕小白、小黄马遥遥、藏獒多吉、赤麻鸭丢丢、红嘴鸦阳阳、黑颈鹤姑姑、斑头雁大叔、藏野驴达娃、白唇鹿妈妈、小藏马熊咖咖和啡啡等许多野生动物。小海从小就跟这么多野生动物做朋友，他甚至能“听”懂动物们的话。从小与其他生灵做朋友的小海，仿佛也具有了某种灵性。在寻找爸爸的过程中，小海是最有信心找到爸爸的。他始终相信爸爸还活着。在一起搜救的雄鹰支队的叔叔们和妈妈都要失去希望的时候，小海却依然坚信能感受到爸爸的存在。救护站的动物朋友们都跟着小海和妈妈的汽车离开了救护站，参与搜救小海爸爸。这是一支奇特的搜救队伍。凭着对动物朋友们的了解和与它们的交流，小海最终带领妈妈找到了被困在冰下的爸爸。这是一个惊险而又温暖的故事。在这个过程中，小海和动物朋友们彼此关心、信任的情感联系，令人感慨。

小海是一个非常特别的小孩。他从小就和爸爸妈妈生活在远离城市的野外，长期与野生动物为伴。对于一个学龄前儿童，这样独特的生活环境是有可能造就一颗与众不同的心灵的，它能与万物平等对话。小海熟悉每一只住在救护站的动物的喜好脾气，也了解它们曾遭受的伤害。在小海心里，这些动物是他的朋友，跟他一样会害怕、会高兴、会难过，只是它们不会说话。它们的心思他都知道，他也知道有一些动物是危险的，会吃人的，不能做朋友，比如荒原狼。在小海小小的心灵里，已经树立起一种朴素的、自然的生态环境意识。他不理解为什么会有人想方设法，甚至不惜犯法也要吃“野味”，他也会对荒原狼这类只知填饱肚子、到处劫掠的动物鄙视和厌恶。虽然他乐意与野生动物为友，但对陌生的野生动物，他不会贸然靠近，而是先理解它的处境，慢慢化解它心里的戒备，慢慢与它成为朋友。与动物的交往并没有影响小海与人类的交往。对于人类小孩，小海也是乐于交往，做朋友的。找爸爸的路上，小海遇到了诺布哥哥、小女孩普姆，他们也是跟随爸爸妈妈进山的。而小海的善解人意和坚定意志，给两位小朋友带来了安慰和力量。

作为儿童小说，《三江源的扎西德勒》成功塑造了小海这个独特的儿童形象，在小海的带领下，让我们领略到不一样的生活，感受到青藏高原那神秘野性的生命存在。读完整部小说，让我强烈地意识到，其实不是我们去亲近大自然，而是我们就在大自然中，就在万物生灵中，只要我们有一颗温柔而细腻的心，就能感受到万物有灵。

（写于 2022 年）

“硬核”与“柔情”并存的军旅儿童小说

——评徐贵祥长篇小说《琴声飞过旷野》

作为著名军旅文学作家，徐贵祥的小说有着鲜明的个人风格，那就是大气、宏阔，兼具军事理论功底和战斗场面描写，能够准确把握军队中的各类人物的心理特征，描写到位。这些特点在这部儿童小说中都得到了充分展示。这些也使得这部儿童小说呈现出真正军旅作品的特色。

小说中可看到作家在作品儿童性方面的努力。作家第一次写儿童小说，对孩子的心理特征并不很熟悉。正如他的创作手记所谈到的，他是在准备另一部小说的过程中接触到了抗战时期坚持的列宁小学和新时期以来第一所希望小学的老师和学生的故事，被触动，引起了很多思考，就想写一写这些人和事。小说中可读到作者在努力把故事和叙述限定在儿童视角上。比如，有一些关于整体战况的讲述，作者会用“拉倒还不明白”“秋子并不知道的是”这样的过渡或解释，既不影响小说的叙事，也不会让读者产生怀疑。这应该是作家的一个特别的处理，因为作家还无法完全进入孩子的视角，不能从孩子的角度去讲述清楚整个状况，而不讲清楚这些，小说就很难达到某种深度。整部小说可以说是写儿童的,但不是典型的儿童文学。

小说最让人印象深刻的是塑造了几个鲜明的人物形象。小说主要以女孩韩子路的成长轨迹为主线，书名中的“琴声”指的就是韩子路的琴声。韩子路是那个年代可怜儿童中的典型代表，她的身世可能比一般的孩子还要悲惨。她虽然有父母、有家，但从出生就没有享受过一天甚至是一刻的温情，能活下来全靠她天生的性格和自身顽强的生命力。以韩子路为主线，小说着力塑造了白扎儿、姚菊、乔咏秋等儿童形象，也塑造了李桐、叶晨霞、黄奎等成人形象。这些人物性格鲜明，各有特色。作者抓住了孩子的性格会随着外部环境的变化而有所变化，成人则基本定形这一特性，把几个孩子在战斗生活中随着学识的增长而成长变化写了出来，但这种成长变化又是符合人物一开始的性格设定的，因而显得可信。比如姚菊一开始是戏班的当家花旦，她性格里的骄傲，维护自身利益等都是与她的身份、环境相适合的。她对韩子路的排斥、嘲笑等并非出于故意，而是天性使然。在跟随戏班参加红军、念书的过程中，她也成长了，但骨子里的骄傲是改变不了的。而成人是孩子们成长过程中的助推剂。戏班时期、红军战斗时期、学校学习时期等不同阶段，几个成人对孩子的影响无论正向的还是反向的，比如张得开就是反向的，都与小说的情节推进相关。这也是小说能够紧扣在儿童小说的一个原因。儿童小说中的成人形象不可或缺，但只能是配角，不能过于突出，否则会喧宾夺主。

更为可贵的是小说没有单纯停留在军事题材,而是表现出了社会环境、教育理念、儿童观等对儿童成长的重要影响。这一点与今天的儿童观、教育观等是契合的，这也让小说与今天的读者有了可以交流的窗口，而这一点对于历史题材小说是很重要的。历史题材小说要想办法与今天的读者发生联系，才能产生共情，引起阅读的兴趣。小说中，韩子路的境遇并不完全是战争造成的，一部分原因是父母没有教育孩子的能力，而这在那个年代也是较为普遍的。作者抓住了这一社会普遍问题，在小说中有意识地表现出来，使得这部小说脱离了纯粹的军事题材小说，进入了一个更为广阔的表现天地。战争年代，战争虽然是人们生活中最大的现实，但生活本身永远比战争更深远。战争可能只是人生中的一面。人生是复杂的、错综的，会有着无限可能。这些都可以在韩子路的人生中看到，感受到。作家关注到了教育对儿童成长的重要性，但并没有在小说中过度渲染学校的重要性。实际上，小说没有哪一个点是用力渲染的，包括红军的牺牲精神、信仰的力量、为了孩子的意识，等等。这也是小说家的功力所在，用情节、人物去自然引起人们的思考，而不是作家跳出来言明。

（写于 2022 年）

一个全新的精灵形象带给我们一段童话之旅

——评金朵儿长篇童话《绿耳》

一

在童话作家金朵儿的奇妙想象世界中住着很多可爱的小伙伴，比如小飞鱼蓝迪、花精灵，还有水街520号的狸猫。这一次，又来了一位新朋友——绿耳。绿耳跟之前的小伙伴们都不一样，她是鹿角山森林里的三眼人，这是我们以前没有见过也没听过的一个新族群，他们是大自然孕育的精灵。

在童话《绿耳》中，作家成功塑造了三眼人这一全新的精灵形象。作为精灵一族，三眼人具备身材娇小、性情温和、与自然和谐共生等外在共性，同时又有着自己鲜明的特征，其中最独特的当然是他们的第三只眼睛，这也是他们族群名称的由来，而与第三只眼睛息息相关的，是他们对自身历史的保护、研究与传承。正是因为他们对历史文化的尊崇，让他们拥有信仰的力量。由此，三眼人与其他精灵族类区别开来，成为独特的一支。

在三眼人绿耳的故事中，最感人的是她与人类小孩夏茉的交往。绿耳是三眼人小女孩，夏茉是人类小女孩，两个原本不应该相见的女孩竟然相遇了，还成了好朋友。绿耳和夏茉的友谊遭遇了绿耳父母的阻挠。长辈曾经的生活经历让他们对人类充满猜忌和顾虑。但是，绿耳被夏茉的可爱、善良所吸引，这恰恰是两个女孩心灵相通的基础。夏茉与绿耳的交往则得到了父亲许哲的支持，但也遇到了蓝伯伯这样对三眼人好奇又贪心的人带来的危险。两个小女孩都是勇敢冲破族类间藩篱的勇士，她们用最宽容和善良的心拥抱对方。

一般童话都会有一个大团圆的结局，绿耳和夏茉这样得来不易的友谊应该永远存续下去。但是他们的故事最终不可避免地走向分离。因为人类对森林的开发破坏了鹿角山原有的宁静，更因为人类把三眼人视为比生命更宝贵的图书馆的破坏，让三眼人的信仰之光不再明亮，三眼人只能远行，寻找可以安身的家园。这是一个不那么美好的结局。在夏茉的梦中，三眼人找到了新的美丽家园。但梦醒后细细一想，这可能只是夏茉的希望。

三眼人的故事从最初的世外桃源一般美好的世界，走到寻找新的开端的希望，表达出作家对人与自然如何和谐共生的深入思考。随着“美丽中国”的新的生态发展理念逐渐深入人心，人与自然的关系成为文学作品表现的一个重要主题。在童话创作中也出现了表现这一主题的一批作品。《绿耳》是其中一部具有独特性的童话。这部作品中，作者有着鲜明的生态理想，认为人与自然是可以和谐共生的，就像上千年来住在森林中的三眼人与住在土楼里的人类能够和平共处一样。但是，这样的平静充满现实的挑战。这里有的源于人们认知上的局限，有的则是源于人性中黑暗一面的危险。三眼人的故事告诉我们，人类必须与自然达到某种平衡，既要发展，又要维持生态环境的丰富多样，才能长长久久生存下去。作家对现实的批判是明显的。童话中开发鹿角山的人也是有一些环保意识的，但却远远不够，缺少了一些深层的敬畏之心。他们对生态理念的片面理解和骨子里的傲慢，让他们在遇到三眼人的图书馆—— 一栋栋小石屋时，认为是小孩在过家家,随意处理了。这对于三眼人是灭顶之灾。弱小的三眼人无力对抗，只能选择离开。

二

每一个充满童趣的心灵中都住着一个精灵或仙子，只有最善良、纯洁的灵魂才能与他们成为朋友。这是童话《绿耳》的创作之基。

精灵或仙子是童话王国中一个庞大的族群。如果童话人物大聚会，恐怕有一半以上是精灵或仙子。在这一数量众多的童话形象上再创新，显然是不容易的。作家金朵儿可以说迎难而上，要在这一片已经盛开的花园中再添一朵不一样的花。但读完整部童话，尤其是读懂了作者想要表现的关于自然的深入思考之后，会发现其实不是作家刻意要创造一个新的精灵形象，而是“三眼人”这一形象自己跑到作家笔下的。

童话的前三分之一篇幅都是在建构三眼人存在的世界。而这个建构过程，是伴随着族长铁木的女儿绿耳出生、成长完成的。父母在教导绿耳的同时，把三眼人的生活状态、精神追求、作为精灵的独特能力等方方面面做了详细的讲解。而绿耳是一个好奇心特别强的孩子，她对人类世界的向往似乎超过了所有同龄人。正是因为她几乎是天生对人类有亲近感，让她一次次到人类生活的土楼观望。于是很自然地与同样有着好奇心和最纯真心性的小女孩夏茉相遇了。

童话的中间部分着重讲述了绿耳与夏茉交往的经历。这里有一起野餐、海边度假等美好回忆，也有被恶狗咬伤、妈妈如蓝被人类抓住等可怕经历。作家设置了一个重要细节，三眼人远离森林后，无论他们的精神是愉悦还是紧张，身体都会慢慢干涸，也就是生命在消失。正因为三眼人有这样的特质，才更反映出森林对他们的重要性。森林被破坏后，三眼人将无栖身之地。

童话的结尾，森林没有了往日的静谧幽深，三眼人没有了精神支柱，被迫远走他乡。到此，以小女孩绿耳为主角的故事讲完了，而森林精灵三眼人是否还存在，留给读者一个念想。

在这样一个长篇童话中，我们可以看到作家有意识地结构全篇的努力。开端、发展、高潮三段式叙述，从容流畅，结尾简短却有力，升华了作品的主题立意。大量细节描写给故事带来丰满的观感。这对于擅长写短篇童话的作家来说，是一次挑战，金朵儿做到了。

三

近年来，很多青年童话作家勇于尝试新的样式和主题，在童话创作方面屡有建树。金朵儿作为他们中的一员，也拿出了更具分量的作品。《绿耳》

应该是她真正意义上的第一部长篇童话。这部作品的创作灵感来源于作家的亲身经历，折射出作家对生活的观察和思考，对生命本真的追问，温暖动人、引人深思。相信小读者们能够从绿耳的故事中读出自己的理解和思考。

（写于 2022 年）

一心追寻光明的少年们

——评胡福君长篇小说《大银杏树的小秘密》

纪录片《与青春有关的日子》开场有这样一段话：在汉语里，人们用一种颜色和一个季节组合在一起，衍生出每一个人都会经历的一段时光：青春。青春应该怎样度过？很多年前，有一群年轻人在用生命回答这个问题。读完胡福君的儿童小说《大银杏树的小秘密》，脑海里就浮现出这段话。这部小说讲述的就是一群用生命回答青春是什么的年轻人。说他们是年轻人也许不太恰切，因为他们还只有十四五岁，甚至更小的年纪，他们是儿童，是少年，但在那个年代，战争的残酷、国家的飘摇，让他们不能拥有一个正常的童年，而是过早地投身于救国图存的历史洪流之中。并不是所有人都能在面临重大选择的关头选择正确的方向，尤其是通往光明的路上还充满荆棘，因此，这样的时刻依然选择光明之路的人，是值得书写和纪念的。这部小说中，小红军栓子和彭家冲的大柱、二柱兄弟俩，就是在黑暗中依然坚定选择光明的少年。

关于小红军的故事已经读过很多，但小红军栓子和一心向往红军的大柱二柱兄弟俩的故事还是给我留下的深深的印象。究其原因，主要是真实。首先，小说真实展现了孩子对红军的向往。男孩子表面上顽皮、淘气，内心则是对公平、正义的自然朴素的渴望。一开始他们可能还缺少家国意识，只是凭着父辈教导的是非、善恶观念产生自然的倾向。从孩子眼里看到的红军和白军在村里做的事，自然而然地让孩子亲近红军。特别是看到红军队伍里有一个与自己年纪相仿的少年时，就更觉得自己也能参加红军，为正义而战。在与栓子的交往中，兄弟俩越来越明白红军是做什么的，是什么样的精神力量在支撑着他们义无反顾地献身，又是什么样的精神力量让他们对待素不相识的彭家冲的老百姓时那么和善。在深入地了解了红军之后，兄弟俩更加想要加入红军，追随红军。哥哥大柱和养好伤的栓子一同踏上寻找红军的路，终于达成愿望。他们知道这条路充满危险，甚至是生命危险，也依然勇往直前。从最初的为亲人而战，到为家国而战，这是那个年代里孩子们特殊的成长之路。

再者，小说真实地反映了当时当地普通老百姓的生活和心理。红军与老百姓的鱼水情是如何一点点建立起来的，在这部小说中有着真切的表现。熟悉历史的人都知道红军是如何建立根据地，并且紧紧依靠根据地的老百姓一步步取得胜利的。历史书上的短短几句话，背后有多少流血牺牲和艰苦付出。在这过程中，普通老百姓一直在艰难地生活。这样的生活是今天的人们难以想象的。小说用充盈而真实的细节，为我们再现了战争年代彭家冲老百姓的生活，仿佛带领我们穿越到那时那地。对当时人们的心理状态的细腻描写，让我们能够沉浸到当时的氛围中。大柱从向往红军到追随红军的故事是小说的主线，这一过程充满曲折，除了可以想见的困难外，最大的困难来自父母。父母自然不希望自己的孩子有任何危险，参军打仗就是最大的危险。这是父母不同意大柱参加红军的主要原因。但在一桩桩事情中，柱儿爹和柱儿娘看出了红军是真心帮助老百姓的，情感上倾向红军。在大柱被白军抓走，白军逼迫老百姓交出红军伤兵之后，他们自然地产生了当初还不如让大柱跟着红军走的想法。这是为人父母的通常想法，却也反映出老百姓的心一点点倾向红军的过程。小说通过柱儿爹、柱儿娘、干爹丁铁匠等大人对大柱参加红军的心理变化，生动地写出了老百姓对红军的看法。一开始是观望的心态，不自觉地就会把红军和白军作比较，而一比较就比出了高下。人心向背是战争的核心。由此，小说也就以一个最小切口——彭家四口的遭遇，写出了红军能够取得最终胜利的重要原因，那就是一心为了人民、紧紧依靠人民。

一个讲述过去的故事的小说，不仅要能够真实还原过去的生活，还要能够与今天的读者发生联系，才能打动读者。小说坚持儿童视角的书写，让孩子们易于理解，而且语言比较接近当下的语言方式，读起来没有距离感。小说设置了一个场景，让已成为老人的弟弟二柱作为讲述者，在今天已成为爱国主义教育基地的彭家冲，为前往参观的孩子们讲述当年哥哥与小红军栓子的故事，这就让过去和当下的时空产生了交集，为今天的孩子产生情感代入提供了一个入口。对今天的孩子来说，大柱、二柱、栓子等少年儿童形象是陌生的，却又有着某种吸引力，因为他们身上有着一心追求光明的勇气，这是那个年代进步少年和青年的共同特征。这种精神，在今天的少年和青年身上依然闪耀，这也是小说能够与今天的孩子对话的深层原因。

（写于 2022 年）

苦难中透出爱和希望

——评殷健灵长篇小说《云顶》

云顶，是一个富有多重意象的名字。它既是云顶小学所在地的地名，更是人们心中向往的达到人性高度的指称。小说《云顶》用富有诗意的语言，为我们讲述了一个富有诗意的地方。有的时候觉得这里就像桃花源那么美好而似真似幻，但她又是真实存在的，因为她收藏了太多生活悲苦的孩子的故事。这部小说最神奇的地方，就是明明写的都是生活中最艰难困苦的孩子们的故事，却让人觉得那么温暖，充满爱和希望，充满力量。究其原因，主要有三点。

一是作者认知的出发点。作者收集到了这么多苦命的留守儿童的故事，却没有悲天悯人，而是从中感受到了生命的蓬勃向上的力量。正像云顶小学的创办者春晓妈妈对孩子们所说的："我原以为只是我在付出爱，实际上，孩子们，你们的回报远远大于我的付出。"是孩子们对美好生活的向往给了杨果春晓夫妻俩带着女儿回家乡重建村小的勇气和能力，也给了作者以这样一种文学的方式呈现这些当下生活的一面的灵感。面对生活的挫折和困苦，我们采取什么样的态度去看待，是我们能否破除困境的关键。

二是小说中宣扬的精神契合了今天的历史发展潮流。一是回到农村，建设家乡的潮流。云顶小学能够坚持办下去，有着乡村振兴、脱贫攻坚大环境的背景支持。二是其中关于教育的理念和实践体现了当下先进的教育理念。比如因材施教（小石头、李千万、幼菊、香卉），综合素质教育（参观茶园、"回家日"）。真正好的教育，不仅是教孩子们学文化、学知识，更深层的是教他们认识自己，发现自己的优长，树立有意义、有价值的人生目标。

三是设置了苗苗这一讲述人的视角。苗苗作为跟随妈妈到乡村小学支教的孩子，可以兼顾外来者和本地人的双重视角，由她来讲述，会比较有感染力和说服力。

这部小说还给了我们学会爱、感受爱、相信爱的能力，这是文学作品中比较稀缺的。就像悲剧比喜剧更容易出彩，写人性的复杂比写人性的高尚更容易引起共鸣。人们好像更愿意相信尔虞我诈，好像那才是人性的真实，却对陌生人的善意保持高度警惕。就像小说里，春晓和素歌为做“童伴妈妈”而到村民家里调研留守儿童的情况，却被村民怀疑“你们一定是想要从我身上得到什么”，这是人的正常的反应。人与人之间的信任那么脆弱。春晓和杨果用自己长期的行动打破了人们的心理戒备，建立起信任的同时，也树立起人们对明天美好生活的向往。有梦想，敢于追求梦想，有能力追求梦想，这是人实现人生价值的康庄大道。当相互信任、相互扶持的人与人的情感联系建立起来，就会达到人性的光辉之地。这是云顶小学带给我们的爱的启示。

对文学作品，不仅是儿童文学，包括所有的文学，我有一个基本看法，那就是理性的愤怒与真诚的温暖。作家要透过生活的千姿百态找到生命的独特性、深刻性，需要保持清醒的头脑，这就要有一种理性的愤怒，对于假恶丑要看得见、看得清、能表现。而对于真善美的书写，可能更难一些，需要作家把自身真诚的感受投射到作品的人物、情节中，让人们真的能够感受到温暖、爱和希望。《云顶》基本上做到了。一方面没有回避那些人性的丑恶，在云顶小学读书的这些孩子们各有各的不幸，也各有各的原因，这里不乏人为原因、生活的无奈，有的甚至是无解的。另一方面，对杨果和春晓，包括肖书记等人的童年经历的讲述，让我们对他们似乎是“逆流而上”的选择有了更深的理解，从而打消了一部分顾虑或担忧。读的过程中，我一直在猜故事的走向。云顶小学是否能够坚持下去。因为看过太多半途而废。但小说一直在用自己的节奏讲述，并且在恰当的地方化解我的担忧。最终，云顶小学还是面临了两难的选择。只是这一选择的解决办法有极大的偶然性，但又有着一定的合理性。偶然性好理解，碰到一对老夫妇，刚好就是有能力帮助他们的人。一定的合理性，则是因为杨果春晓一贯的与人为善、助人为乐，让他们遇到了贵人。有着金子般心灵的人，总会遇贵人，不是这对老夫妇，还会是别的有能力帮助他们的人。而遇到这对老夫妇的原因，也是回到家乡建设家乡这一潮流使然。

（写于 2022 年）

一部带有“类型化”色彩的红色题材儿童小说

——评张剑彬长篇小说《使者》

近两年出现了一批红色题材儿童小说，从不同角度挖掘红色历史中的少年儿童形象加以书写、塑造、刻画，并试图从中梳理出红色精神在少年儿童成长中的积极作用，以及在当下的少年儿童中的传承。张剑彬《使者》可以说是红色题材儿童小说中的一次新开掘。

首先，小说的题材是较为鲜见的，有一定开拓性。以共青团为主要书写对象，他们是战争年代一个特殊的少年儿童群体，是在中国共产党领导和培养下成长起来的后备力量，是我党在斗争中的生力军。小说中突出表现了少年儿童思想认识的觉醒，这是那个年代少年儿童的特殊成长，与今天的孩子的成长很不一样，但却是今天的孩子能够理解的。成长应该是儿童小说永恒的主题之一。让今天的孩子体会过去的孩子的不同成长轨迹，会对他们理解当下社会、世界有所帮助，也对他们树立高远的人生目标有所帮助。

小说达成了某种历史与现实相衔接。在庆祝中国共产党成立一百周年纪念大会上，少年儿童那铿锵有力的“请党放心、强国有我”犹在耳边，今年是庆祝中国共产主义青年团成立一百周年，这部作品是及时的、有力的，也是精神相通的。

第二，小说建立在扎实的历史基础和现实基础上，虚构的细节让人读来顺畅、真实，这是一种符合心理的真实，让小说有了一种隐藏的深度，就像冰山露出水面的山峰，水下则是庞大的山体。

第三，小说的写法很有特点。选取了一个特殊时期、特定地点、特定人物构成的特定场景，聚焦这一场景中的几个典型人物，用细腻的心理描写和充分的场面描写，把其中的典型环境、典型人物、典型事件刻画得可谓淋漓尽致，读起来很过瘾。其中几场“重头戏”写得尤为精彩。比如春来和妹妹逃离日和纱厂、运输木船与小火轮追逐、梁先生的牺牲、日和纱厂的战斗等，都写得非常精彩，一度让我想起去年特别火的一部热血电影《八佰》。宏大背景下，细节做到极致，会产生强烈的艺术感染力。小说中展现出的共产党人大无畏的革命斗争精神和斗争智慧让人动容，而日本侵略者的代表小野一郎，军阀的走狗，以屠大疤为首的一帮无赖、流氓、匪徒组成的大刀队，日和纱厂的监工头子牛大力等人丑恶到极致的嘴脸让人憎恶、愤怒。这些都是作者娴熟地运用多种文学表现手法达到的艺术效果。

英雄人物如果让人觉得可以学习、可以成为，可能是最有吸引力的。

作为一部主题创作小说，把主题放置在故事发展中，充分运用文学艺术手段，调动读者的阅读情绪，与小说中的人物共同进退，从而顺理成章地完成了主题的宣扬。这是比较高明的。小说中我们可以感受到当时受三座大山剥削压迫的老百姓生活之艰难，甚至对七八岁、十几岁的孩子都毫无怜悯之心，生命的尊严无人谈起。我们都读过夏衍的报告文学《包身工》，知道包身工的悲惨。但在这部小说里，儿童包身工更悲惨。那样的完全颠倒黑白、毫无正义公理的社会是不可能长久的。人们的意识一旦觉醒，压迫者将被人民的洪流淹没。这些都是随着小说故事情节的展开带给读者的感受。

小说写出了那个年代老百姓生活之艰难，儿童生存环境之恶劣，国家和民族之危亡，残酷却很真实。儿童文学不应回避生活的苦难，这应该说已经是当下儿童文学创作中较为普遍的认同。不能让孩子生活在真空中，更不能让孩子生活在虚假中，这是不利于孩子精神成长的。儿童文学作家在给孩子们写作时，应该有更高的要求。我最近总是爱这么说，比如在作品中给 8 分的东西，作家就要准备 10 分甚至 12 分的东西，才能让给出的 8 分的东西更有力。再多想一步，也许会有更好的呈现。

（写于 2022 年）

这才是生活的真相

——评孙卫卫长篇小说《装进书包的秘密》

孙卫卫的文字读来感受最深的是两个字：舒适。无论他的散文，还是小说，都让人觉得顺畅、舒服。从散文《小小孩的春天》《我小时候》清新温暖，到小说《一诺的家风》，追求上进、正直坚强的男孩形象让人欣喜赞叹，现在又读到《装进书包的秘密》，又一个正直坚强的男孩姜听棋，因经历了比一诺更复杂、艰难的人生遭际而更让人欣喜赞叹。孙卫卫笔下的童年，不是不经风雨的温室花朵，也不是悲苦无望的可怜人生，而是一种无论遇到什么挫折都要往前冲的勇敢，无论遇到什么困难都要努力克服的坚毅，是奋斗的童年，是幸福的童年，也是真实的童年，可以勾起每一个人的童年回忆又给人以希望和力量，这也许就是孙卫卫的文字带给人舒适感的原因所在。

《装进书包的秘密》主人公姜听棋是小学五年级学生，他天性温和、沉稳，爱读书爱思考让他具备了一些优秀的品质，成为同学们眼中毫无缺点的同学。但他内心里仍是个孩子，有着孩子式的担忧和思虑，同样的好胜心和“好面子”，只是不愿意表达内心。小说用全知视角讲述，把姜听棋内心的种种感受细腻地表达出来，让我们得以走进这个外表安静实则内心如火的儿童的精神世界。孩子的思维方式在小主人公的心理描写中呈现出来，可以真切地感受到孩子心灵世界的丰富与复杂。每一个孩子都不容小觑，与孩子交往需要更多些耐心与理解。

姜听棋的家庭并不富裕，甚至可以说贫苦，但他的父母拥有人生两大财富：勤劳和善良，他们坚信用自己的双手诚实劳动，一定会有达成梦想过上更好生活的一天。这其实是大多数中国人的想法，也是大多数中国人在一天天践行着的。姜听棋一家的奋斗史正是千千万万中国普通家庭的奋斗史。小说中出现的人物，几乎都是秉承着这样的观念在认真工作、认真生活的人，比如姜听棋的班主任吴老师、语文老师黄老师、学校图书馆袁老师、同桌兼好朋友陈晓晨、郑红阿姨等。然而，生活并不会因为人们的勤劳、善良或是美好愿望而一帆风顺，相反，人生的不如意十之八九，意外总是比惊喜多。这也许是生活本真的面目。小说在展现人们为美好生活而努力奋斗的同时，也没有回避生活的不幸。

姜听棋爸爸经历几多挫折，却从未放弃努力。考大学失利去当兵，在军营里自学了木工技术，转业后在城里打工。从做木工开始，进入装修行业，自己开了一家装修公司，因为诚信经营，积攒了良好口碑，生意越做越多，虽然很辛苦，但生活条件也越来越好，一家人都开始筹划买房了。姜听棋妈妈勤劳又能干。在姜爸爸在外打拼的时候，都是姜妈妈支撑着这个家，照顾着姜听棋和弟弟姜闻渔，还有家里的老人。天有不测风云，姜妈妈为救一个小孩而被滑坡的大货车碾轧双腿，最终保住了性命，却没了双腿。这样的遭遇对谁都是重大的打击，其中的痛苦和煎熬也许只有当事人才清楚。从小说中，我们可以感受到当事人的痛苦，但也深深被姜听棋一家人的坚强勇敢所折服。在爸爸妈妈的言传身教下，姜听棋传承了勤劳勇敢诚实的优秀品质，在应对生活的重大打击过程中，得到了战胜生活之苦的勇气与能力。这是一个男孩的成长。

和姜听棋的家庭一样，小说中其他人物的生活也都不是一帆风顺的，都有着各自心底的伤痛。比如学校图书馆的袁老师，原本教语文，退居二线后，精心打理学校的图书馆，还利用图书馆的条件教孩子们练习写毛笔字。他有一个出生没多久就夭折的孩子，妻子因承受不了失去孩子的痛苦染病而终。他没有被痛苦打败，而是认真对待学生，培养学生，也因此而让自己活得充实而有价值。在得知姜听棋妈妈的意外后，他以分享自己的伤痛和如何度过艰难时期来安慰和开导孩子。爸爸的老同学郑红阿姨经营一家餐厅，经济条件比较好，在姜听棋妈妈发生意外后主动向姜家伸出援手，帮助解决了很多实际困难。然而她自己是离异独自抚养女儿的，生活的艰辛没有让她沉沦，而是依然葆有善待他人的温情之心。她对姜听棋家的帮助自然也引起了敏感的姜听棋的怀疑，担心她是来破坏自己的家庭的，担心他要抢走爸爸。一番波折之后，姜听棋弄清了爸爸和郑红阿姨总在一起商量的是怎么帮妈妈治病，也理解了郑红阿姨的想法。

另一个小说中还有一点值得称赞的是，对于姜妈妈见义勇为这一举动的表现方式。在这场意外中，人人都担起自己应该担的责任，没有推诿、埋怨，而把精力集中在救人和渡过难关上。姜妈妈所救的小孩的爸爸妈妈一直在尽力弥补和帮助姜听棋一家渡过难关，大货车司机则受到法律的制裁。其实出了事只会一味计较回报或是争取更多利益的人毕竟是少数，更多的人是小说中所写的，各自承担应有的责任，帮助受伤者渡过难关。被救小孩的爸爸妈妈把姜妈妈的事迹报给了一项旨在引导社会正能量的评选活动，让见义勇为者得到应有的更多的尊重，这是符合当下社会实际的。

通过这些人物，小说为我们展现出生活本真的状态，并且教会我们如何去应对。正如作者在后记中所说：每个人的一生都会遇到难事、不顺心的事，偶尔哭一哭、掉掉眼泪没有关系，更多的时候，要笑对生活。你对生活笑，生活也会对你笑。小说中的人们从孩子到成年人，都有着无惧生活困难的优秀品质。孩子有孩子的难题。也许有的难题在成年人看来不值一提，但对孩子来说却是要努力克服的大难题。面对困难，从小就要养成不畏难、想办法克服困难的好习惯，长大后才能应对更大的难题。对姜听棋来说，生活的重压带给他的是更快的成长。这种积极面对生活的态度，其根源是中华民族悠悠历史中所形成的传统美德。中华民族经历过的苦难可能是其他任何国家或民族难以比拟的，但我们今天依然存在于世界东方。多少古老文明已经退回到故纸堆中，而中华文明依然活在每一个中国人身上，其中提炼出的生活智慧是我们得以不断向前的秘宝所在。

童年对一个人的成长有多重要，不言而喻。在逆境中成长可能会带来两种截然不同的结果。有的人沉沦，甚至生发出阴暗、变态的心理报复社会，也有的人因此更向往光明，甚至让自己成为别人的光。很多时候，文学作品喜欢去写前者，似乎这样的人物设定更能令人感到触动，也似乎这样的人物才更可信、更合理。但我们更需要看到的、更渴望看到的，应该是那些在黑暗中成长却追寻光明的人，因为他们能给我们以勇气和力量，去面对每个人心中的恐惧、担忧、焦虑和不安。书写这样的人物更难。在孙卫卫笔下，我们看到了这样的人物，看到了他们如何战胜心中的恶魔，站上光明的台阶，感受到了不懈奋斗的美，这才是生活的真相。

（写于 2022 年）

让人泪中带笑的四封信

——评一木秋短篇童话《茉莉的耳朵》

有谁会给自己的耳朵写信？茉莉会。开篇第一句话就深深引起了我的阅读兴趣。这原本可能是个悲伤的故事。茉莉的一只耳朵天生有残缺。人们对待与自己不一样的人，无论出于善意或是恶意，都会有不一样的态度和行为。而孩子大多不会隐藏自己真实的想法。茉莉的同学叫她“怪物”就不奇怪了。但事情有合理性并不代表不会产生伤害。很多事都是这样的。对于茉莉来说，同学对她的嘲笑让她害怕、自卑，只想一个人躲起来。童话一开始就把茉莉这样一个特殊孩子身处的环境简洁而清晰地勾勒出来，合情合理的讲述，为整个故事奠定了可信赖的基础。但这是一篇童话，不会也不应该完全基于现实，于是有了茉莉给耳朵写信这一创意。这对于没有亲身体验的人是很难想到的，新鲜又新奇，而对身处其境的当事人，这又是一种希望。于是，给耳朵写信这一创意让这个原本可能悲伤的故事变得有意思起来。全篇紧扣茉莉给耳朵写信这一核心情节，用了经典的“三段式”结构，层层递进，步步升华。茉莉初次听到爸爸说她的耳朵去额尔古纳旅游时，将信将疑却又十分期待，迫不及待地写出了第一封信，在表达得知这一消息的欣喜时是有所保留的，先试探。第一次收到耳朵的回信后，茉莉不再怀疑，开始向耳朵倾诉它“走”以后自己的遭遇。这也许是她第一次向别人敞开心扉。而且作为一个孩子，她也很自然地直接表达了希望耳朵回来的愿望。面对茉莉真诚的呼唤，耳朵写来了一封很棒的回信，把故事推向高潮。在信里，耳朵并没有回避茉莉的疑问和期许，而是给出了合乎现实生活规律的真诚的回应。这封信帮助茉莉建立起自信，也让作为读者的我们意识到，就算是在童话里，一些人生的遗憾也是不能完全弥补或修正的。当遇到挫折和困难时，我们必须正视我们自身，才能真正走出困境。这是茉莉与耳朵的四封信带给我们的温暖和启示。

整篇童话一气呵成，节奏恰到好处，阅读过程就像探险寻宝，总是和茉莉一样，在期待耳朵的回信。其实有经验的读者早就猜到耳朵的回信是茉莉爸爸写的，但作者直到最后也没有给一个明确的答案，这是作者非常巧妙地利用了读者对童话故事半信半疑的阅读心理，一些东西不点透，留给读者想象空间，从而大大丰富了童话的意义，增加了童话的感染力。

（写于 2022 年）

展现当代军人与少年之美

——评陈俨长篇小说《蓝色暑假》

近两年来，知名军旅作家涉足儿童小说写作，把当代军人与少年紧紧联系在一起，挖掘二者之间精神气质的相通之处，让少年儿童在阅读中领略当代军人的风采，感受保家卫国的信念伟力，为他们的精神成长提供了阳光、雨露和钙质，是当代原创儿童文学创作中独特、鲜明的经验和收获。海军少将作家陈俨的《蓝色暑假》就是这样一部优秀的儿童小说。小说塑造了一个当代少年与一群当代守岛官兵的形象，通过巧妙的故事构思，把这样两个群体放置到同一空间场域中，充分展示他们各自的生活状态、性格、情感，让两种难有交集的生命体验在碰撞中摩擦出火花，产生精神上的化学反应，最终少年得到了人生路上一次重要的精神成长，读者也得到一次震撼心灵的审美体验。

小说的故事主线清晰明了，14 岁少年乔乔接受了妈妈布置的一项“暑假作业”，到爸爸当年驻守的西沙群岛中一个名叫飞沙岛的小岛待两天，拍摄一部纪录片。围绕这一主线，小说以心理时间为轴，把乔乔与父母、同学、飞沙岛官兵等一系列人和事串联起来，构成一个枝繁叶茂的“故事树”。在一个接一个的大大小小的故事中，小主人公乔乔在这段难忘的人生经历中的心理演变得到充分展现。小读者可以把自己代入到乔乔的角色中，跟随乔乔的眼睛和情绪，一同经历这场独特的人生旅程。好的小说就是这样能够让我们感受不同的人生，带来精神享受。

乔乔这一少年形象是生动且真实的。当下大多数小读者可以把自己代入乔乔这一角色，源于这一人物形象的“普遍性”。乔乔是一个“正常”的孩子，身体健康，家庭环境良好，还没有遭遇到生活的压力和重大挫折，生活中充满欢乐、希望和光明，而这其实是当下大多数少年儿童的普遍生活状态。作为生活在阳光下的新时代少年，乔乔有着开朗的性格，学习成绩好，爱打篮球，爱摄影，但也会因沉迷游戏导致成绩下降，还有一些叛逆。但乔乔又不是一个完全“普通”的孩子，他有着比同龄人稍多一些的自律、自信，清楚地知道自己喜欢什么，想要什么，并且愿意为此付出真实的努力。正是这些品质使得他取得了一些成绩，也是他可以在飞沙岛上坚持下去并获得成长的重要原因。通过乔乔的故事，小读者们可以清楚地感受到这些优秀品质对一个人的重要性。

小说的结构是精心设计的。虽然西沙群岛是贯穿小说的灵魂主线，但小说并没有急于进入西沙群岛，而是从乔乔的家庭生活入手，从容讲述，做足铺垫。乔乔与父母的关系是比较宽松民主的，他可以称爸爸为“老乔”，但也经常与爸爸之间发生“战争”。曾为军人的爸爸对乔乔的生活习惯等各方面要求非常严格，却又不善于沟通，有时就会显得简单粗暴，而喜欢摄影、追求时尚的乔乔总是想要冲破爸爸设置的种种框框条条。乔乔对爸爸用来教育他的当年西沙的生活、战友情等总不以为然，因为那与他的生活环境相去太远，确实难以理解。好在乔乔有一位从事影视工作且擅长与人沟通的妈妈。乔乔的妈妈非常熟悉守岛军人的生活状况和精神追求，于是，这趟西沙之行就顺理成章地来了，妈妈希望通过这样的方式让乔乔理解父亲。小说以这样一个真实、自然的家庭故事作为开端，为整个小说设立了一个易于进入的入口。而乔乔上岛之后的故事，则把我们带到那个湛蓝的、美丽的，也是多变的、艰苦的，甚至是危险的世界，那是对大多数人来说比较陌生的世界。读完小说，我们会像乔乔一样被守岛军人的精神所感染、震撼。乔乔理解了他的父亲，而我们理解了西沙群岛守岛军人，他们正是当代最可爱的人。

小说在故事开端处，设置了一个问题。乔乔第一次亲眼见到西沙的美景时，被深深吸引了，张船长问他“西沙为啥这么美”，他说，“阳光、蓝天、白云、海水和沙滩，有了这些当然美啦”，而张船长说，“没错，可也不全对”。妈妈在跟乔乔说要让他去西沙的时候，用《小王子》里的话引导他，

“看东西只有用心才能看得清楚。重要的东西用眼睛是看不见的”。这个问题和这两句话，成为引导乔乔用心观察西沙和西沙守岛军人的钥匙。小说结尾，乔乔用望远镜远远地凝望着逐渐远去的飞沙岛，再次问起这个问题，却没有给出明确的答案，而是在心里默念：重要的东西用眼睛是看不见的。小说用这样一个问句和一个“金句”把小说要表现的精神主旨贯穿整体，引导读者从自己内心去寻找答案。

作为军人，作者对守岛军人的工作和生活状况十分了解，小说中关于飞沙岛的描写非常吸引人，对台风等的描写真实、自然，对环境的艰苦、守岛的重要性和难点等都把握得准确、到位。而作者对守岛军人的精神世界更为了解，可以说把作者多年对军人精神的理解和思考注入了小说中。相信读者们在读完小说后，对“过艰苦的日子会上瘾”会有深入的理解。驻守祖国边疆海岛的军人们，是凭着怎样的信念才会这样以苦为美，才能写出“要把寂寞燃烧成太阳之火”这样美的诗句。

当代军人和少年是新时代中国最具有朝气和力量的两个群体。《蓝色暑假》以一个有趣的、惊险刺激的故事，把军人和少年联系在一起，写出了军人和少年之美，而他们背后，是满满的家国情怀，是对祖国美好明天的深深期许。

（写于 2022 年）

致不可模仿也不会再来的少年

——由徐鲁诗集《少年人的太阳》想到的

徐鲁的诗集《少年人的太阳》是一部关于梦想的诗作，通篇充满了对未来的期许和向往。全书分为四个部分：一是关于幼儿和儿童的天真之歌，一是关于少年的少年之歌，一是关于童年的故乡之歌，一是诗人作为成年人对少年儿童诉说“心里话”的信念之歌。这四类诗作带给人的阅读感受很不相同。

关于幼儿和儿童的“天真之歌”，多为描述性语言，书写对象多为自然万物，如风雨、小动物，以及妈妈和孩子等与幼儿生活相关度较高的事物。这里有希望，比如春天、生发、生长等，皆为孕育之希望；这里有期待，比如雪人、稻草人、老鹰等，既是坚守，也是愿望；这里还有故事，比如《清亮的小街》中，拉车的老人和推车的小女孩，画面感、故事感迎面扑来。这些诗作，语言是简短而富有节奏的，像儿歌一样朗朗上口，情绪是温柔的，像给小孩子讲故事一样娓娓道来，语气中带有儿童般的稚嫩，用儿童的眼睛看待和感受周遭的人和物，展现出诗人诗歌创作的灵动和才情。虽然有的诗句还可以再斟酌，但整体上轻盈、跳跃，充满灵气。

关于少年的“少年之歌”则多为抒怀之作，充满理想、热情和辩证的哲思。这里出现较多的是航船、老船长和歌唱等意象，反映出诗人对于少年这一人生阶段的感受，那就是如即将启航的大船。如果把人生比作大海的航行，那么少年确实是准备好下海，正跃跃欲试、摩拳擦掌，但又仍需做最后的准备的一个阶段。这是在理想光辉照耀下最具有活力和创造力的时光，追求理想的路上充满无限可能。这是诗作带给我最强烈的感受。

关于童年的“故乡之歌”是诗人回忆童年的动人倾诉，这里还有诗人对少年的殷殷嘱托，这些诗作充满为少年的人生路加油助力的成年人的智慧。“少年之歌”和“故乡之歌”所散发出的情感是充沛的、有力量的，感染力较强。

“信念之歌”也可以说是一组特别的“政治抒情诗”。说它特别，是因为它是诗人作为成年人对着少年儿童诉说的“心里话”。《祖国妈妈》《五月的鲜花》《军鼓队》《团徽》等诗，带来的是满满的年代感。这是只有经历过新中国成立直至成为今天强大的国家所走过的那些坎坷却也豪迈的岁月的人才能表达出的情感。这对于当下的孩子，尤其是 21 世纪以后出生的孩子来说是陌生的，可能还会有不小的理解障碍，但这也是让孩子们理解祖国的一个路径，在这些诗作里，可以轻易地感受到那些曾经的时光，从而让孩子们更加懂得美好生活来之不易。同时，也能体悟到虽然年代不同，物质条件不同，但人们的精神状态大体上是一致的，让人感到幸福的还是那些美好的事物，让人充满拼搏动力的还是那些关于理想和梦想的追逐，而这也许正是人生的真谛。诚然，这部分诗作还是有一些明显的不足，比如诗味稍弱一些，一些词句的韵律有些跑偏，但胜在情感饱满真挚。

有意思的是，阅读诗集的过程中，我一直在想一个问题，这些诗作，尤其是后半部分诗作，跟徐鲁老师近年来所写的作品很不一样，显得稚嫩，甚至青涩，一些诗作带有少年的气质，真不像是他这个年纪写的。读到他自己写的后记才知道，这些诗作就是写于 20 世纪 80 年代末、90 年代初，是在他还是青年作家的时候写的。我不禁感叹，少年就是少年，是无法模仿，也不可再来的。写作还是要趁早啊！

（写于 2022 年）

一部值得反复读、长期读的红色少儿主题读本

——评董宏猷《一百岁的红领巾》

很难界定这是一部报告文学还是小说，它集合了二者的优势，既有报告文学的纪实性，又有小说的可读性，还有一条历史的线索贯穿其中，使得这部作品内容充实丰富，情感充沛，富有感染力，具有文学和历史的双重价值，是可以反复读、长期读的红色少儿主题读本。

这是一部我党百年历史中的儿童形象图谱。作品分四个阶段讲述了红领巾的百年历史，诞生于革命时期，在新中国成立初期和改革开放时期都发挥了重要作用，到了当下新时代，红领巾仍在与时俱进地发挥着新的更大作用。每个时期先用一段诗性的语言简略勾勒出当时的社会背景和时代特征，然后选取各个时期具有代表性的事件和人物进行重点讲述，这种点面结合的写法，既有开阔的整体视野，又有感人的、深入人心的形象塑造，从而产生了易于亲近的阅读吸引力。

前三个阶段的历史人们了解较多些，选取的人物和事件都是有高度共识的。比如列宁小学、新安旅行团、抗日儿童团等，也是近年来红色主题创作中不断被关注的事件。几乎所有的人物都是人们比较熟悉的，比如曾经影响了一代人的少年英雄草原小姐妹，红军长征中的小红军，曾经深深打动人们的为希望工程代言的那张著名照片上的小女孩苏明娟，还有曾被媒体广泛宣传的 2008 年汶川地震中凭着勇气与智慧救出同学和老师的几位“抗震救灾英雄少年”等。在这部作品中，这些人物和事件被“红领巾”这一极具代表性象征性的“符号”联结串起，而他们也在赋予“红领巾”这一“符号”具体的内涵表现。通过这一个个人物和

事件，把孩子们每天要戴的红领巾是什么讲得生动、具体，更通过作者精心打磨的叙述语言让小读者们感受到那时那地的“同龄人”的情感。

作品让我觉得更具当下意义的则是第四阶段中的新时代少年榜样群像。生态环保、科技、航空航天、奥运会、志愿者，这些是近年来社会发展中越来越受关注的“关键词”，也是与当前少年儿童生活相关度较高的话题。作品分别选取了在这些方面有代表性的人物，用他们的故事来展现当下孩子们的生活环境和精神状态。还有两个较为特殊的人物群体，一是边境线上的少数民族儿童，一是深受红色精神影响的小学生，他们身上带有历史和当下的双重印迹。这些少年儿童的故事也许不是那么“有名”，但他们是当下孩子们身边的人，是他们能“够得到”的榜样。这样的榜样会更有吸引力，也就能发挥更有力的引领作用。

能呈现出这样的文学品质，除了与作家的创作才情有关，还与作品扎实的历史资料基础有关。可以看到，作者挖掘历史材料，把作为社会主义接班人的中国少年先锋队的历史进行了一次较为完整、清晰的梳理。1922年成立的安源儿童团播下了少先队的火种，之后劳动童子团是萌芽，1927年更名为共产儿童团，新中国成立后确定名称为中国少年先锋队。读清历史，有助于看清来路，更有助于看清当下、面向未来。让今天的孩子明白红领巾为什么是红色的，读一读红领巾的历史，是非常必要而且重要的。当今社会更加复杂多变，百年未有之大变局，是成人正在面对的，更是孩子们将要面对的。世界越是纷繁复杂，就越需要我们保持清晰的思路和清醒的认识。因此近年来我们在大力提倡读“四史”，党史、新中国史、改革开放史、社会主义发展史。对孩子来说，读少先队史是必要的准备。从这个意义上看，《一百年的红领巾》这样的文学性强的读本，为孩子了解历史提供了很好的选择。

主旋律作品的创作应该如何与读者更亲近，是需要作者多加考虑的，对于写作技巧是一种磨炼，同时也考验作者的学识、人文底蕴。首先需要作者真心认同所书写的对象，然后需要对中国的发展形势有一个总体性的把握，还需要作者对中华文化有着较为充分和独到的理解，这样才有可能写出艺术感染力强的主旋律文学作品。董宏猷正是具备了这样的文学素养的作家，加上作者的精心思考和打磨，才能写出这样一部“留得下”的作品。

（写于 2023 年）

从“女王”到“女孩”

——评余今长篇小说《梨花湾来的二丫》

小说是从一幅优美、恬适的乡村田园生活图景开始的。和往常一样被鹅群叫醒的早晨，小女孩二丫开始了每天例行的“巡逻”。这个像“女王”一样的小女孩，带着她的鹅朋友走遍村庄的每一个地方，跟所有动物、植物朋友们问好……这样童话一般的生活，却因爸爸的突然到来戛然而止，等待二丫的将是一段难忘的经历，正是这段经历让“女王”二丫变成了“女孩”谈香草。小说讲述了一个引人深思的成长故事。

二丫七岁了，一直跟着爷爷奶奶住在一个叫梨花湾的小村庄，爸爸妈妈带着姐姐在另一个大一些的村庄谈家村生活。梨花湾没有别的小孩，也没有学校，甚至没有年轻人，有的只是几户只有老年人的人家，以种地为生。这是一个典型的“空巢”农村，但小说没有一点灰暗或压抑之气，相反，这里的人们都是脸上挂着笑，相互关心、相互帮助，快乐、自在地生活。在爷爷奶奶“宠溺”“放任”的教育理念下，二丫无忧无虑地“自然生长”，养成了善良、活泼的性格，亲近自然万物，也懂得了很多与人相处的道理。在二丫身上，呈现出一种浑然天成的童真。在梨花湾，二丫是当之无愧的“女王”。

然而，现实生活不会只有美好，二丫也不能一直生活在“真空”世界中，终究是要离开梨花湾的，并且，毫无疑问，是为了孩子更好地成长。二丫七岁时，爸爸来带她去谈家庄准备上学，用妈妈的话说，上学前，二丫需要学“规矩”，需要从“二丫”变成“谈香草”，而这个过程，对二丫来说是颠覆性的，因为这是两种截然不同的生存法则的碰撞。当二丫来到爸爸妈妈身边，进了有很多小朋友、有老师的幼儿园，接触到更多的孩子和大人，才发现这里与自己原来以为的世界有多么不同，有的事甚至完全超出了二丫的理解范围。比如，在梨花湾，茶奶奶种的瓜可以随便吃，但在谈家庄，别人家种的瓜就不能随便吃，否则会被认为是“偷”；比如“天牛”这样的小虫子是不能带进教室的，因为会让小朋友害怕，惹老师生气。而最大的打击来自对自身的认知，在来谈家庄之前，从来没有人叫二丫“歪头”，原来这个天使般可爱的女孩是天生有缺陷的。这也许是爸爸妈妈把她留在爷爷奶奶身边的真实原因，也许是爷爷奶奶和梨花湾的其他爷爷奶奶对二丫格外宠爱的真实原因，小说没有明说，但有一点是明确的，在此之前二丫并不明白“歪头”是会被人嘲笑的，她也不明白姐姐为什么从她进门的第一天就极其排斥她，不明白谈家庄的几个跟姐姐差不大的男孩子为什么会攻击她，甚至打骂她。在受到欺负时，二丫会伤心落泪。一连串的打击让她想逃离，想回梨花湾。相较于开篇的“女王”，这个被欺负的二丫看起来更真实，因为这才符合人们对生活的认知，真实且残酷。但是，生活真的是这样吗?

小说为我们描绘了两个差异巨大的现实环境，梨花湾有多友善、多温馨，谈家庄就有多冷酷。小说也用故事情节的发展和人物心理细腻的描写告诉我们，这不是简单地用自私或是人性的阴暗面就能解释的，真实的生活本身就是充满复杂性和矛盾性的，当然也有着无限的可能，关键还是人，是人在面临事情时所做的选择。梨花湾的胡爷爷、茶奶奶的和蔼可亲与人为善是真诚的，谈家庄的小喜、阿星、阿荣欺负二丫也不完全出于恶意，也有孩子的顽皮和恶作剧，而小喜妈妈的不讲道理、好奶奶的喜怒无常，包括妈妈“唐主任”对二丫的既爱又嫌弃、爸爸对二丫的爱和约束，都写得顺理成章，真实自然。

二丫的可贵之处，不仅在于对自然万物的善意，朴素的万物有灵、生而平等的生态理念，更在于面对别人表现出的恶意不是一味忍受，但也不以恶制恶，而是坚持自己的选择，做自己认为对的、有意义的事，比如对别人流露出的善意报以大大的拥抱，而对于别人的冷淡也报以微笑。二丫这样的天性，让她身边的人不知不觉被吸引、被改变、被融化，渐渐与她身心贴近。

小说并没有把二丫塑造成一个完美的形象，她还有很多需要学习的，比如必须学习与更多的不同类型的人相处,学习一些“规矩”。我们也相信，这样一个有灵气的孩子，随着年龄的增长，懂得的事越来越多，会变得更加有能力帮助身边的人，也会更加恰当地处理遇到的事，更好地与人相处。

小说塑造了一群儿童形象，二丫、姐姐、青山、小喜、阿荣、阿星等，他们的故事让我们看到，每一个孩子都是有灵性的，每一个孩子都是有特点或长处，同时也有不足的，他们的成长道路上，需要大人的呵护，也需要大人的引导和陪伴；而在所有孩子们需要锻炼和学习的能力中，“爱”的能力是最珍贵，也最难学的。孩子可能都是天生拥有爱的能力的，在成长过程中会不断强化还是一点点消失，也许是成长的核心意义所在。

（写于 2023 年）

生之艰难与喜悦

——评裘山山长篇小说《游过月亮河》

年轻的解放军战士直子在一次抗洪抢险中因体力不支被洪水卷走，他最后救下的小男孩光伢子虽然活了下来，却在这次洪水中失去了父母。战士直子母亲去世早，留下老父亲独自承受失去儿子的痛苦。军旅作家裘山山最新儿童小说《游过月亮河》就从这样一个英雄的故事开始，讲述了在突然失去至亲之后，老人和孩子怎样渡过那段艰难的时光，重拾对生活的希望。这是一个关于英雄的故事，更是一个关于人生大义的故事。生活是个出题高手，无论再怎么准备，总会遇到意想不到的考题，有的是惊喜，有的是打击，都是难题。这样的考题，答案不止一种，有时可以向别人求助，但答案的最后一个字只能自己去写。小说中，原本有着幸福生活的光伢子突然失去了一切，就是生活给这个孩子出的他人生中第一道大难题。他会怎样去解答？这是小说开头抛出的一个悬念，然后用一个完整、真实又感人的故事给出了答案。

面对这样一个关于英雄、生死的颇具冲击力的故事，作者选取了最简单的单线叙事结构，以时间为轴，顺序展开故事情节。从洪水来临前光伢子一家的幸福生活开始，到洪水来临时全村人的奋力自救，解放军的到来给村民们带来了希望，很多人被救起，但也有一些人被洪水带走。对这场天灾的描写是小说的第一个高潮。作者用直面悲剧的笔法，写出了情况之紧急，生死抉择之两难，大灾面前人性的瞬间爆发，等等，惊心动魄。

洪水退去后，人们清点损失，损毁的家园，失去的生命，同时也清理着自己心灵的伤痛。这一部分，小说用了较为舒缓的叙述节奏，在人们有条不紊地开展善后工作的平静表面之下，是言语中、眼神中满含的悲伤与愧疚。这是大灾之后，幸存的人们常见的情感，是需要花一些时间和努力才能抚平的。光伢子这样的小孩最让人心疼，一夜之间失去父母，而且父亲是在抢险中牺牲的，母亲为救他而被洪水吞噬，一个十岁的小男孩要如何去面对这样的真相。因此,村里的大人和部队的人都更用心地去安置他，除了给他找个安身的家，还要考虑如何才能让他明白事实而不受到二次伤害。

正在人们一筹莫展的时候，事情有了转机。救下光伢子的战士直子的父亲郑连根来到连队，要求住在连队附近，可以帮连队打理鱼塘，只为了离儿子生前生活的地方近一点。人们想当然地认为失去儿子的老人与失去父母的孩子,正好都需要一个“家”,正好可以相互安慰,扶携着走出痛苦。但是，两个当事人也是这么想的吗？小说从这一刻开始，打开了一个全新的精神世界。在此之前的情节、人物情感都是读者或多或少有所了解或是体会的，而这样的一老一小会怎样相处，对很多人来说是陌生的经验，因而也是更为期待的。而这也是很难写的，因为我们知道故事的结局必然是大团圆。一个已知道结局的故事很难再以情节走向去吸引读者，这就更加考验作者结构故事的能力，也考验作者对人心人性的洞察与思考。

作者运用了文学创作最基础的一条规律，那就是真实。小说是虚构的，但小说的虚构唯有基于现实的真实达到艺术的真实才能引起共鸣。小说很真实地写出了两个善良的人从相互抵触到逐渐靠近的情感变化，合情合理，让读者不自觉地就进入到两位主人公的心灵世界。正如小说中郑连根所感受到的，“他那颗原本像石头一样的心，先是柔软了，然后湿润了，再然后长出了青青的草，不再干枯了”。而光伢子是小孩子，情感丰富却不太会表达，他的情感变化是从对郑连根的态度上点滴展现的。最后他终于叫出的那声“爷爷”，是孩子彻底接受了这位“亲人”的表达。

作为一部儿童小说，在叙述上也用了尽量简洁质朴的语言，省去了枝枝蔓蔓的缭绕，直抵人心深处，把人物的心理变化一层层地解剖，既给故事情节发展建立了充分的逻辑支撑，更把小说的主旨突出出来，让我们体会生死面前，逝者无法挽回，活着的人也要活下去，而某种意义上说，活下去也许是更痛苦的。这是生之艰难。然而，生活还有着另一面，那是生之喜悦。处在人生最痛苦时期的光伢子和郑连根，就是因为再次感受到了生之喜悦，才重拾对生活的希望。

光伢子从最初的沉默、畏缩，又变回那个调皮、活泼又懂事的小男孩，郑连根也冲破了心结，接纳了光伢子，并且决心把光伢子抚养长大。两个人的变化，根源是两颗善良的心灵。如果不是因为对光伢子的不忍心，郑连根是不会让他住到家里的。虽然他心里非常难接受，光伢子时刻在提醒自己，儿子死了，而且是为救他而死的，本能的排斥特别真实。但他是个正直、善良的人，要不也不能培养出直子这样优秀的儿子。所以他不仅接纳了光伢子，还尽力照顾他，不仅是生活上的照顾，还有精神上的“照顾”，对他包容，给他温暖。

光伢子也是在父母爱的滋养下长大的善良的孩子。他会关心人，爱护小动物。到了陌生人的家里，他会感激收留他的人，尽量“表现好些”。但让他叫郑连根“爸爸”，他是不叫的。他一门心思地在等爸爸妈妈回来。直到有一天，郑连根经过反复思量，决定告诉孩子真相，不再让他抱着幻想等下去，光伢子的反应是那么真实。这里两人的对话堪称精妙。这是大人和小孩关于生死的直接的对话，小孩的问话和大人的回答都恰当地表现出了与人物的气质、心性、年龄和阅历相适应的状态。而从死亡过渡到人为什么要活着，顺理成章。“人是不能随随便便死的。人要活着，好好地活着。”“坚强不仅仅是摔跤不哭，是要敢于面对新生活，是要好好活着。”这两句郑连根说给光伢子的话，何尝不是说给所有正在经历生之痛苦的人的话。这可以说是这部小说的题眼所在。游过月亮河，在小说里是光伢子最终克服心理障碍的表现，也意寓着这个孩子找到背负伤痛活下去的勇气，领悟生之喜悦。至此，小说圆满完成了提问—回答的过程。

我们总会对儿童小说有诸多期待，故事要有趣，要富有意义，要让孩子读后有收获。这些固然重要，但更进一步的是，要能激发孩子关于生活真谛的思考，拓宽他们感受人生的面向，从别人的故事中读出自己的启示。这部小说做到了。

（写于 2023 年）

孩子与家，大连与祖国母亲

——评刘东长篇小说《回家的孩子》

在中国近现代史上，大连、旅顺等地曾被侵华日军占据多年，学过初中历史的人都应该知道，但很多人可能不会清楚记得日军占据的时间长达40年。日军在大连、旅顺等地施行奴化教育，人们也可能有所耳闻，但大多数人可能也就仅限于“知道”。回顾历史如果只是描述事实、现象，就无法深入人的内心，无从“感同身受”，而这恰恰是文学开始的地方。刘东的儿童小说《回家的孩子》就是从历史出发，以抗日战争时期被侵华日军占领的大连为表现对象，带领我们进入当时当地人们的内心世界，跟随他们的情感起伏，感受那段历史的黑暗残酷，也感受被压迫的中国人的不屈抗争和牺牲奉献精神。小说采取“正面强攻”的方式，直接书写那个特殊年代特殊背景下中国人民的日常生活，较为真实地反映了侵华日军在大连、旅顺等地所施行的残酷统治和奴化教育，展现了大连人民对侵略者的反抗，对中华文化和民族精神的坚守。

作者很擅长讲故事。首先，选取了一个特别有表现力的时间段：抗日战争接近尾声。这个时间段正是黎明前的黑暗，日军的殖民统治在大连已经施行40年，而日军显示出的颓势又给苦苦煎熬的中国老百姓带来点点希望。这是一个人心浮动、各方力量加剧较量的时候，所带来的矛盾冲突给小说创造了较为宽敞的表现空间。

其次，小说设置了一个有代表性的中国普通老百姓家庭。一家之主田映川是当地一位有名的中医，经营着一间药店，妻子卢珍贤良能干，育有三男一女四个孩子：大儿子田伯男二十多岁时突然离家，再无音讯；女儿田杜若刚成年还没工作，偶尔在家里药店帮忙；二儿子田仲男是高中生，在日本人开的中学上学；小儿子田叔男不到十岁，在日本人开的小学上学。这是一个当时再普通不过的家庭，也是有一定经济实力和文化水平的家庭，这样的家庭最有可能培养出具有进步思想又才能出众的青年，这样的青年是中华民族追寻民族独立、救亡图存的火种。

第三，设置了一个悬念，大儿子田伯男留下的孤子被辗转送回老田家，但在那样一个特殊的社会环境下，绝不能相认。小说中的一部分人，一开始就知道这个秘密，而孩子本人和另一部分人是不知道的，还有一部分人是猜出来的。这样就形成了一个“公开的秘密”，其最终会公开是没有悬念的，公开的时间也没有悬念，一定而且只能在抗战胜利后，而具体会以怎样的方式让孩子知道自己的身世，让亲人相认，这是个悬念。在这个过程中，秘密一直有被泄露的危险，而一旦泄露，可能会给田家所有人带来不堪设想的后果，这是一直让人揪心的。与其说是小说成功营造了悬念氛围，不如说是成功还原了那个时期人们的真实情感，让读者真真切切地感受到被侵略者统治是多么可怕又无望，最基本的生存都毫无保障，尊严更是无从谈起。这是侵略者带给人们的伤痛，是战争带给人们的伤痛。小说如果只一味地渲染压抑感、紧迫感，是没有太大价值的，这部小说不但写出了战争状态下的紧张、压迫，更写出了中国老百姓坚持斗争的勇气和智慧，不仅是对侵略者残暴统治的反抗，更是对奴化教育的抵制，对中华文化的坚守。

故事讲得好，除了情节设置好，还要靠生动的人物形象来实现。小说塑造了一批性格鲜明的人物形象，有成人，有儿童，有少年，有日本人，还有被日军抓来当差的朝鲜人，可谓形形色色、林林总总，通过这些人物形象，把当时社会复杂多变的形势和人际关系展现得淋漓尽致。

成年人形象，如田映川、绍师傅，从他们身上可以看到中国人的骨气和智谋，他们都在以各自的方式坚持着心中的信念，但这种信念只能藏在心里，这更增加了他们内心的痛苦。荣芳和田杜若这一对青年则是另一类中国人。荣芳是田家收养的孤儿，为了生存，选择了给日本人打工。田杜若被家人惯着，保护着，满心都是自己的小日子。这对年轻人倾心相爱，只想过安稳幸福的生活，这本应是美好的合理的人生目标，但在乱世之中，在侵略者的残暴统治下，哪里能有安稳！像荣芳和田杜若这样的年轻人，没有亲身体会过日军的凶残和失去亲人的痛苦，是很容易丧失判断力被蒙蔽的，为此，他们也付出了沉重的代价，但他们身上有着中华民族传统文化的深深浸染，在最终看清侵略者真面目之后，会成为坚定的反抗者，因为他们已经切肤地感受到“没有国就没有家”的深刻含义。

从田伯男、田仲男身上，我们看到的是未来和希望。田家两兄弟都是抗战英雄。哥哥田伯男是虚写，始终只在他人讲述中出现，但他毅然参加抗日、奔赴前线，最终牺牲在战场上的英雄壮举非常清晰。弟弟田仲男是明写，个性刚毅且沉稳，遇事爱思考，更因为受到革命进步思想的影响，对中国抗战有着坚定的信念。他这样的男孩，在学校很容易获得同学们的支持，而且大多数会有几个“铁哥们”，所以他和同学郑大年、向明义被同学们称为“铁三角”。田仲男和几位同学是作者着力塑造的少年群像。小说写出了一群有着不同性格的中国少年，有的敢于斗争，也善于斗争，但也有人，比如像宋晓辉，因为恐惧和胆怯，选择了逃避。但在那个山河破碎的年代，家园被侵占的中国人已经无处可逃。从关东州逃到奉天的宋晓辉，依然无法逃脱日本人的魔掌，无法逃脱悲剧的命运。而田仲男他们面对残酷的现实，已经认清了日本奴化教育的真实面目和险恶用心，坚守底线，坚决斗争。在被迫为日本人修建机场的时候，田仲男带领同学们，以与日本高中生打群架的方式，来达到不为日本人修机场的目的，展示了他们不甘为日本人所用，宁死不做日本人奴才的反抗决心和行动，制造了有名的“水涧堡事件”。这一事件以及之后田仲男和郑大年、向明义的遭遇，把故事推向了高潮，这是之前种种事情积累下人们思想情感的集中爆发，当时社会上不同人群之间的各种角力都在这场戏中发挥了作用，所有的人物关系都被调动起来，各类人物形象都在这场戏中得到升级强化，他们的立场和种种考虑，都被清晰地展示出来。

小说塑造了两个主要的儿童形象，田伯男的遗孤唐生和唐家小儿子田叔男，两人年龄相仿却有着不同的鲜明个性。田叔男在家人的保护下，无忧无虑。他从一出生就在侵华日军的统治下生活，在只教日语的学校上学，父母出于保护他的目的也不敢让年幼的他知道太多。因此，他不知道还有不说日语的学校，也非常不理解唐生为什么宁可天天被惩罚干活，也不肯说日语。唐生因为从小跟随抗日的父亲母亲，见到太多日军的暴行，对日军侵略中国有着强烈的家国仇恨，但他也是个心思沉稳细腻的人，也许是从小的经历太多、太沉重，让他表现出了与年龄不相符的成熟，不事张扬，懂得察言观色，用心体会人与人之间的关系。唐生太小，还不懂不肯说日语这样的反抗是无力的，还会给自己招来杀身之祸。最后还是田仲男的一席话让唐生领悟到斗争可以有不同的方法，认识到日语只是一种手段，学了日语可以更好地战斗。田仲男就是这样做的，他精通日语，主动读日语书，更多地了解日本文化，这在他被抓之后保护自己起到了很大作用。

小说还勾画出警察老金、日本女孩枝子等形象，从他们身上可以看到作为侵略者一方的一员，他们是不赞同侵略的，但又身不由己。战争造成的创伤是双方的。这也是小说的一个优点。没有仅从中国人角度去写，而是带着对战争的反思，从正义的一方和非正义的一方去看待战争，这样更能让人感受到战争的残酷，让人对那些发动战争犯下战争罪行的人更加痛恨。

“回家的孩子”不仅是指小说中终于能回到家与亲人相认的烈士遗孤唐生，也是指被侵华日军统治 40 年的大连回归祖国母亲的怀抱。经历过如此漫长的殖民统治的大连人民，有着更加热切的“回家”渴望，对抗日战争的伟大胜利也更加珍惜。

近年来原创儿童文学不断突破书写疆域，拓展表现空间，特别是在战争题材方面，屡有填补空白的佳作。《回家的孩子》就是这样一部作品。大连人民的抗日斗争是中国人民英勇抗日精神的一部分，是世界反法西斯战争中的一段特殊历史。今天，在先烈浴血奋战换来的和平之光照耀下，我们很难理解和体会“和平”的珍贵。多了解一些战争年代的人和事，能让我们对生命的意义和价值有更深刻的体会。让小读者们了解那段特殊历史背景下的中国孩子的经历，能让他们认识到战争的罪恶，认识到今天的美好生活来之不易，从而思考应该怎样做才能真正不负韶华。

（写于 2023 年）

她向山而行，我们向她而行

——评杨筱艳长篇小说《向山而行》

每个人的一生中，总会遇到那么一两个让人从心底仰望的人。时代楷模、“七一勋章”获得者张桂梅正是这样的人。她所成就的事业，给很多云南山区的女孩带来真实的助益，可以说改变了她们的人生走向，而她们的改变又影响了身边人的命运，从而影响了当地社会环境的发展变迁，这影响是深远的。张桂梅为梦想坚持付出的事迹感动了很多人。已经有很多文学作品讲述她的故事，人们对她的故事可能不陌生，但对她这个人本身却还是相对陌生的。究竟是什么样的精神力量支撑着她那瘦弱的病体，做成了那么困难的事，这也许是每一个知道她的人最想了解的。而就在当下，有一群以张桂梅老师为代表的乡村教师，他们为了给孩子们创造更光明的未来而努力奋斗着。小说《向山而行》就是写的这一群人，以张桂梅老师为主要原型，发挥小说对典型人物进行深入书写的优长，塑造了张秀梅老师这一形象，不仅让我们知道了这群优秀的人的故事，更让我们能够走近他们的内心深处，看到他们看到的，感受他们感受到的，尽可能接近他们的精神世界。

小说选取了华坪女高建成，即将开学这一时间节点作为开篇。秀梅老师作为校长，在施工尚未完成的校园里激动地“视察”着，为开学做着最终的准备。这所她倾尽全力终于建成的学校马上要迎来第一批学生，她希望能带给学生们最好的学习环境，喜悦、激动、希望、光明等，一切美好的情感此刻填满她的心房。跟随着她的脚步和思路，我们把这所新学校逛了一遍，发现其实它并不那么“漂亮”，基础设施还很简陋，连厕所都要到隔壁学校借用。但秀梅老师丝毫不以为意，因为这是梦想成真的一刻。

她的情绪深深感染着我们，让我们也觉得前面坦途一片。但，随着小说情节的推进，当夜深人静的时候，当秀梅老师一个人承受着病痛还要为明天孩子们如何上课而发愁的时候，当几位青年教师怀揣梦想加入这所新学校却因各种原因撑不下去，陆续离开的时候，我们才如光芒散尽之后恢复视觉一般发现，秀梅老师是不是太过乐观了？如果说学校建成前已经遭遇了种种挫败，那么学校建成后面临的是更加棘手的难题。学校以培养学生为目的，学生的成绩某种程度上就是学校的生命。这所免费女子高中最大的问题就出在学生身上。这是当地第一所，也是唯一一所只招收女学生并且全免费的高中。免费这一条件吸引了很多大区深处的女孩子来上学。她们虽然年龄正合适，但知识水平完全跟不上所应就读的年级。还有一些女生上学本就不受家人重视，在大人的认知里，女孩子稍微学点东西，不是文盲就行了，将来总要嫁人的，生孩子，围着家人转，不需要多高的知识水平。这些是我们跟随秀梅老师的家访得知的。这在 21 世纪第二个十年的当下社会中，简直是不可想象的，但却依然真实地存在于一些人的头脑中。山区孩子的教育，面临的不是单纯的教育问题，更是人们思想观念的问题，而观念的更新，是需要时间和加倍的付出才能达成的。小说通过秀梅老师筹建女子高中并努力维持运转的经历让我们清晰地看到了这些，让我们在为小说中的人物唏嘘的同时，也感叹教育的重要与困难。

小说采用双线并行的结构，一方面写当下秀梅老师办女子高中的故事，一方面穿插回望秀梅老师小时候上学的故事。两条线索相互印证，勾勒出了秀梅老师整体的人物形象。正是因为小时候求学之艰难，让她对自然环境、家庭条件、观念认知等多重因素的影响有切肤的体会，她深知上大学对女孩子意味着什么，想让那些生活在大山深处的女孩子们得到平等的教育机会，是她能想到的能改变这种状况的事，于是她就去做了。尤其是在她已经成为特级教师，在事业上可以功成身退的时候，在她老伴去世，自己又查出癌症的时候，她毅然决然地开始到处寻求支持和帮助，筹建一所专门招收女生且免收学费的高中。这在一些人听来完全是天方夜谭的事，竟让她做到了。这是多么让人敬佩的事，这是多么让人敬佩的人。小说最后，借一位老先生之口说出的一句话，也许是对秀梅老师最好的注脚：人得有个念想，有一件老惦记着的事，才会活得更有劲头。

小说中还围绕着华坪女高、秀梅老师塑造了许多人物形象，可以说社会上各类人的代表都能在这里看到。这是小说深入现实生活本身的结果。比如，在写到华坪女高的老师们一个接一个离开的时候，没有去苛责老师们，而是用实际情况去说明老师们离开的原因。孩子们的基础太差，用常规的教学方法根本没法教，而且工资待遇、与家人分离等各种原因，都是很真实的。除了老师离开，还有学生离开。有的学生家庭条件还可以，一看学校没有上大学的希望，就把孩子转到私立学校去了。但也有例外。大学刚毕业的小韩老师就是其中一个。这个大男孩有着教育理想，有着改变现状的勇气，也有知识有能力有体力，但他面对基础如此薄弱的高中生，也没了办法，打起了退堂鼓。只是在他临走前去看秀梅老师最后一眼时，看到的是她坐在办公桌前吃着饭就睡着了的背影，这个大男孩被深深震撼了。他回家后行李都没拆就又回到了学校。是的，支撑着华坪女高学生和老师的就是校长张秀梅的精神。她是这所学校的精神象征，她用一腔热血和吃苦耐劳的精神把一群人聚集到一起，力排阻碍、力克困难，完成不可能完成的任务。

作为一部儿童小说，孩子的形象必不可少。小说中塑造的几位女生形象也让人印象深刻。比如海云云、蓝海莉。她们有着各自的困难，却都是好学的孩子。她们也都有着当下孩子们的淘气与稚气。比如一次班会课秀梅老师给同学们播放电影《烈火中永生》，孩子们一边看一边小声议论，为什么要看这部电影，太假了，还以为会是新电影。秀梅老师听后也不反驳或是批评，直接把这部电影再从头播放一遍，让不相信的人再看一遍。孩子们这下才静下心来感受电影的魅力。而最让人感动的，是孩子们自知学习底子太差，决心跟着张校长的脚步把全部时间和精力放在学习上，在高考最后冲刺阶段更是达到了极致，最终取得了比较满意的成绩，让华坪女高成了真正意义上的女子高中。

如果我们把目光脱离开华坪女高，放远一点看，会发现秀梅老师和她的华坪女高是我国社会发展中的一个亮点，就像群星闪耀的星空，这是一颗肉眼就能看到的星星，它所带来的能量，辐射到周遭环境，影响着身边的小星星和尘埃。它也是我国取得举世瞩目的成就诸多原因中的一个典型代表。正是因为有着张秀梅老师这样的普通人的勤勤恳恳、辛劳付出，才有我们越来越好的生活，才有孩子们更加光明的未来。张秀梅老师带领着她的学生和教师们一起向山而行，我们每一个都应该向她学习，树立梦想并且坚持不懈地追求，把我们的人生也过得更有意义、富有价值。

（写于 2023 年）

关于生命的三重奏鸣曲

——评薛涛、张永清图画书《蚂蚁的森林》

在音乐里，三重奏鸣曲通常由三种乐器配合演奏，三种乐器之间，高音与低音，快与慢，轻与重，多层次配合，成就变化丰富且韵味悠长的美妙乐曲。读图画书《蚂蚁的森林》，就像聆听三重奏鸣曲，充满节奏感、旋律感，且意蕴丰饶，而它用到的三种"乐器"就是图画、文字和故事。

在《蚂蚁的森林》里，文字之精练，可以说是到了"惜墨如金"的程度，多一个字也许都会破坏整本书的感觉。刚看到书的封面，围绕着书名"蚂蚁的森林"，是一些红色蚂蚁在搬运食物，树木只见粗粗的树干，树叶极少，可以想见是在大树林立的森林里。只看书名，完全猜不出这会是一个怎样的故事。翻开第一页，广袤的大山和树林，天空中，一道闪电从天而降，落到河边地上的一堆树叶上，没有一个文字。第二页，文字出现了："火烧起来了。"五个字既是第一页整个画面的延续，道出了那道闪电造成的后果，也是整个故事的开端。紧接着一句话，"它的野心很大，要毁掉森林和森林里的一切。"让我们感受到火势之强劲。画面上是几只蚂蚁扛着几片枯树叶，愣怔地看着面前刚烧起来的一堆枯树叶。虽然画面上火势还没有蔓延开来，但文字已经预告了，一场足以毁灭一切的大火烧起来了。怎么办呢？当然是逃啊。接下来果然是讲蚂蚁怎么逃命的。而关于森林的一切就在这"逃"中渐渐展开。

主线是蚂蚁怎么逃。这里充分运用了蚂蚁的生活习性。先是第一时间用触角传递出消息。一传十，十传百，蚂蚁的信息传递很迅速。不单是蚂蚁知道了这一消息，森林里的动物们也都知道了。同时迅速规划好逃跑路线，其实也不用多想，不远处就有一条河，当然是往河边跑。整个逃亡的过程，惊心动魄，因为大火一直在追赶着它们，同时也妙趣横生，因为蚂蚁们特别擅长利用身边的一切物品帮助自己与火势赛跑。比如举着枯树叶跑，可以乘上风；钻到松塔的小“格间”里，可以跟松塔一起滚着跑，那可快多了；还可以和小伙伴们一起站到小木棍上，滑着走。如果实在找不到可利用的工具，还可以和小伙伴们抱成团，翻转着往河边去，也能快不少呢。终于到了河边，跳进河里，逃出了火海，但又遇到了新的问题，怎么上岸呢？不要着急，森林里的动物们来帮忙了。鸟儿、松鼠、老熊分别帮着把树叶、松塔、小木棍捞到岸上，上面的蚂蚁们得救了。

获救后的蚂蚁们当然要先庆祝一番，毕竟刚刚好不容易逃离了一场天灾。现在是秋天，冬天马上要到了，没有家，怎么过冬。于是，没有迟疑，蚂蚁们抓紧重建家园。“秋天，不是结束。抓紧时间，行动起来。”画面上是忙碌景象。鸟儿、松鼠和熊帮着树叶、松塔和木棍找到了最好的去处，蚂蚁们忙着建造新家和储备食物。一行文字“秋尽冬来，冬尽春来”，一下子时间的流转尽收眼底。大树下，地面上，一棵小草长出地面，而地下，小草的根已经深深探入。这是新的生命在生长。大火之后，森林在复苏，只要你愿意听大地的呼吸，就一定能感受到。

来到最后一页，一空碧蓝如洗，画面一角，地面上，树林枝繁叶茂。从最初的闪电到最后的晴空，森林完成了一个由生到死再到生的轮回。这就是图画书所讲的故事，一个关于生命的故事。

在这个故事里，画面和文字都是讲述者，它们以各自的语言发出不同的声音，而这些声音通过小读者的眼睛进入头脑中，能够勾起联想，让小读者化身为书中的小蚂蚁，参与这个故事，还可以跳出书页，进入一个更加广大的世界，从图画的细节和文字的背后，找到那些没有讲述的故事。这是图画、文字和故事相互配合，带给我们的一段关于蚂蚁和森林的生命旅程的奏鸣曲。

闪电引发天火是森林里寻常的自然现象。作者从这一自然现象出发，选取其中极为悬殊的一对关系，小小的蚂蚁和大大的森林，用既合乎现实逻辑又超越现实的想象世界，虚构出一个充满爱意与勇气的故事。

一本优秀的图画书是值得反复阅读的，每一遍阅读都会产生新的感悟，会多发现一点图中的隐藏秘密，多领悟一点字里行间没有说的话，多懂得一点故事要带给我们的深意。阅读这个故事，可以清晰地感受到生命的意义。从蚂蚁的角度，那就是无论遇到什么样的困难，哪怕是天火这样的灾难，也不要害怕，不要放弃，要相信办法总比困难多。大家齐心协力，同舟共济，可以战胜千难万险。而从森林的角度，广阔的森林能够包容一切，甚至是要把一切吞噬的天火。大火再厉害，到了河边也就只能偃旗息鼓。森林是如此广大，不仅有树木和各种植被，有各种动物，还有山川河流、湖泊小溪，这些都形成一个运行完备的生态圈，所有形式的生命都在这个生态圈里生生不息。

（写于 2023 年）

文学作品更应思考现实

——评乔叶长篇小说《拆楼记》

《人民文学》2011年第9期头条发表的乔叶的非虚构小说《拆楼记》，是一篇贴近生活贴近老百姓的文学作品。“拆迁”似已成为当下人们生活中无法跳过的话题，好像所有人都与拆迁有着或多或少或近或远的关系。“强拆”也成为最能触动人们的敏感神经、抓住眼球、制造舆论的热门词眼。之前也看过一些反映拆迁问题的文学作品，但没有一部像《拆楼记》这样让我感到意外、新鲜，让我对“拆迁”这件事情有了许多认识，对文学应如何反映生活有了新的认识。

这篇小说最大的特点就在于作者巧妙地把主角“我”设定为被拆迁户在城里工作的妹妹，这样，主角即是事件的第三者，因为被拆房子不是她的，又是隐藏的当事者，因为拆迁户之一是她的亲姐姐，更因为被拆房子是在她的资助和运作下建起来的，可以说她是拆迁款的直接受益人。当然这层关系外人是不了解的，于是“我”既能以当事者的心态来讲述这一事件，又能以旁观者的身份获得拆迁双方当事人的真实想法，从而实现对整个事件的相对客观的讲述。

小说把故事设定在一个相对较小的拆迁案例上，可以说只是一次大的拆迁项目的前传。豫北焦作高新区张庄村的一些村民为赚取拆迁款在即将动工的未来路绿化带上违章建房。小说就围绕着管委会要求这部分村民拆除违章建筑这一事件展开。只有一个简要的前情简介，没有人物身份的介绍，没有开场白，没有铺垫，从姐姐给“我”打的一个电话直接就进入小说正题。这样处理，既符合中篇小说的特点，也让事件中形形色色人物的形象更加集中、清晰。

小说透过“我”在这一事件过程中一路走来的心理上的微妙变化，写出一个普通人在面对眼前的利益、长远的利益和争夺利益的各方人物的各种对抗冲突，直到最后事件结束后的戏剧性转变的心路。一开始，“我”为了9万块钱的拆迁费积极策动村支书的弟弟带头盖房，力挺姐姐坚持到底，还热心为拆迁户出谋划策，让有文化的赵老师牵头召集拆迁户开会，后来不惜动用工作关系、私人关系，找记者，找相关公职人员。但随着对拆迁户的深入了解，随着管委会的见招拆招，破解了“我”的所有招数，“我”最终只能凭借私人关系帮姐姐争取到6万元的补助,还是以宣传费的名义，而这笔钱数恰恰是“我”当初鼓动姐姐建房的全部投入。可以说姐姐在这场“战斗”中始终是冲在最前头的，所有来自外界的压力都压在姐姐和姐夫的身上，虽然没有经济损失，但也没有什么经济补偿，而“我”费这么大劲折腾一大圈，让亲姐姐受了许多罪，却也只是不赔不赚。单从经济角度来看，完全是得不偿失。但在经历这么多事之后，“我”和姐姐真的就一点变化都没有吗？当“我”想尽所有办法却依然无果感到百无聊赖、心酸痛楚之时，我仍不想放弃。作者写道：“此时，那几万块钱在我的视野里已经被虚化掉了，周围衍生出一团团色彩繁缛的光晕。不，我不想去也没有能力去分析那一团团光晕的构成，我只是想最大限度地去靠近和触摸那些光晕。”这里，作者所说的光晕应该是做人的尊严。在与管委会斗智斗勇的过程中，时时处处感受到“公家人”对农民拆迁户的轻视蔑视，连“我”都不自觉地对姐姐和她的乡邻们产生高人一等的优越感和哀其不幸怒其不争的悲悯心。正是因为这不尊重，才会有简单粗暴的对抗，才会激起拆迁户们的不断反抗。其实他们的要求就真的高到无法满足吗？从姐姐拼到最后提出的赔偿款仅仅是6万元，而且是为了要还“我”才一再坚持这个数字，我们不难看到他们的要求到底有多高。但是这样的要求就是不能满足。按小说中高新区管委会的一个副主任的说法，可以把钱给拆房的民工，甚至可以扔掉，但就是不能算到拆迁赔偿账上，这是原则问题。作者在小说结尾处写道：“有很多事情，我曾经以为我知道。但是现在，我必须承认：我并不知道。而我曾经以为的那些知道，其实使得我反而远离那种真正的知道——此时，如果一定要确认一下我的知道，我只能说：我最知道的是，张庄事件之前的我，和之后的我，已不太一样。”这段话是对整个小说的深化。所有人看完这篇小说可能都有这样的感受：我最知道的，是读完这篇小说之前的我和之后的我，已不太一样。

小说最出彩的部分是透过各色人物的嘴，表达出作者对这一社会敏感事件的深层的思考。这种思考是多方面多角度的，而这样的思考正是文学作品与其他艺术作品最大的区别，因为这样的思考不仅有助于读者看清事实，更能启发读者的思考。土地所有问题应该是当前拆迁过程中出现的所有问题的根源所在，乔叶敢于在小说中直言不讳地表达出来，体现出作家应有的气魄和胆识。

如今，人们很难有大块的时间来体会文学作品的意味，很难有沉静的心态来阅读思辨性的、哲理性的文学作品，很难有平和的、细腻的感情来欣赏优美的文学作品。而像拆迁这样与老百姓日常生活息息相关的事件，如果要进入文学作品，势必要经过作家一段时间的积累消化、理解思考，然后才能写成作品，而这样的文学作品才具有文学中最吸引人的力量：源于生活，高于生活。《拆楼记》给我们一个很好的示范，让我们看到什么才是反映现实生活的真正好的文学作品。

（写于 2011 年）

充满敬畏之心的写作让人敬佩

——评郭严隶长篇小说《野沙》

有时候我们会赋予长篇小说很多价值意义，历史的、哲学的、思想的、文化的，种种有关人类精神的东西，都要很好地融合在小说里，才能让小说显得深邃、饱满，进而可以抵抗时间的冲刷，一代代读下去。然而现代人的生活节奏如此之快，每天大量更新的各类资讯几乎蒙住人们的所有视听，谁还有时间和精力来进行一场与灵魂对话的阅读。所以小说也应该还原为文学本身，能为读者带来美好的阅读体验就好。果真如此吗？

不得不承认，在全面娱乐化的年代，小说的休闲消遣功能被过度放大，而这部分小说也的确满足一大批读者的阅读需求。对于普通读者来说，辛苦忙碌一天后，读一读轻松愉悦的小说，给紧张的精神解解乏，是很有必要的。但对文学来说，如果以此为目的，就很糟糕了。说好的修身养性呢？说好的价值追求呢？说好的净化灵魂呢？所以，有着自觉追求小说审美价值的写作就显得格外让人敬佩。所有充满敬畏之心的写作都值得我们敬畏。今天，仍然有一大批默默写作的作家们在坚持着自己的文学理想，用自己的全部身心书写高水准高品质的小说。

近期读到的青年作家郭严隶的长篇小说新作《野沙》就是这样一部让人读后颇有收获的作品。之前读过她的长篇散文《和春天一起来到映秀》，喜欢她语言的优雅和心胸的坦荡。知道她这两年一直在忙着写一部长篇，但没想到一出手就是这般大气、厚重。40 万字的体量（首发 60 万字），七大家族近千年的荣辱兴衰，重点却放在新中国成立后的一段曲折而艰难的摸索历程，饱含着作者对那段历史的理解和思考。

《野沙》从七个星村的创始人东方家族写起，在帝王时代，经历过富甲一方、高官厚禄的风光，经历过为避灾祸辞官回乡，另辟蹊径重整旗鼓的窘迫。到了新中国初期，东方家族与先后落户这个村庄的韩、骆、倪、苏、杜、穆等七个家族的后人，经历了建国初期的震荡，为躲迫害，远遁一无所知的新疆，与恶劣的自然环境斗争，与当地善良的维吾尔族百姓相互支撑，不期然与命运合辙，顿悟玉之道、佛之释，从而完成人生中最重要的灵魂升华。

循着小说中人物命运的轨迹，作者为我们呈现一个疯狂的“以阶级斗争为纲”的世界，一个有着“净土”和“疯狂”两副面孔的新疆，以及可怕而又极富感性的塔克拉玛干沙漠。庞杂的内容却不显零乱，是因为作者用了一块玉佩作引线。这块玉石也成为小说中人们精神救赎的指明灯。对历史事件的反思不是作者想表达的重点，“比德于玉”才是作者用这样一个大故事来成全的中心思想，这也是作者在深刻反思新中国成立初期一系列疯狂运动后，找到的一个精神上的解决途径。当世事不能用常理解释时，我们唯有以宽大慈悲的胸怀去理解它、化解它，把苦难化作能量，完成个人的自我修行。倘若人人都能以此自勉,也许可以避免再次陷入疯狂的旋涡。

作家想通过小说表达的思想是否能够得到读者的认同，因人而异。这里不想对小说的主旨做过多的阐释。特别是这样一部容量很大的长篇小说，意义旨归总是多方面、多层次的，很难一概而论。这也是好的长篇小说所必需的，长篇小说不能太单薄。这里，我就谈谈小说在行文方面给我留下较深印象的三个方面。

动人的爱情书写

小说中最让人动容的就是对爱情的书写。爱情是文学永恒的主题，是人类永恒的话题，也是文学作品中最容易与读者产生共鸣的部分。《野沙》的几位主人公都是从小玩到大，二十岁左右的年轻人。他们之间各种朦胧的、暗生的、相互的情愫，是小说故事推动的动力之一。但最动人的，是他们的父辈，东方白玉和吉娜的爱情。两人一见钟情，却被所谓命运、实则人为拆散。但两人不怨不伤，把真情深埋心底，好好生活，为的是不让心爱的人难过。这种成全式的爱情是超越小情小爱的大情大爱。对他们的爱情，作者是热情渲染的，写得热烈而真挚。因为他们的爱情在小说的情节发展中起着重要的作用。他们的这种爱情观深深影响了下一代。虽然都是成全式的爱情，但因人的性格不同，每个人表达爱的方式也有不同。作者的写法也各不相同。

天权与杜璇是两情相悦，但没有过多描写两人的爱情，只抓住几个关键节点，写得从容而美好。二人溪边的一吻定情，美而含蓄；逃亡前夜结为夫妻，虽是生离，却无惆怅，只有得到的满足；一别竟成永别，虽身处两地，不知生死，却已把对方永远刻在心上。他们的爱情，就像是东方白玉和吉娜的翻版，而天权和东方白玉、杜璇和吉娜在性格上也比较相似，天权正是东方白玉和吉娜的儿子，这样的处理很合理。天权对维吾尔族姑娘巴哈尔古丽的爱情，则是在共同面对生活的困难中慢慢产生的。巴哈尔古丽的知书达理、善解人意，与杜璇有着某种相通之处，使天权产生好感。而巴哈尔古丽则是对天权一见钟情，默默相伴。在得知杜璇已经死于天龙谷那场可怕的洪水之后，天权接受了巴尔哈古丽的爱情。

穆摇光对天权的爱慕注定不能实现。作者细致描写了摇光唯一的一次表白。在被迫离开天龙谷去往一无所知的新疆时，摇光鼓足勇气向天权表白，却在天权一开口就明白他的心已有所属。因为在她满面向往地憧憬和天权在新疆的美好生活时，天权的第一句话却是“今后大学全是保送了？”天权是刚听到这消息，随口就说了，“浑不知这一问似尖刀刺中了穆摇光，痛得她一个摇晃。”“她闭上眼睛。当睁开，音调变了……”失望，甚至是绝望，一句“音调变了”清晰地表达出来。

苏玉衡对穆摇光的情感一直都埋在心里，因为他知道摇光的心思全在天权身上，却在得知摇光独自远走新疆后情绪爆发。这里，作者不仅用拳头和怒吼来表达爱之强烈，还借山河来表达：“翠江啊，你日夜不休，滔滔奔流，能带走真情男儿这内心的伤痛吗？岷山啊，你有那么崔嵬的山崖，那样的百壑争奇，千峰竞秀，却为何亘古沉默一句话也不肯说？！”苏玉衡揍了天权一拳后，朝着摇光离开的方向追去，“迈出的每一步，都像是一句怒吼，一声大哭”。通感的运用，调动起读者全部的感官，更突出了一个“痛”字。

勿用对杜璇的心意,杜璇是知道的。但她像对待亲弟弟一样关心勿用,鼓励他,帮助他,也让他慢慢了解自己的心意。这样的爱情是不会伤人的,还会助人疗伤。这样的爱情也符合杜璇大气而沉稳、勿用谨慎而温和的性格。

骆开阳苦苦爱慕勿用的才华，却得不到回应。在与同伴们共同经历逃亡的艰难岁月里，她的爱情也得到升华，接受了一直默默关心陪伴自己的赵天石。

韩天枢与倪玑是比较坎坷的一对。他们同窗情深，互许终身。倪玑为了保住韩天枢的大学前途而委身罗光宗，却换来一场空。两人的爱情因此夭折。不是两人心意不合，而是两人都太在意对方，担心再给对方带来不幸。然而命运给了他们第二次机会。在逃亡的岁月里,两人相继袒露心扉,抛却困扰，有情人终成眷属。

独到的风景描写

记得在一次研讨会上，一位评论家说，现在的小说都不怎么见风景描写了,这是一种遗憾。其实我们都很清楚风景描写在小说中的作用。小说《野沙》中就有大量的风景描写，写得很恣肆、透彻，不是那种仅仅为了烘托气氛的点缀。

“再没有比关雎的春天更像春天的了，这里恰在天府平原与千仞齐发的岷山之间，比平原多了份清爽，比山区多了份辽阔。刚交二月，花朵就开得压弯了枝头。海棠和迎春已然繁华渐去，正当花时的是一树树雪似的春梅，娇艳欲滴的桃花，晶莹剔透的茶花、玉兰，把天空都映成金色一望无际的油菜花儿，星星一样繁密的樱桃花、萝卜花、豌豆花……简直就是一个花的王国，人走在这样清芬浸透的时空里，恍然间忘记了所有。”这是写在穆摇光被迫远走新疆那一节的开端。作者以这样的一段风景描写，上承天权因水肿病休学回家休养，照顾同样得了水肿病的母亲吉娜，经过两个月的调养，母子二人皆病愈，天权重新返回校园的好心情；同时也为即将到来的变故做了一个阴晴对比的“特效”。这样美好的春天里，美好的姑娘却横遭流言的中伤，慌乱中选择逃亡。

小说中类似这样的风景描写很多。为衬托人物心情而写，为反衬人物遭遇而写，为推动情节发展而写。

小说对哪吒沟的描写就对情节发展起到了关键的作用。如果没有哪吒沟美景的详细描绘，我们也许不会理解孩子们的探险活动。而如果没有哪吒沟探险，天权和安文军的逃亡就不会成功，骆开阳也不能成功实施杀罗计划，也就没有了后来的新疆的旅程。

作者对新疆的风景描写很有力量。天权一行人为逃脱追赶，不得已走进塔克拉玛干沙漠，经历了一场沙漠飓风：“完全没有征兆，它来了，先是身旁的沙粒似是被咒符拘催着，不由自主地上蹿下跳，一股一缕，发出‘唰唰啦啦’瘆人的响声，回头一看，天上乌云腾滚，地上翻江倒海，摩天接地一堵黑墙凶煞煞从北边推来，似万兽悲号，万骑竞奔，一片催魂索命般的怖厉呼啸震耳欲聋，墨柱子似的沙峰旋转着，似是有脚，沙粒被扯棉絮样扯起来，一层层，一层层，无可计数地层递上去，就要触到苍穹了，停留一秒，忽地惨叫一声，摔碎的浪头样疯狂砸下，那黑色瀑流跌泻着，那是在地府锁了十个亿万年的妖魔可怕地挣脱锁链蹿出地面，它要摧毁一切，把它黑色的诅咒墨汁样倾涂在苍天大地。”读来令人惊心动魄，仿如身临其境，也让人特别想知道天权一行人如何逃脱这狂暴的妖魔。于是，关键的“玉佩”登场了。此刻正被戴在天权胸口的玉佩幻化为隐约的音乐，指引着、鼓舞着、带领着天权爬到一片生长着红柳的芦苇滩。神奇的力量对抗大自然的怪力，其实是人的精神力量帮助人们突破身体的极限。精神力量的来源是玉佩，也就是作者想要表达的“比德如玉”。这样，风景描写与小说的旨归相得益彰。

客观的心理呈现

小说用了大部分篇幅写土改时期对地主阶级的镇压，四清时期和反右时期对地主后代的种种“改造”。在以摧毁一个阶级为目的的年代，人们为了活下去，必须寻找到精神释放的出口，这不仅对被摧毁者而言，对实施摧毁者也面临同样的问题。重压下，有的人选择合流，识时务者为俊杰，有的人选择以死抗争，还有的人选择忍耐。无论哪种选择，都需要人们付出极大的心力和代价。在小说里，这三种人都有。难能可贵的是，作家没有站在道德的高地对不同选择的人们挥舞皮鞭，而是尽可能从不同人群的心理出发，写出他们对世界的不同感受和看法，以及因此产生的不同态度和做法。这一点是非常难得的。

小说的主人公是地主的后代，小说写他们因为出身遭受不公平的种种苦闷和抗争的心理。这是可以理解的。天权这一代人出生时，地主阶级正在发生彻底的变化。对他们来说，他们感受到的是，他们的不幸不是自己造成的，完全是由“出身”造成的，而出身不是他们自己能选择的。于是，不解、委屈、愤懑，甚至仇恨，种种对抗情绪自然地产生了。虽然可以理解，但小说并没有一味地抒发他们的这种情绪，而是把重点放在他们如何进行精神救赎上。他们知道，对命运如果只有抱怨，就会一辈子活在痛苦中，只有积极面对生活的种种考验，不断增强自身的能力，让自己成为对社会有用的人，才能走出阴霾，迎接光明。然而这样的领悟是不容易的。付出了惨痛的、血的教训，背负着夺人性命的精神枷锁，在东方白玉遁入空门后成为的空明法师和吉娜的开导和指引下，他们才渐渐懂得这一道理。他们的精神蜕变，是小说的一个重要线索。

对于这场对抗的另一方，执掌一方大权的范新生、罗光宗、史军、朱洪发、巫喜贵等人，小说既写了他们在旧社会遭受的苦难，细致地描绘了他们精神上的创伤，也写了他们在手握实权后所做的种种冷血行为，写了他们一步步走向丧失人性的心理过程。他们其实也是被时代所裹挟的人。在“以阶级斗争为纲”的大背景下，没文化的人，一朝掌握了生杀大权，做出违背人性的事，是非常自然的。但他们内心也有挣扎。虽然地主阶级是罪恶的，但放到具体的人身上，总会有一些温情和感恩。人与人之间的关系，不是平面的、二分的，总是错综复杂，善恶交织的。所谓没有永远的恨，也没有没来由的爱。如果用一刀切的办法去处理人与人之间的关系，一定会遇到或大或小，或深或浅的犹疑和枉错。但时代的推进不是以个人为轴的，而是以整个社会的进步为目的的。这进程中，个人注定要选择。

在对范新生们的心理呈现中，作者突出他们在面对和解决问题时，运用的不是因为文化知识而获得生活智慧，而是在生活中自然懂得的朴素的生活道理，比如报恩，报仇，努力工作，完成上级下达的任务。他们在领会工作时，领会领导的讲话时，也是凭着这种生活的本能。而这种本能，会让他们产生一些曲解，从而使事情偏离原本的方向。这种心理的分析是比较客观和准确的，也为我们提供了一个理解那个时代不同阶级的人的心理的角度。

小说《野沙》读起来是有点难度的。难度就在于小说内涵之丰富，提供了与众不同的视角，特别是其中关于佛家教义的文字，不是一目十行就能读懂的。也因为这难度，使得这部作品耐读、值得读。

（写于 2015 年）

每一个生命都值得珍惜

——评沙玉蓉小说《井口那片天》

小说泛滥的今天，新鲜的题材、新鲜的视角、新鲜的人物，层出不穷，扩大着我们的阅读疆域。但生活不能一味向前，总得要回头看看。对那些已经很熟悉的故事和人物，是不是可以挖掘出新鲜的东西，对作家是一种考验。而我认为，这样的考验值得去突破。安徽青年作家沙玉蓉的几部中篇小说，正是这样一种写作，在我们已经习以为常的题材上写出新的感受、新的内涵，让人印象深刻。

《井口那片天》以曲河大屠杀为背景，写一个名叫枝子的女人苦难而坚韧的一生。小说写到了中国传统文化在乡村的根深蒂固，写到了抗日战争时期乡村生活紧张恐怖的气氛，这两个题材都是文学作品中常见的，但把这两个题材统一在乡民们的日常生活中，不是以全知俯视的视角去讲述，而是以置身其中的平视视角去讲述，读来仿佛我们就是曲河镇上的一个普通百姓，枝子与汤家的恩怨仿佛是我们身边发生的家长里短。这样的阅读体验新鲜，这就是在惯常的题材里写出新意。

枝子这个女性形象是传统文化浸染下勇敢追求幸福的一个典型代表。枝子从小就与众不同，她在四个姐妹中最能吃苦，也最能干，她小时候就敢于偷偷剪开裹脚布，不怕被骂“丑丫头”，她善良、对家人好，所以才敢替柔弱的三姐“远嫁”到曲河镇汤家。但是她却是不幸的。她生在一个贫困的家庭，重男轻女的思想完全左右着父亲和奶奶对她的看法。甚至在她五岁那年曾被父亲和奶奶狠心地想合谋杀死，父亲在一个漆黑的夜晚把她扔进田边的一口枯井。凭着天生的韧性，她活下来了，但那口枯井下的感受以一片圆形天空的意象永久地留存在她的记忆中，在她此后的生命中的那些特定时刻不断地闪回，就像一道符咒，让她逃不脱。这一意象，道出枝子这样的乡村女子的命运。生活的空间只有头顶一片圆圆的天那么大，想要突破却比登天还难。她们生来就是比草还低贱的命，却也有着比草还坚韧的命，在重重阻压下，勇敢地追问自己生存的意义和价值，追求自己应有的幸福。然而大部分的努力都是失败的。枝子的姐妹们就没有冲破命运牢笼的幸运。所以，从某种意义上说，枝子又是幸运的。她最终是带着对爱情的甜蜜回忆和对女儿的赞许离开的，这些使得她的人生饱满充盈。

曲河镇汤家代表着典型的乡村土豪家族。在镇上经营着家族生意“聚丰粮行”，是大户人家，有着传统的大户人家的权势、傲慢和冷酷。枝子嫁到汤家完全是阴差阳错，如果不是汤家为了家族利益为老二冲喜，枝子绝对不会嫁到这样的人家。但是对枝子来说却是另一种苦难的开始。嫁到汤家后没有过过一天“少奶奶”的安稳日子，却像一个买来的下人一样做牛做马。然而枝子没有怨言，接受了自己的命，只想过平静的生活。枝子的任劳任怨和与人为善没有换来汤家人的以诚相待。从见到枝子的第一天，他们想的就是“这个女孩不难对付”。他们用欺骗的方式娶来枝子，也就只会用对付敌人的心态来对付枝子。因为丈夫汤文忠身体的原因，枝子与丈夫一直没有行夫妻之实，却在汤文忠死后，枝子被发现怀孕了。这对汤家这样的家族来说是奇耻大辱。在今天看来，那样一个兵荒马乱的年代里，生存应该是第一位的，什么矛盾都大不过生与死的考验。但在曲河这样的小镇，老百姓的日子还是照样过，该种地种地，该收麦收麦。只要没有性命之忧，日子还是一样地过。而没有性命之忧时，老一辈传下来的规矩仍是头等大事。于是，就算在日本兵占领的曲河镇上，汤家的面子还是最重要的，在家族颜面面前，一个女人的性命根本不值一提，未出生的孩子根本就算不上是人命。于是，汤家老大文卓让大管家老根借口整理红芋窖，把枝子埋在窖里，算是“成全了她，也成全了粮行”。

在针对枝子的这一预谋杀人事件里，有着一个庞杂的实施团队。主要人物当然是汤家老大汤文卓，他是设计者，管家老根是实施者。而其他人，包括汤家的大媳妇、三媳妇、灶房掌锅的四婶、汤家的伙计大宝和栓柱等人，都是“辅助者”，他们或多或少地支持着汤文卓的计划。他们对枝子的态度像无形的匕首，对枝子的精神造成压迫，让她对生活渐渐绝望。这样一个精神场域下，谁都承受不了多久。枝子在这样的压抑下，遇到唯一一个真正把她当人看、当女人来欣赏的人，她怎么能不动心。在方家诚面前，枝子已如死灰的心，又重新燃起生活的热情。所以，从某种程度上说，正是这样的精神压抑，给枝子冲破传统道德的行为使了一个反作用。枝子的背叛是错误的，但造成这一错误的原因不是枝子一个人，错误的代价也不应该由枝子一人承担。

还有镇上的人们对枝子怀孕一事的谈论、窥探，是促成汤家实施杀人计划的外因。整个曲河镇关心的是“大户人家”的颜面，却没有一个人真正关心过枝子这个活生生的人。这也许是最悲哀的。中国传统文化中重礼仪、讲道德的部分，总是以牺牲个人为代价的。这在中国五千年的发展历史中，发挥了正面的作用，成就了礼仪之邦的美名，但对个人来说，这是残酷的，过度强调个人的隐忍和付出，有时会对人形成精神桎梏。比如贞节牌坊这一早被定义为封建糟粕的东西，在抗日战争时期，却仍在乡村的伦理中占据主要位置。小说用文学的方式，写出这一现象，并且写出个人的感受。在越来越注重“个人”自我价值的今天，这一视角正好给我们提供一个重新认识传统文化中“个人”意义的文学解读。

沙玉蓉的小说中，有多位枝子这样的小人物形象。比如《红芋谣》里的红翠，《稻草》里的窦天祥。这些人物的一个共同点，就是被生活挤压，没有自己的尊严。不同的是，枝子坚强地活了下来，红翠和天祥却没有这样的幸运。红翠从小就失去双亲，由姑姑带大，嫁到瓦家后，干活麻利、脸上常常带着笑。瓦家也不富裕，能娶到红翠还是觉得不错了。虽然红翠好吃，在待人接物礼数上不太懂规矩，最要命的是嫁过来前被二流子强奸过，流过产。这些瓦都自我安慰，想通了，想好好过日子。可偏偏瓦的小妹妹华子不满意红翠抢走哥哥对自己的关爱，处处针对红翠，更把红翠被坏人糟蹋过的事情传得村里沸沸扬扬。华子自认为占了道德的上风，完全不顾及红翠也是苦命之人，也是受害者。瓦作为红翠唯一可依靠的人，没有给红翠精神的支持，只一味要求红翠认命，接受。红翠懂得自己的处境，处处忍让，但她也是一个对生活有着美好向往的年轻女子。真是应了一句话，有希望就会有失望，希望越大失望越大。在给瓦家生了一儿一女后，红翠以为生活能够稍稍改善，大胆地期待着家里卖了槐叶后，丈夫能给自己买一块向往已久的布料。布料是买来了，丈夫本也是给自己买的，却被华子抢了去，理由还是“她可称”。丈夫没有再坚持，红翠也没有再坚持生活下去的勇气。她最后选择了喝农药。那么多年的苦都挺过来了，最后却因一块布料彻底失去了生的欲望。没有人真正了解过红翠的内心，真正把她当作人来对待，是最后压垮红翠的稻草。

《稻草》中的文祥也是被生活压迫，失去生之勇气的人。文祥生活在当下社会，房子、职称是压迫他的外在因素，但主要原因是父亲的冷酷和妻子谢金华的强势，这两个本该是他最亲近的人对他不理解不认同，让他觉得生活无望。在遇到真正对自己好的善良女人小鱼儿后，他决心搏一搏，为自己的幸福抗争一次。他成功地与谢金华离婚，与小鱼儿结婚。但在儿子强子的逼迫，其实是谢金华的逼迫下，他放弃抵抗，最后以把儿子推下大桥，自己也跳下的方式为这次生命中唯一的抗争画下了句号。

沙玉蓉的小说把笔触对准这些生活中不幸的人，写出他们的苦闷，也写出他们对生活的向往。他们不是生活的强者，而是很容易被忽略被遗忘的。他们的生命是那么卑微，他们的幸福是那么不值一顾。但他们却是活生生的人，他们的平凡普通，正如大多数人的平凡普通。他们正是我们身边那一个个忙忙碌碌的小人物。有一句话叫每一个牺牲都永垂不朽。看了沙玉蓉的小说，我想说，每一个生命都值得珍惜。

（写于2015年）

一把拨开近代新疆神秘面纱的板尺

——评谢耀德长篇小说《西部边魂》

新疆风情是近年来文学创作中一个比较受关注的热点。新疆独特的自然风光和边地风情，丰富的少数民族文化，令人神往，而很多人对新疆并不熟悉，总觉得这片古老的土地像一位蒙着面纱的美少女，虽近在咫尺，却知之不多，越想了解，却越发现她的神秘，魅力无限。近日读到的一部长篇历史小说《西部边魂》，为我们提供了一把拨开这位美少女神秘面纱的板尺。

作者谢耀德生于新疆，长于新疆，对新疆有着很深的感情，也有强烈的书写自己家乡的责任感和使命感。作为晚清民国甘陕移民的后代，他熟稔这段移民历史和掌故，同时又对当地民间习俗、风土人情非常熟悉，这是他独特的创作资源。他曾以诗人的身份写下大量书写新疆的诗作，抒发对家乡的热爱，以长篇小说《荒原之恋》书写他所投身的石油事业中那些可歌可敬的人们，现在，他以这部《西部边魂》表达对家乡百年历史的追溯和思考。近百年来，中华民族的动荡不安与激情澎湃震撼着作家，而自己的家乡,新疆木垒河同样也经历过那段血与火的考验。小说以木垒河边周家、谷家、尤家三大家族的纠葛沉浮，带起新疆边地近百年的风云变幻、历史沧桑。让我们得以近距离体验在中国现代史上，新疆这片土地上发生过什么，从而帮助我们理解现在这片土地上正在发生着什么。

乾隆二十二年，清廷平定准噶尔部叛乱，在东吉尔玛台驻军屯垦，形成周谷尤三大屯庄。屯垦之初即实行乡约体制,周家、谷家、尤家轮流执掌。乡约制度成为清朝统治新疆的基层制度，而新疆的封建文化也在这一制度下发展兴盛。民国三十三年，国民政府结束新疆三王独裁统治时代，全面接管新疆，按照内地乡村管理体制，把乡约制度改为乡保制，实际上仍延续了乡约制，只是乡约变成保长。这样的乡村管理制度，与内地的乡村管理极为相似，本质上都是封建家族式的管理模式。但是，同样的封建乡村制度下形成的区域文化，却因地理位置及自然条件的区别而迥异于内地。新疆远离政治统治中心，这里的稳定与发展更多地依赖于本地的自治。

1911 年，杨增新接任新疆都督，以一万兵力和对时势的准确把握，维持新疆一段时期的安定。然而土匪猖獗，加上内部势力的争权夺利、沙俄等境外势力的搅扰，维持稳定何其困难，这也是新疆历来有民间自行组织民团保卫家园的历史原因。在杨增新被刺杀后，新疆彻底陷入各方势力的混战。政府军、军阀、土匪、乡约等各方势力明争暗斗，形势极其复杂和艰难。苏俄十月革命后，孙中山先生掀起的革命浪潮也影响着新疆。在新疆的新式学堂里，“三民主义”思想培育出新一代革命的种子。小说就是以这些新一代“革命人”为主要书写对象，由他们的成长经历，带出新疆风云变幻的大时代。

小说人物众多，大致可以分为两条线。一条线索是女主人公同桂云寻找祖上传下来的青龙刀谱。以她为原点，串联起在城里接受新式教育后走上革命道路的周家后人周青峰，以及同样在城里接受新式教育却选择不同道路的谷家后人谷有福，再由这二人串联起周家、谷家、尤家以及木垒县、迪化城的社会关系网，进而串联起新疆统治阶层的更替争斗。

同桂云和周青峰是小说中比较突出的两个进步青年的形象。同桂云这一女性形象应该是中国文学作品中的近代女性的一个典型形象。一个出身贫苦人家的女孩，在封建社会是没有机会改变命运的，但是同桂云遇到时代变幻的大机遇，并且凭着与生俱来的识大体、知大势、迎潮流的意识，和聪慧贤良的优秀品质，走在时代发展的前进行列，成为推动历史进步力量的一分子。她的成长轨迹，亦是千千万万在中国反帝反封建斗争中发挥着重要作用的青年一代的成长轨迹的一种类型。通过小说对同桂云在各个时期的心理描写,我们可以清晰地感受到她的进步和成熟。作为关公后人，同桂云听村里医生红麻子的话，为寻找周家的黑塔以改变同家运势而进入周家做用人。从知晓祖辈的历史开始，她就自觉地把继承家族使命当作自己的目标，并在仔细考察后付诸实际行动。强烈的使命感使得她在同龄人中显得格外特别。她对学习有着浓厚的兴趣。与在县城读书的周家少爷周青峰和谷家少爷谷有福相遇相识之后，在他们的引导下，同桂云开始读书认字，接受新兴的革命思想，这是她成长道路上一个转折点。从这时起，她开始走出狭窄的家族概念，走向广阔的民族意识，逐渐成为一名坚强的革命思想宣传者。

周青峰也是中国近代史上一种青年的代表。他虽是封建大家族的唯一继承人，但因在新式学堂接受新兴思想的启蒙，走到时代的前列，积极参与反帝反封建的革命斗争，最终为保护共产党的重要情报而被杀害。同桂云和周青峰把青春和爱情，甚至生命献给他们所相信的革命事业。中国反帝反封建革命能够取得成功，正是因为有他们这样的进步青年的奉献与牺牲。

小说结尾又回到青龙刀谱，同桂云的弟弟同玉柱在写给她的一封信中说："不要再去找那青龙刀谱了……一把刀救不了一个家，也救不了一个民族……振兴中华需要科学，需要文化，需要人心向背……" 这是同桂云周青峰这一代革命人之后的更新一代的革命者的心声。如果说同桂云还在纠结于家族的命运能否改变，那么她的弟弟同玉柱已经完全走出封建文化的束缚，代表着更加进步和坚定的革命者正在成长。由此，我们可以感受到革命必将成功的历史趋势，也可以感受到脱离封建帝制束缚的年轻一代对未来的憧憬和向往，和他们身上那令人澎湃的青春力量。

另一条线索是借周青峰的老师杜希铭和杨冉等革命思想播种者之口讲述的新疆统治阶层的斗争风云。这条线应该是小说着力要表现的主题。小说首次把中国历史上有着划时代意义的那场革命历史中的新疆展现在读者面前，这段新疆历史对大部分读者来说可能是比较陌生的。从小说里可以看出，作者做了大量的史料收集工作，使得关于历史的描述真实可信，但作者没有直接讲述历史故事，而是让历史真实人物和事件与小说虚构的人物和事件交叉作用，把小说着力塑造的几个人物放置到几个大的历史事件中，让他们"亲历"历史现场，或是在老师的讲述中近距离接触这些改变历史的时刻，让读者跟随人物得到精神成长的洗礼和思想成熟的催化。这样的写法在历史小说中很有新意。

但也有一点遗憾。作者面对大量的史料，还没有完全内化成小说元素，有的地方留下直接描述史料的痕迹，对小说的艺术品质有一定损伤。人物设定方面，如果历史的讲述者是比两位老师更接近统治阶层的人，可能会讲得更加顺畅、更加透彻。

每一位作家都有一座自己写作的“宝藏”。谢耀德的“宝藏”就是新疆。之前，他对新疆的油田生活的熟悉是他创作的一大源泉，现在可以说他又找到另一个“富矿”，那就是新疆的历史。《西部边魂》可以看作是这个历史系列的一个开端。期待他在这个题材上继续开掘，奉献出更多的典型人物和精彩小说。

（写于 2016 年）

传奇笔法书写普通人的传奇人生

——评曹多勇长篇小说《淮水谣》

从《红楼梦》到《白鹿原》到《红高粱》，中国文学中有一种传奇笔法在延续，简单说，就是在小说人物面对重大转折的时候，用隐喻、暗示、启示等心理描写，为人物的选择做注解。这些心理描写中，往往隐含着大量中国传统文化的因子,可以见出中国人的精神内核。这种传奇笔法用好了，会因其内在的心理同质而增加读者对人物的理解，可以对小说主题起到升华提纯的作用；用不好，会让人觉得牵强，不可理喻，甚至破坏小说的整体性，使读者游离于小说外部，达不到小说的艺术享受。这种写作手法在当下的小说写作中也不时见到。近日读到曹多勇的《淮水谣》，又看到这种传奇笔法，同时因为小说结构上的创新性，使得这部小说复古而不老套，其小说艺术值得研究。

小说以淮河边大河湾村一对普通农民夫妇韩立海和吴水月一家六口的人生遭际为主线，写出淮水人家几十年的变迁。韩立海夫妇凭着朴素的生活智慧和勤劳的双手，硬是把三儿一女送出大河湾村，送进城镇，但他们自己却离不开土地，一直生活在世代耕种的土地上。土地曾经养育一代代中国人，却从韩立海这一代以后大量离开土地，中国人的生活也随着这一“离开”发生深刻变化。是的，中国人与土地的关系正在发生深刻变化，这一变化足以影响中国人的精神内核。小说通过一个普通农民家庭的故事，写出这种变化过程中人们的思想情感。新云、新水、新雨、新苗四个孩子的人物塑造也很有代表性，一方面，他们的性格设计符合中国人对老大、老二、老三、老幺的设想，也一定程度上符合人物出生的年代；另一方面，他们四人的命运走向，也是基本符合人物性格的，分别代表那个年代青年人奋斗的四种路径，从中可以看出时代、社会对具体个体的影响。这是一个普通人家的传奇故事，也是发生在新中国，特别是改革开放以来的中国的千千万万个传奇人生的缩影。

韩立海夫妇能够让四个儿女跟上时代的潮流，虽不是弄潮儿，没有取得惊天动地的成功，但也都没有落后于时代，被时代所抛弃。这始于他们一个朴素的思想:孩子只有读书才能有出路，只有走出大河湾村才有出路。于是他们就想方设法送孩子们去上学。供孩子读书，只靠种地是远远不够的。正在韩立海去镇上找门路被告知“经济能力”不行而一筹莫展时，这个关键的转折点上，传奇笔法出现了：韩立海像是得到神谕似的，在城门口看到一进一出都是赶着猪去配种的两拨人，从中领悟到养猪赚的钱就够送儿子进城读书，进而考大学了。其实送猪到别处去配种这样的事情，在农村是很普遍的，很多时候大家是熟视无睹的，但当时当地，韩立海看来就是老天在给他指明出路。他是能干的农民，还真就养了四头猪，把几个孩子送到镇上读书了。这里的“神谕”式写法，符合实际情况，也符合人物性格，更为小说增加一些神秘感、命运感。

另一些让人印象深刻的传奇笔法，出现在对吴水月的心理描写中。吴水月这一农村妇女形象是小说的一大贡献。母亲在一个家族中的作用往往是决定性的。看起来功成名就的是家族中的男性，但真正培养、塑造出这些男性的，都是母亲。在韩立海吴水月这个大家庭里，吴水月是一个灵魂人物。要让孩子读书，走出大河湾村这一认识，是吴水月提出，并成功影响了韩立海的。当培养二儿子受挫，读书这条路走不通时，又是吴水月准确判断二儿子的优点缺点，决定拿出钱让二儿子到镇上开杂货店，给二儿子创造一个通往外界的通道，二儿子才有机会做生意，一步步成为民营企业家，成功离开大河湾村。至于把三儿子当女儿养，对小女儿却可有可无，这样的心态本身就带有传奇色彩。她不是一位理想的母亲，她的优点和缺点一样鲜明，她对孩子的偏心和对孩子的因材施教的智慧一样是她的标签。她还有一个标签，那就是自省意识。她的反省依据不是空泛的哲理，而是来自身体的切实的疼痛。她会用怀和生孩子时身体的反应来分析判断孩子的性格，进而为他们指明出路。她会在送走最小的女儿后，从几个孩子离开家时身体上的疼痛感来悟出几个孩子在自己心中的不同位置，进而领悟到自己对女儿的一切幻想都已经给了三儿子，对真正的小女儿却没有一点感情。小说用这种自白式的心理活动，带有某种魔幻色彩的叙述，为我们阐述了吴水月这样一位母亲存在的合理性，使这一人物因感性和理性的良好结合而丰满、鲜明。

小说的另一个艺术特色，是其长篇的结构布局。从目录就可以看出按家庭人物的出场顺序，作者为每一位人物立了一个传，从韩立海夫妇到四个孩子，再到孩子们的另一半。每人一个章节，所叙述的事有交叉有互证，但没有重复，没有拖沓。当然，小说对每一位人物不是均分笔墨的，按照人物的重要性做了不同处理。而对于长篇小说来说，这样的结构更加考验作者对整体的把握。《淮水谣》中，作者有意让韩立海夫妇做穿插全书的主线，把分散的人物聚拢在他们周围，从而保证小说整体性。但两个人中，吴水月是灵魂人物，她过早离世，后期韩立海没有很好地承担起主线的任务，这是一个遗憾。

作者曹多勇长期坚持在淮河地区采风、写作，淮水对他来说，就是他的文学矿藏。能找到一个蕴藏丰富的写作资源，是作家的幸事。期待曹多勇在他的文学矿藏里继续开掘、深挖，更深入地捕捉淮水这一方水土人们的精神特质，写出他们在时代变迁中的精神风貌，为当代中国人的文学书写贡献新的典型人物形象。

（写于 2017 年）

谁的青春不飞扬

——评钟二毛小说集《回乡之旅》

读钟二毛的小说集《回乡之旅》仿佛进行一次丰富的现实旅行。五篇小说，多个场景，《回家种田》《死鬼的微笑》是从农村到城市，《回乡之旅》是从城市到农村，《无法描述的欲望》和《爱，在永别之后》是城市，但又是不一样的城市，前者是成功者的城市，后者是未成功者的城市。不同场景中人物生活在完全不同的世界，五篇小说，五个世界，但又都是当下中国社会的一个侧面。作者对现实生活的描绘真实而贴切，对各阶层人的心态把握比较到位。能够这么“全面”地展现现实社会，源于作者丰富的生活阅历和文化积淀。一般来说，小说通常都会有作者的影子在里面，或多或少，或明或暗，但这五篇小说中很难看出哪个人物才是作者的影子。可以说，作者在现实题材小说创作中已经突破个人生活体验的束缚，找到适合自己的表达方式，可以在不同场景自如切换。

作者是写小说的高手。什么样的人物配什么样的故事，或者说什么样的故事配什么样的人物，拿捏得很是到位。故事的情节还总能出人意料，让人可以猜中其一猜不中其二，却又合情合理，不突兀。《死鬼的微笑》中，一个农村女人到城市吃大餐住大饭店还找小姐，一看就是受了什么刺激，没想到不是为了发泄情绪，而是为了祭奠亡人。在城市当“蜘蛛人”的丈夫意外坠亡后，到城市办理后事的妻子想让丈夫“享受”一下没享受过的“城市生活”。看似不可理喻的疯狂背后竟是夫妻情深，而这样一个略带喜感的故事中却有着深深的无奈和淡淡的忧伤，这是现实的残酷与温情。

《回乡之旅》以公路片的方式，随着主人公“我”清明回乡的行车路线一路回忆,勾勒出一个小镇青年的成长图景。原本一路感慨而美好的旅程,却在县城留宿的连锁旅馆遭遇困扰,打破了宁静。这样的结局看似突然,却比“我”记忆中的乡村更符合现实的乡村。人的记忆总会偏爱想要的样子,现实却总是毫不留情地撕下面纱。乡村真的是我们记忆中的那样吗?还是我们在对现实失望的时候用来慰藉的想象之地?

《爱,在永别之后》套用“遗愿清单”的俗窠,意外失去爱人的女孩青竹在朋友帮助下想要达成爱人生前许下的五个愿望,以告慰突然离世的爱人,也是给他们的爱情画个句号,虽然爱人的这五个愿望都是他们认识之前许下的,与青竹并无关系。这五个愿望对于青竹这样大学毕业不满五年的普通年轻人来说,是难以实现的。凭着年轻人的敢闯敢拼的激情和对爱人的深情,青竹最终实现了所有愿望,过程既曲折又可信还感人。比如第一个愿望,深夜开法拉利跑车飙车。一开始想租车,但觉得太容易实现,达不到爱人原本的目的,后来想找有钱人借车,几番辛苦找到一个爱飙车的富二代,却因不相信还有爱情这样的东西而拒绝,最后还是因为相信爱情而同意借车。小说结尾以时间邮局来信的方式,让原本是爱人新田对自己提出的五个愿望变成对青竹提出的五个愿望,让青竹这次实现愿望不再是单向的付出,而是两个人的心有灵犀,这样巧妙的反转让爱情这一主题得到升华。

《无法描述的欲望》最出其不意。小说开始一直在写创业成功的老板们如何意气风发享受人生,以为什么人都能用钱收买,什么事都能用钱摆平,商会会长季宏达如何重情重义,带领一众老板互相扶持、共同发财。中途笔锋一转,主人公郭伟东开始劝老朋友们不要再沉迷酒色,并以自己为反面典型晓之以理动之以情,但他的劝善被季会长利用,上演了一场惊心动魄的商场大战,更讽刺的是郭伟东没劝成别人,自己却因为动了季会长的女人差点被打死,还是前妻赶来照顾才得以恢复。最终郭伟东创办了“反出轨协会”,与前妻复婚,折腾一大圈,一切似乎又回到原点。小说中重点塑造的几位老板和女性形象,都有着鲜明的现实性。人物的心理塑造,深入而细腻,写出商场中生意人的种种心态。

五篇小说中的人物并不都是青年,但在读小说的过程中总有一句话萦绕回响：谁的青春不飞扬。无论是《回家种田》《爱，在永别之后》中的年轻人，还是《死鬼的微笑》《回乡之旅》《无法描述的欲望》中的中年人，他们的境遇各不相同，但有一点是相同的，那就是他们身上都有活生生的烟火气。他们都是在以自己的方式追求美好生活的人，他们的青春都是在奋斗中度过的，他们用自己的双手打拼美好的未来。这样的人生无论成败都是给人以力量的。这也是小说虽然写了很多生活中的苦难艰辛，却依然让我们觉得青春飞扬的原因。现在有的现实题材小说喜欢关注社会阴暗面，关注弱势群体，关注被忽略的人群，这是需要的。但总是摆出一副悲天悯人代言发声的面孔，对笔下的人物赋予同情、给予帮助，忘了自己也是他们中的一员，没有把自己融进去，感同身受。写出的作品要么戾气过重，基调灰暗，无法给人带来积极正面的能量，要么主题先行，不贴心不贴地，难以感染人。这五篇小说就没有这样的问题。小说关注的重点不是他们身上发生的事情，而是面对这些事情的时候，他们的想法、做法。小说人物的言行举止与他们的性格、身份相吻合，小说的情节发展与人物的性格塑造相互关联、相互成全，这些使得小说中每个人物都那么自然。比如《死鬼的微笑》中，妻子是第一次到城市。小说细致地描写她在吃龙虾时的行为、动作、心理，而没有去写她的"笨拙"会让她成为周围人的笑柄。当一个人心里有着某种执念的时候，会带给她力量，让她忽略那些不相干的杂音。而她的执着，在目的合理且符合一般道德标准的时候，会让别人对她产生崇敬之情，从而理解她的行为。小说就是利用人的这一普遍心态，让整个故事得以顺利进行。妻子一系列古怪行为的原因，是因为"蜘蛛人"丈夫的死亡，这件事和公司的赔偿等事，都是一笔带过，因为这不是小说关注的重点。这样一个事件本身足以在人们心中产生联想，弥补省略的叙述，而这一事件的当事者妻子的反应，才是小说要表现的重点。这无疑是一个悲剧，但妻子的反应却让我们体会到她的悲伤，更体会到她的坚强。

《爱，在永别之后》也是缘起一个悲剧，一个努力工作期待美好明天的大好青年突然过劳猝死。小说没有直接去写他的死亡，而是写他死后爱人和朋友如何努力克服悲伤，继续前行。在实现愿望的过程中，间接或直接地把这个青年的优秀展现出来。这样的写法更让人对他的突然离世唏嘘，进而关注他为什么会猝死。青年过劳死已然成为当下中国社会一个引起人们高关注度的问题，这里面反映出来的社会问题是多方面的、复杂的，确实值得引起重视。但小说不是研究社会问题的，而是探究面临这些问题时人们的情感变化的。小说以青年的奋斗为背景，以爱情这一永恒的命题为主题，以实现愿望的方式，给人物一个超常规出牌的机会，却又在现实允许的基础上去实现，最终给我们带来一个精彩又感人的故事。

现实题材小说的一个难点在于如何把握好与现实生活的贴合度。过于贴合和过于传奇都会减弱小说的感染力。钟二毛的小说集《回乡之旅》较好地掌控了这个度，用现实热点做基础，以人物情感为表现重点，更写出青春飞扬的奋斗精神，从而让读者既享受到读小说的乐趣，又汲取到积极向上的精神能量。

（写于2020年）

执着于现实的小说创作

——简谈晓苏的小说创作

晓苏是一位勤奋的作家，近十年来能保持平均每年 2 到 3 部中短篇小说的发表量是不容易的，而且所发表的小说关注的题材和人物类型较宽泛，显示出他善于观察和思考。这两类品质也许是优秀的小说家必备的。晓苏还有第三个突出的品质，那就是专注力，或叫定力。十多年来，他一直在坚持写中短篇小说，尤以短篇小说为重，内容基本都集中在一个叫油菜坡的地方，他把生活中精心收集到的故事和人物都放置在这个地方。油菜坡是晓苏用小说铸就的一个精神原乡。

语言有特色，已形成基本风格

晓苏的小说给人的第一印象是好读。语言流畅生动，就像在当面讲故事，而且几乎没有什么生僻字，其中不乏一些口语化的表述方式，甚至有的很“土”，却会让人觉得亲近而自然。《粉丝》开篇第一句就直接用一句生活常用语“烦死他了”，一点都不优美，但人物的形象一下就出来了。全句一气呵成，简洁明了：“周人杰第一次到我们家里来的时候，韦敬一不仅看不起他，而且还烦死他了。”这样的开场，预示了小说讲的就是周人杰和韦敬一两人之间的故事。从“烦死他了”到最后不惜冒着让妻子生气的风险也要偷偷约在家里见面，韦敬一对周人杰的态度转变是缓慢的，不易察觉的，甚至是有违他的品性的，但却是真实可信的。

《推牛》可能是晓苏的小说中语言最“拗口”的。因为是第一人称叙述，故事又主要是关于“我爹”的“我爷爷”的，经常会在“我”和“我爹”“我爷爷”之间来回转换。比如这段：“我爹作为烈士的儿子，每当说到我爷爷的死，他都感到无比的骄傲和自豪，激动得连鼻头都是红的。这也难怪，我爷爷死的时候，我爹正好在场。他目睹了我爷爷舍己救人的英雄壮举。”通篇都是这样的称谓，但不会让人觉得混乱，不影响情节的推进，倒有一种微妙的节奏感，增加了阅读的趣味。而且，由爷爷到爹再到儿子的三代人因为爷爷的“壮举”而延续下来的影响，被这样的称谓加深了渊源感。

小说中的人物对话是很讲究的。用词要符合人物的身份，语气要符合情境的设置和人物情绪。晓苏的小说在这一点上是下了功夫的。他的小说很少用引号呈现对话，而是让对话像自然行文一样流出。《我们的隐私》中，“我”和麦穗在邮局偶遇，发现彼此是老乡，从邮局出来就改用家乡方言说话。这段对话是这样的：“我问麦穗，你住哪个村？麦穗说，羊村。麦穗又问我，你住哪个村？我说，油菜坡！然后我们不约而同地说，只隔一个千难沟呢！”整篇小说中都是这样的对话，夹杂在情节叙述中，成为情节的一部分，读来很有趣味，也比较有现场感。

《传染记》中的对话也是这样的，只是大多数是分段的。比如这段：

> 邬云快把最后一个猪圈冲洗好的时候，郝风在房子后门上喊了一声。
>
> 邬云，你回来一下，傅彩霞找你。郝风说。
>
> 邬云应了一声说，晓得了，过两分钟就回来。

短句成段，这样形成一句连一句、一句追一句的态势，很符合《传染记》的故事氛围。因饲料贩子一句似是无心又似别有用心的话“把感冒传给另一个人就会好的”，邬云、郝风两口子和邻居傅彩霞之间发生一系列难以名状的猜忌，而这种心理常常就像鞭子一样催着赶着，无处可逃。

《花饭》中的对话既有加了引号的，也有不加引号的。加了引号的大多是一句一段，不加引号的则是夹杂在叙述中。这样的安排，也起到控制叙述节奏的作用，使得情节发展有缓有急，张弛相间。小说围绕着“我”和倪飞教授相约吃的几顿花饭展开。每次吃花饭都是“我”因为工作中的晋升不顺准备辞职调离，另谋出路，请领导倪飞教授吃饭只是为了“告别”。但是每次“告别”之后,倪飞教授都会帮我达成晋升的愿望,而我也就不走了。如此这般重复了三次。第四次，则是倪飞教授向我“告别”，结果他达成了当院长的心愿。四次吃饭就像是一部戏剧的四幕。一般来说，每次吃饭之前的寒暄都是加引号一句段的形式，就像这一幕的开始，相对舒缓，而且鲜明，引导这一幕进入正题。而进了包间开始说事儿之后，就以不加引号的对话为主，一大段的叙述加对话，连珠炮式的你来我往，加快了情节推进，读起来要加倍仔细，仿佛落了一个字就看不明白了，人与人之间的心理博弈被表现得清晰而深刻。

还原生活本真,把评判留给读者

晓苏的小说对所写人物基本上不做评判，很少有抒情或议论，而是专注于人物的心理描写、表情描写、动作描写。这样的写法可以说是尽力在还原生活的本真，而把评判留给读者。

《城乡之间的那个午觉》写的是一个偷情的故事。詹固教授总想搞一次外遇，但生性谨慎又极爱惜羽毛的他，总是找不到合适的对象。好容易找好了对象，准备实施，又为约会地点犯难。终于在一个偶然的机会，发现一个他认为适合的地点，就马上付诸行动。小说就从詹固教授到达约会地点写起，把人物心里的各种千回百转写得淋漓尽致。而约会的另一方高芝的心理也以同样的写法进行充分的表达。这样心事重重的两个人相约睡觉，越读越觉得喜感十足。与其说这是一个关于偷情的故事，不如说这是一个关于人性的故事。性的欲望只是人性中一个方面，很多时候只是最基本的，甚至是本能的一种需要。在金钱、名誉、地位等面前，性往往是附带品。在詹固这里，尤其如此。但他偏偏为了面子要搞一次外遇，就是因为其他同事都有，而他没有。计划了这么长时间的约会，最后还是因为高芝提出帮她调回城市的要求而彻底失败。这样一个故事里，詹固和高芝并没有被放置在道德审判的滤镜下，只是真实地写出两人的各种心思考量，反而显得真实，因而引发思考。

《道德模范刘春水》也是一篇看似批判却写出客观合理性的小说。刘春水是刁久芬的上门女婿。刁久芬的家庭极困难，四十多岁就偏瘫在床的丈夫需要她照顾，招了个上门女婿，却因为女儿生了一个天生软骨病的孙子而跑了，困难的生活雪上加霜。刘春水的到来，给这个家庭带来一点希望，刁久芬可以松一口气。然而好景不长，女儿得了绝症，没多久就撒手而去。眼看着女婿留不住，家里两个生活不能自理的人的重担将完全落在刁久芬一人身上，刁久芬选择用自己把刘春水留住。这是一种艰难而无奈的选择，但为了生活能够继续，刁久芬不仅做了，还表现得坦然。相比较之下，刘春水心理负担就要重得多。小说也主要是从刘春水的角度去写，对刁久芬的着墨并不多。但写刘春水也可以从侧面感受到刁久芬在生活的重压下努力寻找一线生机的顽强和坚韧。从刘春水评上道德模范后逃避村主任带来的记者的采访，可以感受到他们对于这件事的不安和挣扎，但家里需要人照顾的一老一小让他们放下世俗的尺规，遵从自己的内心。如果不是评上道德模范，也许他们会结婚，过上正常的生活。另一方面，村主任积极推荐道德模范有他的私心，但道德模范评选这件事本身是没有问题的，只是评选过程中存在一些问题。这一点在小说中可以读出来。小说的批判对象不是评选本身，甚至批判的意味都不明显，只是顺水推舟地写出事情的发展。

《保卫老师》可能是为数不多能够直接读到作者的讽刺意味的一篇。父亲到“我”的大学里来看我，但主要是为了给老师送麂子腿。因为这是父亲对自己的私塾先生表示尊敬的方式，现在父亲想要对“我”的研究生导师表示尊敬。但“我”已经了解到导师的虚伪和名不副实，失望至极，非常不愿让父亲向这样的导师表示敬意，更因为知道导师看不上父亲送来的东西，一定会置父亲的真心实意于不顾随意扔掉，担心伤了父亲的心，最不愿意的是这样的导师会毁了父亲心中对老师的那份敬意，这会是多大的打击。小说中出现一些议论性的描述。比如在介绍我的导师时，用了名不副实、花拳绣腿这样的评价。这在作者的小说中几乎是仅有的一次，把话讲得这么直截了当、不留情面。而小说题目《保卫老师》显示出作者并没有对老师这个整体失望，只是针对其中一些名不副实却还名声在外的人，忍不住想揭穿他的真面目,保卫像父亲这样对老师抱有强烈敬意的人眼中的老师形象。

执着于现实,以人为核心对象

晓苏的创作一直是执着于现实的。他笔下的油菜坡是当下中国农村的一个缩影，是一个有着浓郁的地域色彩和传统文化浸染下的乡村，也是一个与时俱进、活在当下的乡村。随着农村城镇化进程的发展，晓苏的笔端不再限于描绘乡村田园，书写留在乡村的人们，也会关注到那些介于乡村和城市之间的人，以及走出乡村的人。

《除癣记》是一篇比较有意思的小说。外出打工的谷珍因为全身长癣而不得不回家找大夫医治，因为她在广告上看到一位除癣专家谢去病就在老家油菜坡。不想母亲却一口咬定这医生是“江湖骗子”，并且坚决不允许她去找这个医生看病。病痛折磨下，谷珍顾不得母亲的反对，悄悄去找谢医生看病，但因为母亲讲的一些关于谢医生的事而顾虑很多。最终，谢医生的药治好了谷珍的病，而谷珍也对谢医生产生了感情，以身相许，小说到这里就结束了。对于谢医生这个人，以及对他的那些传言，小说并没有要正名或回应的意思，只是写出治疗过程中两个人的互动。其中那种乡村生活中似是而非、若有似无的流言编织的网，把每一个人都网在其中的感觉，写得很逼真到位。

《吃苦桃子的人》写一个长相丑、家境贫的大龄光棍男憨宝，却有着诚实守信、善良热心的温暖性格。故事是贴近当下的。一辆跑长途运输的车在半路的山道上坏了，要换的零件得到几百公里外的城里去买。司机去买零件，留下车花一人看车。车花在人生地不熟的山村里感到害怕，想雇人帮忙看车，就找到憨宝。憨宝不仅不要高价，还尽职尽责，让车花比较放心。车花感冒发烧，憨宝下地捉泥鳅给她治病。憨宝有一个特点，就是总吃苦桃，而且是从小就吃。他说别人吃是苦的，但他吃是甜的。吃苦桃是因为可以填饱肚子还不用花钱，山里有很多野生的。但憨宝并不只是因为饿而吃苦桃，大多数时候是因为心里不舒服。他可能都不知道苦闷这个词，但吃苦桃就是他纾解心中苦闷的方式。让人感到震动的是，他虽然生活条件极其艰苦，却葆有一颗自律的心，不让自己享受超出自己的经济承受范围的东西，因为他相信一旦享受了，欲望就会增长。他固执地认为："我们农村人，一进城，心就会花，心一花，就完蛋了。"所以他在拒绝一切物质享受的同时，也拒绝到城市打工这条路。在进城大潮中，对城市好奇的多，怀有恐惧却又被吸引的也多，但拒绝的、能守住心的可能不多。

《三个乞丐》构思巧妙，通过三个乞丐引发人们的议论和联想，与当下的新闻事件结合起来，用文学的想象写出新闻事件中的那个人。故事发生在一个餐厅，人们到这里来吃饭，同时也相互交换信息，聊着张家长李家短的。三个乞丐的到来，给人们的谈资增添无穷的乐趣，尤其是餐厅老板、厨师和服务员。在笑谈中，小说串联起各色人群，女儿离婚带孩子回来的原村支书、修高速路的工人、村里的传奇人物等。小说的一条线索是餐厅的三个人猜测这三个乞丐的来历，以及这一男一女一个小孩之间的关系。因为要猜测，人们对这三人的观察就很仔细，仔细到他们之间的眼神交流都能捕捉到，然后加工成人们想要的答案。小说最终也没有公布三个乞丐的身份。小说的目的不是只写这三个乞丐，而是写有可能的那些人，有精神病患者，有洪水下逃生的人，还有杀人在逃的人。种种的可能预示着生活中的多种可能性。

晓苏的小说总是以人为核心。无论是早期的农村里的人，还是现在城乡之间的人、城市里的人，他始终都在关注当下一个个活生生的人。这些人是有血有肉、有情有爱的人，会疼痛、会愤怒，也常常感到无奈。这些人会做出不被世俗道德所容的事，但又不能简单地以善恶对错来评判，他们身上有着可以挖掘的人性之美和人性之恶。这些人大多是不向苦难低头，无论如何都要咬紧牙关挺住的人。

《暗恋者》中，学生对老师的爱恋，是情窦初开的冲动还是对温暖和关爱的渴望？傅理石是李柔进修班的老师，而李柔长得与傅理石初恋也是暗恋的对象、他的高中老师非常像。傅理石对李柔情不自禁地想靠近。这其中还有一个年轻人王川，上大学后对身为他的高中老师的李柔热烈追求。男生对女老师的爱慕有时候是真诚而动人的，但离开特定的环境，这份感情也许就会超出现实所能容纳的程度，在现实生活的压力下，人的情感是会被扭曲、被压制，或者被稀释的。王川最终没有执拗于老师李柔，而傅理石也没有与李柔更进一步的交往。

《卖豆腐的女人》写一个教授对一个卖豆腐的女人产生莫名的牵挂之情，一厢情愿地跑去买豆腐，只为了能看她一眼。而这个女人吸引他的唯一原因竟是胸大。当教授拿着发表了自己的论文的期刊去送给这个女人，期待着她读了以后会对自己产生崇拜之情。但他完全忽略了两个人之间在学识、兴趣爱好等各方面的差异，这个女人对他的论文可能毫无兴趣，也可能完全读不懂。果然，女人根本没有打开杂志看，她感兴趣的只是能不能把豆腐卖完。人有七情六欲，能否不被情欲所左右，守住内心，也许是所有人面临的考验。学识再高，对情感的需求与市井商贩可能并无不同。

《花被窝》里的媳妇秀水耐不住丈夫常年外出打工的寂寞，与修电视接收器的李随偷情，却总疑心被婆婆发现。为了心安，她把婆婆接回来同住，让婆婆高兴，两人间的矛盾得到缓解。当她无意中得知婆婆年轻时也偷人后，竟有种被理解的释然，对婆婆的感情一下子加深。这是一种很难理解的情感。农村妇女的寂寞和情感空白到底有多大,也许不太受人关注，也许连她们自己也没有认真想过。

近三年以来，晓苏的创作有一个较为明显的转向，更多地关注已经从乡村走进城市的人。比如《家庭游戏》讲的是一个在城里当行政干部的人，带着妻子和女儿回农村老家陪父母过年。兄弟三人，其余两人一个在南方打工，一个在家里和父母一起种茶叶。虽然是兄弟，但三人的身份不同，让他们的思维和行为也各不相同，而他们三人的孩子也已表现出不同的性格特点。小说有着某种寓言的意味。当行政干部的老大提议在家里玩角色扮演游戏，把全家当作一个团队，大家分别担任伙食部长、卫生部长、礼宾部长、财务部长和纪律部长，共同出资出力，过好春节相聚。在这场自创的家庭游戏中，每个岗位角色的人，都在尽力完成角色的任务。而这个过程中，孩子的纯真、认真与大人的狡猾、多虑形成某种对抗。本是一场一时兴起的游戏，最后却变成人性的显露，确实是一场精彩的家庭游戏。

（写于 2020 年）

揭秘人心深处丝丝律动

——评李凤群长篇小说《月下》

优秀的作家大致可以分为两类：一类是往社会深处探索，关注社会发展进程中那些重大事件或是有代表性的事件的发生、发展、趋向，以及其中人与人的关系演变等，另一类则是往人心深处探索，关注人的情感、情绪、思维方式等精神层面在历史发展进程中的变化，捕捉那些人性幽深处不易察觉的波动，以及由这些细微情绪的影响而发生的故事。李凤群显然属于后者。从《颤抖》《良霞》到《大风》《大江》《大野》《大望》，无不是擅于表现笔下人物精神上最深层的隐秘的角落，借以展现人心人性中那些充满神秘感、真实存在而又难以言说的丝丝律动，让这些人物在读者面前几乎无所遁形，从而让人觉得他们就是生活在我们身边的普通人，真实又存在一定的距离。《月下》沿续了这样的探索，但较之前的作品又更进一步，不仅是从女主人公于文真的角度，也从男一号章东南的角度切入，带来一个相对完整的叙述环境，显示出作者对于人心人性的探幽更进一步，而且对于人与社会的关系也有新的认识。

小说最出彩的地方，是塑造了于文真这样一个"小镇女青年"的形象。她的好奇、冲动是所有年轻人共有的，而作为小城镇长大的普通女性，生活环境决定的见识的狭窄与对更广阔世界的向往在她身上构成一对矛盾体，这样的矛盾体也几乎是年轻人共有的，只是在小城镇青年身上体现得更明显些。这些共性赋予她"邻家女孩"一样真实自然的品质，她身上有着我们身边人的影子，让我们不由得把她当成真实存在的人，少了些隔膜和距离。但她又确确实实是个小说人物，因为她身上还有一些超常规的东西，而这些是小说家真正发力的地方。文学作品要源于生活，更要高于生活，如果只是原原本本地写生活的真实情景，那还不如看自己写的日记。我们读小说，是为了能够短时间内（在读一部小说的时间内）跳出自己的生活，进入另一个人或另一群人的生活，从而延展有限的人生。这有点像多维空间之间的穿梭。在这部小说里，可以跟随作家的笔触，像于文真一样地活一回，感受她的感受。于文真能够做到这一点，就是因为她身上那些不是共性的东西，这些东西也真实存在于人们精神之中，只是不那么普遍，更小概率一些。比如，人人心中都渴望找到一个可以"仰望"的人，所以才有英雄、偶像、人生导师之类的人，而当自己身边真的遇到这样一个人时，只有少数人会像于文真这样义无反顾地献出自己的全部。她勇敢地去追求自己想要的生活，即使被伤得遍体鳞伤，也毫不畏惧，虽然只是一种虚幻的精神满足，但她觉得是充实的，是值得的。于文真身上的精神特质是集合了那些现实生活中零散地飘落在不同人身上的"乱"，与大多数人的"平静"构成鲜明对比。于是，于文真的故事带给我们冒险、刺激，也引起我们的思考，甚至是对人物的反思和批判，这是好小说能够带给我们的阅读体验。

虚妄的东西终归会破灭。于文真在章东南身上得到的满足是虚的，它有多美好，在梦醒时就会多令人愤怒。当于文真终于明白章东南不会给她真正的、正常的生活时，她变了，从胆小、顺从变成泼辣、狠毒，只是这"狠"只对章东南。她对章东南的所谓"报复"看起来厉害，其实毫无进展。章东南依然过着他的正常生活，而于文真选择了随便嫁人，却遇人不淑。她把生活中的不如意全部归因于章东南对她的欺骗，就像当初义无反顾地投身一样，现在也是义无反顾地报复。小说的高明之处就在于，没有落窠臼地把故事写成"纯情少女手撕渣男"的普通小说，讲故事不是作者的目的，人的精神变化才是重点。小说让我们在故事中真切感受到于文真的种种情绪，是喜是悲是痛是伤，都那么清晰，那么可感。而作者的叙述能够不动声色地让我们在一个非正常，甚至有着些许疯狂的故事中始终保持一种清醒。当于文真陷在初恋的甜蜜中时，我们能够感受到一丝不安，仿佛已经看到这个故事的悲惨走向；当她陷入疯狂地报复时，我们又能感到事情不是那么简单，章东南另有故事。这样错综复杂的体验，与真实生活带给我们的经验是一致的。有时候我们说生活远比小说精彩，就是这个意思。生活中那些偶然性、极致性，有时会大大超出我们的想象，让人觉得不真实，不可思议。在这部小说里，真实与不真实相互交织，写出了生活的丰富性、复杂性，也写出了人心人性的复杂性、深刻性。这让小说有了深度和重量。当小说不仅是讲故事时，人物的一言一行中带出的一些蛛丝马迹就更令人着迷。

小说结尾，章东南终于向于文真摊牌，讲了自己的故事。这是一个非常棒的结尾，如果没有这个结尾，小说也就止步于书写当代女性生存境遇的层面，而有了这样的结尾，不仅让原以为要熄灭的火焰重新燃起，达到一个小高潮，更使得这部小说跳出一般女性小说的框架，进入一个更广阔的世界，有了深刻揭示两性关系的意义。章东南的妻子，虽然从未正式出场，但在章东南的讲述中，我们可以看出这位女性是与于文真不一样的，另一个类型的女性。这样的女性把相夫教子作为首要人生价值，在明知丈夫背叛的情况下，依然若无其事地正常生活，殊不知她以为隐藏得很好的伤痛却被儿子看得清清楚楚，甚至对生活产生畸形的认知。在自杀未遂的儿子的病房外，妻子那一番突然爆发的灵魂拷问，让章东南意识到自己看似潇洒、得意的生活方式的另一面，残忍、自私、龌龊不堪。这认知，加上于文真的报复，让他彻底投降，变成一个“好人”。

章东南是一个非常有特点的男性。不同于只为满足生理欲望或展示身份权力而玩弄女性的一般性渣男，他是有爱的，在此过程中他也真心付出情感，甚至他有尊重女性的一面。正是他用心的一面让于文真误以为章东南是真的了解她、欣赏她、爱她，才会深陷他设置的情感泥沼而不自知。但她不知道的是，章东南对她的用心，其实是对她这一类女孩的用心，并非只对她一人，这与她所想象的美好爱情有着本质的区别。只是这样的“真心”太具迷惑性，不仅于文真信了，连章东南自己都信了。如果不是儿子的反常，甚至闹到自杀，如果不是他对儿子的爱是真的，他可能永远不会意识到自己的行为对妻子和情人造成的伤害。

围绕于文真和章东南，小说还塑造了众多人物，每一个都很有代表性，都有极致的一面。于文真的父母，第一位确立恋爱关系的男友周雷以及他的父母，丈夫王一明以及他的父母，章东南的妻子和一对双胞胎儿子……这些人物是生活中与主人公息息相关的人，被设计成整个故事网上的一个个结点，这些结点之间相互关联、相互影响、相互作用。从中我们可以看到于文真的性情、处事方法等的来源成因，也可以看到人与人交往中那些偶然和必然。作者把主人公身边的人都写得面目清晰，给了他们一个表面上正常的家庭环境，但如果仔细一看，这些人物没有一个是“正常人”：于文真的父母，尤其是母亲，一心想让女儿早日嫁出去，让她不再受别人的嘲笑，但因为不肯吃亏的天性在彩礼上不肯让步，闹得于文真只好搬出去；前男友周雷只是想找个人结婚；丈夫王一明结婚前打游戏成瘾，没想到结婚后游戏瘾更甚，还家暴……这么多“不正常”的人在身边，与于文真共同构成了这个真实却又不真实的小说世界。这些人物是现实生活中形形色色人们的“汇总”，作者把长年对女性心理、精神层面的观察、思考，以及由此扩展出的对两性关系的观察和思考贯注到小说的人物身上。

小说的题目“月下”，应该是取自月下老人或花前月下之意，皆与婚恋有关。小说也的确写了一位女性的婚恋之路，但它又不仅仅是婚恋故事或爱情题材，而是一位努力探索人心深处的作家长期积累的成果，其中所包含的人情世故、社会发展，以及在环境裹挟下人的精神变化，对于两性关系深入肌理的思考，使得这部小说具有某种心灵史的价值和意义。

（写于 2023 年）

新、快、准

——何建明报告文学创作的显著特点

何建明是当代报告文学创作中重要的代表性作家。他的作品以新、快、准著称。新，就是他总是站在时代发展前沿，关注那些新进展、新成就，当然也有新问题。比如他的《落泪是金》,1988 年发表在《中国作家》杂志，第一次把贫困大学生这个群体带到读者面前，引发关于教育的大讨论。《永远的红树林》，2004 年刊发在《光明日报》，当时刚提出科学发展观，大家都在思考什么是科学发展，怎样才能实现科学发展，这部作品就已经关注到生态环境与社会发展的关系。快，是他对事件的敏感性很高，很多社会关注的热点事件都有他的采访身影，且拿出作品速度也较快。比如 2008 年汶川地震之后，他是第一批进入汶川采访的作家，2009 年就拿出了《生命第一》；2015 年 8 月天津港爆炸事件，当年最受关注十大事件之一，2016 年 4 月《爆炸现场》出版；2018 年 10 月港珠澳大桥正式通车,2019 年 4 月《大桥》出版。准，是他对所写题材内容的把握较为准确，从中提炼出的现象、观点、精神等，都符合实际，且具有典型性、代表性和概括性。比如《那山，那水》写浙江安吉，对“两山理论”作了生动的阐释。2018 年的《浦东史诗》写上海浦东新区在改革开放时期的建设，已经有了中国式现代化的一些总结和思考。还有他写的一些重大题材作品，比如《南京大屠杀全纪实》《国家 :2011 中国外交史上的空前行动》都准确地抓住事件的本质、痛点、难点和闪光点，并很好地突出出来，反映出这些大事件的深厚历史文化背景和当代意义价值，因此成为了解这些事件的“必读书”。

对报告文学来说，首先是“写什么”，然后是“怎么写”。创作题材是首要的，抓到一个好题材，值得深挖的题材，对当代和后世具有较大借鉴意义的题材，是报告文学作品成功的关键。报告文学作家要准确、及时地抓住好题材，需要对社会发展有总体把握和长期关注，对人们精神状态、普遍心理有准确把脉，还需要锲而不舍、不畏困难的采访决心和能力。这些都是何建明在报告文学创作上取得成就的重要原因。而更重要的原因，是他的作品文学性强，感染力强，能够吸引读者。下面以何建明获“五个一工程”奖的作品为例，简单谈谈他的报告文学的三个特点。

一是站位高。他总能抓到“先机”，在第一时间开掘出具有创新性的题材，一个重要原因就是他站位高，看得远。高远的眼界使得他的作品具有更广阔的视野，更长远的意义。《诗在远方——“闽宁经验”纪事》写福建闽宁与宁夏西海固结对协作脱贫的事迹。一个是沿海，一个是内陆，一个是率先富起来的地区，一个是全国有名的贫困地区。作者用了一个当时突然火起来的词“诗”和“远方”把两个地区的协作脱贫联系在一起，通过大量走访、访谈，以“他者”的视角旁观宁夏一批新村的建设，人民生活的极大改善，从而对“闽宁经验”作出了细致的讲解，为我国历史上最伟大壮举“脱贫攻坚战”留下一张闪亮的名片。

《国家行动：三峡大移民》引言中，把三峡移民这一“世界级难题”说成“从容步履”，其实内容写的是两位不愿离开故土的老人最终深明大义，毅然搬迁。这里的“从容”带有某种壮举的色彩。在题记中把这种移民精神总结为“崇高的民族献身精神”，既写出了三峡移民的高风亮节，也写出了这一重大举措对中华民族影响深远的重要意义。

二是故事性强。讲故事是文学创作的基础法则，是一种技巧，而非本质。报告文学故事性强不是说要虚构，非虚构也要会讲故事，要把采访得到的材料以讲故事的方式讲述出来，才能吸引人们读下去，读进去。《我的天堂》写的是苏州改革开放以来的现代化建设历程，但开篇从苏州的历史讲起，从古代苏州到改革开放初期的苏州，到现在的苏州，再到未来的苏州，序篇四章就把苏州的前世今生以生动的故事展现在我们面前。正文部分，分四章从四个角度，把苏州人的创造、奋斗的过程、经验、困难与突破写出来，也是以讲故事的方式，以点连线，以线结面，从而把苏州这个人们记忆中的江南水乡也是一个工业重镇的形象立起来。其中显示出很多值得各个地方借鉴、参照和总结的地方，这就是“苏南模式”。

三是情感饱满真挚。报告文学作家有时要讲冷静客观，才能保持清醒和中立，透过现象看到问题的本质，看到症结所在。但在何建明的作品中，作者放任情感的奔涌，并且以情感带动讲述的推进，让读者深受感染。写《红岩》原型的《忠诚与背叛》和写新中国建设初期的部长们的《奠基者》都是倾注了作者深深情感的作品，读来让人心灵受到震撼，灵魂受到洗涤。这样的作品，让我们看到不一样的报告文学，体验到一种激情澎湃、汪洋恣意的阅读感受，而因为所读到的都是真实发生过的事，不是虚构的，这种感染的力量就更加强烈。

报告文学是有力量的，力量来源于丰富而广博的现实，也是最容易引发争议的，原因也是丰富而广博的现实。有人说报告文学是我国特有的文学形式，其实不准确。本质上，报告文学就是非虚构文学中的一种，其遵循的基本文学法则是真实，这与世界上的非虚构文学没有差别。我觉得，报告文学应该像保鲜盒，把今天的现实储存起来，让未来五年、十年、五十年的人们可以“看到”过去的现实。何建明的报告文学就有这样穿越时空的能量。

（写于 2023 年）

深入思考援疆战略的文学解读

——评裔兆宏长篇报告文学《国家情怀》

援疆，是个听到就让人心情激动的词汇，因为它是一个与国家、民族、区域发展相关的词，是个宏大的词。我们国家的西部大开发战略，实施已经十多年了，西部地区在经济、文化各方面的发展之迅速、有效是有目共睹的。但对很多人来说，“援疆”只是个概念，其具体内容是什么？身处其中的人有着怎样的感受？这些具体问题我们只能从零散的新闻报道中探知一二。裔兆宏的长篇报告文学《国家情怀——援疆“霍城模式”启示录》为我们提供一个全面的、细致的文学解读，让我们有机会认识了解“援疆”这一国家战略的实际面貌，能够触摸到西部大开发的脉搏。

报告文学最有价值的特色，就是其中所包含的信息量。《国家情怀》选取“援疆”战略实施中比较有成效的、具有代表性的、其经验可推广的、最早确定的试点霍城为主要考察对象，深入观察新疆边陲小镇霍城老百姓的生活，探访当地各行各业的运行状况，掌握大量的一手资料，提出“霍城模式”的概念，为这洋洋20多万字的报告文学作品奠定了扎实的基础。

书的开端，把中国援助新疆的历史梳理了一遍，从古代和亲说到新中国成立初期的支边，再到新世纪的援疆，名称在变，但国家对经济相对欠发达地区的政策倾斜始终未变。这样的写法在报告文学里是比较少见的，当然也是有一定风险的，因为纪实文学讲求的是真实，涉及历史的部分要有史学的严谨，这对写作者提出较高的要求。《国家情怀》在这一部分的处理上比较得当，既写出国家战略制定的历史渊源，书中称之为“国家智慧”，又为后面的霍城故事找到时间脉络。没有什么事情是凭空出现的，只有长期积累，才会有爆发。

霍城从 1997 年开始与江苏一对一援助以来，已经发生了翻天覆地的变化。一个数字很能说明问题：人均收入。霍城 2001 年农牧民人均收入是 2464 元，到了 2005 年已增长到 3264 元。更可喜的是，霍城的发展从一开始就因地制宜地制定规划，不盲目追求 GDP，不以牺牲求发展，而是根据当地自然条件、人文条件，寻找适宜的项目，合理开发成体系的产业，从而形成有效的、可持续发展的良性循环经济增长模式。霍城取得的这些成就，与援疆政策的实施有着直接的联系。江苏人和霍城人一起，摸索出一套高效能的对口协作交流机制，在经济、科技、文化、教育、医疗等社会生产生活中全方位展开。

一般来说，一批援疆干部的工作时间是三年到五年。这些援疆干部都是江苏省精心挑选的年富力强、经验丰富的干部。他们到霍城指导、参与当地生产建设，与当地人形成亦师亦友的深厚情谊。就像报告一开始所写："如果不是亲临现场，我怎么也感受不到，江苏人会对这片土地有这么深厚的爱！""如果不是亲眼所见，我怎么也感受不到，维吾尔族女孩阿丽娅一家对江苏'张爸爸'的感恩之情。"作者在采访过程中被两地人之间的深厚感情所感动，在思考"霍城模式"的时候，很自然地就把"情"字放在突出的位置。这"情"不是一般的人与人之间的情，而是有着强烈国家意识、民族意识的国家情怀。从这个意义上来说，书名就是作者对"霍城模式"的最深思考，而最大的启示，也就体现在这四个字上——"国家情怀"。

读完《国家情怀》，我们可以看出霍城援疆模式几个突出的特点，或者说是值得总结和推广的成功经验。首先就是参与者的全身心投入，这是成功的前提。作为一项国家政策，参与者是不是能够自觉自愿地履行职责，是政策能否成功推行达到预期目标的关键。在江苏对霍城的援助里，我们可以清晰地看到每一位援疆干部都是带着感情去霍城，把霍城看作自己的故乡，而不是短暂停留地，更不是仕途的跳板。去霍城的路途并不是没有需要克服的困难。有的干部家里有年幼的女儿，妻子提出能不能晚几年再去，最终还是支持丈夫的工作；有的干部到了霍城被好心相劝，不要到外面去晨练，他却说"如果害怕就不来了"；有的干部在霍城工作三年，回到原来的工作岗位已是物是人非，重新开始，也毫无怨言。因为他们到过霍城，亲眼看到过边疆人民的困苦生活，也亲眼看到人们生活改善后的喜悦，亲耳听到过霍城人对他们的感激，这些是他们人生经历中闪光的记忆、珍贵的收获，是什么样的物质享受都不能比的。霍城的事实再次证明，大到国事、天下事，小到家事、个人事，只有真正付出真心，才能开出美丽的花朵，结出甜美的果实。

霍城模式的第二个经验是民生的重要性。第一批援疆干部到新疆后做的第一件事就是让霍城人喝上干净的水。每一位援疆干部到霍城都是先下乡，到老百姓家里去调研，解决人们最关心、最迫切的民生问题。萨尔布拉克河治理了，居民饮水问题解决了，冬季供暖问题解决了，人们的生活条件得到明显改善，就会从心底里支持援疆干部的工作，从而使一个个项目得以顺利开展，才会发展如此迅速。民生无小事。要带领一方人谋发展，只有从解决民生问题开始，才能与人民群众心连心、心贴心。霍城的援疆干部正是想人民之所想，急人民之所急，为人民群众办实事，才得以与当地群众建立起深厚的情谊，很快融入新的地方，在短期内干出实绩。群众路线是我党的三大法宝之一，如何实践，霍城模式给出漂亮的答案。

有了援助双方的全力配合，如果没有坚强的后盾保障，事情还是做不成的。这就是霍城模式的第三条重要经验：国家和政府的大力支持。霍城的每一项改造工程都需要大量资金，而援疆干部不仅带去先进的管理经验、发展规划，更带去雄厚的资金保障。江苏有着雄厚的经济实力，有能力支援边疆的发展。而国家提出和实施西部大开发战略，为这种支援提供强有力的支持。有人慨叹，只有在中国，才有可能由国家提出和支持这种经济发达地区对欠发达地区的援助。这样的表述里，表达的是对国家这一战略的由衷支持，更是对国家的自豪。

霍城模式的启示当然不止这三条，不同经历的人读这部作品会产生不同的感受，不同领域的读者都可以在阅读这部作品的过程中寻找到自己的启示。这也是这部长篇报告文学的一大优势。我更愿意把它看作“援疆”战略中的一个底本，可以为我们带来更深入的思考、更精细的提炼，从而为下一步的“援疆”“援藏”提供实践经验。

作为一部报告文学，《国家情怀》给我们带来的，除了丰富的信息、深切的思考，还有文学阅读的享受。作者虽然写的是国家大事，但整体上围绕一个"情"字展开，在解读中赋予人情人性，把援疆干部与霍城人之间的感人事迹写得激情澎湃，感人至深，几度催人落泪，几度引人大笑。行文中，综合运用新闻体、小说体、报告文学体，把枯燥的数据融入激情叙述，使整部作品读起来有趣、感人，引人深思，掩卷有收获。

（写于2013年）

以文学的方式参与国家战略的讨论

——评张培忠报告文学《海权战略》

2000多年前，罗马著名哲学家西塞罗就提出："谁控制了海洋，谁就控制了世界。"十五、十六世纪荷兰、葡萄牙、西班牙等国开始世界范围的扩张崛起，到十八、十九世纪英国的"日不落"神话达到顶峰。这些临海国家的迅速崛起，验证了西塞罗的这一论断。今天，对陆地资源的开发和利用已经到了无以复加的地步，世界各国都面临着能源短缺的困境，矿产、石油、天然气、淡水等资源全面告急，人们再次把目光投向广阔的海洋。这一次，海洋的优势不再仅仅是地理位置的便利，更是丰富的资源能源的储备。对于所有临海国家来说,海洋权益是存亡攸关的战略选择。近两年，我国海洋争端不断，日本、菲律宾蓄意挑衅，不惜面临挑起战争的风险，清楚显示了他们这样的海岛小国对生存的恐慌。然而，对于中国这样一个陆地面积辽阔、农耕文明积淀深厚的国家来说，海洋权益和海洋开发一直不受重视。现在重视南海的开发和保护，更多的还是从保护领土主权不受侵犯出发，并没有真正重视海洋问题。在这样的背景下，看到张培忠先生的纪实文学《海权战略——郑芝龙、郑成功海商集团纪事》，非常有意义。主要有两层意义。

首先，这是以文学的方式参与国家战略讨论。国家发展战略离不开历史经验的总结。关于历史经验的总结，历史学家有历史学的角度，讲究史料的真实、论证的严谨；政治学家有政治学的角度，注重权力斗争的得失；而作家则有文学的角度，这是一种更人性化的、更个性化的、更有感染力的文本。本书以翔实细腻的史料为基础，有力地证明明清两朝闭关禁海的错误，以及以郑芝龙、郑成功父子为代表的中国沿海民众利用海洋、保护国家海洋领土的经验和传统。作者几乎穷尽所能搜集到的海内外关于郑氏家族的所有史料，包括正史、野史、民间史料，视野宽广，从不同角度还原历史真相。这种叙述，融合作者的个人理解，带有鲜明的个人色彩。另外，本书在梳理史料的过程中还澄清一些事实，比如对郑成功是不是民族英雄、有没有日本血统等问题，给出了清晰的答案。

其次，本书用现代商业管理理论去研究我国古代经商的实践，既新颖有趣，又有着强烈的现实意义。郑芝龙和郑成功时代，中国的资本主义经济才刚刚开始出现萌芽，郑氏家族从事海洋运输、对外商品贸易时，一定不会想到成本核算、风险投资、集约化规模化经营等商业法则。但是他们成立并扩大海商集团的成功经验又在一定程度上暗合了现代企业管理理论。另外，书中还突出论述了政治因素在郑氏集团的兴衰中所起的作用，很有启发意义。

最后还要说一点，本书敢于亮出自己的观点，特别是对当前敏感问题发言，给我留下很深的印象。比如提出运用间接路线理论处理构筑海权战略的问题；提出化解美国因素，实现台海统一的思路；建议加强与马六甲海峡周边国家的合作与协调，主动参与海峡建设与管理，从而确保南海海权安全等，都是切合实际、中肯的谏言。

（写于 2014 年）

享受片刻的宁静

——评电影《清水里的刀子》

不知从何时开始，习惯了看大场面电影，炫酷的追车、火爆的打斗、未来感十足的空间搭建，突然遇到《清水里的刀子》，一时间有点不太适应。这种缓慢的长镜头，脸部特写，对白很少，还都是方言，不看字幕就听不懂，太多与当下流行电影格格不入的元素的电影，让人觉得闷，也是正常的。但当你抛开对流行电影的定式思维，放空心绪，投入到电影中时，就会被它的“慢”和“闷”所吸引，及至电影结束后仍久久回味。是的，这就是一部我们久违了的纯粹的艺术电影。与当下流行的另一种“文艺片”不同，艺术电影是老派的、讲究的，甚至是唯美的，它不卖“情怀”，不打标签，不抛概念，只是让电影回归影像的艺术，用电影的语言来诠释精神内核。

电影《清水里的刀子》有着强大的精神内核。这部电影以回族作家石舒清获鲁迅文学奖的同名小说为原著，由石舒清和回族作家马金莲以及导演王学博等编剧，青年回族作家石彦伟做文学策划，为电影打造深厚的文学基础和回族文化基础。犹记得当年读到小说《清水里的刀子》时心灵受到的冲击，不仅源于自己的民族身份认同带来的惊喜——竟有作家能把回族人对死亡的认知表达得如此清晰，更源于小说中对牛这种富有灵性的“大牲”面对死亡的描写。人要清静地走，牛也要清洁地去。这清静和清洁是肉体上的，其本质是精神上的。应该说，电影很好地诠释了小说的这一精神内核，不多也不少。

导演王学博曾在小说所描写的西海固住了十个月，那是2007年。他说起那段经历，总有一种谦卑。在当地农民家里借住，与当地人一同生活，让他对小说的精神有了直观又深刻的感受。精神上的共鸣让他坚持十年最终完成电影。这部电影以纪实的手法，原生态地再现了西海固普通回族农民的日常生活。这种虔诚得近乎笨拙的表现手法，使得电影有一种独特的气场,让观者渐渐深陷其中。在这里,西海固的贫穷、缺水不再是符号标签，回族人对生死的认知，以及由这样的认知带来的生活态度、方式也不再神秘,仿佛你就是那个生在西海固长在西海固的人。那种自然流淌的慢生活，也许是我们早已不再熟悉甚至从无体验的生活状态，这是一场回归本真的精神洗礼。

电影一开场，主人公马老汉的妻子去世，亲戚们一起洗、抬、埋。近十分钟，也许更久一些的时间里，人物没有一句对白，只有阿訇诵经的声音。古兰经那种音乐式的、独特的诵读之音，听起来那么纯净，涤荡心灵。所有人都表情凝重，但并不悲戚，诵读声仿佛是一只温柔的手，一边抚平人们失去亲人的伤痛，一边给人们注入生之勇气和力量。整个过程井然有序，一气呵成，好像不是演员在表演，而是真的有这样一场葬礼，只是用镜头记录下来而已。但这终究是一场电影，所有的画面，无论远景还是近景，场面还是特写，从一群人到一个人，从一双手到一张脸，都是导演在用镜头带领我们去“看”。这些画面配合着经文诵读之声，形成一个庄严肃穆却又充满人情烟火的世界。电影一开场就把我们带进西海固独特的生活境遇中。

接下来故事的发展不紧不慢。整部电影的情节一句话就能说完，儿子提议用家里的老牛给母亲做“搭救”，马老汉想了很久，终于答应了。很显然，电影无意于讲故事。虽然其中也穿插了几个“小故事”。比如借米的邻居。很有“故事”的一个故事，却只用一顿简单的面和背着一小袋米的背影就讲完了。对话也只有几句。基本上所有的故事都在吃面的动作和表情里了。

再比如给我印象比较深的一场戏，下大雨了，马老汉一家老小纷纷拿出碗啊盆啊桶啊，到院子里接水。大家的动作是那么自然娴熟，仿佛接雨水是他们已经做了一辈子的事，包括两个 10 岁左右的孩子，都已经很熟练了。大家并没有表现出终于下雨的兴奋，甚至一点波澜都感受不到。只是从大家熟练的动作中能感受到大家对雨水的珍惜。可以说干旱已经是那里人们生活的一部分，就像呼吸一样平常。人与大自然的相处，已经达成一种默契。

作为一部艺术电影，除了它强有力的精神内核，还有很讲究的画面。大山、薄雾、构图和色彩，抓住西海固自然风貌中最美的一面，也很好地展现了自然与人的相互依存。

但是，有一点觉得遗憾的是电影没有配乐。整部电影没有一点音乐。也许是找不到合适的音乐，也许是怕配乐会冲淡电影的纪实性。如果是因为后者,那还是可以接受的。虽然没有音乐,但电影中并不缺少声音,相反，有着丰富的声音元素,几乎都是同期声采集,除了人物对白和古兰经诵读，还有风声、雨声、牛吃草的声音、磨刀的声音……各种大自然的声音，很好地衬托出西海固的辽远苍茫。

拍这样一部艺术电影，在任何时期都是艰难的，在今天这个飞速发展的以城市为主的现代社会更是艰难。这部电影的主创们，从策划到监制，从导演到摄像，从主演到群演，无一不是怀着对信仰的敬畏去完成这部作品的。他们共同用电影这门艺术，较完整地转述了一部优秀的小说所承载的精神内核。在快节奏的生活中，给予观众 90 分钟享受片刻的宁静，这部电影做到了。

（写于 2018 年）

重读彭学明长篇散文《娘》的一些思考

彭学明长篇散文《娘》2012年刚出版时，我就认为它在长篇散文的写作中是具有代表性、开创性的，现在重读修订版，依然被感动，更引发很多新的思考。

这部作品有长篇作品所要求的结构、容量、深度，更重要的是抒情性，这是散文区别于其他门类的重要特征。对于散文，我认为最要紧的就是情感因素，或者叫个人生命体验。在小说里，情节是推动故事发展的关键；在诗歌里，韵律是构成诗句的规律；在戏剧里，人物关系是展示戏剧冲突的抓手；而在散文里，情感是构成散文内在规律的唯一逻辑。《娘》这部作品作为记人散文，必然有叙事的成分，抒情需要依托具体的人和事，在讲述人物的经历中表达作者想要抒发的情感。作品完成于母亲去世后，因此整部作品是建立在对母亲的回忆基础之上的。作品中使用了一些比较小说化的手法，但是读起来又与小说不同，正是因为把对母亲的回忆连缀起来的不是情节、不是人物，而是作者对母亲的拳拳真情，这情里有爱、有悔、有悟、有感动，有种种作者关于母亲的思考。这种复杂而丰沛的情感那么充实饱满，足以支撑起一部27万字的作品，甚至于有时候竟还让人觉得这情感过于浓烈。

《娘》里母亲对儿子的不计回报的爱让人感动，那种不顾一切都要保护儿子的种种行为，正是母爱伟大的最佳证明。但这部作品独特之处，或者说最感人之处，是儿子在永远失去母亲后，在重新审视与母亲的相处中，才幡然醒悟母亲对自己的疼爱、保护以及无力保护的无奈和无助。只是这个醒悟来得太迟，已无法弥补，因此作者把这个醒悟写出来与读者分享，也是对读者的一种警醒。这种深刻入骨的剖析和反省，是文学作品能够带给人们精神力量的原动力。

这样一部长篇作品不是一蹴而就的，而是随着作者的思考不断深入、对母亲的认知不断增加而不断完善精心打磨而成的。在修订版中，可以明显感受到作者所抒发的情感的递进式变化。主要分三个阶段。第一阶段是作者年少时期，工作之前。这一阶段以母亲的经历为主。作者在回望母亲带着年少的“我”艰难求生存的经历中，逐渐改变原有的想法，看出母亲种种行为行事背后更加隐秘的原因。这一时期作者对母亲的情感经历了由怨恨到理解再到感动的变化过程。第二阶段是作者工作以后，到母亲去世。这一阶段，作者逐渐成长为一个独立的人，不再依赖母亲的照顾，慢慢变成母亲可以依赖的人。孩子和父母之间依赖与被依赖的关系转换，是大部分人都在经历的。而作者与母亲相处的心态变化，也比较有代表性。这里有对父母的不理解，甚至一心想要挣脱父母的捆绑独立生活的焦躁；有一味从自己的认知和体验出发，想要改变父母的生活方式的霸道的爱的表达，等等。作者在回望这段生活时，逐渐明白自己对母亲的“爱”是多么的自以为是，并且这种自以为是的爱曾经给母亲造成的伤害让他悔恨和心痛。如果说第一阶段感动读者的是母爱的伟大，那么第二阶段打动读者的更多的是儿子的悔恨。第三阶段是母亲去世后，主要是作者重回老家，寻访母亲出生地等寻根溯源的经历。这与前两个阶段的情感线索是一脉相承的，是作者在经过那么深刻的领悟之后必然要走的路。对母亲的误解，对表达孝心的误解，其实都源于对母亲的不了解。探寻母亲的来路，实际上是作者的一种自我救赎。至此，作者完成对母亲的书写。

散文最动人的，就是作家用真诚的写作，分享对人生的体会，这也是读者对散文最基本的要求。只要以最真的态度面对生活，保持最真挚的情感写作，就一定会引起读者的共鸣。而散文的价值就在于真实的分享。《娘》之所以能在读者当中引起共鸣，产生巨大反响，也是因为作者的真诚。

这部作品之所以能够成为一个现象级的作品，除了其本身的思想性、艺术特色外，还有两个原因。一是符合当下散文创作的一种发展趋势。据我观察，随着“中国梦”的提出，个人与国家紧紧联系在一起，个人的奋斗被鼓舞，个人的成功被赞扬，个人的价值正在被重新发现和定义。散文创作也呈现出两个比较明显的写作路径，一个是保持传统写作特质文化视角的写作；另一个是平民视角的写作，以普通人的心态和视角来看社会、看人生、写感悟写情绪，这类作品个人代入感强烈，容易引起共鸣。《娘》就是这样一部以母亲这一个体为书写对象的作品。二是作品具有多重价值。作者的母亲长期生活在湘西土家族聚居地，她的生活经历的独特性，加上作者思考的深入性，使得作品涵盖了社会学、历史学等多方面的内容，为人文科学研究提供一个具有一定研究价值的文本。

（写于 2019 年）

坚守故乡的写作是有根的写作

——评赖赛飞散文集《生活序列号》

散文写到一定境界后，讲究的应该是文字中独特的气质了。最近读了赖赛飞的散文集《生活序列号》，这种感觉特别明显。这本集子带有明显的作家气质。一个整体感觉是，文字很温暖，具有生活的温度，但又在生活之上，有一种冷静的哲思在里边。这种哲思不是把生活哲理化，而是把作家对生活本真的思考，很自然地融入所书写的人物、事件中，于是这些文字就有了灵气，带领我们感受不同人生的美，一种诗意的栖居。实际上，作家笔下的生活是真实的，甚至残酷的。她所写的都是普通人，为了生活而奔波忙碌，比如出租车司机、报刊亭老板娘、洗衣店老板娘、路边小吃店老板娘、快递小哥、家政服务员、清洁工等，都是生活当中比较常见的一群人，也写一些特殊的人群，比如医生、渔民、海员、守山人等。这些人的生活并不容易，但他们都有各自的应对技能、生活的智慧，为自己创造一片得以容身的天地。在作者的写作中，没有粉饰、矫情与造作，也没有居高临下的同情、怜悯与施舍，更没有愤世嫉俗的代言与呼吁，有的只是一颗真实的心，似乎那些文字不由她支配，而是由笔下人物的生活自然流淌出的。这应该是散文写作比较高的境界。

散文之散，在于阅读的广博、见识的广博、阅历的广博；散文之高，在于对人生的深刻洞察，对世事的宽容理解。真正把自己放进去，写出的文字才具有动人的力量。这部散文之所以动人，就是因为作者把自己的真心放进去了。她与笔下的人物共呼吸，感同身受。

作品中的独特气质还源于作者对故乡的坚守，对写作的坚守。赖赛飞出生在浙江象山一个海边小岛，并且长期居住在那里，从小耳濡目染的是一种区别于内陆地区农耕文化的海洋文化。大海的丰盈与喜怒无常，海边渔民、海员及其家人的生活，给了她独特的生命体验，成为她丰富的创作资源。散文的语言常常是作家思维方式的外化。这部散文的语言就很有特点，优美而不做作，读起来还有点怪，自成一体，有一种安静优雅的力量，吸引着我们沉下心来，细细去读。更吸引我们的，是她笔下书写的那些海边生活的普通人，他们身上散发的海洋风情是那么让人着迷，可以说这是我国海洋文化最真实的表达。中国的海洋文化历史悠久。我国拥有 470 多万平方公里的海域与 1.8 万多公里长的大陆海岸线，1.1 万多个大大小小的岛屿散布在海岸线周边，那么长的海岸线周边形成各有特色的海洋文化。赖赛飞所写的浙江沿海就与福建沿海的文化不尽相同，更不要说与山东沿海的差别有多大了。而中国的海洋文化因为有着中华传统文化的浸染，又与欧洲海洋文化很不相同。当下我们的文学作品中，表现海洋文化、海边人群的作品真的不多。这么大的一个群体，需要作家去发现、去书写，他们是中华文明的重要组成部分。写好中国的海洋文化，也是对世界海洋文化的有力补充。期待着坚守海边的赖赛飞写出沿海人的精神特质，更期待着更多坚守故乡的写作，挖掘出中国人的精神特质。

（写于 2017 年）

重读经典时，我们读什么

近日读到钟敬文先生散文短章《黄叶小谈》，忽然发现，原来早就读过的，其中一些语句还印象很深，今日重读，又生发出不同的感悟来。经典之所以是经典，不仅因为能够留下深刻印象，更因为可以反复地读，并且随着自身年龄的增长、阅历的丰富，可以读出不同的东西。所谓品读，还得到一定年纪、积累一定学识才能品出味道呢。

钟敬文是“大师”，被称为中国民俗学之父。他是那一代学人的优秀代表。他终其一生，为中国当代民间文学、民间文艺的研究、发展作出卓越贡献。而他的诗和散文创作，是与学术研究相互穿插着进行的，这使得他的诗文有了独特而深厚的文化底蕴。比如这篇《黄叶小谈》，从时节变化联想到五言律诗，以诗言明心境，却笔锋一转，以阅读引起关于黄叶的书写之兴趣。写黄叶却也不尽写黄叶。刚写了一小段，就又忆起旧事，讲述关于黄叶的一首律诗。一句“赶紧回到我的黄叶吧”，很自然地又回来写黄叶。这种种看起来洒脱恣意的联想，实际上都没有脱离“黄叶”这一主题，而“黄叶”最终指向的，其实是抒情表意，表达作者当时当地的心情。这就是散文所谓“形散而神不散”。

进而，我又想到一个问题，当我们重读经典时，读什么。这篇两千字的精短小文，读起来不仅仅是两千字的篇幅。较明显的，文里引用那么多律诗，光是理解诗句，体味其中意境，就可以读上好久。再深一点，文中提到的几位文学大家，孙伏园、王渔洋、崔不雕、王黄叶，如果不曾读过他们的诗文，那么对这篇小文的阅读感受会不太一样。再进一步，文中表达的作者的心境，源于作者的遭遇，那么，如果对作者写作这篇小文时的生活境遇有所了解，对当时的历史状况有所了解，就更能加深对文章的理解，所读出的东西会更多。

你看，对于这样一篇小文，可以有多种读法，就看读者想怎么读。如果不愿深究，就当一篇美文读，也是不错的。文中关于黄叶的佳句，既有描述，又有思考，容易引起读者共鸣和联想，比如“黄叶像清高的隐士，红叶却是艳妆的美人”，“金黄的叶子，或飞舞于身边，或缭绕于足下。冷风吹过，沙沙地作响。我的思想，也和头顶晴空一般的宁谧而清旷，偶尔拾起一片，投在回曲的山溪中，它急遽地或迂徐地逐清碧的流水往下飘，我的神思也好像随之而俱去”。富有意境的语言，就是精短美文带给我们的最基础的美的愉悦。

（写于 2019 年）

一曲优美的田园交响

——评铁夫长诗《金家坝》

铁夫的长诗《金家坝》以其饱满的情感肆意地撞击我们的心灵，让我们在享受优美田园诗情的同时也惊诧于作者丰沛的情感积累与释放。这在物欲横流、人与人之间越来越淡漠的当下显得格外珍贵。乡土味是阅读后最直接的感受。那带着土腥味的诗句，原汁原味地描绘出山水田园中农人们日出而作、日落而息的农耕生活，更写出农人与土地相依为命的深厚感情。诗人笔下父老乡亲那种生生不息的乡间生活，让人感到安详、踏实。

作为书写故乡的文学作品，长诗没有直接描写离乡多年的游子再回故乡的耳闻目睹及种种心境，而是通篇描写记忆中故乡的人、事、物，每一段落都饱含着游子对故乡的思念。这种写法恰好契合当下人的心理，容易引起读者的共鸣。当下社会中，离乡的人非常多，有外出打工赚钱养家的，有到大城市打拼实现理想的，更有漂洋过海追逐梦想的。无论哪一种离乡都会让人对故乡生发出无法抑制的思念。离开越久越远，思念越深。这种思念往往会让人回忆过去的美好，忽略现实的残酷。长诗中作者把家乡生活描绘得那么美，美得让人觉得远离尘世、远离喧嚣，摒弃杂念，只剩下美好。只有离开过家乡，又一直热爱着家乡，渴望再次回到家乡的人才能写出这样的心境。因为没有离开过家乡的人不会体会到思乡之苦，不曾长年在外闯荡的人不会有机会回味家乡生活的单纯与美好。家乡就像一个精神避风港。每当在外打拼的游子遇到挫折、面对困境的时候，都会想回到家乡，在家乡美好的自然环境中沉静，在乡亲们暖暖的亲情中疗伤，积蓄渡过难关的力量。正如诗中写道："如果出门在外你很受伤 / 不如索性跑回

家乡 / 如果你在外面很委屈 / 你不如回到故乡躲进 / 有一些灰尘 / 有一些蛛网 / 有一些燕子筑巢的 / 老屋静听 / 檐水滴落 / 纯粹的音乐 / 穿透岁月 / 飞越洪荒。”

全诗共分九章。从内容上来说，前三章主要描写家乡的自然环境，以及环境与人的互相塑造的关系。在这里，作者主要是在叙述金家坝是如何成为金家坝的，因为有大自然的先天塑造，让金家坝成为三面环山、土壤肥沃、适宜农耕的小山村，因为有诸水河的依傍，让这个小山村有了灵气、有了人气。第四章专门写家乡的人，从母亲到父亲到乡亲，尤其是父亲，作者用了相当的笔墨细致地描写父亲的日常劳作，从而表达出父母与故乡的土地相互依存的精神需求。诗中写到这样一个情景，“我”和同样在外闯荡小有成就的友娃子汤正刚都把父母接到大城市，本想让老人安享晚年，没想到老人却因生活的清闲和对土地的思念而抑郁成疾，只得让二老返回家乡。在这里，诗人把农人身上最闪光的品质描写得淋漓尽致：“安逸和舒适 / 让你手足无措 / 清闲和清福 / 让你魂不守舍若有所失 / 别人无法理解 / 你却难以自制 // 你清楚地知道 / 是你内心深处 / 是你骨髓深处 / 劳作的欲望和冲动 / 永远无法阻止 / 时间可以背叛钟表 / 父亲永远钟情于土地。”作者把农人与土地与劳作的这种关系描绘得深刻透彻，并且上升到精神层面，准确地概括了农人的生存状态。第五章到第八章都是描写农人们的劳作、生活和娱乐的真实情状。如果把前三章里所写的金家坝人的生活看作是静态的书写，那么后四章则可以看作是对农耕生活的动态描绘。这部分，有故事、有人物，仿佛一个真实的小山村就在你眼前，村民们的辛勤劳作你能看见，他们的悲喜你能感同身受。特别是几个典型人物的塑造，更增添了全诗的丰满。比如手艺好、人品好的石匠单村长，腊月里最忙碌的杀猪匠甄仕礼，一辈子独身牵动着全村人的焦虑的辛克相。他们都是金家坝普通的一员，而金家坝正是因为这些普通人而成为真实的存在。

作品语言很有特点。以短小、欢快的节奏为基础，偶尔出现一些长句，也用空格隔开，就像增加一个休止符，既有突出强调之意，也保持节奏上的平衡。作者很擅长使用排比，更增强诗句的节奏感。这样的写法使得这么长的诗作读起来不费劲，就像走在家乡的小路上，时而跳跃，时而漫步，边走边欣赏沿途的风景。用词也比较简单，几乎不见生僻字，而且有好多民间用语直接入诗，比如描写乡间的人情味时，这样写："谁说八竿子打不着 / 只要来到金家坝 / 跨进任意一道门槛 / 不管你是男是女 / 不管你姓张还是姓李 / 都是亲人 / 都是村子里 / 最亲的 / 亲戚。" 在写到村里的狗时，直接用俗话："俗话说 / 咬人的狗不露齿 / 打鸣的鸡不下蛋。" 这样的写法，读来感觉很亲切，又很上口。当然，诗歌不能都是大白话，更多的是作者透过生活表象捕捉生命真谛带来的富有哲理的诗句。这部长诗中这样的诗句有很多，同样的浅显易懂，但充满思想的意味。例如 "要品味乡村的味道 / 从稼穑开始"；"饭一口一口地吃 / 地一锄一锄地挖 / 字一笔一笔地写 / 人生也要一步一步地向前"；"在宁静而祥和的金家坝 / 谷物在不疾不速地生长 / 瓜果在不温不火地成熟 / 看不见飞扬跋扈 / 充塞早已迟钝的感官 / 看不见趾高气扬 / 如粗野的拳头狠命捶打关闭的门窗 / 更不用担心超过承受力的 / 虚假与贪婪 / 冷漠与早熟"。

对于这样一部长诗，肯定会有很多的不满足，作品的语言也有很多地方需要再打磨。但诗歌的本质是抒情。这部长诗带我们走进一个世外桃源一样的仙境金家坝，让我们的心灵得到短暂的休憩，它就有了存在的价值。

（写于 2012 年）

后 记

时间是神奇的，再平淡的日子，积累久了，也会发出些许光亮来。从2001年在《文艺报》实习开始，与文学评论工作结缘，之后20多年没间断过，所不同的是，前10年主要在编辑评论文章，近10年来主要是写评论文章，汇集到一起，竟也有了一本书的容量。

这本书中收录的文章，不敢说有多大理论价值，但每一个字都是我用真心写就的，正如书名《理性的愤怒和真诚的温暖》，这是我对自己做文学评论的要求，也是我对文学的理想。对于作品，我总是对那些真诚的写作报以诚挚的敬意，也因为敬重作者的这份诚意，我也要真诚地表达我的看法，好的要说，不足的也要说，问题更要说，不在文章里说，也要找机会当面说。但有时候也很怀疑，作者是否真的需要我的这些看法，毕竟是一家之言，有很大局限性，说不定还会误导，是不是不说也罢。怀疑归怀疑，该说的还得说，而且越是喜欢的作家的作品，越要说，既要保持冷静、客观、审慎的眼光，也要心怀善意，尽可能提出建设性意见。而对文学，我总是抱有期待，期待作家们也能用冷静、客观、审慎的眼光看待世界、看待人生，同时也心怀善意地对世界、对人生进行尽可能带来希望、引向光明的书写。现实生活的残酷每个人都有不同程度的体会，哪怕是在大多数人看来无忧无虑的孩童也有他们自己的小伤悲。那么，文学是扮演一个向装睡的人指出黑夜有多黑的角色，还是扮演一个摇醒做噩梦的人，告诉他太阳已经升起，可以追逐梦想的角色？我永远会选择后者。

这是我的第一本文学评论集，非常感谢长江少年儿童出版社的胡同印和吴炫凝，在你们的鼓励和支持下，才有了这本书。真心感谢长期以来对我关心和给予指导的师友们，是你们的帮助让我成长。感谢书中所评述的作品的作家们，是你们辛勤的创作才让我能够写下这些文字。还要感谢读到这本书的读者，谢谢你花时间和精力阅读，也欢迎与我沟通交流。最后，要感谢为这本书的出版付出辛劳的编辑们，是你们让这些平淡的文字有了色彩。

愿文学永远是我们共同的精神家园！

纳杨

2024 年 1 月 10 日于北京